U0063432

神鵰俠侶
金庸

前頁圖片／高奇峯「楓鷹圖」——高奇峯（1889—1933），廣東番禺人，初從兄高劍父學畫，後留學日本，嶺南畫派中之大家。

宋刊經穴圖——宋刊「新刊補注銅人腧穴鍼灸圖經」一書中的插圖，繪的足少陽膽經，列出陽陵泉、俠溪、竅陰、臨泣、丘墟、陽輔等穴道位置。

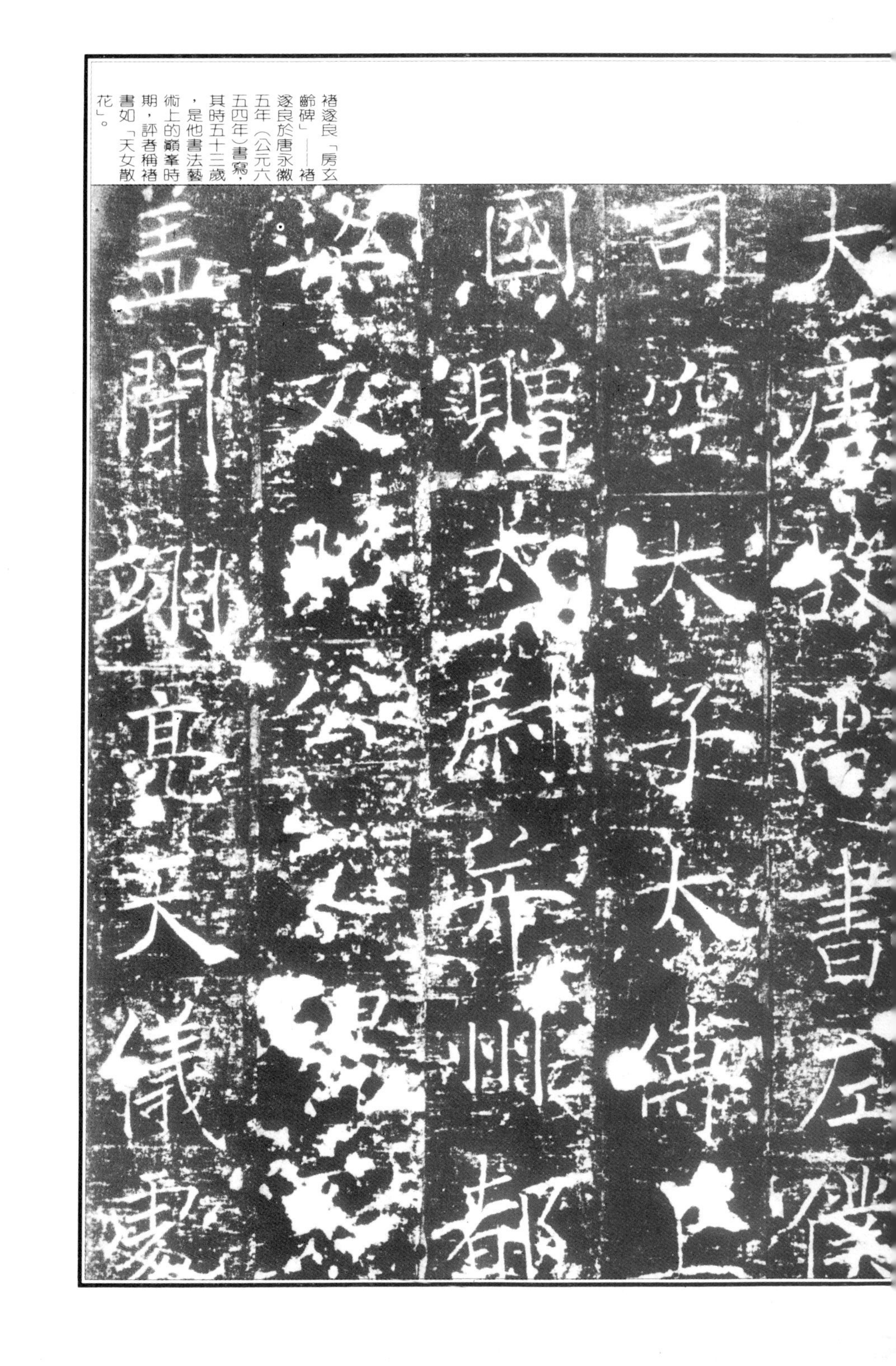

褚遂良「房玄齡碑」——褚遂良於唐永徽五年（公元六五四年）書寫，其時五十三歲，是他書法藝術上的巔峯時期，評者稱褚書如「天女散花」。

蒙古戰士木俑—蒙古戰士行軍，常攜數馬，交替乘騎，以節馬力，故臨陣衝鋒時馬力特強。此木俑爲阿富汗人所製。意大利「伊斯蘭及東方考古學院」藏。

宋代瓷器—吉州窯，烏金釉，器中有極精緻的樹葉紋，這是飲茶用的茶碗。烏金釉是宋代瓷器的特色之一，

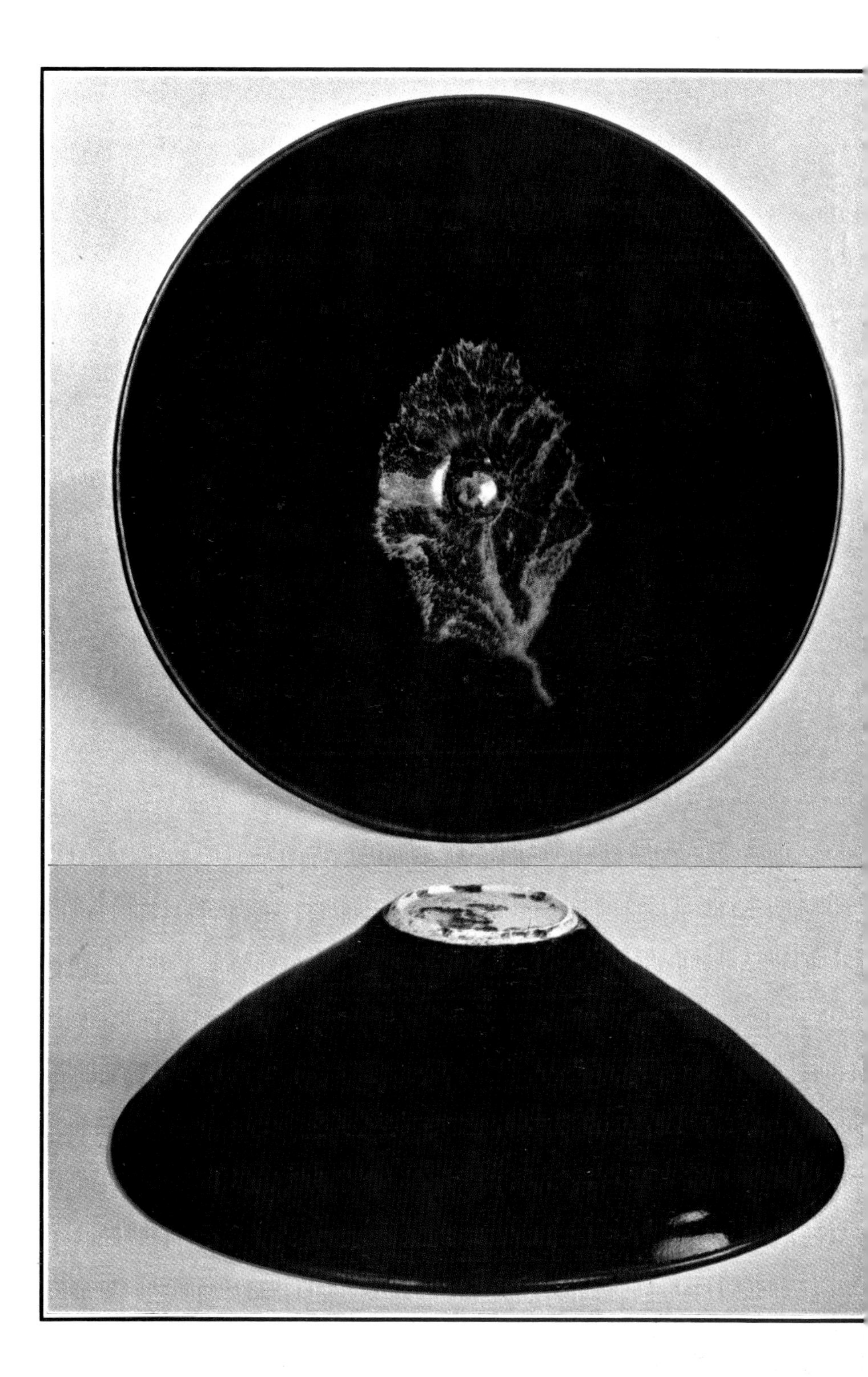

褒斜道刻石——褒斜道在陝西郿縣西南，是關中、漢中通蜀要道，後漢明帝永平六年（公元六十三年）開鑿修理，刻石紀功，文曰：「永平六年，漢中郡以詔書受廣漢、蜀郡、巴郡徒二千六百九十人開通褒余道……」刻石書法瘦硬，結構奇妙，在書法史上有重要地位。

石鼓文——東周時以十塊石頭作成鼓狀，四周刻以頌詩。石鼓原在北京孔廟。韓愈石鼓歌以石鼓是周宣王時物，羅振玉認爲是秦文王所刻（公元前七六一年）。本圖所載的十六字是：「吾車既工，吾馬既同，吾車既好，吾馬既皐。」其後說君子就出去打獵了。

器。這種顏色稱爲影青。

秦仲文「深山曲澗」——秦仲文，當代山水畫家。圖中高山峭壁，窄道深谷，武俠小說中所描述者常有此景象。楊過與藏邊五醜相鬥處或彷彿似之。

張旭「自言帖」——杜甫「飲中八仙歌」云：「張旭三杯草聖傳，脫帽露頂王公前，揮毫落紙如雲煙」。

下圖／自言帖：「醉顛嘗自言□，始□□□（見公主）擔夫爭道，又聞鼓吹而得□□（筆法），及觀公孫大娘舞劍而得其神。自此見漢張芝草書入聖。□發顛興耳。有唐開元二年八月望。顛旭醉書。」

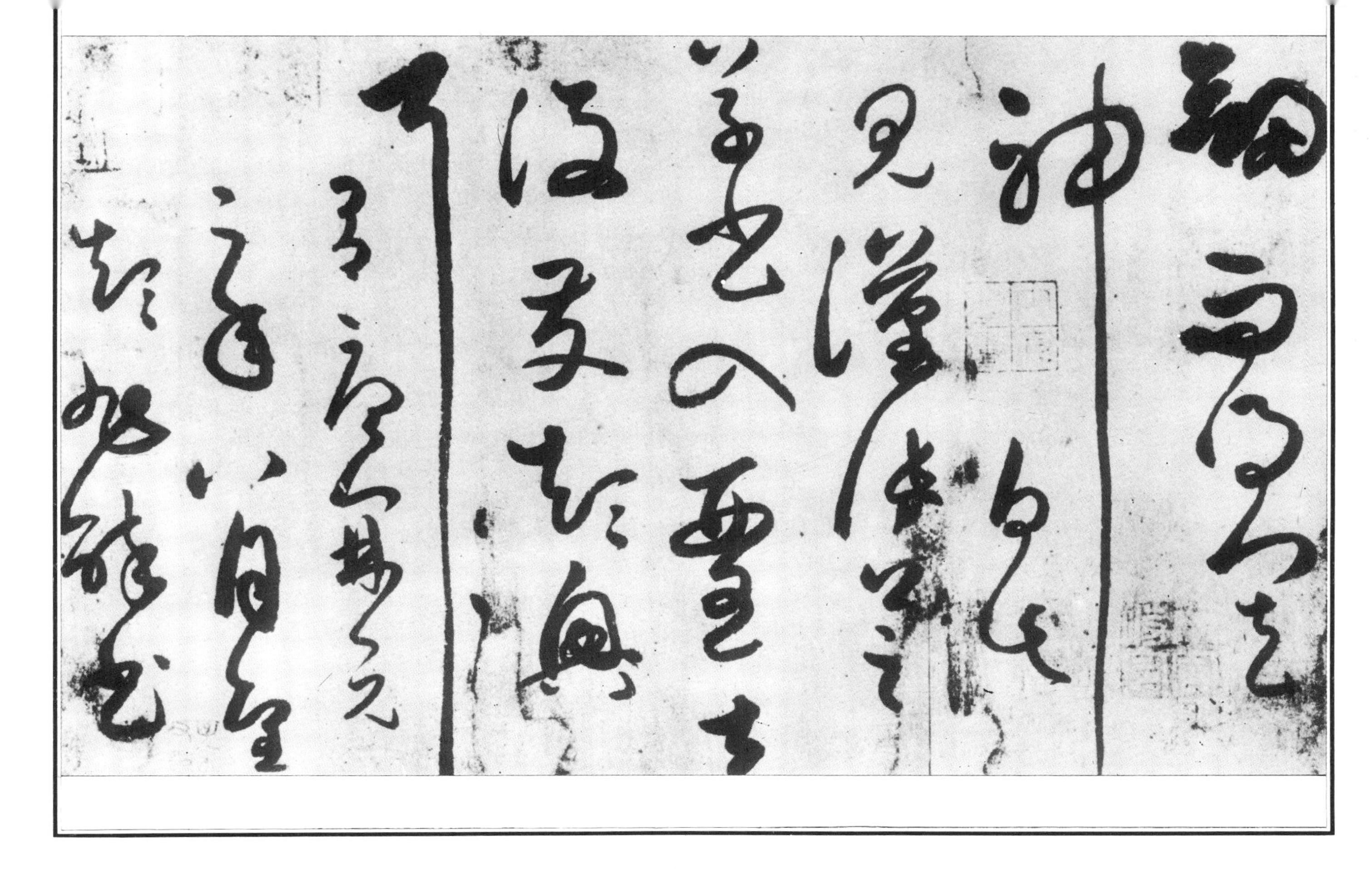

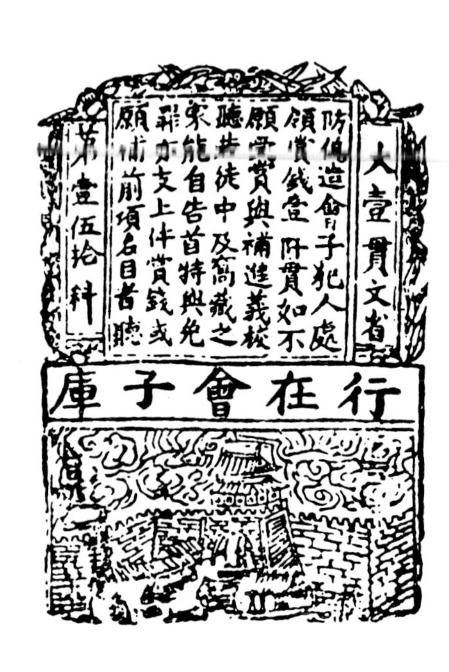

右圖／南宋會子——銅版印刷，會子就是鈔票，圖中的會子等於一貫，即銅錢一千文。「行在」爲皇帝行宮所在之地，其時卽臨安，「行在會子庫」意爲陪都儲備銀行。楊過大概使用過這類鈔票。

左圖／宋朝版畫——北宋的「印本眞言」。金輪法王所唸的「降魔伏妖咒」就是這一類密宗眞言。

蕭立聲「黃蓉」——蕭立聲先生，潮州人，現居香港，善畫羅漢、人物等。此圖蕭先生爲作者所作，繪黃蓉持打狗棒。

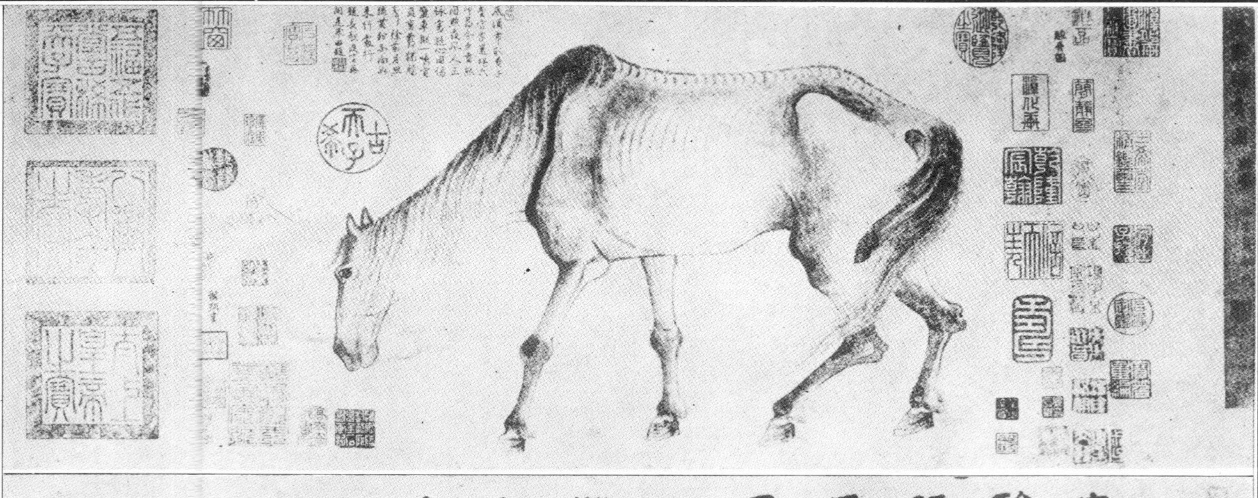

龔開「駿骨圖卷」——龔開，淮陰人，宋理宗景定間爲兩淮制置使監官，與楊過是同時代人。宋亡後不仕，家貧無几桌，今兒子伏地，在他背上鋪紙作畫。此圖現藏日本爽籟館。

下圖／元人「瘦馬圖」——作者無款，現歸日本人所藏。

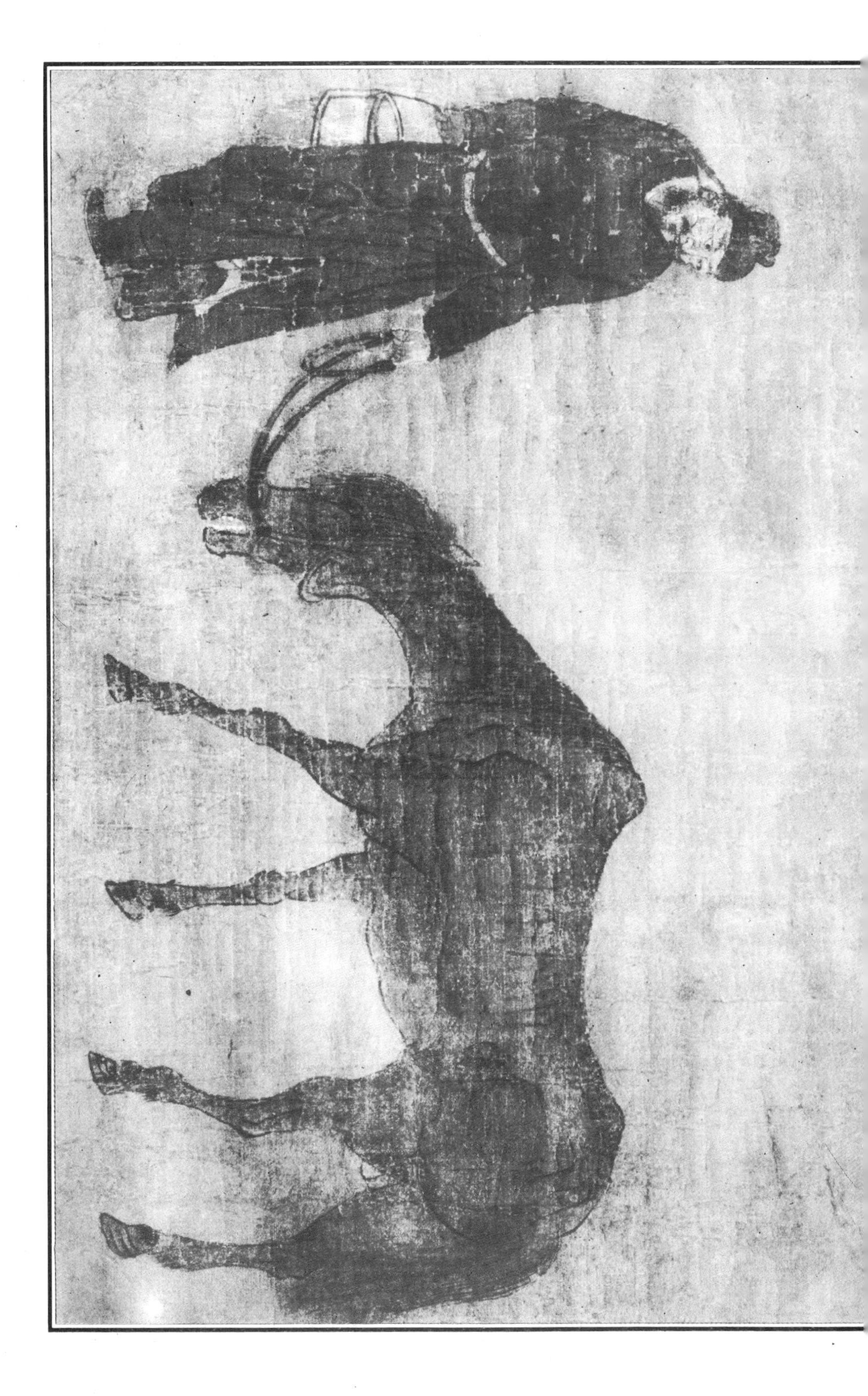

宋刻「四美圖」——這是現存最早的中國招貼畫。俄國人在甘肅黑水城發掘而盜去，現存蘇聯亞力山大三世博物館。本圖為南宋版畫，高二尺五寸，濶一尺餘，以黑色印於黃紙上。圖中四美自左至右為班姬、趙飛燕、王昭君、綠珠。此圖在中國版畫史及民間藝術史上有重大價值。

神鵰俠侶

金庸著

金庸作品集⑩
神鵰俠侶(二)
The Giant Eagle and Its Companion, Vol. 2

作　　者／金　　庸

平裝版封面設計／黃金鐘　典藏版封面設計／霍榮齡
內頁插畫／姜雲行　內頁圖片構成／霍榮齡・潘清芬・陳銘

發 行 人／王　榮　文
出　　版／遠流出版事業股份有限公司
臺北市汀州路3段184號七樓之5
郵撥／0189456-1　電話／365-3707(代表號)
發　　行／信報股份有限公司

印　　刷／優文印刷有限公司
□1987(民76)年2月1日　初版一刷
□1994(民83)年11月1日　二版十八刷
平裝版　每冊200元(本作品全四冊，共800元)
〔典藏版「金庸作品集」全套36冊〕

行政院新聞局局版臺業字第1295號

Printed in Taiwan
ISBN　957-32-0415-0(套：平裝)
ISBN　957-32-0417-7(第二冊：平裝)

目錄

北丐西毒數十年來反覆惡鬥，性命相拚，豈知竟同時在華山絕頂歸天。兩人畢生怨憤糾結，臨死之際卻相抱大笑。數十年的深仇大恨，一笑而罷！

第十一回　風塵困頓

楊過只奔出兩步，突然間頭頂一陣勁風過去，一個人從他頭頂竄過，站在他與五醜之間，笑道：「這一覺睡得好痛快！」正是九指神丐洪七公。

這一下楊過大喜過望，五醜驚駭失色。原來洪七公初時是在雪中眞睡，待得被五醜在身上踏了一脚，自然醒了。他存心試探，瞧這少年能否守得三日之約，每當楊過來探他鼻息，便閉氣裝死。直到此刻，才神威凜凜的站在窄道路口。他左手劃個半圓，右手一掌推出，正是生平得意之作「降龍十八掌」中的「亢龍有悔」。大醜不及逃避，明知這一招不能硬接，卻也只得雙掌一併，奮力抵擋。

洪七公掌力收發自如，當下只使了一成力，但大醜已感雙臂發麻，胸口疼痛。二醜見他勢危，生怕被洪七公掌力震入深谷，忙伸雙手推他背心，洪七公掌力加強，二醜向後一仰，險些摔倒。四醜站在其後，伸臂相扶。洪七公的掌力跟着傳將過來，接着四醜傳三醜，三醜又傳到最後的五醜身上。這五人逃無可逃，避無可避，轉瞬之間，就要被洪七公運單掌之力，一鼓擊斃。

洪七公笑道：「你們五個傢伙作惡多端，今日給老叫化一掌震死，想來死也瞑目。」五人紮定馬步，鼓氣怒目，合力與他單掌相抗，只覺壓力越來越重，胸口煩惡，漸漸每喘一口氣都感艱難。

洪七公突然「咦」的一聲，顯得十分詫異，將掌力收回了八成，說道：「你們的內功很有些兒門道，你們的師父是誰？」

大醜雙掌仍是和他相抵，氣喘吁吁的道：「我們……是……是達爾巴師父……的……的門下。」洪七公搖頭道：「達爾巴？沒聽見過。嗯，你們內力能互相傳接，這門功夫很了不起哪。」

楊過心想：「能得洪老前輩說一句『很了不起』，那是當眞了不起了。可是我看這五個傢伙也平平無奇，沒一個打得過我。」

只聽洪七公又道：「你們是甚麼門派的？」大醜道：「我們的師父，是……是西藏聖……聖僧……金輪法王門下二……二弟子……」洪七公又搖搖頭，說道：「西藏聖僧、金輪法王？沒聽見過。西藏有個和尙，叫甚麼靈智上人，倒見過的，他武功強過你們，但所學的不是上乘功夫。你們學得功夫很好，嗯，大有道理。你去叫你們祖師爺來，跟我比劃比劃。」

大醜道：「我們祖師爺是聖僧……活菩薩，蒙古第一國師，神通廣大、天下無敵，怎……怎能……」二醜聽得洪七公語氣中有饒他們性命之意，但大醜這般說，正是自斷活路，忙道：「是，是。我們去請祖師爺來，跟洪老前輩切磋……切……切……也只有我們祖師爺，才能跟洪七前輩動手。我們小輩……跟你提……提……酒……酒葫蘆兒……也……也……不……」

站在這當口，只聽鐸、鐸、鐸幾聲響處，山角後轉出來一人，身子顛倒，雙手各持石塊，撐地而行，正是西毒歐陽鋒。楊過失聲大叫：「爸爸！」歐陽鋒恍若未聞，躍到五醜背後，伸出右足在他背心上一撐，一股大力通過五人身子一路傳將過去。

洪七公見歐陽鋒斗然出現，也是大吃一驚，聽楊過叫他「爸爸」，心想原來這小子是他兒子，難怪如此了得，只覺手上一沉，對方力道湧來，忙加勁反擊。

自華山二次論劍之後，十餘年來洪七公與歐陽鋒從未會面。歐陽鋒神智雖然胡塗，但逆練九陰眞經，武功愈練愈怪，愈怪愈強。洪七公曾聽郭靖、黃蓉背誦眞經中的一小部份，與自己原來武功一加印證，也是大有進境，畢竟正勝於逆，雖然所知不多，卻也不輸於西毒。兩人數十年前武功難分軒輊，此後各有際遇，今日在華山第三度相逢，一拚功力，居然仍是不分上下。就可憐藏邊五醜夾在當世兩大高手之間，作了試招的墊子、練拳的沙包，身上冷一陣、熱一陣，呼吸緊一陣、緩一陣，周身骨骼格格作響，比經受任何酷刑更要慘上百倍。

歐陽鋒忽問：「這五個傢伙學的內功很好。是甚麼門派？」楊過心想：「連我義父也說他們學的內功很好，這五醜果然不是尋常之輩。」只聽洪七公道：「他們說是甚麼西藏聖僧金輪法王的徒孫。」歐陽鋒道：「這個金輪法王跟你相比，誰厲害些？」洪七公道：「不知道，或許差不多罷。」歐陽鋒道：「比我呢？」洪七公道：「比你厲害些。」歐陽鋒一怔，叫道：「不信！」

兩人說話之際，手足仍是繼續較勁。洪七公連發幾次不同掌力，均被歐陽鋒在彼端以足力化解，接着他足上加勁，卻也難使洪七公退讓半寸。二人一番交手，各自佩服，同時哈哈大笑，向後躍開。

藏邊五醜身上的壓力驟失，不由得搖搖幌幌，就如喝醉了酒一般。五人給這兩大高手的內力前後來回夾逼，五臟六腑均受重傷，筋酥骨軟，已成廢人，便是七八歲的小兒也敵不過了。洪七公喝道：「五名奸賊，總算你們大限未到，反正今後再也不能害人，快給我滾罷。記得回去跟你們祖師爺金輪法王說，叫他快到中原來，跟我較量較量。」歐陽鋒道：「跟我也較量較量。」藏邊五醜連聲答應，脚步蹣跚，相携相扶的狼狽下峯。

歐陽鋒翻身正立，斜眼望着洪七公，依稀相識，喝道：「喂，你武功很好啊，你叫甚麼名字？」洪七公一聽，又見他臉上神色迷茫，知他十餘年前發瘋之後，始終未曾痊愈，於是說道：「我叫歐陽鋒，你叫甚麼名字？」歐陽鋒心頭一震，覺得「歐陽鋒」這三字果然好熟，但自己叫甚麼名字，實在想不起來，搖頭道：「我不知道。喂，我叫甚麼名字？」洪七公哈哈笑道：「你自己的名字也不知道。快回家想想罷。」歐陽鋒怒道：「你一定知道，你跟我說。」洪七公道：「好罷，你名叫臭蛤蟆。」「蛤蟆」兩字，歐陽鋒是十分熟悉的，聽來有些相似，但細細想想卻又不是。

他與洪七公是數十年的死仇，憎惡之意深印於腦，此時雖不明所以，但自然而然的見到他就生氣。洪七公見他呆呆站立，目中忽露兇光，暗自戒備，果然聽他大吼一聲，惡狠狠的撲將上來，當下不敢怠慢，出手就是降龍十八掌的掌法。兩人襟帶朔風，足踏寒冰，在這寬僅尺許的窄道上各逞平生絕技，傾力以搏。一邊是萬丈深淵，只要稍有差失，便是粉身碎骨之禍，比之平地相鬥，倍增兇險。二人此時年事已高，精力雖已衰退，武學上的修爲卻俱臻爐火純青之境，招數精奧，深得醇厚穩實之妙詣，只拆得十餘招，兩人不由得都是心下欽佩。歐陽鋒叫道：「老傢伙厲害得很啊。」洪七公笑道：「臭蛤蟆也了不起。」

楊過見地勢險惡，生怕歐陽鋒掉下山谷，但有時見洪七公遇窘，不知不覺竟也盼他轉危爲安。歐陽鋒是他義父，情誼自深，然洪七公慷慨豪邁，這隨身以俱的當世大俠風度，令他一見便爲之心折。他在飢寒交迫之中，干冒大險爲洪七公苦熬三日三夜，三晝夜中兩人雖不交一言片語，在楊過心中，卻便如已與他共歷了千百次生死患難一般。

拆了數十招後，楊過見二人雖在對方凌厲無倫的攻擊之下總是能化險爲夷，便不再掛慮雙方安危，只潛心細看奇妙武功。九陰眞經乃天下武術總綱，他所知者雖只零碎片斷，但時見二人所使招數與眞經要義暗合，不由得驚喜無已，心想：「眞經中平平常常一句話，原來能有這許多推衍變化。」

堪堪拆到千餘招，二人武功未盡，但年紀老了，都感氣喘心跳，手脚不免遲緩。楊過叫道：「兩位打了半日，想必肚子餓了，大家來飽吃一頓再比如何？」洪七公聽到一個「吃」字，立卽退後，連叫：「妙極，妙極！」楊過早見五醜用竹籃携來大批冷食，放在一旁，於是奔去提了過來，打開籃蓋，但見凍鷄凍肉、白酒冷飯，一應俱全。洪七公大喜，搶過一隻凍鷄，忙不迭的大口咬落，吃得格格直響。

楊過拿了一塊凍肉遞給歐陽鋒，柔聲道：「爸爸，這些日子你在那兒？」歐陽鋒瞪着眼睛道：「我在找你。」楊過胸口一酸，心想：「世上畢竟也有如此眞心愛我的人。」拉着他的手臂，說道：「爸爸，你就是歐陽鋒。這位洪老前輩是好人，你別跟他打架了。」歐陽鋒指着洪七公，道：「他是歐陽鋒，歐陽鋒是壞人。」楊過見他神智錯亂，心下難過。洪七公笑道：「不錯，歐陽鋒是壞人，歐陽鋒該死。」歐陽鋒望望洪七公，望望楊過，雙眼發直，竭力回憶思索，但腦海中始終亂成一團。

楊過服侍歐陽鋒吃了些食物，站起身來，向洪七公道：「洪老前輩，他是我的義父。你憐他身患重病，神智胡塗，別跟他爲難了罷。」洪七公聽他這麼說，連連點頭，道：「好小子，原來他是你義父。」

那知歐陽鋒突然躍起，叫道：「歐陽鋒，咱們拳脚比不出勝敗，再比兵器。」洪七公搖搖頭道：「不比啦，算你勝就是。」歐陽鋒道：「甚麼勝不勝的？我非殺了你不可。」回手折了一根樹枝，拉去枝葉，成爲一條棍棒，向洪七公兜頭擊落。他的蛇杖當年縱橫天下，厲害無比，現下杖頭雖然無蛇，但這一杖擊將下來，杖頭未至，一股風已將楊過逼得難以喘氣。楊過急忙躍開躲避，看洪七公時，只見他拾起地下一根樹枝，當作短棒，二人已鬥在一起。洪七公的打狗棒法世間無雙，但輕易不肯施展，除此之外尚有不少精妙棒法，此時便逐一使將出來。

這場拚鬥，與適才比拚拳脚又是另一番光景，但見杖去神龍夭矯，棒來靈蛇盤舞，或似長虹經天，或若流星追月，只把楊過瞧得驚心動魄，如醉如痴。

二人杖去棒來，直鬥到傍晚，兀自難分勝敗。楊過見地勢險惡，滿山冰雪極是滑溜，二人年事已高，再鬥下去必有失閃，大聲呼喝，勸二人罷鬥。但洪七公與歐陽鋒鬥得興起，那肯停手？楊過見洪七公吃食時的饞相，心想若以美味引動，或可收效，於是在山野間挖了好些山藥、木薯，生火烤得噴香。

洪七公聞到香氣，叫道：「臭蛤蟆，不跟你打啦，咱們吃東西要緊。」奔到楊過身旁，抓起兩枚山藥便吃，雖然燙得滿嘴生疼，還是含糊着連聲稱讚。歐陽鋒跟着趕到，舉木杖往他頭頂劈下。洪七公卻不避讓，拾起一枚山藥往他拋去，叫道：「吃罷！」歐陽鋒一呆，順手接過便吃，渾忘了適才的惡鬥。

當晚三人就在巖洞中睡覺。楊過想幫義父回復記憶，向他提及種種舊事。歐陽鋒總是呆呆不答，有時伸拳用力敲打自己腦袋，顯是在竭力思索，但茫無頭緒，十分苦惱。楊過生怕他反而更加瘋了，當下勸他安睡，自己卻翻來覆去的睡不着，思索二人的拳法掌法，越想越興奮，忍不住起身悄悄比擬，但覺奧妙無窮，練了半夜，直到倦極才睡。

次晨一早，楊過尙未睡醒，只聽得洞外呼呼風響，夾着吆喝縱躍之聲，急忙奔出，只見洪七公又與歐陽鋒鬥得難分難解。他嘆了口氣，心想：「這兩位老人家返老還童，這種架又有甚麼好打？」只得坐在一旁觀看，但見洪七公每一招每一式都是條理分明，歐陽鋒的招數卻難以捉摸，每每洪七公已佔得上風，可是被他倏使怪招，重又拉成平手。

二人日鬥晚睡，接連鬥了四日，均已神困力倦，幾欲虛脫，但始終不肯容讓半招。

楊過尋思：「明天說甚麼也不能讓他們再打了。」這晚待歐陽鋒睡着了，悄聲向洪七公道：「老前輩請借洞外一步說話。」洪七公跟着他出外。離洞十餘丈後，楊過突然跪倒，連連磕頭，卻一句話也不說。洪七公一怔之間，登時明白，知他要自己可憐歐陽鋒身上有病，認輸退讓，仰天哈哈一笑，說道：「就是這麼着。」倒曳木棒，往山下便走。

只走出數丈，突聞衣襟帶風，歐陽鋒從洞中竄出，揮杖橫掃，怒喝：「老傢伙，想逃麼？」洪七公讓了三招，欲待奪路而走，卻被他杖風四方八面攔住了，脫身不得。高手比武差不得半分，洪七公存了個相讓之心，登時落在下風，狼狽不堪，數次險些命喪於他杖下，眼見他挺杖疾進，擊向自己小腹，知他這一杖尚有厲害後着，避讓不得，當即橫棒擋格，忽覺他杖上傳來一股凌厲之極的內力，不禁一驚：「你要和我比拚內力？」心念甫動，敵人內力已逼將過來，除了以內力招架，更無他策，當下急運功勁抗禦。

以二人如此修為，若是偶一疏神中了對方一杖一掌，立時內力隨生，防護相抗，縱然受傷，也不致有甚大礙，此時比拚內力，卻已到了無可容讓、不死不休的境地。二人以前數次比武，都是忌憚對方了得，自己並無勝算，不敢輕易行此險着，生怕求榮反辱，枉自送了性命。那知歐陽鋒渾渾噩噩，數日比武不勝，突運內力相攻。

十餘年前洪七公固恨西毒入骨，但此時年紀老了，火性已滅，既見他瘋瘋癲癲，楊過又一再求情，實已無殺他之意，當下氣運丹田，只守不攻，靜待歐陽鋒內力衰竭。那知對方內力猶如長江浪濤，源源不絕的湧來，過了一浪又是一浪，非但無絲毫消滅之象，反而越來越是兇猛。洪七公自信內力深厚，數十年來勇猛精進，就算勝不了西毒，但若全力守禦，無論如何不致落敗，豈知拚了幾次，歐陽鋒的內力竟然越來越強。洪七公想起與他隔着藏邊五醜比力之際，他足上連運三次勁，竟是一次大似一次，此刻回想，似乎當時他第一次進攻的力道未消，第二次攻力已至；二次勁力猶存，第三次跟着上來。若是只持守勢，由得他連連摧逼，定然難以抵擋，只有乘隙回衝，令他非守不可，來勢方不能累積加強，心念動處，立即運勁反擊，二人以硬碰硬，全身都是一震。

楊過見二人比拚內力，不禁大爲擔憂，他若出手襲擊洪七公後心，自可相助義父得勝，然見洪七公白髮滿頭，神威凜然中兼有慈祥親厚，剛正俠烈中伴以隨和洒脫，實是不自禁的爲之傾倒，何況他已應己求懇而甘願退讓，又怎忍出手加害？

二人又僵持一會，歐陽鋒頭頂透出一縷縷的白氣，漸漸越來越濃，就如蒸籠一般。洪七公也是全力抵禦，此時已無法顧到是否要傷對方性命，若得自保，已屬萬幸。

從清晨直拚到辰時，又從辰時拚到中午，洪七公漸感內力消竭，但對方的勁力仍似狂濤怒潮般湧來，暗叫：「老毒物原來越瘋越厲害，老叫化今日性命休矣。」料得此番拚鬥定然要輸，苦在無法退避，只得竭力撐持，卻不知歐陽鋒也已氣衰力竭，支撐維艱。

又拚了兩個時辰，已至申刻。楊過眼見二人臉色大變，心想再拚得一時三刻，非同歸於盡不可，若是上前拆解，自己功力與他們相差太遠，多半分解不開，反而賠上自己一條性命，遲疑良久，眼見歐陽鋒神色愁苦，洪七公呼呼喘氣，心道：「縱冒大險，也得救他們性命。」於是折了一根樹幹，走到二人之間盤膝坐下，運功護住全身，一咬牙，伸樹幹往二人杖棒之間挑去。

豈知這一挑居然毫不費力，二人的內力從樹幹上傳來，被他運內力一擋，立即卸去。原來強弩之末不能穿魯縞，北丐西毒雖然俱是當世之雄，但互耗多日，均已精力垂盡，二人給他內力反激，同時委頓在地，臉如死灰，難以動彈。楊過驚叫：「爸爸，洪老前輩，你們沒事麼？」二人呼吸艱難，均不回答。

楊過要扶他們進山洞去休息，洪七公輕輕搖頭。楊過才知二人受傷極重，移動不得，當晚就睡在二人之間，只怕他們半夜裏又起來拚命。其實二人欲運內功療傷已不可得，那裏還能互鬥？次晨楊過見二人氣息奄奄，比昨日更是委靡，心中驚慌，挖掘山藥烤了，服侍他們吃下。直到第三日上，二人才署見回復了些生氣。楊過將他們扶進山洞，分臥兩側，自己在中間隔開。

如此休養數日，洪七公胃口一開，復元就快。歐陽鋒卻鎮日價不言不語，神色鬱鬱，楊過逗他說話，他只是不答。

這日二人相對而臥，洪七公忽然叫道：「臭蛤蟆，你服了我麼？」歐陽鋒道：「服甚麼？我還有許多武功尙未使出，若是盡數施展，定要打得你一敗塗地。」洪七公大笑，道：「正巧我也有好多武功未用。你聽見過丐幫的打狗棒法沒有？」歐陽鋒一凜，心想：「打狗棒法的名字倒好像聽見過的，似乎厲害得緊，難道這老傢伙居然會使？但他和我這般拚命惡鬥，怎麼又不用？或許早已使過了。要不，他就壓根兒不會。」便道：「打狗棒法有甚麼了不起？」

洪七公早已頗爲後悔，日前與他拚鬥，只消使出打狗棒法，定能壓服了他，只是覺得他神智不清，自己本已佔了不少便宜，再以丐幫至寶打狗棒法對付，未免勝之不武，不是英雄好漢的行逕，豈知他人雖瘋癲，武功卻絕不因而稍減，到頭來竟鬧了個兩敗俱傷，眼下要待再使這路棒法，已沒了力氣，聽他這麼說，心中甚不服氣，靈機一動，向楊過招招手，叫他俯耳過來，說道：「我是丐幫的前任幫主，你知道麼？」楊過點點頭，他在全眞教重陽宮中曾聽師兄們談論當世人物，都說丐幫前任幫主九指神丐洪七公武功蓋世，肝膽照人，乃是大大的英雄好漢。

洪七公道：「現下我有一套武功傳給你。這武功向來只傳本幫幫主，不傳旁人，只是你義父出言小覷於我，我卻要你演給他瞧瞧。」楊過道：「老前輩這武功既然不傳外人，晚輩以不學爲是。我義父神智未復，老前輩不用跟他一般見識。」洪七公搖頭道：「你雖學了架式，不知運勁訣竅，臨敵之際全然無用。我又不是要你去打你義父，只消擺幾個姿式，他一看就明白了。因此也不能說是傳你功夫。」楊過心想：「這套武功既是丐幫鎭幫之寶，我義父未必抵擋得了，我又何必幫你贏我義父？」當下只是推托，說不敢學他丐幫秘傳。

洪七公窺破了他的心意，高聲道：「臭蛤蟆，你義兒知道你敵不過我的打狗棒法，不肯擺式子給你瞧。」歐陽鋒大怒，叫道：「孩兒，我還有好些神奇武功未曾使用，怕他怎地？快擺出來我瞧。」

兩人一股勁兒的相逼，楊過無奈，只得走到洪七公身旁。洪七公叫他取過樹枝，將打狗棒法中一招「棒打雙犬」細細說給了他聽。楊過一學卽會，當卽照式演出。

歐陽鋒見棒招神奇，果然厲害，一時難以化解，想了良久，將一式杖法說給楊過聽了。楊過依言演出。洪七公微微一笑，讚了聲：「好！」又說了一招棒法。

兩人如此大費脣舌的比武，比到傍晚，也不過拆了十來招，楊過卻已累得滿身大汗。次晨又比，直過了三天，三十六路棒法方始說完。棒法雖只三十六路，其中精微變化卻是奧妙無窮，越到後來，歐陽鋒思索的時刻越長，但他所回擊的招數，可也盡是攻守兼備、威力凌厲的佳作，洪七公看了也不禁嘆服。

到這日傍晚，洪七公將第三十六路棒法「天下無狗」的第六變說了，這是打狗棒法最後一招最後一變的絕招，這一招使將出來，四面八方是棒，勁力所至，便有幾十條惡犬也一齊打死了，所謂「天下無狗」便是此義，棒法之精妙，已臻武學中的絕詣。歐陽鋒自是難有對策。當晚他翻來覆去，折騰了一夜。

次晨楊過尚未起身，歐陽鋒忽然大叫：「有了，有了。孩兒，你便以這杖法破他。」一叫聲又是興奮，又是緊迫。楊過聽他呼聲有異，向他瞧去，不禁大吃一驚，原來歐陽鋒雖然年老，但因內功精湛，鬚髮也只略現灰白，這晚用心過度，一夜之間竟然鬚眉盡白，似乎忽然老了十多歲。

楊過心中難過，欲待開言求洪七公休要再比，歐陽鋒卻一疊連聲的相催，只得聽他指撥。這一招十分繁複，歐陽鋒反覆解說，楊過方行領悟，於是依式演了出來。

洪七公一見，臉色大變，本來癱瘓在地，難以動彈，此時不知如何忽生神力，一躍而起，大叫：「老毒物，歐陽鋒！老叫化今日服了你啦。」說着撲上前去，緊緊抱住了他。

楊過大驚，只道他要傷害義父，急忙拉他背心，可是他抱得甚緊，竟然拉之不動。只聽洪七公哈哈大笑，叫道：「老毒物歐陽鋒，虧你想得出這一着絕招，當眞了得！好歐陽鋒，好歐陽鋒。」

歐陽鋒數日惡鬥，一宵苦思，已是神衰力竭，聽他連叫三聲「歐陽鋒」，突然間迴光反照，心中斗然如一片明鏡，數十年來往事歷歷，盡數如在目前，也是哈哈大笑，叫道：「我是歐陽鋒！我是歐陽鋒！我是歐陽鋒！你是老叫化洪七公！」

兩個白髮老頭抱在一起，哈哈大笑。笑了一會，聲音越來越低，突然間笑聲頓歇，兩人一動也不動了。

楊過大驚，連叫：「爸爸，老前輩！」竟無一人答應。他伸手去拉洪七公的手臂，一拉而倒，竟已死去。楊過驚駭不已，俯身看歐陽鋒時，也已沒了氣息。二人笑聲雖歇，臉上卻猶帶笑容，山谷間兀自隱隱傳來二人大笑的回聲。

北丐西毒數十年來反覆惡鬥，互不相下，豈知竟同時在華山絕頂歸天。兩人畢生怨憤糾結，臨死之際卻相抱大笑。數十年的深仇大恨，一笑而罷！

楊過霎時間又驚又悲，沒了主意，心想洪七公曾假死三日三夜，莫非二老又是假死？但瞧這情形卻實在不像，心想：「或許他們死了一會，又會復活。兩位老人家武功這樣高，不會就死的。或許他們又在比賽，瞧誰假死得久些。」

他在兩人屍身旁直守了七日七夜，每過一日，指望便少了一分，但見兩屍臉上變色，才知當眞死去，當下大哭一場，在洞側並排挖了兩個坑，將兩位武林奇人葬了。洪七公的酒葫蘆，以及兩人用以比武的棍棒也都一起埋入。只見二老當日惡鬥時在雪中踏出的足印都已結成了堅冰，足印猶在，軀體卻已沒入黃土。楊過踏在足印之中，回思當日情景，不禁又傷心起來。又想如二老這般驚世駭俗的武功，到頭來卻要我這不齒於人的小子掩埋，甚麼榮名，甚麼威風，也不過是大夢一場罷了。

他在二老墓前恭恭敬敬的磕了八個頭，心想：「義父雖然了得，終究是遜於洪老前輩一籌。那打狗棒法使出之時，義父苦思半晌方能拆解，若是當眞對敵，那容他有細細凝思琢磨的餘裕？」嘆息了一陣，覓路往山下而去。

這番下山，仍是信步而行，也不辨東西南北，心想大地茫茫，就只我孤身一人，任得我四海飄零，待得壽數盡了，隨處躺下也就死了。在這華山頂上不滿一月，他卻似已渡過了好幾年一般。上山時自傷遭人輕賤，滿腔怒憤。下山時卻覺世事只如浮雲，別人看重也好，輕視也好，於我又有甚麼干係。小小年紀，竟然憤世嫉俗、玩世不恭起來。

不一日來到陝南一處荒野之地，放眼望去，盡是枯樹敗草，朔風肅殺，吹得長草起伏不定，突然間西邊蹄聲隱隱，烟霧揚起，過不多時，數十匹野馬狂奔而東，在里許之外掠過。眼見衆野馬縱馳荒原，自由自在，楊過不自禁的也感心曠神怡，縱目平野，奔馬遠去，只覺天地正寬，無拘無碍，正得意間，忽聽身後有馬發聲悲嘶。

轉過身來，只見一匹黃毛瘦馬拖着一車山柴，沿大路緩緩走來，想是那馬眼見同類有馳騁山野之樂，自己卻勞神苦役，致發悲鳴。那馬只瘦得胸口肋骨高高凸起，四條長腿肌肉盡消，宛似枯柴，毛皮零零落落，生滿了癩子，滿身泥汚雜着無數血漬斑斑的鞭傷。一個莽漢坐在車上，嫌那馬走得慢，不住手的揮鞭抽打。

楊過受人欺侮多了，見這瘦馬如此苦楚，這一鞭鞭猶如打在自己身上一般，胸口一酸，淚水幾乎欲奪目而出，雙手叉腰，站在路中，怒喝：「兀那漢子，你鞭打這馬幹麼？」

那莽漢見一個衣衫襤褸、化子模樣的少年攔路，舉起馬鞭喝道：「快讓路，不要小命了麼？」說着鞭子揮落，又重重打在馬背上。楊過大怒，叫道：「你再打馬，我殺了你。」那莽漢哈哈大笑，揮鞭往楊過頭上抽來。

楊過夾手奪過，倒轉馬鞭，吧的一聲，揮鞭在空中打了個圈子，捲住了莽漢頭頸，一把拉下馬來，夾頭夾臉的抽打了他一頓。

那瘦馬模樣雖醜，卻似甚有靈性，見莽漢被打，縱聲歡嘶，伸頭過來在楊過腿上挨挨擦擦，顯得甚是親熱。楊過拉斷了牠拉車的挽索，拍拍馬背，指着遠處馬羣奔過後所留下的烟塵，說道：「你自己去罷，再也沒人欺侮你了。」

那馬前足人立，長嘶一聲，向前直奔。那知這馬身子虛弱，突然疾馳，無力支持，只奔出十餘丈，前腿一軟，跪倒在地。楊過見着不忍，跑過去托住馬腹，喝一聲：「起！」將馬托了起來。那莽漢見他如此神力，只嚇得連大車山柴也不敢要了，爬起身來，撒腿就跑，直奔到半里之外，這才大叫：「有強人哪！搶馬哪！搶柴哪！」

楊過覺得好笑，扯了些青草餵那瘦馬。眼見此馬遭逢坎坷，不禁大起同病相憐之心，撫着馬背說：「馬啊，馬啊，以後你隨着我便了。」牽着韁繩慢慢走到市鎮，買些料豆麥子餵馬吃了個飽。第二日見瘦馬精神健旺，這才騎了緩緩而行。

這匹癩馬初時脚步蹣跚，不是失蹄，就是打蹶，那知卻是越走越好，七八日後食料充足、精力充沛，竟是步履如飛。楊過說不出的喜歡，更是加意餵養。

這一日他在一家小酒店中打尖，那癩馬忽然走到桌旁，望着鄰座的一碗酒不住嗚嘶，竟似意欲喝酒。楊過好奇心起，叫酒保取過一大碗酒來，放在桌上，在馬頭上撫摸幾下。那馬一口就將一碗酒喝乾了，揚尾踏足，甚是喜悅。楊過覺得有趣，又叫取酒，那馬一連喝了十餘碗，興猶未盡。楊過再叫取酒時，酒保見他衣衫破爛，怕他無錢會鈔，卻推說沒酒了。

飯後上馬，癩馬乘着酒意，灑開大步，馳得猶如癲了一般，道旁樹木紛紛倒退，委實是迅捷無比。只是尋常駿馬奔馳時又穩又快，這癩馬快是快了，身軀卻是忽高忽低，顚簸起伏，若非楊過一身極高的輕功，卻也騎牠不得。這馬更有一般怪處，只要見到道上有牲口在前，非發足超越不可，不論牛馬騾驢，總是要趕過了頭方肯罷休，這一副逞強好勝的脾氣，似因生平受盡欺辱而來。楊過心想這匹千里良駒屈於村夫之手，風塵困頓，鬱鬱半生，此時忽得一展駿足，自是要飛揚奔騰了。

這一副劣脾氣倒與他甚是相投，一人一馬，居然便成了好友一般。他本來情懷鬱悶，途中調馬爲樂，究是少年心性，沒幾日便開心起來。自此一路向南，來到漢水之畔。沿路想起調笑陸無雙、戲弄李莫愁師徒之事，在馬上不自禁的好笑。想起小龍女不知身在何處，何日再得和她相會，卻又愁思難遣。

這一日行到正午，一路上不斷遇見化子，瞧那些人的模樣，不少都是身負武功，心下琢磨：「難道媳婦兒和丐幫的糾葛尙未了結？又莫非丐幫大集人衆，要和李莫愁一決雌雄？這熱鬧倒是不可不看。」他對丐幫本來無甚好感，但因欽佩洪七公，不自禁的對丐幫有了親近之意，心想這些叫化子只要不是跟陸無雙爲難，就告知他們洪七公逝世的訊息。又行一陣，見路上化子越來越多。衆化子見了楊過，都是微感詫異，他衣衫打扮和化子無異，但丐幫幫衆若非當眞事在緊急，決不騎馬。楊過也不理會，按轡徐行。

行到申牌時分，忽聽空中鵰鳴啾啾，兩頭白鵰飛掠而過，向前撲了下去。只聽得一個化子說道：「黃幫主到啦，今晚九成要聚會。」又一個化子道：「不知郭大俠來是不來？」第一個化子道：「他夫婦倆秤不離錘，錘不離秤……」瞥眼見楊過勒定了馬聽他們說話，向他瞪了一眼，便住口不說了。

楊過聽到郭靖與黃蓉的名字，微微一驚，隨卽心下冷笑：「從前我在你家吃閒飯，給你們輕賤戲弄，那時我年幼無能，吃了不少苦頭。此刻我以天下爲家，還倚靠你們甚麼？」心念一轉：「我不如裝作潦倒不堪，前去投靠，且瞧他們如何待我。」

於是尋了一個僻靜所在，將頭髮扯得稀亂，在左眼上重重打了一拳，面頰上抓了幾把，左眼登時青腫，臉上多了幾條血痕。他本就衣衫不整，這時更把衣褲再撕得七零八落，在泥塵中打了幾個滾，配上這匹滿身癩瘡的醜馬，果然是一副窮途末路、奄奄欲斃的模樣。裝扮已畢，一蹺一拐的回到大路，馬也不騎了，隨着衆化子而行。他不牽馬韁，那醜馬自行跟在他身後。丐幫中有人打切口問他是否去參與大宴，楊過瞪目不答，只是混在化子羣中，忽前忽後的走着。

一行人迤邐而行，天色將暮，來到一座破舊的大廟前。只見兩頭白鵰棲息在廟前一株松樹上。武氏兄弟一個手托盤子，另一個在盤中抓起肉塊，拋上去餵鵰。日前他哥兒倆與郭芙合鬥李莫愁，楊過也曾在旁打量，只是當時一直凝神瞧着郭芙，對二人不十分在意，此時斜目而觀，但見武敦儒神色剽悍，舉手投足之間精神十足，武修文則輕捷靈動，東奔西走，沒一刻安靜。武敦儒身穿紫醬色繭綢袍子，武修文身穿寶藍色山東大綢袍子，腰間都束着繡花錦緞英雄絛，果然是英雄年少，人才出衆。

楊過上前打了一個躬，結結巴巴的道：「兩……兩位武兄請了，別來……別來安好。」這時廟前廟後都聚滿了乞丐，個個鶉衣百結，楊過雖然灰塵撲面，混在衆丐之中也並不顯得刺眼。武敦儒還了一禮，向楊過上下一瞧，卻認他不出，說道：「恕小弟眼拙，尊兄是誰？」楊過道：「賤名不足掛齒，小弟……小弟想求見黃幫主。」

武敦儒聽他的聲音有些熟悉，正要查問，忽聽得廟門口一個銀鈴似的聲音叫道：「大武哥哥，我叫你給我買根軟些兒的馬鞭，可買到了沒有？」武敦儒急忙撇下楊過，迎了上去，說道：「早買到了，你試試，可趁不趁手？」說着從懷中掏出一根馬鞭。

楊過轉過頭來，只見一個少女穿着淡綠衫子，從廟裏快步而出，但見她雙眉彎彎，小小的鼻子微微上翹，臉如白玉，顏若朝華，正是郭芙。她服飾打扮也不如何華貴，只項頸中掛了一串明珠，發出淡淡光暈，映得她更是粉裝玉琢一般。楊過只向她瞧了一眼，不由得自慚形穢，便轉過了頭不看。武修文也卽搶上，哥兒倆同時盡力巴結。

武敦儒跟郭芙說了一會話，記起了楊過，轉頭道：「你是來赴英雄宴的罷？」楊過也不知英雄宴是甚麼，順口應了一聲。武敦儒向一名化子招招手，道：「你接待這位朋友，明兒招呼他上大勝關去。」說着自顧和郭芙說話，再也不去理他。

那化子答應了，過來招呼，請教姓名。楊過照實說了。他原是無名之輩，那化子自然沒聽見過他的姓名，也不在意。那化子自稱姓王行十三，是丐幫中的二袋弟子，問道：「楊兄從何處來？」楊過道：「從陝西來。」王十三道：「咦，楊兄是全眞派門下的了？」楊過聽到「全眞派」三字就頭痛，忙搖頭道：「不是。」王十三道：「楊兄的英雄帖定是帶在身邊了？」

楊過一怔，道：「小弟落拓江湖，怎稱得上是甚麼英雄？只是先前跟貴幫黃幫主見過一面，特來求見，想告借些盤纏還鄉。」王十三眉頭一皺，沉吟半晌，道：「黃幫主正在接待天下英雄，只怕沒空見你。」楊過此次原是特意要裝得寒酸，對方愈是輕視，他心中愈是得意，當下更加可憐巴巴的求懇。

丐幫幫衆皆是出身貧苦，向來扶危解困，決不輕賤窮人。王十三聽他說得哀苦，道：「楊兄弟，你先飽餐一頓，明日咱們一齊上大勝關去。做哥哥的給你回稟長老，轉稟幫主，瞧她老人家怎麼吩咐，好不好？」王十三本來叫他楊兄，現下聽他說不是英雄宴上之人，自己年紀比他大得多，就改口稱楊兄弟了。楊過連聲稱謝。王十三邀他走進破廟，捧出飯菜饗客。丐幫幫規，本幫弟子卽使逢到喜慶大典，也先要把鷄魚牛羊弄得稀爛，好似殘羹賸肴一般才吃，以示永不忘本，但招待客人卻是完整的酒飯。

楊過正吃之間，眼前斗然一亮，只見郭芙笑語盈盈，飄然進殿，武氏兄弟分侍左右。只聽武修文道：「好，咱們今晚夜行，連夜趕到大勝關。我去把你紅馬牽出來。」三人自顧說話，對坐在地下吃飯的楊過眼角也沒瞥上一眼。三人走進後院取了包裹兵刃，出了破廟，但聽得蹄聲雜沓，已上馬去了。楊過的一雙筷子揷在飯碗之中，聽着蹄聲隱隱遠去，心中百感交集，也不知是愁是恨？是怒是悲？

次日王十三招呼他一同上道。沿途除了丐幫幫衆，另有不少武林人物，或乘馬，或步行，想來都是赴英雄宴去的。楊過不知那英雄宴、英雄帖是甚麼東西，料想王十三也不肯說，當下假痴假呆，只是扮苦裝傻。

傍晚時分來到大勝關。那大勝關是豫鄂之間的要隘，地佔形勢，市肆卻不繁盛，自此以北便是蒙古兵所佔之地了。王十三引着楊過越過市鎮，又行了七八里地，只見前面數百株古槐圍繞着一座大莊院，各路英雄都向莊院走去。莊內房屋接着房屋，重重叠叠，一時也瞧不清那許多，看來便接待數千賓客也是綽綽有餘。

王十三在丐幫只是個低輩弟子，知道幫主此時正有要務忙碌，那敢去稟告借盤纏這等小事？安排了楊過的住處，自和朋友說話去了。

楊過見這莊子氣派甚大，衆莊丁來去待客，川流不息，心下暗暗納罕，不知主人是誰，何以有這等聲勢？忽聽得砰砰砰放了三聲號銃，鼓樂手奏起樂來。有人說道：「莊主夫婦親自迎客，咱們瞧瞧去，不知是那一位英雄到了？」但見知客、莊丁兩行排開。衆人都讓在兩旁。大廳屏風後並肩走出一男一女，都是四十上下年紀，男的身穿錦袍，頦留微鬚，氣宇軒昂，頗見威嚴，女的皮膚白皙，卻斯斯文文的似是個貴婦。衆賓客悄悄議論：「陸莊主和陸夫人親自出去迎接大賓。」

兩人之後又是一對夫婦，楊過眼見之下心中一凜，不禁臉上發熱，那正是郭靖、黃蓉夫婦。數年不見，郭靖氣度更是沉着，黃蓉臉露微笑，渾不減昔日端麗。楊過心想：「原來郭伯母竟是這般美貌，小時候我卻不覺得。」郭靖身穿粗布長袍，黃蓉卻是淡紫的綢衫，但她是丐幫幫主，只得在衫上不當眼處打上幾個補釘了事。靖蓉身後是郭芙與武氏兄弟。此時大廳上點起無數明晃晃紅燭，燭光照映，但見男的越是英武，女的越加嬌艷。衆賓客指指點點：「這位是郭大俠，這位是郭夫人黃幫主。」「這個花朶般的閨女是誰？」「是郭大俠夫婦的女兒。」「那兩個少年是他們的兒子？」「不是，是徒兒。」

楊過不願在人衆之間與郭靖夫婦會面，縮在一個高大漢子身後向外觀看，鼓樂聲中外面進來了四個道人。楊過眼見之下，不由得怒從心起，當先是個白髮白眉的老道，滿臉紫氣，正是全眞七子之一的廣寧子郝大通，其後是個灰白頭髮的老道姑，楊過未曾見過。後面並肩而入兩個中年道人，一是趙志敬，一是尹志平。

陸莊主夫婦齊肩拜了下去，向那老道姑口稱師父，接着郭靖夫婦、郭芙、武氏兄弟等一一上前見禮。楊過聽得人叢中一個老者悄悄向人說道：「這位老道姑是全眞教的女劍俠，姓孫名不二。」那人道：「啊，那就是名聞大江南北的淸淨散人了。」那老者道：「正是。她是陸夫人的師父。陸莊主的武藝卻非她所傳。」

原來陸莊主雙名冠英，他父親陸乘風是黃蓉之父黃藥師的弟子，因此算起來他比郭靖、黃蓉還低着一輩。陸冠英的夫人程瑤迦是孫不二的弟子。他夫婦倆本居太湖歸雲莊，後來莊子給歐陽鋒一把火燒成白地，陸乘風一怒之下，叫兒子也不要再做太湖羣盜的頭腦了，携家北上，定居在大勝關。此時陸乘風已然逝世。當年程瑤迦遭遇危難，得郭靖、黃蓉及丐幫中人相救，是以對丐幫一直感恩。這時丐幫廣撒英雄帖招集天下英雄，陸冠英夫婦一力承擔，將英雄宴設在陸家莊中。

郭靖等敬禮已畢，陪着郝大通、孫不二走向大廳，要與衆英雄引見。郝大通捋着鬍鬚說道：「馬劉丘王四位師兄接到黃幫主的英雄帖，都說該當奉召，只是馬師兄近來身子不適，劉師兄他們助他運功醫治，難以分身，只有向黃幫主告罪了。」黃蓉道：「好說，好說。幾位前輩太客氣了。」她雖年輕，然是天下第一大幫的幫主，郝大通等自是對她極爲尊重。郭靖與尹志平少年時卽曾相識，此時重見，俱各歡喜，二人攜手同入。郭靖詢問馬鈺病況，甚是掛念。大廳上筵席開處，人聲鼎沸，燭光映紅，一派熱鬧氣象。

尹志平東張西望，似在人叢中尋覓甚麼人。趙志敬微微冷笑，低聲道：「尹師弟，龍家那位不知會不會賞光？」尹志平臉上變色，並不答話。郭靖不知他們說的是小龍女，接口道：「那一位姓龍的英雄？是兩位師兄的朋友麼？」趙志敬道：「是尹師弟的好友，貧道是不敢相交的。」郭靖見二人神色古怪，知道另有別情，也就不再追問。

突然之間，尹志平在人叢中見到楊過，全身一震，如中雷轟電擊，他只道楊過既然在此，小龍女也必到了。趙志敬順着他眼光瞧去，霎時間臉色大變，怒道：「楊過！是楊過！這……這小……也來了！」

郭靖聽到「楊過」兩字，忙轉頭瞧去。他二人別離數年，楊過人已長大，郭靖本來未必卽能相識，但聽了趙志敬的呼聲，登時便認出了，心下又驚又喜，快步搶過去抓住了他手，歡然道：「過兒，你也來啦？我只怕荒廢了你功課，沒邀你來。你師父帶了你來，眞是再好也沒有了。」楊過反出重陽宮，全眞教上下均引爲本敎之恥，誰也不向外洩漏一句，是以郭靖在桃花島上一直未知。

趙志敬此番來參與英雄宴，便是要向郭靖說知此事，不料竟與楊過相遇。他生怕郭靖聽了楊過一面之詞，先入爲主，此時聽他如此說，知道二人也是初遇，當下臉色鐵青，抬頭望天，說道：「貧道何德何能，那敢做楊爺的師父？」

郭靖大吃一驚，忙問：「趙師兄何出此言？敢是小孩兒不聽教訓麼？」趙志敬見大廳上諸路英雄畢集，提起此事，勢必與楊過爭吵，全眞派臉上無光，當下只是嘿嘿冷笑，不再言語。

郭靖端詳楊過，但見他目腫鼻青，臉上絲絲血痕，衣服破爛，泥汚滿身，顯是吃了不少苦頭，心中難受，一把將他摟在懷裏。楊過一被他抱住，立時全身暗運內功，護住要害。然而郭靖乃是對他愛憐，那有絲毫相害之意，向黃蓉叫道：「蓉兒，你瞧是誰來着？」黃蓉見到楊過，也是一怔。她可沒郭靖這般喜歡，只淡淡的道：「好啊，你也來啦。」

楊過從郭靖懷抱中輕輕掙脫，說道：「我身上髒，莫弄汚了你老人家衣服。」這兩句話甚是冷淡，語氣中頗含譏刺。郭靖微感難過，隨即心想：「這孩子沒爹沒娘，瞧來他師父也不疼他。」携着他手，要他和自己坐在一桌。楊過本來給分派在大廳角落裏的偏席上，跟最不相干之人共座，當下冷冷的道：「我坐在這兒就是，郭伯伯你去陪貴客罷。」郭靖也覺尊客甚多，不便冷落旁人，於是輕輕拍了拍他肩膀，回到主賓席上敬酒。

三巡酒罷，黃蓉站起來朗聲說道：「明日是英雄大宴的正日。尙有好幾路的英雄好漢此刻尚未到來。今晚請各位放懷暢飲，不醉不休，咱們明日再說正事。」衆英雄轟然稱是。

但見筵席上肉如山積，酒似溪流，羣豪或猜枚鬥飲，或說故敍舊。這日陸家莊上也不知放翻了多少頭豬羊、斟乾了多少罈美酒。

酒飯已罷，衆莊丁接待諸路好漢，分房安息。

趙志敬悄聲向郝大通稟告幾句，郝大通點點頭。趙志敬站起身來向郭靖一拱手，說道：「郭大俠，貧道有負重託，實在慚愧得很，今日是負荆請罪來啦。」

郭靖急忙回禮，說道：「趙師兄過謙了。咱們借一步到書房中說話。小孩兒家得罪趙師兄，小弟定當重重責罰，好教趙師兄消氣。」

他這幾句話朗聲而說，楊過和他相隔雖遠，卻也聽得清清楚楚，心下計議早定：「他只要罵我一句，我起身就走，永不再見他面。他若是打我，我武功雖然不及，也要和他拚命。」心中有了這番打算，倒也坦然，已不如初見趙志敬之驚懼，見郭靖向他招手，就過去跟在他身後。

郭芙與武氏兄弟在另一桌喝酒，初時對楊過已不識得，後來經父母相認，才記起原來是兒時在桃花島上的遊伴。各人相隔已久，少年人相貌變化最大，數月不見即有不同，何況一別數年，又何況楊過故意扮成窮困落魄之狀，混在數百人之中，郭芙自然不識了。她見楊過回來，不禁心中怦然而動，回想當年在桃花島上爭鬥吵鬧，不知他是否還記昔時之恨？眼見他這副困頓情狀，與武氏兄弟丰神雋朗的形貌實有天淵之別，不由得隱隱起了憐憫之心，低聲向武敦儒道：「爹爹送他到全眞派去學藝，不知學得比咱們如何？」武敦儒還未回答，武修文接口道：「師父武功天下無敵，他怎能跟咱們比？」郭芙點了點頭，道：「他從前根基不好，想來難有甚麼進境，卻怎地又弄成這副狼狽模樣？」武修文道：「那幾個老道跟他直瞪眼，便似要吞了他一般。這小子脾氣劣得緊，定是又闖了甚麼大禍。」

三人悄悄議論了一會，聽得郭靖邀郝大通等到書房說話，又說要重責楊過，郭芙好奇心起，道：「快，咱們搶先到書房埋伏，去聽他們說些甚麼。」武敦儒怕師父責罵，不敢答應。武修文卻連聲叫好，已搶在郭芙頭裏。郭芙右足一頓，微現怒色，向武敦儒道：「你就是不聽我話。」武敦儒見了她這副口角生嗔、眉目含笑的美態，心中怦的一跳，再也違抗不得，當卽跟她急步而行。

三人剛在書架後面躲好，郭靖、黃蓉已引着郝大通、孫不二、尹志平、趙志敬四人走進書房，雙方分賓主坐下。楊過跟着進來，站立一旁。

郭靖道：「過兒，你也坐罷！」楊過搖頭道：「我不坐。」面對着武林中的六位高手，他縱然大膽，到這時也不自禁的惴惴不安。

郭靖向來把楊過當作自己嫡親子姪一般，對全眞七子又十分敬重，心想也不必問甚麼是非曲直，定然做小輩的不是，當下板起臉向楊過道：「小孩兒這等大膽，竟敢不敬師父。快向兩位師叔祖、師父、師叔磕頭請罪。」其時君臣、父子、師徒之間的名份要緊之極，所謂君要臣死，不敢不死；父要子亡，不敢不亡；而武林中師徒尊卑之分，亦是不容有半點兒差池。郭靖如此訓斥，實是憐他孤苦，語氣已溫和到了萬分，換作別人，早已「小畜生、小雜種」的亂罵，拳頭板子夾頭夾臉的打下去了。

趙志敬霍地站起，冷笑道：「貧道怎敢妄居楊爺的師尊？郭大俠，你別出言譏刺。我們全眞教並沒得罪您郭大俠，何必當面辱人？楊大爺，小道士給您老人家磕頭陪禮，算是我瞎了眼珠，不識得英雄好漢……」

靖蓉夫婦見他神色大變，越說越怒，都是詫異不已，心想徒弟犯了過失，師父打罵責罰也是常事，何必如此大失體統？黃蓉料知楊過所犯之事定然重大異常，見郭靖給他一頓發作，做聲不得，於是緩緩說道：「我們給趙師兄添麻煩，當眞過意不去。趙師兄卻也不須發怒，這孩子怎生得罪了師父，請坐下細談。」

趙志敬大聲道：「我趙志敬這一點點臭把式，怎敢做人家師父？豈不讓天下好漢笑掉了牙齒？那可不是要我的好看嗎？」

黃蓉秀眉微蹙，心感不滿。她與全眞教本沒多大交情，當年全眞七子擺天罡北斗陣圍攻她父親黃藥師，丘處機又曾堅欲以穆念慈許配給郭靖，都曾令她大爲不快，雖然事過境遷，早已不介於懷，但此時趙志敬在她面前大聲叫嚷，出言挺撞，未免太過無禮。

郝大通和孫不二雖覺難怪趙志敬生氣，然而如此暴躁吵鬧，實非出家人本色。孫不二道：「志敬，好好跟郭大俠和黃幫主說個明白。你這般暴躁，成甚麼樣子？咱們修道人修的是甚麼道？」孫不二雖是女流，但性子嚴峻，衆小輩都對她極爲敬畏，她這麼緩緩的說了幾句，趙志敬當即不敢再嚷，連稱：「是，是。」退回座位。

郭靖道：「過兒，你瞧你師父對長輩多有規矩，你怎不學個榜樣？」趙志敬又待說「我不是他師父」，望了孫不二一眼，便強行忍住，那知楊過大聲道：「他不是我師父！」

此言一出，郭靖、黃蓉固然大爲吃驚，躲在書架後偷聽的郭芙及武氏兄弟也是詫異不已。武林中師徒之份何等嚴明，常言道：「一日爲師，終身爲父。」郭靖自幼由江南七怪撫育成人，又由洪七公傳授武藝，師恩深重，自幼便深信尊師之道實是天經地義，豈知，楊過竟敢公然不認師父，說出這般忤逆的話來？他霍地立起，指着楊過，顫聲道：「你……你……你說甚麼？」他拙於言辭，不會罵人，但臉色鐵青，卻已怒到了極點。黃蓉平素極少見他如此氣惱，低聲勸道：「靖哥哥，這孩子本性不好，犯不着爲他生氣。」

楊過本來心感害怕，這時見連本來疼愛自己的郭伯伯也如此疾言厲色，把心橫了，暗想：「除死無大事，最多你們將我殺了。」於是朗聲說道：「我本性原來不好，可也沒求你們傳授武藝。你們都是武林中大有來頭的人物，何必使詭計損我一個沒爹沒娘的孩子？」他說到「沒爹沒娘」四字，自傷身世，眼圈微微一紅，但隨卽咬住下唇，心道：「今日就是死了，我也不流半滴眼淚。」

郭靖怒道：「你郭伯母和你師父……好心……好心傳你武藝，都是瞧着我和你過世爹爹的交情份上，誰又使……又使甚麼詭計了？誰……誰……又來損……損你了？」他本就不會說話，盛怒之下更是結結巴巴。

楊過見他急了，更加慢慢說話：「你郭伯伯待我很好，我永遠不會忘記。」

黃蓉緩緩的道：「郭伯母自然虧待你了。你愛一生記恨，那也由得你。」

楊過到此地步，索性侃侃而言，說道：「郭伯母沒待我好，可也沒虧待我。你說傳授武我要報那血海深仇。」

藝，其實是教我讀書，武功一分不傳。可是讀書也是好事，小姪總是多認得了幾個字，聽你講了許多古人之事。可是這幾個老道……」他手指郝大通和趙志敬，恨恨的道：「總有一日，我要報那血海深仇。」

郭靖大驚，忙問：「甚……甚麼？甚麼血海……這……這從何說起？」

楊過道：「這姓趙的道人自稱是我師父，不傳我絲毫武藝，那也罷了，他卻叫好多小道士來打我。郭伯母既不教我武功，全眞教又不敎，我自然只有挨打的份兒。還有這姓郝的，見到一位婆婆愛憐我，他卻把人家活活打死了。姓郝的臭道士，你說這話是眞是假？」想到孫婆婆爲自己而死，咬牙切齒，直要撲上去和郝大通拚命。

郝大通是全眞教高士，道學武功，俱已修到甚高境界，易理精湛，全眞教中更是無出其右，只因一個失手誤殺了孫婆婆，數年來一直鬱鬱不樂，引為生平恨事。全眞七子生平殺人不少，但所殺的盡是奸惡之徒，從來不傷無辜。此時聽楊過當衆直斥，不由得臉如死灰，當日一掌打得孫婆婆狂噴鮮血的情景，又淸淸楚楚的現在眼前。他身上不帶兵刃，當下伸出左手，從趙志敬腰裏拔出長劍。

衆人只道他要劍刺楊過，郭靖踏上一步，欲待相護，豈知他倒轉長劍，將劍柄向楊過遞去，說道：「不錯，我是殺錯了人。你跟孫婆婆報仇罷，我決不還手就是。」

衆人見他如此，無不大爲驚訝。郭靖生怕楊過接劍傷人，叫道：「過兒，不得無禮。」

楊過知道在郭靖、黃蓉面前，決計難報此仇，冷冷的道：「你明知郭伯伯定然不許我動手，卻來顯這般大方勁兒。你眞要我殺你，幹麼又不在無人之處遞劍給我？」

郝大通是武林前輩，竟給這少年幾句話刺得無言可對，手中拿着長劍，遞出又不是，縮回又不是，手上運勁一抖，拍的一聲，長劍斷為兩截。他將斷劍往地下一丟，長嘆一聲，說道：「罷了，罷了！」大踏步走出書房。郭靖待要相留，卻見他頭也不回的去了。

郭靖看看楊過，又看看孫不二等三人，心想看來這孩子的說話並非虛假，過了半晌，說道：「怎麼全眞教的師父們不教你功夫？這幾年你在幹甚麼了？」問這兩句話時，口氣已和緩了許多。

楊過道：「郭伯伯上終南山之時，將重陽宮中數百個道士打得沒還手之力，就算馬劉丘王諸位眞人不介意，難道旁人也不記恨麼？他們不能欺你郭伯伯，難道不能在我這小小孩子身上出氣麼？他們恨不得打死我才痛快，又怎肯傳我武功？這幾年來我過的是暗無天日的日子，今日還能活着來見郭伯伯，當眞是老天爺有眼了。」他輕輕幾句話，將自己反出全眞教的起因盡數推在郭靖身上。所謂「暗無天日」云云，倒也不是說謊，他住在古墓之中，自是不見天日，郭靖聽來，憐惜之心不禁大盛。

趙志敬見郭靖倒有九成信了他的說話，着急起來，說道：「你……你……小雜種胡說八道……你……哼，我們全眞教光明磊落……那……那……」

郭靖只道楊過所言是實。黃蓉卻鑑貌辨色，見楊過眼珠滾動，滿臉伶俐機變的神色，心想：「這孩子狡猾得緊，其中定然有詐。」說道：「這樣說來，你一點武功也不會了？你在全眞教門下這幾年是白躭的了？」一面問一面慢慢站起，突然間手臂一長，揮掌往他天靈蓋直拍下去。

這一掌手指拍向腦門正中「百會穴」，手掌根拍向額頭入髮際一寸的「上星穴」，這兩大要穴俱是致命之處，只要被重手拍中，立時斃命，無可挽救。郭靖大驚，叫得一聲：「蓉兒！」但黃蓉落手奇快，這一掌是她家傳的「落英神劍掌」，毫無先兆，手動掌至，郭靖待要相救，已自不及。

楊過身子微微向後一仰，要待避開，但黃蓉此時何等功夫，既然出手，那裏還能容他閃避，眼見手掌已拍上他腦門。楊過大驚之下，急忙伸手格架，腦中念頭急轉，右手微微一動，又卽垂下。如郭靖這等武功高強而心智遲鈍之人，心中尚未明白，便已出手。楊過卻見事快極，心中立時想到：「郭伯母是試我功夫來着，要是我架了她這一掌，那就是自認撒謊。」但眼見黃蓉這一招實是極厲害的殺手，倘若她並非假意相試，自己不加招架，豈非枉自送了性命？在這電光石火般的一瞬之間，猛地激起了倔強狠烈、肆意妄爲的性兒，心道：「死就死好了！」他此時武功雖然未及黃蓉，但要伸手格開她這一掌卻也並非難事，可是竟干冒生死大險，垂手不動。

黃蓉這一招果然是試他武功，手掌拍到了他頭頂，卻不加勁，只見他臉現驚惶之色，既不伸手招架，更不暗運內功護住要穴，顯是絲毫不會武功的模樣，當下微微一笑，說道：「我不傳你武功，那是爲了你好。全眞派的道爺們想來和我心意相同。」回身入座，向郭靖低聲道：「他確然沒學到全眞派的武功。」

一言甫出，心中突然暗叫：「啊喲，不對！險些受了這小鬼之騙。」想起楊過在桃花島之時，曾以蛤蟆功震傷武敦儒，武功已有了些根基，縱使這幾年沒半點進境，適才自己手掌拍上他的腦門，無論如何定會招架，心道：「小子啊小子，你鬼聰明得過了頭，若是慌慌張張的格我一招，或許竟能給你騙過。現下你裝作一竅不通，卻露出破綻來了。」當下也不說破，心想且瞧你如何搗鬼再作計較。她向趙志敬望望，又向楊過瞧瞧，只是微笑。

趙志敬見黃蓉試了一招，楊過並不還手，只道黃蓉已然被他瞞過，那就更加顯得自己理虧，不由得怒火沖天，大聲道：「這小畜生詭計多端，黃幫主你試他不出，我來試試。」走到楊過面前，指着他鼻子道：「小畜生，你當眞不會武功麼？你若不接招，道爺手下可不會容情，是死是活，你自己走着瞧罷。」他知楊過的武功實在自己之上，但自己猛下殺手，卻要逼得他非顯露眞相不可，若是仍然裝假，索性一招送了他性命，最多與郭靖夫婦翻臉，拚着受教主及師父重責便是。當眞是怒從心上起，惡向膽邊生，心想：「你料定黃幫主不會傷你的性命，這才大着膽子、鬼模鬼樣的裝得好像。在我手下，瞧你敢不敢裝假？」袍袖一揮，便要動手。

郭靖叫道：「且慢！」只怕他傷了楊過性命，便要上前干預。黃蓉一拉他的袖子，低聲道：「你別管。」她知趙志敬憤怒異常，出招必定沉重，楊過無法行險以圖僥倖，勢須還手，那時眞相便可大白了。郭靖怎知其中有這許多曲折，心下惴惴，但想妻子素來料事決無差失，也就不再說話，只踏上了一步，若是當眞危險，出手相救也來得及。

趙志敬向孫不二、尹志平二人說道：「孫師叔、尹師弟，這小畜生假裝不會武功，我是逼得無法，這才試他。倘若他硬挺到底，我一掌擊斃了他，請你們在掌教師伯、丘師伯和我師父面前作個見證。」

楊過反出全眞教的原委，孫不二自是一淸二楚，見他此時憑着狡獪伎倆，擠得趙志敬下不了台，明明顯得全眞教理虧，也盼望趙志敬逼他現出本相，冷笑道：「這般毀師叛教逆徒，打殺了便是。」她是有道高人，豈能叫人妄開殺戒？這幾句話的用意實是威嚇楊過，要他不敢繼續裝假作偽。

趙志敬有師叔撐腰，膽子更加大了，提起右足，對準楊過小腹猛踢過去。這招「天山飛渡」剛中有柔，陽勁蘊蓄陰勁，着實厲害。但這一脚勁力雖強，卻並不深奧，乃是全眞派武功的入門第一課，出招平淡無奇，只要稍會武功，便能拆解。凡全眞教弟子第一天學武，就必先學「天山飛渡」，跟着就學「退馬勢」，那是避讓「天山飛渡」的一着，一攻一守，乃是最簡易的套子。趙志敬使出這一招，是要使郭靖、黃蓉明白：「就算我沒傳他高深武功，難道這入門第一課也不教麼？」

楊過見他飛腿踢來，卻不使那「退馬勢」，叫聲：「啊喲！」左手下垂，擋住了小腹。趙志敬見他竟然大着膽子不閃不讓，這一脚也就不再容情，直踢過去，待得足尖與他小腹相距只餘三寸，燈光下猛見他左手大拇指微微翹起，對準了自己右足內踝的「大谿穴」。

這一脚若是猛力踢去，足尖尚未及到對方身體，自己先已被點中穴道，這一來不是對方伸手點穴，卻是自己將穴道湊到他指尖上去給他點了。他是全眞教第三代弟子中的第一高手，危急中立即變招，硬生生轉過出脚方向，右足從楊過身旁擦過，總算避開了這一點之厄，但身子已不免一幌，滿臉脹得通紅。

郭靖與黃蓉都在楊過身後，看不到他的手指，還道趙志敬脚下容情，在最後關頭轉了去勢。孫不二和尹志平卻已看得清楚。尹志平默不作聲。孫不二霍地站起來，喝道：「好小子，這等奸猾！」

趙志敬左掌虛幌，右掌往楊過左頰斜劈下去，這一招「紫電穿雲」卻是極精妙的上乘招數，手掌到了中途，去向突換，明明劈向左頰，掌緣卻要斬在敵人右頸之中。豈知楊過早已將玉女心經練得滾瓜爛熟，這心經正是全眞武功的大對頭。王重陽每一招厲害的拳術掌法，當年林朝英無不擬具了巧妙破法。這時楊過見他左掌幌動，忙伸手抱頭，似乎極爲害怕，左手食指卻已暗藏右頸，只是右掌在外遮掩，教趙志敬無法看到，待他掌緣斬至，突然右手微斜，波的一聲，左手食指正好點中他掌緣正中的「後溪穴」。

這一着仍是趙志敬自行將手掌送到他手指上去給他點穴，楊過只是料敵機先，將手指放在準確的部位而已。趙志敬掌上穴道被點，登時手臂酸痲，知道中了詭計，狂怒之下，左足橫掃而出，楊過大叫：「不得了！」左臂微曲，將肘尖置於左腰上二寸五分之處。趙志敬左脚踢到，足踝上「照海」「太溪」二穴同時撞正楊過肘尖。他這一脚在大怒之中踢出，力道強勁已極，穴道受到的震盪便也十分厲害，左腿一痲，跪倒在地。

孫不二見師姪出醜，左臂探處，伸手挽起，在他背後拍了幾下，解開了穴道。

楊過見這老道姑出手既準且快，武功遠遠勝過趙志敬，心中也自忌憚，忙退在一邊。

孫不二雖然修道多年，性子仍是極爲剛強，見楊過的功夫奇詭無比，似乎正是本門武功的尅星，自己出手也未必能勝，叫道：「走罷！」也不向郭黃二人道別，袍袖一拂，縱身從書房窗中撲出，逕自上了屋頂。

尹志平一直猶似失魂落魄，要待向郭靖和黃蓉解釋原委，趙志敬怒道：「還說甚麼？」拉拉他的袍袖，兩人先後躍出窗口，隨孫不二而去。

以郭靖黃蓉二人眼力，自然知道趙志敬被人點了穴道，但楊過明明並未伸手出指，難道旁邊有高人暗中相助不成？

郭靖立即探頭到窗口一看，那裏有人？他只道趙志敬正要痛下殺手之際忽然不忍，因而假裝穴道被點，藉故離去。黃蓉卻看出必是楊過使了詭計，只是一來她在楊過背後，眼光再好也看不到他手指手肘的動靜，二來她不知世上有玉女心經這樣一門武功，竟能料敵機先，將全眞派武功剋制得沒絲毫還手之力，一時便也猜想不透。她可不會似郭靖這般君子之心度人，見全眞教四道拂袖逕去，大缺禮數，心下暗自恚怒。

她心下沉吟，回過身來，只見書架下露出郭芙墨綠色的鞋子，當卽叫道：「芙兒，在這兒幹甚麼？」郭芙嘻嘻一笑，出來扮個鬼臉，道：「我和武家哥哥在這兒找書看呢。」黃蓉知道他們三人素來不親書籍，怎能今日忽然用功起來？一看女兒的臉色，料定他們必是事先躲着偷聽。正要斥罵幾句，丐幫弟子稟報有遠客到臨，黃蓉向楊過望了一眼，自與郭靖出去迎賓。

郭靖向武氏兄弟道：「楊家哥哥是你們小時同伴，你們好好招呼他。」

武氏兄弟從前和楊過不睦，此時見他如此潦倒，在全眞教中旣沒學到半分武功，又被師父「小畜生、小雜種」的亂罵，自是更加輕視，叫來一名莊丁，命他招呼楊過，安置睡處。

郭芙對楊過卻是大感好奇，問道：「楊大哥，你師父幹麼不要你？」楊過道：「那原因可就多啦。我又笨又懶，脾氣不好，又不會裝矮人侍候師父的親人，去給買馬鞭子、驢鞭子甚麼的……」

武氏兄弟聽得此言刺耳，都變了臉。武修文先就忍耐不住，喝道：「你說甚麼？」楊過道：「我說我不中用，討不到師父的歡心。」

郭芙嫣然一笑，說道：「你師父是道爺，難道也有女兒麼？」楊過見她這麼一笑，猶似一朵玫瑰花兒忽然開放，明媚嬌艷，心中不覺一動，臉上微微一紅，將頭轉了開去。郭芙自來將武氏兄弟擺布得團團亂轉，早已不當一回事，這時忽見楊過轉頭，知他已開始爲自己的美貌傾倒，心中暗自得意。

楊過眼望西首，見壁上掛着一副對聯，上聯是「桃花影落飛神劍」，下聯是「碧海潮生按玉簫」。這副對聯他在桃花島試劍亭中曾經見過，知是黃藥師所書，但此處的對聯下面署名卻是「五湖廢人病中塗鴨」。他年紀比眼前這三人大不了幾歲，閱歷心情，卻似老了十多年一般，看到「五湖廢人」四字，想起親人或死或離，自己東飄西泊，直與廢人無異，適才逼得趙志敬狼狽遁走的得意之情霎時盡消，一股淒苦蕭索之意襲上心來，不禁垂下了頭，暗自神傷。

郭芙低聲軟語：「楊大哥，你這就去安置罷，明兒我再找你說話。」楊過淡淡的道：「好罷！」隨着那莊丁出了書房，隱約聽得郭芙在發作武氏兄弟：「我愛找他說話，你們又管得着了？他武功不好，我自會求爹爹教他。」

楊過道：「郭姑娘，請轉告你爹爹媽媽，說我走啦。」郭芙一驚，問道：「好端端的幹麼走了？」楊過淡淡的道：「也沒甚麼。我本不爲甚麼而來，既然來過了，也就該去了。」

第十二回　英雄大宴

次日楊過在廳上用過早點，見郭芙在天井中伸手相招，武氏兄弟卻在旁探頭探腦。楊過暗暗好笑，向郭芙走去，問道：「你找我麼？」郭芙笑道：「是啊，你陪我到門外走走，我要問你這些年來在幹些甚麼。」楊過噓了一口長氣，心想那眞是一言難盡，三日三夜也說不完，而且這些事又怎能跟你說？

二人並肩走出大門，楊過一側頭，見武氏兄弟遙遙跟在後面。郭芙早已知道，卻假裝沒瞧見，只是向楊過絮絮相詢。楊過揀些沒要緊的閒事亂說一通，東拉西扯，惹得郭芙格格嬌笑。她明知楊過瞎說，卻聽得甚覺有趣。

二人緩步行到柳樹之下，忽聽得一聲長嘶，一匹癩皮瘦馬奔將過來，在楊過身上挨挨擦擦，甚是親熱。武氏兄弟見了這匹醜馬，忍不住哈哈大笑，走到二人身邊。武修文笑道：「楊兄，這匹千里寶馬妙得緊啊，虧你好本事覓來？幾時你也給我覓一匹。」武敦儒正色道：「這是大食國來的無價之寶，你怎買得起？」郭芙望望楊過，望望醜馬，見二者一般的骯髒潦倒，不由得格的一聲笑了出來。

楊過笑道：「我人醜馬也醜，原本相配。兩位武兄的坐騎，想來神駿得緊了。」武修文道：「咱哥兒倆的坐騎，也不過比你的癩皮馬好些。芙妹的紅馬才是寶馬呢。似前你在桃花島上早見過的。」楊過道：「原來郭伯伯將紅馬給了姑娘。」

四個人邊說邊走。郭芙忽然指着西首，說道：「瞧，我媽又傳棒法去啦。」楊過轉過頭來，只見黃蓉和一個年老乞丐正向山坳中並肩走去，兩人手中都提着一根桿棒。武修文道：「魯長老也眞夠笨的了，這打狗棒法學了這麼久，還是沒學會。」楊過聽到「打狗棒法」四字，心中一凜，卻絲毫不動聲色，轉過頭來望着別處，假裝觀賞風景。

只聽郭芙道：「打狗棒法是丐幫的鎭幫之寶，我媽說這棒法神妙無比，乃是天下兵刃中最厲害的招數，自不是十天半月就學得會的。你說他笨，你好聰明麼？」武敦儒嘆了口氣，道：「可惜除了丐幫的幫主，這棒法不傳外人。」郭芙道：「將來若是你做丐幫幫主，魯幫主自會傳你。這棒法連我爹爹也不會，你不用眼熱。」武敦儒道：「憑我這塊料兒，怎能做丐幫幫主？芙妹，你說師母怎會選中魯長老接替？」郭芙道：「這些年來，我媽也只掛個名兒。丐幫大大小小的事兒，一直就交給魯有脚長老辦着。我媽聽見丐幫中這許多嚕哩嚕唆的事兒就頭痛，她說何必老是這樣有名無實，不如叫魯長老做了幫主是正經。等到魯長老學會打狗棒法，我媽就正式傳位給他啦。」

武修文道：「芙妹，這打狗棒法到底是怎樣打的？你見過沒有？」郭芙道：「我沒見過。咦，我見過的！」從地下檢起一根樹枝，在他肩頭輕擊一下，笑道：「就是這樣！」武修文大叫：「好，你當我是狗兒，你瞧我饒不饒你？」伸手作勢要去抓她。郭芙笑着逃開，武修文追了過去。兩人兜了個圈子又回到原地。

郭芙笑道：「小武哥哥，你別再鬧，我倒有個主意。」武修文道：「好，你說。」郭芙道：「咱們去偷着瞧瞧，看那打狗棒法究竟是個甚麼寶貝模樣。」武修文拍手叫好。武敦儒卻搖頭道：「要是給師母知覺咱們偷學棒法，定討一頓好罵。」郭芙惱道：「咱們只瞧個樣兒，又不是偷學。再說，這般神妙的武功，你瞧幾下就會了麼？大武哥哥，你可眞算了不起。」武敦儒給她一頓搶白，只微微一笑。郭芙又道：「昨兒咱們躱在書房裏偷聽，我媽罵了人沒有？你就是一股勁兒膽小。小武哥哥，咱們兩個去。」武敦儒道：「好好，算你的道理對，我跟你去就是。」郭芙道：「這天下第一等的武功，難道你就不想瞧瞧？你不去也成，我學會了回來用這棒法打你。」說着舉起手中樹枝向他一揚。

他三人對打狗棒法早就甚是神往，耳聞其名已久，但到底是怎麼個樣兒，卻從來沒見過。郭靖曾跟他們講述，當年黃蓉在君山丐幫大會之中如何以打狗棒法力折羣雄、奪得幫主之位，三個孩子聽得欣慕無已。此刻郭芙倡議去見識見識，武敦儒嘴上反對，心中早就一百廿個的願意，只是裝作勉爲其難，不過聽從郭芙的主意，萬一事發，師母須怪不到他。

郭芙道：「楊大哥，你也跟我們去罷。」楊過眺望遠山，似乎正涉遐思，全沒聽到他們的話。郭芙又叫了一遍，楊過才回過頭來，滿臉迷惘之色，問道：「好好，跟你去，到那裏啊？」郭芙道：「你別問，跟我來便是。」武敦儒道：「芙妹，要他去幹麼，他又看不懂，笨頭笨腦的弄出些聲音來，豈不教師母知覺了？」郭芙道：「你放心，我照顧着他就是了。」

你們兩個先去，我和楊大哥隨後再來。四個人一起走脚步聲太大。」

武氏兄弟老大不願，但素知郭芙的言語違拗不得。兄弟倆當下快快先行。郭芙叫道：「咱們繞近路先到那棵大樹上躲着，大家小心些別出聲，我媽不會知覺的。」武氏兄弟遙遙答應，加快脚步去了。

郭芙瞧瞧楊過，見他身上衣服實在破爛得厲害，說道：「回頭我要媽給你做幾件新衣，你打扮起來，就不會這般難看了。」楊過搖頭道：「我生來難看，打扮也沒用的。」

郭芙說過便算，也沒再將這事放在心上，瞧着武氏兄弟的背影，忽然輕輕嘆了口氣。楊過道：「你爲甚麼嘆氣？」郭芙道：「我心裏煩得很，你不懂的。」

楊過見她臉色嬌紅，禾眉微蹙，確是個絕美的姑娘，比之陸無雙、完顏萍、耶律燕等還都美上三分，心中微微一動，說道：「我知道你爲甚麼煩心。」郭芙笑道：「這又奇了，你怎會知道？眞是胡說八道。」楊過道：「好，我若是猜中了，你可不許抵賴。」

郭芙伸出一根白白嫩嫩的小手指抵着右頰，星眸閃動，嘴角蘊笑，道：「好，你猜。」楊過道：「那還不容易。武家哥兒倆都喜歡你，都討你好，你心中就難以取捨。」

郭芙給他說破心事，一顆心登時怦怦亂跳。這件事她知道、武氏兄弟知道、她父母知道，甚至師公柯鎭惡也知道，可是大家都覺得此事難以啓齒，每個人心裏常常想着，口中卻從來沒提過一句。此時斗然間給楊過說了出來，不由得她滿臉通紅，又是高興，又是難過，又想嘻笑，又想哭泣，淚珠兒在眼眶中滾來滾去。

楊過道：「大武哥哥斯文穩重，小武哥哥卻能陪我解悶。兩個兒都是年少英俊，武功了得，又都千依百順，向我大獻殷勤，當眞是哥哥有哥哥的好，弟弟有弟弟的強，可是我一個人，又怎能嫁兩個郎？」郭芙怔怔的聽他說着，聽到最後一句，啐了一口，說道：「你滿嘴胡說，誰理你啦？」楊過瞧她神色，早知已全盤猜中，口中輕輕哼着小調兒：「可是我一個人啊，又怎能嫁兩個郎？」

他連哼幾句，郭芙始終心不在焉，似乎並沒聽見，過了一會，才道：「楊大哥，你說是大武哥哥好呢，還是小武哥哥好？」這句話問得甚是突兀。她與楊過雖是兒時遊伴，但當時便有嫌隙，又是多年未見，現下兩人都已長大，這般女兒家的心事怎能向他吐露？可是楊過生性活潑，只要不得罪他，他跟你嘻嘻哈哈，有說有笑，片刻間令人如坐春風，似飲美酒。況且郭芙心中不知已千百遍的想過此事，確是覺得二人各有好處，日常玩耍說笑，和武修文較爲投機相得，但要辦甚麼正事，卻又是武敦儒妥當得多。女孩兒情竇初開，平時對二人或嗔或怒，或喜或愁，將兄弟倆擺弄得神魂顚倒，在她內心，卻是好生爲難，不知該對誰更好些才是，這時和楊過談起，竟不自禁的問出了口。

楊過笑道：「我瞧兩個都不好。」郭芙一怔，問道：「爲甚麼？」楊過笑道：「若是他二人好了，我楊過還有指望麼？」他一路上對陸無雙嬉皮笑臉的胡鬧慣了，其實並非當眞有甚麼邪念，這時和郭芙說笑，竟又脫口而出。

郭芙一呆，她是個嬌生慣養的姑娘，從來沒人敢對她說半句輕薄之言，當下不知該發怒還是不該，板起了臉，道：「你不說也就罷了，誰跟你說笑？咱們快走罷。」說着展開輕功，繞小路向山坳後奔去。

楊過碰了一個釘子，覺得老大不是意思，心想：「我擠在他們三人中間幹麼？自己走得遠遠的罷！」轉過身來，緩緩而行，心想：「武家兄弟把這姑娘當作天仙一般，唯恐她不嫁自己。其實當眞娶到了，整天陪着這般嬌縱橫蠻的一個女子，定是苦頭多過樂趣，嘿，這般痴人，也眞好笑。」

郭芙奔了一陣，只道楊過定會跟來求告陪罪，不料立定稍候，竟沒他的人影。她心念一轉，暗道：「這人不會輕功，自然追我不上。」當即向來路趕回，只見他反而走遠，心中好生奇怪，奔到他面前，問道：「你怎麼不來？」楊過道：「郭姑娘，請你轉告你爹爹媽媽，說我走啦。」郭芙一驚，道：「好端端的幹麼走了？」楊過談談一笑，道：「也沒甚麼，我本來不爲甚麼而來，既然來過了，也就該去了。」

郭芙素來喜歡熱鬧，雖然心中全然瞧不起楊過，只覺得聽他說笑，比之跟武氏兄弟說話另有一股新鮮味兒，實是一百個盼望他別走，說道：「楊大哥，咱們這麼久沒見，我有好多話要問你呢。再說，今晚開英雄大宴，東南西北、各家各派的英雄好漢都來聚會，你怎不見識見識呢？」

楊過笑道：「我又不是英雄，若是也來與會，豈不教那些大英雄們笑話？」郭芙道：「那也說得是。」微一沉吟，道：「反正陸家莊不會武功之人也很多，你跟那些帳房先生、管家們一起喝酒吃飯，也就是了。」楊過一聽大怒，心想：「好哇，你將我當作低三下四之人看待了。」臉上卻絲毫不露氣惱之色，笑道：「那可不錯。」他本想一走了之，此時卻將心一横，決意要做些事情出來羞辱她一番。

郭芙自小嬌生慣養，不懂人情世故，她這幾句話其實並非有意相損，卻不知無意中已大大得罪了人。她見楊過回心轉意，笑道：「快走罷，別去得遲了，給媽先到，就偷看不到了。」她在前快步而行，楊過氣喘吁吁的跟着，落脚沉重，顯得十分的遲鈍笨拙。

好容易奔近黃蓉平時傳授魯有脚棒法之處，只見武氏兄弟已爬在樹梢，四下張望。郭芙躍上樹枝，伸下手來拉楊過上去。楊過握着她溫軟如綿的小手，不由得心中一蕩，但隨即想起：「你就是再美十倍，也怎及得上我姑姑半分？」

郭芙悄聲問道：「我媽還沒來麼？」武修文指着西首，低聲道：「魯長老在那裏舞棒，師母和師父走開說話去了。」郭芙生平就只怕父親一人，聽說他也來了，覺得有些不妥，但見魯有脚拿着一根竹棒，東邊一指，西邊一攪，毫無驚人之處，低聲道：「這就是打狗棒法麼？」武敦儒道：「多半是了。師母正在指點，師父過來有事和師母商量，請她到一旁說話去了，魯長老就獨個兒這麼練着。」

郭芙又看了幾招，但覺呆滯，不見奧妙，說道：「魯長老還沒學會，沒甚麼好看，咱們走罷。」楊過見魯長老所使的棒法，與洪七公當日在華山絕頂所傳果然分毫不錯，心中冷笑：「小女孩兒甚麼也不懂，偏會口出大言。」

武氏兄弟對郭芙奉命唯謹，聽說她要走，正要躍下樹來，忽聽樹下脚步聲響，郭靖夫婦並肩走近。只聽郭靖說道：「芙兒的終身大事，自然不能輕忽。但過兒年紀還小，少年人頑皮胡鬧總免不了的。在全眞教鬧的事，看來也不全是他錯。」黃蓉道：「他在全眞教搗蛋，我才不在乎呢。你顧念郭楊兩家祖上累世的交情，原本是該的。但楊過這小子狡獪得緊，我越是瞧他，越覺得像他父親，我怎放心將芙兒許他？」

楊過、郭芙、武氏兄弟四人聽了這幾句話，無不大驚。四人雖知郭楊兩家本有瓜葛牽連，卻不知上代原來淵源極深，更萬想不到郭靖有意把女兒許配給楊過。這幾句話與各人都有莫大干係，四人自是都凝神傾聽，四顆心一齊怦怦亂跳。

只聽郭靖道：「楊康兄弟不幸流落金國王府，誤交匪人，才落得如此悲慘下場，到頭來竟致屍骨不全。若他自小就由楊鐵心叔父教養，決不至此。」黃蓉嘆了口氣，想到嘉興王鐵槍廟中那晚驚心動魄之事，兀自寒心，低低的道：「那也說得是。」

楊過對自己身世從來不明，只知父親早亡，死於他人之手，至於怎樣死法，仇人是誰，即是自己生母也不肯明言。此時聽郭靖提到他父親，說甚麼「流落王府，誤交匪人」，又是甚麼「屍骨不全」，登時如遭雷轟電掣，全身發顫，臉如死灰。郭芙斜眼瞧了他一眼，見他如此神色，不由得心中害怕，擔心他突然摔下，就此死去。

郭靖與黃蓉背向大樹，並肩坐在一塊岩石之上。郭靖輕撫黃蓉手背，溫言道：「自從你懷了這第二個孩子，最近身子大不如前，快些將丐幫的大小事務一古腦兒的交了給魯有脚，須得好好補養才是。」郭芙大喜，心道：「原來媽媽有了孩子，我多個弟弟，那可有多好。媽怎麼又不跟我說？」

黃蓉道：「丐幫之事，我本來就沒多操心。倒是芙兒的終身，好教我放心不下。」郭靖道：「全眞教既不肯收容過兒，讓我自己好好教他罷。我瞧他人是極聰明的，將來我把功夫盡數傳與他，也不枉了我與他爹爹結義一場。」

楊過此時才知郭靖原來與自己生父是金蘭兄弟，「郭伯伯」這三個字，中間實有重大含義，聽郭靖言語中對自己情重，心中感動，幾欲流下淚來。

黃蓉嘆道：「我就是怕他聰明反被聰明誤，因此只教他讀書，不傳武功。盼他將來成爲一個深明大義、正正派派的好男兒，縱使不會半點武功，咱們將芙兒許他，也是心滿意足的了。」郭靖道：「你事事想得周全，用心本來很好，可是芙兒是這樣的一個脾氣，這樣的一身武功，要她終身守着一個文弱書生，你說不委屈她麼？你說她會尊重過兒麼？我瞧啊，這樣的夫妻定然難以和順。」黃蓉笑道：「也不怕羞！原來咱倆夫妻和順，只因爲你武功勝過我了。郭大俠，來來來，咱倆比劃比劃。」郭靖笑道：「好，黃幫主，你劃下道兒來罷。」只聽拍的一聲，黃蓉在郭靖肩頭輕輕拍了一下。

過了一會，黃蓉道：「唉，這件事說來好生爲難，就算過兒的事暫且擱在一旁，武家哥兒倆又怎生分解？你瞧大武好些呢，還是小武好些？」郭芙和武氏兄弟三人之心自然大跳特跳。楊過事不關己，卻也急欲知道郭靖對二人的評語。

只聽郭靖「嗯」了一聲，隔了好久始終沒有下文，最後才道：「小事情上是瞧不出的。一個人要面臨大事，眞正的品性才顯得出來。」他聲調轉柔，說道：「好，芙兒年紀還小，過幾年再說也不算遲，說不定到那時一切自有妥善安排，全不用做父母的操心。你教導魯長老棒法，可別太費神了，這幾日我總覺你氣息紛亂，有些擔心。我找過兒去，跟他談談。」說着站起身來，向來路回去。

黃蓉坐在石上調勻一會呼吸，才招呼魯有脚過來試演棒法。這時魯有脚已將三十六路打狗棒法盡數學全，只是如何使用卻未領會訣竅。黃蓉耐着性子，一路路的詳加解釋。

那打狗棒法的招數固然奧妙，而訣竅心法尤其神妙無比，否則小小一根青竹棒兒怎能成爲丐幫鎭幫之寶？以歐陽鋒如此厲害的武功，竟要苦苦思索，方能拆解得一招半式？黃蓉已花了將近一個月工夫，才將招數傳授了魯有脚，此時再把口訣和變化心法唸了幾遍，叫他牢牢記住，說到融會貫通，那是要瞧各人的資質與悟性了，卻不是師父所能傳授得了的。

郭芙與武氏兄弟不懂棒法，只聽得索然無味，甚麼「封」字訣如何如何，「纏」字訣又怎樣怎樣，第十八變怎樣轉爲第十九變，而第十九變又如何演爲第二十變。三人幾次要想溜下樹去，卻又怕給黃蓉發覺，只盼她儘快說完口訣，與魯有脚一齊走開。那知黃蓉預定今日在英雄大宴之前將幫主之位傳給魯有脚，預定此時將棒法口訣一齊傳完，倘若他無法領會，寧可日後慢慢再教，總之是遵依幫規，使他在接任幫主之時已然學會打狗棒法，因之說了將近一個時辰還沒說完。偏生魯有脚天資不佳，兼之年紀已老，記心減退，一時之間那裏記得了這許多？黃蓉反來覆去說了一遍又一遍，他總是難以記得周全。

黃蓉自十五歲上與郭靖相識，對資質遲鈍之人相處已慣，魯有脚記心不好，她倒也並不着惱。苦在幫規所限，這口訣心法必須以口相傳，決不能錄之於筆墨，否則寫將出來讓他慢慢讀熟，倒可省卻不少心力了。

當日洪七公在華山絕頂與歐陽鋒比武，損耗內力後將這棒法每一招每一變都教了楊過，叫他演給歐陽鋒觀看，但臨敵使用的口訣心法卻一句不傳。他想楊過雖聽了招數，不明心法，實無半點用處，這樣便不算犯了幫規，而當時並非眞的與歐陽鋒過招，使棒的心法自也不必傳授。那知楊過竟會在此處原原本本的盡數聽到。他天資高出魯有脚百倍，只聽到第三遍，早已一字不漏的記住，魯有脚卻兀自顛三倒四、纏七夾八的背不清楚。

黃蓉第二次懷孕之後，某日修習內功時偶一不慎，傷了胎氣，因是大感虛弱。這日教了半天，頗感疲累，倚在石上休息，合眼養了一會神，叫道：「芙兒、儒兒、文兒、過兒，一起都給我滾下來罷！」

郭芙等四人大吃一驚，都想：「怎麼她不動聲色，原來早知道了！」郭芙笑道：「媽，你眞有本事，甚麼都瞞不過你。」說着使一招「乳燕投林」，輕輕躍在她面前。武氏兄弟跟着躍下，楊過卻慢慢爬下樹來。

黃蓉哼了聲道：「憑你們這點功夫，也想偷看來着？若是連你們幾個小賊也知覺不了，到江湖上行走，只怕過不了半天就中歹人埋伏。」郭芙訕訕的有些不好意思，但自恃母親素來寬縱，也不怕她責罵，笑道：「媽，我拉了他們三個來，想要瞧瞧威震天下的打狗棒法，那知道魯長老使的一點也不好看。媽，你使給我瞧瞧。」

黃蓉一笑，從魯有脚手中接過竹棒，道：「好，你小心着，我要絆小狗兒一交。」郭芙全神留心下盤，只待竹棒伸來，立即上躍，教她絆之不着。黃蓉竹棒一幌，郭芙急忙躍起，雙足離地半尺，剛好棒兒一絆，輕輕巧巧的便將她絆倒了。郭芙跳起身來，大叫：「我不來，我不來。那是我自己不好。」黃蓉笑道：「好罷，你愛怎麼着就怎麼着。」

郭芙擺個馬步，穩穩站着，轉念一想，說道：「大武哥哥，小武哥哥，你兩個在我旁邊，也擺馬步。」武氏兄弟依言站穩。郭芙伸出手臂與二人手臂相勾，合三人之力，當眞是穩若泰山，說道：「媽，不怕你啦。除非是爹爹的降龍十八掌，那才推得動我們。」黃蓉微微一笑，揮棒往三人臉上橫掃過去，勢挾勁風，甚是峻急。三人連忙仰後相避，這這麼一來，下盤紮的馬步自然鬆了。黃蓉竹棒迴帶，使個「轉」字訣，往三人脚下掠去，三人立足不穩，同時撲地跌倒。總算三人武功已頗有根基，上身微一沾地，立即躍起。

郭芙叫道：「媽，你這個仍是騙人的玩意兒，我不來。」黃蓉笑道：「適才我傳授魯長老那絆、劈、纏、戳、挑、引、封、轉八訣，那一訣是用蠻力的？你說我這是個騙人的玩意兒，那不錯，武功之中，十成中九成是騙人的玩意兒，只要能把高手騙倒，那就是勝了。只有你爹爹的降龍十八掌這等武功，那才是眞功夫的硬拚，用不着使巧勁詐着。可是要練到這一步，天下能有幾人能夠？」

這幾句話只把楊過聽得暗暗點頭，凝思黃蓉所述的打狗棒心法，與洪七公所說的招數一加印證，當眞是奧妙無窮。郭芙等三人雖然懂了黃蓉這幾句話，卻未悟到其中妙旨。

黃蓉又道：「這打狗棒法是武林中最特異的功夫，卓然自成一家，與各門派的功夫均無牽涉。單學招數，若是不明口訣，那是一點無用。憑你絕頂聰明，只怕也難以自創一句口訣，以之與招數相配。但若知道了口訣，非我親傳招數，也只記得甚麼『絆、劈、纏、戳、挑、引、封、轉』八個字而已，因此不怕你們四個小鬼偷聽。若是我傳授別種武功，未得我的允准，以後可萬萬不能偷聽偷學，知道了麼？」郭芙連聲答應，笑道：「媽，你的功夫我何必偷學？難道你還有不肯教我的麼？」

黃蓉用竹棒在她臂上輕輕一拍，笑道：「跟兩位武家哥哥玩去。過兒，我有幾句說跟你說。魯長老，你慢慢去想罷，一時記不全，日後再教你。」魯有脚、郭芙等四人別了黃蓉，自回陸家莊去，只留下楊過站着。

楊過心中怦怦而跳，生怕黃蓉知道他偷學打狗棒法，要施辣手取他性命。

黃蓉見他神色驚疑不定，拉着他手，叫他坐在身邊，柔聲道：「過兒，你有很多事，我都不明白，若是問你，料你也不肯說。不過這個我也不怪你。我年幼之時，性兒也是極其怪僻，全虧得你郭伯伯處處容讓。」說到這裏，輕輕嘆了口氣，嘴角邊現出微笑，想起了自己少年時淘氣之事，又道：「我不傳你武功，本意是爲你好，那知反累你吃了許多苦頭。你郭伯伯愛我惜我，這份恩情，我自然要盡力報答，他對你有個極大的心願，望你將來成爲一個頂天立地的好男兒。我定當盡力助你學好，以成全他的心願。過兒，你也千萬別讓他灰心，好不好？」

楊過從未聽黃蓉如此溫柔誠懇的對自己說話，只見她眼中充滿着憐愛之情，不由得大是感動，胸口熱血上湧，不禁哇的一聲，哭了出來。

黃蓉撫着他的頭髮，柔聲說道：「過兒，我甚麼也不用瞞你。我以前不喜歡你爹爹，因此一直也不喜歡你。但從今後，我一定好好待你，等我身子復了原，我便把全身武功都傳給你。郭伯伯也說過要傳你武功。」

楊過更是難過，越哭越響，抽抽噎噎的道：「郭伯母，很多事我瞞着你，我……我……我都跟你說。」黃蓉撫着他頭髮，說道：「今日我很倦，過幾天再說不遲，你只要做個好孩子，我就喜歡啦。待會開丐幫大會，你也來瞧瞧罷。」楊過心想洪七公逝世這等大事，自須在大會中明言，擦着眼淚不住點頭。

二人在大樹下這一席話，都是眞情流露，將從前相互不滿之情，豁然消解。說到後來，楊過竟然破涕爲笑，又想到郭靖言語中對自己的期望與厚意，自與小龍女分別以來，首次感到這般溫暖。

黃蓉說了一會話，覺得腹中隱隱有些疼痛，慢慢站起，說道：「咱們回去罷。」携着他手，緩步而行。楊過心想該把洪七公的死訊先行稟明，道：「郭伯母，我有一件很要緊的事跟你說。」黃蓉只感丹田中氣息越來越不順暢，皺着眉頭道：「明兒再說，我……我不舒服。」

楊過見她臉色灰白，不禁擔心，只覺她手掌有些陰涼，大着膽子暗自運氣，將一股熱力從手掌上傳了過去。當他與小龍女在終南山同練玉女心經之時，這門掌心傳功的法門已練得極是純熟，但他怕黃蓉的內功與他所學互有衝撞牴觸，初時只微微傳了些過去，後來覺得通行無阻，這才增加內力。

黃蓉感到他傳來的內力綿綿密密，與全眞派內功全然不同，但柔和渾厚，實不在全眞高手之下，體內大爲受用，片刻之間，她逆轉的氣血已歸順暢，雙頰現出暈紅，心中驚異：「這孩子卻在那裏學到了這上乘內功？」向他一笑，意甚嘉許。

正要出言詢問，郭芙遠遠奔來，叫道：「媽，媽，你猜是誰來了？」黃蓉笑道：「今兒天下英雄聚會，我怎知是誰來了？」突然心念一動，歡然道：「啊，是武家哥哥的師伯、師叔們，這可多年不見了。」郭芙道：「媽你眞聰明，怎麼一猜就中？」黃蓉笑道：「這有何難？武家哥兒倆寸步也不離開你，忽然不跟着你，定是他們親人到了。」楊過向來自恃聰明機變，但見黃蓉料事如神，遠在自己之上，不禁駭服。

黃蓉又道：「芙兒，恭喜你又得能多學一門上乘武功，就只怕你學不會。」郭芙問道：「甚麼武功？」楊過衝口而出：「一陽指！」郭芙不去理他，隨口道：「你懂甚麼？媽，是甚麼武功？」黃蓉笑道：「楊大哥不已說了？」郭芙道：「啊，原來是媽跟你說的。」

黃蓉和楊過都微笑不語。黃蓉心想：「過兒聰明智慧，勝於武家兄弟十倍。芙兒是個草包，更加不用提。他知一陽指是一燈大師的本門功夫，武氏兄弟的師叔伯們到來，憐他兄弟孤苦，定會傳授，而他哥兒倆要討好芙兒，自是學到甚麼就轉送給她甚麼了。」郭芙卻好生奇怪，媽媽幹麼要將此事先告訴了楊過，難道眞要將我終身許給這小叫化嗎？想到此處，不由得向楊過白了一眼，做個鬼臉。

大理國一燈大師座下有漁樵耕讀四大弟子。武氏兄弟的父親武三通即是位列第三的農夫。他自與李莫愁一戰受傷，迄今影蹤不見，存亡未卜。此次來赴英雄宴的是漁人泗水漁隱與書生朱子柳二人。

朱子柳與黃蓉一見就要鬥口，此番闊別已十餘年，兩人相見，又是各逞機辯。歡敘之後，泗水漁隱與朱子柳二人果然找了間靜室，將一陽指的入門功夫傳於武氏兄弟。

這日上午，陸家莊上又到了無數英雄好漢。陸家莊雖大，卻也已到處擠滿了人。

中午飯罷，丐幫幫衆在陸家莊外林中聚會。新舊幫主交替是丐幫最隆重的慶典，東南西北各路高輩弟子盡皆與會，來到陸家莊參與英雄宴的羣豪也均受邀觀禮。

十餘年來，魯有脚一直代替黃蓉處理幫務，公平正直，敢作敢爲，丐幫中的污衣、淨衣兩派齊都心悅誠服。其時淨衣派的簡長老已然逝世，梁長老長年纏綿病榻，彭長老叛去，幫中並無別人可與之爭，是以這次交替乃是順理成章之事。黃蓉按着幫規宣布後，將歷代幫主相傳的打狗棒交給了魯有脚，衆弟子一齊向他唾吐，只吐得他滿頭滿臉、身前身後都是痰涎，於是新幫主接任之禮告成。

楊過見幫主交接的禮節甚是奇特，心中暗暗稱異，正要起身稟報洪七公逝世的訊息，忽見一個老年乞丐躍上大石，大聲說道：「洪老幫主有令，命我傳達。」幫衆聽了，登時齊聲歡呼。他們十多年未得老幫主信息，常自掛念，忽聞他有號令到來，個個欣喜若狂。人叢中一個乞丐大聲叫道：「恭祝洪老幫主安好！」衆丐一齊呼叫，當眞是聲振天地。呼聲此伏彼起，良久方止。

楊過見羣丐人人激動，有的甚至淚流滿面，心想：「大丈夫得能如此，方不枉在這世上走一遭。只是衆人這等歡欣，我又何忍將洪老幫主逝世的訊息說了出來？何況我人微言輕，述說這等大事，他們未必肯信。會中七嘴八舌，勢必亂成一團，這又不是好事，何必掃他們的興？」再想：「他們問到洪老幫主的死因，我自不能隱瞞義父跟他比武之事。武氏兄弟知道我跟義父學過『蛤蟆功』，他們焉有不說出來之理？會中這許多化子難免要疑心我從旁相助義父，一起下手，因而害死了洪老幫主，那當眞是百口莫辯了。待得大會散後，我詳詳細細的告知郭伯母，讓她轉告便了。」暗自慶幸虧得這老丐搶先出來，否則自己未加深思，逕自直言，勢必要惹起重大麻煩。

只聽那老丐說道：「半年之前，我在廣南東路韶州始興郡遇見洪老幫主，陪着他老人家喝了一頓酒。他老人家身子健旺，胃口極好，酒量跟先前亦是一般無二。」羣丐又是大聲歡叫，夾雜着不少笑聲。那老丐接着道：「老幫主這些年來，殺了不少禍國殃民的狗官惡霸，他說剛聽到消息，有五個大壞蛋叫作甚麼『藏邊五醜』，奉了蒙古韃子之命，在川東、湖廣一帶作了不少壞事，他老人家就要趕去查察，要是的確如此，自然要取了這五條狗命。」

一名中年乞丐站起身來，說道：「『藏邊五醜』前一陣好生猖獗，只是行蹤飄忽，我們川東衆兄弟始終找他們不到。近來卻突然不知去向，定然是給老幫主出手除了。」丐幫弟子與觀禮的羣豪紛紛鼓掌。楊過心下黯然：「你們怎知洪老幫主和我義父將『藏邊五醜』打成廢人之後，他二位不久便離開了人世。」

那老丐又道：「洪老幫主言道：方今天下大亂，蒙古韃子日漸南侵，蠶食我大宋天下，凡我幫衆，務須心存忠義，誓死殺敵，力禦外侮。」羣丐齊聲答應，神情極是激昂。那老丐道：「朝廷政事紊亂，奸臣當道，要那些臭官兒們來保國護民，那是辦不到的。眼下外患日深，人人都要存着個捐軀報國之心，洪老幫主命我勉勵衆位好兄弟，要牢牢記住『忠義』二字。」羣丐轟然而應，齊聲高呼：「誓死尊從洪老幫主的教訓。」

楊過自幼失教，不知「忠義」兩字有何等重大干係，只是見羣丐正義凜然，不禁大有所感，覺得前時戲弄丐幫弟子，倒是自己的不是了。

丐幫大會以後辦的都是些本幫賞罰升黜等事，幫外賓客不便與聞，紛紛告辭退出。

到得晚間，陸家莊內內外外掛燈結綵，華燭輝煌。正廳、前廳、後廳、廂廳、花廳各處一共開了二百餘席，天下成名的英雄豪傑倒有一大半赴宴。這英雄大宴是數十年中難得一次的盛舉，若非主人交遊廣闊，衆所欽服，決計難以邀到這許多武林英豪。

郭靖、黃蓉夫婦陪伴主賓，位於正廳。黃蓉替楊過安排席次，便在她坐席之旁。郭芙與武氏兄弟反而坐得甚遠。

郭芙初時有些奇怪，心想：「這人不會武功，媽怎麼讓他坐這好位？」突然轉念一想，不由得心中一涼：「啊喲不好，爹爹說要將我許配於他，莫非媽竟依從了爹爹？」她越想越怕，想到剛才眼見媽媽拉住了楊過之手而行，神情親熱，又想爹媽互敬互重，爹爹要是執意如此，媽媽自也不會不允。她斜眼望着楊過，又是擔心，又是氣憤，心想：「我怎能嫁給這小叫化？」忍不住要哭了出來。武修文恰好在此時說道：「芙妹，你瞧那姓楊的小子也坐在這兒，他算是那一門子的英雄？」郭芙氣鼓鼓的道：「你有本事就趕他走啊！」

武氏兄弟對楊過原本只是心存輕視，但在樹上聽到郭靖說要將女兒許配於他，已然大生敵意。武修文聽了郭芙之言，心想：「我何不羞辱他一番？教他在衆英雄之前大大出一番醜。師母向來極其要強好勝，這姓楊的當衆栽個大觔斗，師母便決不能再要他做女婿。」他適才跟師伯學了一陽指功夫，正好一試，說道：「他既要冒充英雄，那就讓他擺擺架子，大大的露一下臉。」站起身來，滿滿斟了兩杯酒，走到楊過身旁，說道：「楊大哥，這些年來你定是挺得意罷？我敬你一杯。」

楊過見武修文走近之時，眼光不住轉過去瞧郭芙，臉上神色狡獪，顯是不懷好意，心想：

「他過來敬酒，定有鬼花樣。但說在酒中下毒，料他也是不敢。」於是站起接過酒來，說道：「多謝。」一飲而盡。就在此時，武修文突然伸出右手食指，往他腰間點去。他將身子擋住了旁人眼光，這一指對準了楊過的「笑腰穴」，聽師伯言道，以一陽指法點中了敵人的「笑腰穴」，對方便要大笑大叫，穴道不解，始終大笑不止。

楊過早就在全神提防，豈能中此暗算？其實即是對方出其不意的突施偷襲，以他此時武功，也決不能着了道兒。若依楊過平時半點不肯吃虧的脾氣，定要狠狠反擊，不是摔武修文一交，便是反點他「笑腰穴」，但今日與黃蓉說了一番話後，心中愉樂，和平舒暢，暗想：「你雖和我過不去，但總是郭伯伯、郭伯母的徒弟，我也不來跟你一般見識。」當下暗運歐陽鋒所授內功，全身經脈霎時之間盡皆逆轉，所有穴道即行變位，只是他此時並非頭下脚上的倒立，而於這功夫也是修爲甚淺，經脈只能逆轉片刻，一呼一吸之後便即迴順，必須再運內功，方得二次逆轉片時。但就只這麼短短一刻，已足令武修文這一指全無效用。

武修文一指點後，見楊過只是微微一笑，坐回原位，竟是半點不動聲色，心中好生奇怪，回到自己席上，低聲道：「哥哥，怎麼師伯教的功夫不管使？」武敦儒道：「甚麼不管使？」武修文將適才之事說了。武敦儒冷笑道：「定是你出指不對，又或是認穴歪了。」武修文急道：「怎麼不對？你瞧。」手指一起，作勢往兄長腰中點去，姿式勁道，與師伯所傳絲毫不差。

郭芙小嘴一撇，道：「我還道一陽指是甚麼了不起的玩意，哼！瞧來也沒甚麼用。」她得知武氏兄弟學了一陽指而自己不會，雖說二人日後必定傳她，心中卻已不甚樂意。

武敦儒霍地站起身來，也斟了兩杯酒，走到楊過身前，說道：「楊大哥，咱哥兒倆數年不見，此番重逢，小弟也敬你一杯。」楊過心中暗笑：「你弟弟已顯過身手，瞧你做哥哥的又有甚麼高招？」筷上夾了一大塊牛肉，也不放下，左手接過酒杯，笑道：「多謝。」

武敦儒更不遮掩，右臂倏出，袍袖帶風，出指疾往楊過腰間戳去。楊過見他來指勢狠，自己於這逆運經脈的功夫所習有限，只怕抵擋不住，當下不再運氣逆脈，手臂下垂，將一大塊牛肉擋在自己「笑腰穴」上。他這一下後發而先至，武敦儒全然不覺，食指戳去，正好刺中牛肉。楊過放下筷子，笑道：「喝了酒吃塊牛肉最好。」武敦儒提起手來，只見五隻手指抓着好大一塊牛肉，汁水淋漓，拿着又不是，拋去又不好，甚是狼狽，狠狠向楊過瞪了一眼，回入座中。

郭芙見他手中抓着一大塊牛肉，很是奇怪，問道：「那是甚麼？」武敦儒脹紅了臉，難以答話。正狼狽間，只見丐幫新任幫主魯有脚舉着酒杯，站了起來。

他舉杯向羣雄敬了一杯酒，朗聲說道：「敝幫洪老幫主傳來號令，言道蒙古南侵日急，命敝幫幫衆各出死力，抵禦外侮。現下天下英雄會集於此，人人心懷忠義，咱們須得商量一個妙策，使得蒙古韃子不敢再犯我大宋江山。」他說了這幾句話後，羣雄紛紛起立，你一言我一語，都是贊同之意。此日來赴英雄宴之人多數都是血性漢子，眼見國事日非，大禍迫在眉睫，早就深自憂心，有人提起此事，忠義豪傑自是如響斯應。

一個銀髯老者站起身來，聲若洪鐘，說道：「常言道蛇無頭不行，咱們空有忠義之志，若無一個領頭的，大事難成。今日羣雄在此，大夥兒便推舉一位德高望重、人人心服的豪傑出來，由他領頭，衆人齊奉號令。」羣雄一齊喝采，早有人叫了起來：「就由你老人家領頭好啦！」「不用推舉旁人啦！」

那老者哈哈笑道：「我這臭老兒又算得那一門子貨色？武林高手，自來以東邪、西毒、南帝、北丐、中神通爲首。中神通重陽眞人仙去多年，東邪黃島主獨來獨往，西毒非我輩中之人，南帝遠在大理，不是我大宋百姓。羣雄盟主，自是非北丐洪老前輩莫屬。」

洪七公是武林中的泰山北斗，當眞是衆望所歸，羣雄一齊鼓掌，再無異議。

人叢中一人說道：「洪老幫主自然做得羣雄盟主，除他老人家之外，又有那一個藝能服衆，德能勝人，擔當得了這個大任？」他話聲響亮，衆人齊往發聲之處瞧去，卻看不到人，原來說話的人身材甚矮，給旁邊之人遮沒了。有人問道：「是那一位說話？」

那矮子躍起身來，站到了桌上，但見他身高不滿三尺，年逾四旬，滿臉透着精悍之氣。有人識得他是江西好漢「矮獅」雷猛。衆人欲待要笑，見了他左顧右盼的威猛眼光，都把笑聲吞下了肚裏。只聽他道：「可是洪老幫主行事神出鬼沒，十年之中難得露一次臉，要是遇上了抗敵禦侮的大事，恰好無法向他老人家請示，那便如何？」羣雄心想：「這話倒也說得是。」雷猛又道：「咱們今日所作所爲，全是盡忠報國的事，實無半點私心。咱們推舉一位副盟主，洪老盟主雲遊四方之時，大夥兒就對他唯命是從。」

喝采鼓掌聲中，有人叫道：「郭靖郭大俠！」有人叫道：「魯幫主最好。」有人道：「丐幫前黃幫主足智多謀，又是洪老幫主的弟子，我推舉黃幫主。」又有人道：「就是此間陸莊主。」更有人叫：「全眞敎馬敎主。長春子丘眞人。」一時衆論紛紜。

正亂間，廳口快步進來四個道人，卻是郝大通、孫不二、趙志敬、尹志平四人。楊過見他們去而復回，心道：「哼，要跟我再幹一場嗎？」郭靖和陸冠英大喜，忙離席相迎。全眞派號稱天下武術正宗，今日英雄大宴中若無全眞派高手參與，自然大爲遜色。

郝大通在郭靖耳邊低聲道：「有敵人前來搗亂，須得小心提防。我們特地趕回報訊。」郭靖心想，廣寧子郝大通是全眞教中有數高手，江湖上武功勝過他的沒有幾人，他說這幾句話的聲音微微發顫，對頭自必是極厲害的人物，低聲問道：「歐陽鋒？」郝大通道：「不，是我曾折在他手下的那個蒙古人。」郭靖心中一寬，點頭道：「是霍都王子？」

郝大通還未回答，只聽得大門外號角之聲嗚嗚吹起，接着響起了斷斷續續的擊磬之聲。陸冠英叫道：「迎接貴賓！」語聲甫歇，廳前已高高矮矮的站了數十個人。

堂上羣雄都在歡呼暢飲，突然見這許多人闖進廳來，都是微感詫異，但均想此輩定是來赴英雄宴的人物，眼見內中並無相識之人，也就不以爲意。

郭靖低聲向黃蓉轉述了郝大通的說話，便即站起身來，夫妻倆與陸冠英夫婦一起迎了出去。郭靖識得那容貌清雅、貴公子模樣的是蒙古霍都王子；那臉削身瘦的藏僧是霍都的師兄達爾巴。這二人曾在終南山重陽宮中會過，雖是一流高手，但武功比自己爲遜，也不去懼他。只見這二人分站兩旁，中間站着一個身披紅袍、極高極瘦、身形猶似竹桿一般的藏僧，腦門微陷，便似一隻碟子一般。

郭靖與黃蓉互望了一眼，他們曾聽黃藥師說起過西藏密宗的奇異武功，練到極高境界之時，頂門微微凹下，此人頂心深陷，難道武功當眞高深之極？怎麼江湖上從不曾聽說西藏有這麼一個高手？兩人暗中提防，同時躬身施禮。郭靖說道：「各位遠道到來，就請入座喝上幾杯。」他既知來者是敵，也不說甚麼「光臨、歡迎」之類口是心非的言語。陸冠英吩咐莊丁另開新席，重整杯盤。

武氏兄弟一直幫着師父師母料理事務，武修文快手快脚，尤是第一等的精明幹練人物。兩兄弟指揮莊丁，在最尊貴處安排席次，一面不住道歉，請衆賓挪動座位。郭芙見楊過安安穩穩的坐着，全不動彈，瞧着十分的不順眼，心道：「你也算得甚麼英雄？天下英雄死光光了，也輪不到你。」向武修文使個眼色，又向楊過一努嘴。武修文會意，走到楊過身前，說道：「楊大哥，你的座位兒挪一挪。」也不等他示意可否，已指揮莊丁將他杯筷搬到了屋角落裏最僻的一席。楊過心中怒火漸盛，當下也不說話，只是暗暗冷笑。

這邊廂霍都王子向那高瘦藏僧說道：「師父，我給你老人家引見中原兩位大名鼎鼎的英雄……」郭靖一驚：「原來他是這蒙古王子的師父。」那藏僧點了點頭，雙目似開似閉。霍都王子道：「這位是做過咱們蒙古西征右軍元帥的郭靖郭大俠，這位是郭夫人，也即是丐幫的黃幫主。」那藏僧聽到「蒙古西征右軍元帥」八字，雙目一張，斗然間精光四射，在郭靖臉上轉了一轉，重又半垂半閉，對丐幫的幫主卻似不放在心上。

霍都王子朗聲說道：「這位是在下的師尊，西藏聖僧，人人尊稱金輪法王，當今大蒙古國皇后封爲第一護國大師。」這幾句話說得甚是響亮，滿廳英雄都聽得清清楚楚。衆人愕然相顧，均想：「我們在這裏商議抵禦蒙古南侵，卻怎地來了個蒙古的甚麼護國大師？」

楊過更是一凜，記得那日在華山絕頂，義父與洪七公都曾稱讚藏邊五醜所學功夫「了不起」，要他們帶訊去叫師祖金輪法王來比劃比劃，此刻金輪法王與藏邊五醜的師父達爾巴同時到來，義父與洪七公卻已不在人世了，既感傷心，又知這高瘦藏僧定是非同小可。

郭靖不知如何對付這幾人才好，只淡淡的說道：「各位遠道而來，請多喝幾杯。」

酒過三巡，霍都王子站起身來，摺扇一揮，張了開來，露出扇上一朵嬌艷欲滴的牡丹，朗聲說道：「我們師徒今日未接英雄帖，卻來赴英雄大宴，老着臉皮做了不速之客，但想到得會羣賢，卻也顧不得許多了。盛會難得，良時不再，天下英雄盡聚於此，依小王之見，須得推舉一位羣雄的盟主，領袖武林，以為天下豪傑之長，各位以為如何？」

「矮獅」雷猛大聲道：「這話不錯。我們已推舉了丐幫洪老幫主為羣雄盟主，現下正在推舉副盟主，閣下有何高見？」

霍都冷笑道：「洪七公早就歸位了。推一個鬼魂做盟主，你當我們都是死人麼？」此言一出，羣雄齊聲大譁，丐幫幫衆尤其憤怒異常，紛紛叫嚷。霍都道：「好罷，洪七公若是未死，就請他出來見見。」

魯有脚將打狗棒高舉兩下，說道：「洪老幫主雲遊天下，行蹤無定。你說要見，就輕易見得着麼？」霍都冷笑道：「莫說洪七公此時死活難知，就算他好端端的坐在此處，憑他的武功德望，又怎及得上我師父金輪法王？各位英雄請聽了，當今天下武林的盟主，除了金輪法王，再無第二人當得。」

羣雄聽了這一番話，都已明白這些人的來意，顯是得知英雄大宴將不利於蒙古，是以來手盟主之位。倘若金輪法王憑武功奪得盟主，中原豪傑雖然決不會聽他號令，卻也是削弱了漢人抗拒蒙古的聲勢。衆人素知黃蓉足智多謀，不約而同的轉過頭去望她，心想：「這幾十個人武功再強，也決不能是這裏數千人的對手，不論單打獨鬥還是羣毆，我們都不致落了下風，大家只聽黃幫主號令行事便了。」

黃蓉知道今日若不動武，決難善罷，羣毆自然必勝，只是難令對方心服，朗聲說道：「此間羣雄已推舉洪老幫主爲盟主，這個蒙古好漢卻橫來打岔，要推舉一個大家從未聞名、素不相識的甚麼金輪法王。若是洪老幫主在此，原可與金輪法王各顯神通，一決雌雄，只是他老人家周遊天下，到處誅殺蒙古韃子、鏟除爲虎作倀的漢奸，沒料到今日各位自行到來，未能在此恭候，他老人家日後知道了，定感遺憾。好在洪老幫主與金輪法王都傳下了弟子，就由兩家弟子代師父們較量一下如何？」

中原羣雄大半知道郭靖武功驚人，又當盛年，只怕已算得當世第一，此時縱然是洪七公也未必能強過他去，若與金輪法王的弟子相較，那是勝券在握，決無敗理，當下紛紛叫好喝采，聲震屋瓦。在偏廳、後廳中飲宴的羣雄得到訊息，紛紛湧來，一時廊下、天井、門邊都擠滿了人，衆人叫好助威。金輪法王一邊人少，聲勢自是大大不如。

霍都當年在重陽宮與郭靖交手，一招即敗，其時還道他是全眞派門人，後來稍加打聽，自即知道了他的來歷。師兄達爾巴與自己只伯仲之間，就算師兄弟兩人齊上，多半也敵不過洪七公這位弟子郭大俠，但若不允黃蓉之議，今日這盟主一席自是奪不到了，這個變故實非始料之所及，不禁徬徨無計。

金輪法王道：「好，霍都，你就下場去，和洪七公的弟子比劃比劃。」他話聲極是重濁，這句話一口氣說將出來，全然不須轉換呼吸。他一直在西藏住，料想憑着霍都的武功，在中原定然少有敵手，最多是不敵北丐、東邪、西毒等寥寥幾個前輩而已，卻不知他曾折在郭靖手下。霍都答應一聲，隨即低聲道：「師父，那洪老兒的徒弟十分了得，弟子恐怕難以取勝，莫要墮了師父的威風。」

金輪法王臉一沉，哼了一聲，道：「難道連人家的徒兒也鬥不過？快下去。」霍都甚是尷尬，他輸給郭靖之事，一直瞞着師父，此刻不敢事到臨頭才來稟明，他只道師父有通天徹地之能，當世無人能與匹敵，只消法駕來到英雄宴，盟主之位自是手到拿來，那知竟會要自己與郭靖比武，正自焦急，一個身穿蒙古官服的胖大漢子走近身來，湊嘴到他耳邊輕輕說了幾句話。霍都一聽大喜，站起身來，張開扇子撥了幾撥，朗聲說道：「素聞丐幫的鎭幫之寶，有一套叫做甚麼打狗棒法的，是洪老幫主生平最厲害的本事。小王不才，要憑這柄扇子破他一破。若是破得，看來洪七公的本事也不過爾爾了！」

黃蓉初時見有人在他耳邊說話，並未在意，忽聽他提到打狗棒法，只輕輕幾句話，便將武功最強的郭靖撇在一邊，卻是誰人獻此妙策？向那蒙古人瞧去，當即省悟，認出此人是丐幫中四大長老之一的彭長老，原來他已投靠蒙古，改穿了蒙古裝束，留了蓬蓬鬆鬆的滿腮大鬍子，帽子低垂，直遮至眼，若不留神細看，還眞認不出，也只有他，才知打狗棒法非丐幫幫主不傳，郭靖武功雖高，卻是不會。霍都說這番話，明是指名向自己與魯有脚挑戰。魯有脚的棒法新學乍練，領會有限，使用不得，那是非自己出馬不可了。

郭靖知道妻子的打狗棒法妙絕天下，料想可以勝得霍都，但她這幾個月來胎氣方動，內息不調，萬不能與人動武，於是步出座位，站在席間，說道：「洪老幫主的打狗棒法向來不肯輕用，你就來領教領教他老人家的降龍十八掌好了。」

金輪法王雙目半張半閉，見郭靖出座這麼一站，當眞是有若淵停嶽峙，氣勢非凡，不由得暗暗吃驚：「此人果眞了不起。」

霍都哈哈一笑，說道：「終南山重陽宮中，小王與閣下曾有一面之緣，當日閣下自稱是馬鈺、丘處機諸道的門人，怎麼又冒充起洪七公的弟子來啦？」郭靖正要回答，霍都搶着又道：「一人投拜數位師父，本來也是常事。然而今日乃金輪法王與洪老幫主較量功夫，閣下武功雖強，卻是藝兼衆門，須顯不出洪老幫主的眞實本事。」

這番話倒也甚是有理，郭靖本就拙於言辭，一時難以辯駁。羣雄卻大聲叫嚷起來：「有種就跟郭大俠較量，沒膽子的就夾着尾巴走罷。」「郭大俠是洪老幫主及門弟子，若他代不得，誰又代得了？」「你先吃了降龍十八掌的苦頭，再試打狗棒法不遲。」

霍都仰天長笑，發笑時潛運內力，哈哈哈哈，呵呵呵呵，將羣雄七嘴八舌的言語都壓了下去，只震得大廳上的燭火搖幌不定。羣雄相顧失色，都想：「瞧不出他年紀輕輕，公子哥兒般的人物，居然有此厲害內功。」霎時間都靜了下來。

霍都向金輪法王朗聲道：「師父，咱們讓人寃啦。初時只道今日天下英雄聚會，才千里迢迢的趕來，那知盡是些貪生怕死之徒。咱們快走，你若不幸做了這些人的盟主，教天下好漢說你是天下酒囊飯袋之首，豈非汚辱了你老人家的名頭？」

羣雄均知他是有意相激，定要挑黃蓉出戰，可是他說話如此狂妄，實是令人難忍。衆人喝罵聲中，魯有脚竹棒一擺，大踏步走到席間，道：「在下是丐幫新任幫主魯有脚，打狗棒法十成中還學不到一成，原本不該使用。只是你定要嘗嘗給打狗棒痛打一頓的滋味，在下就打你幾棒罷。」魯有脚的武功本已頗爲精湛，打狗棒法雖未學全，究已使他原來武功加強不少威力，眼見霍都年甫三旬，料想他縱得高人傳授，功力也必不深，他知黃蓉身子不適，自己不論是勝是敗，總不能讓她涉險。

霍都只求不與郭靖過招，旁人一概不懼，當即抱拳躬身，說道：「魯幫主，幸會幸會。跟你討教，再好也沒有了。」黃蓉暗暗着急，但想魯有脚新任幫主，他既已出言挑戰，自己便不能再加阻攔，否則既折了魯有脚的威風，又顯得自己的權勢仍在丐幫幫主之上，只有讓他先鬥上一陣再說。

陸家莊上管家指揮家丁，挪開酒席，在大廳上空出七八張桌子的地位來，更添紅燭，將廳中心照耀得白晝相似。

霍都叫道：「請罷！」兩個字剛出口，扇子揮動，一陣勁風向魯有脚迎面撲去，風中竟微帶幽香。魯有脚怕風中有毒，忙側風避開。霍都一扇揮出，跟着擦的一聲，扇子已摺成一條八寸長的點穴筆，逕向敵人脅下點去。魯有脚竹棒揚起，竟不理會他的點穴，用纏字訣一絆一挑。這打狗棒法當眞巧妙異常，去勢全在旁人萬難料到之處，霍都輕躍相避，那知竹棒猛然翻轉，竟已擊中他的脚脛。他一個踉蹌，躍出三步，這才不致跌倒。旁觀羣雄齊聲喝采，呼叫：「打中狗兒啦！」「教你見識見識打狗棒法的威風！」

這一下挫折，霍都登時面紅過耳，輕飄飄一個轉身，左手揮掌擊了出去。魯有脚飛起左脚，竹棒橫掃，登時棒影飛舞，變幻無定。霍都暗暗心驚：「打狗棒法果然名不虛傳！」打叠十二分精神，右扇左掌，全力應付。魯有脚的棒法畢竟未曾學全，數次已可得手，始終功虧一簣。郭靖、黃蓉在旁看着，不住暗叫：「可惜！」

再拆得十餘招，魯有脚棒法中的破綻越露越大。楊過每招看得清楚，不由得暗暗皺眉。幸好打狗棒先聲奪人，一出手就打中了對方脚脛，霍都心有所忌，不敢過份逼近，否則魯有脚早已落敗。黃蓉見情勢不妙，正欲開言叫他下來，魯有脚突使一招「斜打狗背」，竹棒一幌，夾頭夾臉打在霍都的左邊面頰。可是這一棒使得過重，失了輕妙之致，霍都羞痛交集之下，伸手急帶，已將竹棒抓在手裏，當下再沒顧慮，騰的一掌，正中魯有脚胸口，跟着又橫掃一腿，喀喇一聲，魯有脚脚骨已斷，一口鮮血噴出，向前直摔下去，兩名七袋弟子急忙搶上扶下。羣雄見霍都出手如此狠辣，都是憤怒異常，紛紛喝罵。

霍都雙手橫持那根晶瑩碧綠的竹棒，洋洋得意，說道：「丐幫鎮幫之寶的打狗棒，原來也不過如此。」他有意要折辱這個中原俠義道的大幫會，雙手拿住竹棒兩端，便要將竹棒折爲兩截。

突然間綠影幌動，一個清雅秀麗的少婦已站在面前，說道：「且慢！」正是黃蓉。霍都見她身法奇快，吃了一驚，只說得一個：「你……」黃蓉左手輕揮，右手探取他雙目。霍都忙舉手相格，黃蓉已將竹棒輕輕巧巧的奪了過來。

這一招奪棒手法叫做「獒口奪杖」，乃是打狗棒法中極高明的招數。當年丐幫洞庭湖君山大會，黃蓉曾以這招手法在楊康手中連奪三次竹棒。這一招變幻莫測，奪棒時百發百中，再強的高手也閃避不及。堂上堂下羣雄采聲大起，黃蓉回身入座，將竹棒倚在身旁，留着霍都站在當地，甚是狼狽。

他雖武學精深，但黃蓉到底用何手法奪去竹棒，實是不解其故，心想：「難道這女子會使幻術？」耳聽得衆人紛紛譏嘲，斜眼又見師父臉色鐵青，料想這樣一個美貌少婦眞正本領自必有限，當即大聲道：「黃幫主，我已將棒兒還了給你，這就請來過過招。你總不會不敢罷？」此言一出，果然有人以爲適纔並非黃蓉奪棒，乃是他將竹棒交還，以求比試。只有武功極高之人，才看出是黃蓉強奪過來。

郭芙聽了他這話大是氣惱，她一生之中從未見人膽敢對母親如此無禮，刷的一聲，抽出了佩劍。武修文道：「芙妹，我去給你出氣。」武敦儒也是這個心思，二人不約而同的躍到廳心。一個道：「我師母是尊貴之體。」另一個接上道：「焉能跟你這蠻子動手？」那一個又道：「你先領教領教小爺的功夫再說。」

霍都見二人年紀輕輕，但身法端穩，確是曾得名師指點，心想：「我們今日來此，原是要耀武揚威，折一折漢人武師的銳氣，多打幾場甚好。只是彼衆我寡，若是惹成羣毆，可就難弄得很。」於是說道：「天下英雄請了，這兩個乳臭小兒要和我比武，若是小王出手，只怕給人說一聲以大欺小，倘若不比，倒又似怕了兩個孩子。這樣罷，咱們言明比武三場，那一方勝得兩場，就取盟主之位。小王與魯幫主適才的比試不必計算，大家從頭比起。各位請看妥是不妥？」這幾句話佔盡身分，顯得極爲大方。

郭靖、黃蓉與衆貴賓低聲商量，覺得對方此議實是難以拒卻。今日與會之人，除了黃蓉不能出陣之外，算來以郭靖、郝大通，和一燈大師的四弟子書生朱子柳三人武功最強。朱子柳是大理國人，並非宋人，但大理和大宋唇齒相依，近年來也頗受蒙古的脅迫，算得是同仇敵愾，何況他與靖蓉夫婦交好，自是義不容辭。當下商定由朱子柳第一陣鬥霍都，郝大通第二陣鬥達爾巴，郭靖壓陣，挑鬥金輪法王。這陣勢是否能勝，殊無把握，要是金輪法王武功當眞極高，連郭靖也抵敵不住，說不定三陣連輸，那當眞是一敗塗地了。

衆人議論未決，黃蓉忽道：「我倒有個必勝的法兒。」郭靖大喜，正要相詢，忽聽金刃劈風，霍霍生響，衆人轉過頭來，只見武氏兄弟各使長劍，已和霍都一柄扇子鬥在一起。郭靖、黃蓉夫婦，以及一燈大師門下的點蒼漁隱與朱子柳均關心徒兒安危，凝目觀鬥。

原來武氏兄弟聽霍都王子出言不遜，直斥自己是乳臭小兒，這話給心上人聽在耳中，這面子如何下得去？何況適才見師母奪他竹棒，手到拿來，心想他雖打敗魯有脚，看來是魯有脚功夫實在太過不濟，倒非此人了得；又想兄弟倆已得師父的武功眞傳，一人即或鬥他不過，二人合力，決無敗理。也不管他要比三場比四場，當眞是初生犢兒不怕虎，兄弟倆使個眼色，雙劍齊出。

可是郭靖武功雖高，卻不大會調敎徒兒，自己領會了上乘武學精義，傳授時卻總是辭不達意，說不明白。武氏兄弟資質平平，在短短數年中又學到了多少？只數招之間，二人的長劍便給霍都逼住了，半點施展不開。

霍都有意欲在羣雄之前逞能立威，眼見武修文長劍刺到，他左手食指往上一托，搭住了平面劍刃，扇子斜裏揮去，攔腰擊在劍刃之上，錚的一聲，長劍斷爲兩截。武氏兄弟大驚，武修文急忙躍開，武敦儒怕傷了兄弟，挺劍直刺霍都背心，要教他不能追擊。霍都早已料到此招，頭也不回，摺扇迴轉，兩下裏一湊合，正好搭在劍背，手指轉了兩轉。他只是手指轉動，武敦儒手中長劍若要順着扇子而轉，肩骨非脫骱不可，只得鬆手離劍，向後躍開，但見長劍直飛上去，劍光在半空中映着燭火閃了幾閃，這才跌下。

武氏兄弟又驚又怒，雖然赤手空拳，並不懼怕。武敦儒左掌橫空，擺着降龍十八掌的招式；武修文卻是右手下垂，食指微屈，只要敵人攻來，就使一陽指對付。

霍都見二人姿式凝重，倒也不敢輕視，心道：「贏到此處，已然夠了，莫要見好不收，自討沒趣。」降龍十八掌和一陽指都是武學中一等一的功夫，武氏兄弟功力雖淺，擺出來的架子卻是分毫不錯，常人看了也不覺甚麼，在霍都這等行家眼中卻知並非易與，當下哈哈一笑，拱手道：「兩位請回罷，咱們只分勝敗，不拚生死。」語意中已客氣了許多。

武氏兄弟臉上含羞，料想空手與他相鬥，多半只有敗得更慘，二人垂頭喪氣的退在一旁，卻不到郭芙身邊。郭芙急步過去，大聲道：「武家哥哥，咱們三人齊上，再跟他鬥過。」衆人羣相注目。郭芙右手持劍，左手一揮，叫道：「我們師兄妹三個一齊來。」郭靖喝道：「芙兒，別胡鬧！」郭芙最怕父親，只得退了幾步，氣鼓鼓的望住霍都。霍都見她嬌艷美貌，笑吟吟的點了點頭。郭芙瞪了他一眼，轉過頭不理。武氏兄弟本來深恐被郭芙恥笑，此時見她全心祖護，足見有情，心中甚感安慰。

霍都打開摺扇，搧了幾下，說道：「這一場比試，自然也是不算的了。郭大俠，敝方三人是家師、師兄與區區在下。我的功夫最差，就打這頭陣，貴方那一位下場指教？誰勝誰敗，那可不是玩耍了。」

郭靖聽妻子說有必勝之道，知道她智計百端，雖不知她使何妙策，卻也已有恃無恐，大聲說道：「好，咱們就是三場見高下。」

霍都知道對方武功最強的是郭靖，師父天下無敵，定能勝他，黃蓉雖施過奪棒怪招，然而瞧他的嬌怯怯模樣，當眞動手，未必厲害，餘人更不足道，於是目光向衆人一掃，說道：「各位如有異議，便請早言。勝負既決，就須唯盟主之命是從了。」

羣雄要待答應，但見他連敗魯有脚與武氏兄弟，都是舉重若輕，行有餘力，不知尚有多少本事沒施展出來，大家倒也不敢接口，都轉頭望着靖蓉夫婦。

黃蓉道：「足下比第一場，令師兄比第二場，尊師比第三場，那是確定不移的了。是也不是？」霍都道：「正是如此。」

黃蓉向身旁衆人低聲道：「咱們勝定啦。」郭靖道：「怎麼？」黃蓉低聲道：「今以君之下駟，與彼上駟……」她說了這兩句，目視朱子柳。朱子柳笑着接下去，低聲道：「取君上駟，與彼中駟；取君中駟，與彼下駟。旣馳三輩畢，而田忌一不勝而再勝，卒得王千金。」郭靖瞠目而視，不懂他們說些甚麼。

黃蓉在他耳邊悄聲道：「你精通兵法，怎忘了兵法老祖宗孫臏的妙策？」郭靖登時想起少年時讀「武穆遺書」，黃蓉曾跟他說過這個故事：齊國大將田忌與齊王賽馬，打賭千金，孫臏教了田忌一個必勝之法，以下等馬與齊王的上等馬賽，以上等馬與齊王的中等馬賽，以中等馬與齊王的下等馬賽，結果二勝一負，贏了千金。現下黃蓉自是師此故智了。

黃蓉道：「朱師兄，以你一陽指功夫，要勝這蒙古王子是不難的。」朱子柳當年在大理國中過狀元，又做過宰相，自是飽學之士，才智過人。大理段氏一派的武功十分講究悟性。朱子柳初列南帝門牆之時，武功居漁樵耕讀四大弟子之末，十年後已升到第二位，此時的武功卻已遠在三位師兄之上。一燈大師對四名弟子一視同仁，諸般武功都是傾囊相授，但到後來卻以朱子柳領會得最多，尤其一陽指功夫練得出神入化。此時他的武功比之郭靖、馬鈺、丘處機尚有不及，但已勝過王處一、郝大通等人了。

郭靖聽妻子如此說，當即接口道：「請郝道長當那金輪法王，可就危險得緊。勝負固然無關大局，只怕敵人出手過於狠辣，難以抵擋。」他心直口快，也不顧忌自己算上駟，而將郝大通當作下駟未免太不客氣。

郝大通深知這一場比武關係國家氣運，與武林中尋常的爭名之鬥大大不同，若是給蒙古國師搶去了天下英雄盟主之位，漢人武士不但丟臉，而且人心渙散，只怕難以結盟抗敵，共赴國難，當下慨然說道：「這個倒不須顧慮，只要利於國家，老道縱然喪生於藏僧之手，那也算不了甚麼。」黃蓉道：「咱們在三場中只要先勝了兩場，這第三場就不用再比。」郭靖大喜，連聲稱是。

朱子柳笑道：「在下身負重任，若是勝不了這蒙古王子，那可要給天下英雄唾罵一世了。」

黃蓉道：「不用過謙，就請出馬罷。」

朱子柳走到廳中，向霍都拱了拱手，說道：「這第一場，由敝人來向閣下討教。敝人姓朱名子柳，生平愛好吟詩作對，誦經讀易，武功上就粗疏得很，要請閣下多多指教。」說着深深一揖，從袖裏取出一枝筆來，在空中畫了幾個虛圈兒，全然是個迂儒模樣。

霍都心想：「越是這般人，越有高深武功，實是輕忽不得。」當下雙手抱拳爲禮，說道：「小王向前輩討教，請亮兵刃罷。」

朱子柳道：「蒙古乃蠻夷之邦，未受聖人教化，閣下既然請教，敝人自當指點指點。」霍都心下惱怒：「你出言辱我蒙古，須饒你不得。」摺扇一張，道：「這就是我的兵刃，你使刀還是使劍？」朱子柳提筆在空中寫了一個「筆」字，笑道：「敝人一生與筆桿兒爲伍，會使甚麼兵刃？」霍都凝神看他那枝筆，但見竹管羊毫，筆鋒上沾着半寸墨，實無異處，與武林中用以點穴的純鋼筆大不相同，正欲相詢，只見外面走進來一個白衣少女。

她在廳口一站，眼光在各人臉上緩緩轉動，似乎在找尋甚麼人。

堂上羣雄本來一齊注目朱子柳與霍都二人，那白衣少女一進來，衆人不由自主的都向她望去。但見她臉色蒼白，若有病容，雖然燭光如霞，照在她臉上仍無半點血色，更顯得清雅絕俗，姿容秀麗無比。世人常以「美若天仙」四字形容女子之美，但天仙究竟如何美法，誰也不知，此時一見那少女，各人心頭都不自禁的湧出「美若天仙」四字來。她周身猶如籠罩着一層輕烟薄霧，似眞似幻，實非塵世中人。

楊過一見到那少女，大喜若狂，胸口便似猛地給大鐵槌重重一擊，當即從屋角裏一躍而出，抱住了她，大叫：「姑姑，姑姑！」

這少女正是小龍女。

她自與楊過別後，在山野間兜了個圈子，重行潛水回進古墓石室。她十八歲前在古墓中居住，當眞是心如止水，不起半點漪瀾，但自與楊過相遇，經過了這一番波折，再要如舊時一般諸事不縈於懷，卻是萬萬不能的了。每當在寒玉床上靜坐練功，就想起楊過曾在此床睡過；坐在桌邊吃飯，便記起當時飲食曾有楊過相伴。練功不到片刻，便即心中煩躁，難以爲繼。如此過了月餘，再也忍耐不住，決意去找楊過，但找到之後如何對待，實是一無所知。她於人情世故一竅不通，宛若深山野人一般，此時劇變驟生，可眞是全然不知所措了。

下得山來，但見事事新鮮，她又怎識得道路，見了路人，就問：「你見到楊過沒有？」肚子餓了，拿起人家的東西便吃，也不知該當給錢，一路之上鬧了不少笑話。但旁人見她天眞美貌，不自禁的都加容讓，倒也無人與她爲難。一日無意間在客店中聽制兩名大漢談論，說是天下有名的英雄好漢都到大勝關陸家莊赴英雄宴，她想楊過說不定也在那兒，於是打聽路途，到得陸家莊來。

除了郝大通、尹志平、趙志敬等三人外，大廳上二千餘人均不知小龍女是何來歷，只是見她美得出奇，人人心中都生特異之感。孫不二雖知其人，卻從未會過。尹志平臉色慘白，身子發顫。趙志敬斜眼瞧着他微微冷笑。郭靖、黃蓉見楊過對她這般舉動，也是大感詫異。

小龍女道：「過兒，你果然在此，我終於找到你啦。」楊過流下淚來，哽咽道：「你……

你不再撇下我了罷？」小龍女搖頭道：「我不知道。」楊過道：「你今後到那裏，我便跟你到那裏。」大廳之上千人擁集，他二人卻是旁若無人，自行敍話。小龍女拉着楊過之手，心中也不知是喜是悲。

霍都見了小龍女的模樣，雖然心中一動，卻不知就是當年自己上終南山去向她求婚的那個姑娘，見楊過衣衫襤褸，卻與她神情親熱，登生厭憎之心，說道：「咱們要比試功夫，你們讓點兒地方出來罷！」

楊過也沒心思跟他答話，牽着小龍女的手，走到旁邊，和她並肩坐在廳柱的石礎上，心裏歡喜，有如要炸開來一般。

霍都轉過頭來，對朱子柳道：「你既不用兵刃，咱們拳脚上分勝敗也好。」朱子柳道：「非也。我中華乃禮義之邦，不同蒙古蠻夷。君子論文，以筆會友，敝人有筆無刀，何須兵刃？」霍都道：「既然如此，看招！」摺扇張開，向他一搧。朱子柳斜身側步，搖頭擺腦，左掌在身前輕掠，右手毛筆逕向霍都臉上劃去。霍都側頭避開，但見對方身法輕盈，招數奇特，當下不敢搶攻，要先瞧明他武功家數，再定對策。朱子柳道：「敝人筆桿兒橫掃千軍，閣下可要小心了。」說着筆鋒向前疾點。

霍都雖是在西藏學的武藝，但金輪法王胸中淵博，浩若湖海，於中原名家的武功無一不知。霍都學武時即已決意赴中原樹立威名，因此金輪法王曾將中土著名武學大派的得意招數一一與他拆解。豈知今日一會朱子柳，他用的兵器既已古怪，而出招更是匪夷所思，從所未聞，只見他筆鋒在空中橫書斜鈎，似乎寫字一般，然筆鋒所指，卻處處是人身大穴。

大理段氏本係涼州武威郡人，在大理得國稱帝，中華教化文物廣播南疆。朱子柳是天南第一書法名家，雖然學武，卻未棄文，後來武學越練越精，竟自觸類旁通，將一陽指與書法融為一爐。這路功夫是他所獨創，旁人武功再強，若是腹中沒有文學根柢，實難抵擋他這一路文中有武、武中有文、文武俱達高妙境界的功夫。差幸霍都自幼曾跟漢儒讀過經書、學過詩詞，尚能招架抵擋。但見對方毛筆搖幌，書法之中有點穴，點穴之中有書法，當眞是銀鈎鐵劃，勁峭凌厲，而雄偉中又蘊有一股秀逸的書卷氣。

郭靖不懂文學，看得暗暗稱奇。黃蓉卻受乃父家傳，文武雙全，見了朱子柳這一路奇妙武功，不禁大為讚賞。

郭芙走到母親身邊，問道：「媽，他拿筆劃來劃去，那是甚麼玩意？」黃蓉全神觀鬥，隨口答道：「房玄齡碑。」郭芙愕然不解，又問：「甚麼房玄齡碑？」黃蓉看得舒暢，不再回答。

原來「房玄齡碑」是唐朝大臣褚遂良所書的碑文，乃是楷書精品。前人評褚書如「天女散花」，書法剛健婀娜，顧盼生姿，筆筆凌空，極盡仰揚控縱之妙。朱子柳這一路「一陽書指」以筆代指，也是招招法度嚴謹，宛如楷書般的一筆不苟。霍都雖不懂一陽指的精奧，總算曾臨寫過「房玄齡碑」，預計得到他那一橫之後會跟着寫那一直，倒也守得井井有條，絲毫不見敗象。

朱子柳見他識得這路書法，喝一聲采，叫道：「小心！草書來了。」突然除下頭頂帽子，往地下一擲，長袖飛舞，狂奔疾走，出招全然不依章法。但見他如瘋如癲、如酒醉、如中邪，筆意淋漓，指走龍蛇。

郭芙駭然笑問：「媽，他發癲了嗎？」黃蓉道：「嗯，若再喝上三杯，筆勢更佳。」提起酒壺斟了三杯酒，叫道：「朱大哥，且喝三杯助興。」左手執杯，右手中指在杯上一彈，那酒杯穩穩的平飛過去。朱子柳舉筆捺出，將霍都逼開一步，抄起酒杯一口飲盡。黃蓉第二杯、第三杯接着彈去。霍都見二人在陣前勸酒，竟不把自己放在眼內，想揮扇將酒杯打落，但黃蓉湊合朱子柳的筆意，總是乘着空隙彈出酒杯，叫霍都擊打不着。

朱子柳連乾三杯，叫道：「多謝，好俊的彈指神通功夫！」黃蓉笑道：「好鋒銳的『自言帖』！」朱子柳一笑，心想：「朱某一生自負聰明，總是遜這小姑娘一籌。我苦研十餘年的一路絕技，她一眼就看破了。」原來他這時所書，正是唐代張旭的「自言帖」。張旭號稱「草聖」，乃草書之聖。杜甫「飲中八仙歌」詩云：「張旭三杯草聖傳，脫帽露頂王公前，揮毫落紙如雲烟。」黃蓉勸他三杯酒，一來切合他使這路功夫的身分，二來是讓他酒意一增，筆法更具鋒芒，三來也是挫折霍都的銳氣。

只見朱子柳寫到「擔夫爭道」的那個「道」字，最後一筆鈎將上來，直劃上了霍都衣衫。羣豪轟笑聲中，霍都踉蹌後退。

楊過使招美女拳法中的「麗華梳裝」，伸手在頭上一梳，跟着手指軟軟的揮了出去，臉露微笑。達爾巴依樣而爲，也是作態一笑。旁觀衆人無不毛骨悚然。

第十三回　武林盟主

金輪法王雙眼時開時合，似於眼前戰局渾不在意，實則一切看得清清楚楚，眼見霍都已處下風，突然說道：「阿古斯金得兒，咪嘛哈斯登，七兒七兒呼！」衆人不知他這幾句藏語說些甚麼，霍都卻知師父提醒自己，不可一味堅守，須使「狂風迅雷功」與對方搶功，當下發聲長嘯，右扇左袖，鼓起一陣疾風，急向朱子柳撲去。

勁風力道凌厲，旁觀衆人不由自主的漸漸退後，只聽他口中不住有似霹靂般吆喝助威，料想這「狂風迅雷功」除了兵刃拳脚之外，叱咤雷鳴，也是克敵制勝的一門厲害手段。朱子柳奮袂低昂，高視闊步，和他鬥了個旗鼓相當。

兩人翻翻滾滾拆了百餘招，朱子柳一篇「自言帖」將要寫完，筆意斗變，出手遲緩，用筆又瘦又硬，古意盎然。黃蓉自言自語：「古人言道：『瘦硬方通神』，這一路『褒斜道石刻』，當眞是千古未有之奇觀。」

霍都仍以「狂風迅雷功」對敵，只是對方力道既強，他扇子相應加勁，呼喝也更是猛烈。

武功較遜之人竟在大廳中站立不住，一步步退到了天井之中。

黃蓉見楊過與小龍女並肩坐在柱旁，離惡鬥的二人不過丈餘，自行喁喁細談，對二人相鬥固然絲毫不加理會，而霍都鼓動的勁風卻也全然損不到他們。但見小龍女衣帶在疾風中獵獵飄動，她卻行若無事，只是脈脈含情的凝視楊過。黃蓉愈看愈奇，到後來竟是注視他二人多而看霍朱二人少了，心想：「這小女孩似乎身有上乘武功，過兒和她這般親密，卻不知她是那一位高人的門下？」

小龍女此時已過二十歲，只因她自小在古墓中生長，不見陽光，皮膚特別嬌嫩，內功又高，看來倒似只有十六七歲一般。她在與楊過相遇之前，罕有喜怒哀樂，七情六欲最能傷身損顏，她過兩年只如常人一年。若她眞能遵師父之教而清心修練，不但百年之壽可期，而且到了百歲，體力容顏與五十歲之人無異。因此在黃蓉眼中看來，她倒似反較楊過爲幼，而舉止稚拙、天眞純樸之處，比郭芙更爲顯然，無怪以爲她是小女孩了。

這時朱子柳用筆越來越是醜拙，但勁力卻也逐步加強，筆致有似蛛絲絡壁，勁而復虛。霍都暗暗心驚，漸感難以捉摸。金輪法王大聲喝道：「馬米八米，古斯黑斯。」這八個字不知是甚麼意思，卻震得人人耳中嗡嗡發響。朱子柳焦躁起來，心道：「他若再變招，這場架不知何時方能打完。我以大理國故相而爲大宋打頭陣，可千萬不能輸了，致貽邦國與師門之羞。」忽然間筆法又變，運筆不似寫字，卻如拿了斧斤在石頭上鑿打一般。

這一節郭芙也瞧出來了，問道：「朱伯伯在刻字麼？」黃蓉笑道：「我的女兒倒也不蠢，他這一路指法是石鼓文。那是春秋之際用斧鑿刻在石鼓上的文字，你認認看，朱伯伯刻的是甚麼字。」郭芙順着他筆意看去，但見所寫的每一字都是盤繞糾纏，倒像是一幅幅的小畫，一個字也不識得。黃蓉笑道：「這是最古的大篆，無怪你不識，我也認不全。」郭芙拍手笑道：「這蒙古蠢才自然更加認不出了。媽，你瞧他滿頭大汗、手忙脚亂的怪相。」

霍都對這一路古篆果然只識得一兩個字。他既不知對方書寫何字，自然猜不到書法間架和筆畫走勢，登時難以招架。朱子柳一個字一個字篆將出來，文字固然古奧，而作爲書法之基的一陽指也相應加強勁力。霍都一扇揮出，收回稍遲，朱子柳毛筆抖動，已在他扇上題了一個大篆。

霍都一看，茫然問道：「這是『網』字麼？」朱子柳笑道：「不是，這是『爾』字。」隨即伸筆又在他扇上寫了一字。霍都道：「這多半是『月』字？」朱子柳搖頭說道：「錯了，那是『乃』字。」霍都心神沮喪，搖動扇子，要躲開他筆鋒，不再讓他在扇上題字，不料朱子柳左掌斗然強攻，霍都忙伸掌抵敵，卻給他乘虛而入，又在扇上題了兩字，只因寫得急了，已非大篆，卻是草書。霍都便識得了，叫道：「蠻夷！」

朱子柳哈哈大笑，說道：「不錯，正是『爾乃蠻夷』。」羣雄憤恨蒙古鐵騎入侵，殘害百姓，個個心懷怨憤，聽得朱子柳罵他「爾乃蠻夷」，都大聲喝起采來。

霍都給他用眞草隸篆四般「一陽書指」殺得難以招架，早就怯了，聽得這一股喝采聲勢，心神更亂，但見朱子柳振筆揮舞，在空中連書三個古字，那裏還想得到去認甚麼字？只得勉力舉扇護住面門胸口要害，突感膝頭一痲，原來已被敵人倒轉筆桿，點中了穴道。霍都但覺膝彎酸軟，便要跪將下去，心想這一跪倒，那可再也無顏爲人，強吸一口氣向膝間穴道沖去，要待躍開認輸，朱子柳筆來如電，跟着又是一點。他以筆代指，以筆桿使一陽指法連環進招，霍都怎能抵擋？膝頭痲軟，終於跪了下去，臉上已是全無血色。

羣雄歡聲雷動。郭靖向黃蓉道：「你的妙策成啦。」黃蓉微微一笑。

武氏兄弟在旁觀鬥，見朱師叔的一陽指法變幻無窮，均是大爲欽服，暗想：「朱師叔功力如此深厚強勁，化而爲書法，其中又尙能有這許多奧妙變化，我不知何日方能學到如他一般。」一個叫：「哥哥！」一個叫：「兄弟！」兩人一般的心思，都要出言讚佩師叔武功，忽聽得朱子柳「啊」的一聲慘叫，急忙回頭，但見他已仰天跌倒。

這一下變起倉卒，人人都是大吃一驚。原來霍都認輸之後，朱子柳心想自己以一陽指法點中他穴道，這與尋常點穴法全然不同，旁人須難解救，於是伸手在他脅下按了幾下，運氣解開他的穴道。那知霍都穴道甫解，殺機陡生，口裏微微呻吟，尙未站直身子，右手拇指一按扇柄機括，四枚毒釘從扇骨中飛出，盡數釘在朱子柳身上。本來高手比武，既見輸贏，便決不能再行動手，何況大廳上衆目睽睽，怎料得到他會突施暗算？霍都若在比武之際發射暗器，扇骨藏釘雖然巧妙，卻也決計傷害不了對方，此時朱子柳解他穴道，與他相距不過尺許，這暗器貼身斗發，武功再高，亦難閃避。四枚釘上餵以西藏雪山所產劇毒，朱子柳一中毒釘，立時全身痛癢難當，難以站立。

羣雄驚怒交集，紛紛戟指霍都，痛斥他卑鄙無恥。霍都笑道：「小王反敗爲勝，又有甚麼恥不恥的？咱們比武之先，又沒言明不得使用暗器。這位朱兄若是用暗器先行打中小王，那我也是認命能啦。」衆人雖覺他強詞奪理，一時倒也沒法駁斥，但仍是斥罵不休。

郭靖搶出抱起朱子柳，但見四枚小釘分釘他胸口，又見他臉上神情古怪，知道暗器上的毒藥甚是怪異，忙伸指先點了他三處大穴，使得血行遲緩、經脈閉塞，毒氣不致散發入心，問黃蓉道：「怎麼辦？」黃蓉皺眉不語，料知要解此毒，定須霍都或金輪法王親自用藥，但如何奪到解藥，一時彷徨無計。

點蒼漁隱見師弟中毒深重，又是擔憂，又是憤怒，拉起袍角在衣帶中一塞，就要奔出去和霍都交手。黃蓉卻思慮到比武的通盤大計，心想：「對方已然勝了一場，漁人師兄出馬，對方達爾巴應戰，我們並無勝算。」忙道：「師兄且慢！」點蒼漁隱問道：「怎地？」饒是黃蓉智謀百出，卻也答不出話來，這頭一場既已輸了，此後兩場就甚是難處。

霍都使狡計勝了朱子柳，站在廳口洋洋自得，遊目四顧，大有不可一世之概，一瞥眼間，見小龍女與楊過並肩坐在石礎之上，拉着手娓娓深談，對自己這場勝利竟是視若無覩，不由得心頭火起，伸扇指着楊過喝道：「小畜生，站起來。」

楊過全神貫注在小龍女身上，但覺天下雖大，再無一事能分他之心，因之適才霍都與朱子柳鬥得天翻地覆，他竟是視而不見、聽而不聞。他與小龍女同在古墓數年，實不知自己對她已是刻骨銘心、生死以之。當日小龍女問他是否要自己做他妻子，只以突然而發，他心中從未想過此事，竟是愕然不知所對，事後小龍女影蹤不見，他在心中已不知說了幾千百遍：「我要的，我要的。寧可我立時死了，也要姑姑做我妻子。」

他與小龍女之間的情意，兩人都是不知不覺而萌發，及至相別，這才蓬蓬勃勃的不可抑制。楊過固然天不怕、地不怕，而小龍女於世俗禮法半點不知，只道我欲愛則愛，我欲喜則喜，又與旁人何干？因此上一個不理，一個不懂，二人竟在千人圍觀之間、惡鬥劇戰之場，執手而語，情致纏綿。

霍都罵了一聲，楊過仍是不曾聽見。霍都更欲斥責，只聽金輪法王吩咐道：「我方已勝了一場，可接着再鬥第二場。」霍都向楊過狠狠瞪了一眼，退回席間，大聲說道：「敝方勝了一場，第二場由我二師兄達爾巴出手，貴方那一位英雄出來指教？」

達爾巴從大紅袈裟下取出一件兵器，走到廳中。衆人見到他的兵刃，都是暗暗心驚，原來那是一柄又粗又長的金杵。這金剛降魔杵向爲佛教中護法尊者所用，藏僧以此爲兵刃的本亦常有，但達爾巴這降魔杵長達四尺，杵頭碗口粗細，杵身金光閃閃，似是用純金所鑄，這份量可比鋼鐵重得多了。

他來到廳中，向羣雄合十行禮，舉手將金杵往上一抛。金杵落將下來，砰的一聲，把廳上兩塊青花大磚打得粉碎，杵身陷入泥中，深逾一尺。這一下先聲奪人，此杵重量可知，瞧他又乾又瘦的一個和尚，居然使得動此杵，則武功膂力又可想而知。

黃蓉心想：「靖哥哥自能制服這莽和尚，但第三場那法王出手，我方無人能擋，這場比武是輸定了。說不得，我勉力用巧勁鬥他一鬥。」一提打狗棒，說道：「我出手罷！」郭靖大驚，忙道：「使不得，使不得。你身子不適，怎能與人動手？」黃蓉也覺並無把握取勝，若是輸了這一場，第三場便不用比了，正躊躇間，點蒼漁隱叫道：「黃幫主，讓我去會這惡僧。」他見師弟中毒後痲癢難當的慘狀，心急如焚，急欲報仇。黃蓉也是苦無善策，心想：

「眼下只有力拚，若他勝得藏僧，靖哥哥再以硬碰硬，與那金輪法王分個高下便了。」於是說道：「師兄請小心了。」

武氏兄弟取過師伯所用的兩柄鐵槳呈上。點蒼漁隱挾在脅下，走到廳中。他雙眼火紅，繞着達爾巴走了一圈。達爾巴莫名其妙，見他打圈，便跟着轉身。點蒼漁隱猛然大喝一聲，揮動雙槳，往他頭頂直劈下去。達爾巴身法好快，伸手拔起地下降魔杵一架，槳杵相交，噹的一聲大響，只震得各人耳中嗡嗡發響。兩人虎口都是隱隱發痛，知道對方力大，各自向後躍開。達爾巴說了一句藏語，漁隱卻用大理的夷語罵他。二人誰也不懂，突然間欺近身來，槳杵齊發，又是金鐵交鳴的一聲大響。

這番惡鬥，再不似朱子柳與霍都比武時那般瀟洒斯文。二人銅缸對鐵甕，大力拚大力，各以上乘外門硬功相抗，杵槳生風，旁觀衆人盡皆駭然。

點蒼漁隱膂力本就極大，在湘西侍奉一燈大師隱居之時，日日以鐵槳划舟，逆溯激流而上，雙臂更是練得筋骨似鐵。他是一燈的大弟子，在師門親炙最久，一燈大師以他生性純樸粗魯，向來極爲喜愛，只是他天資較差，內功不及朱子柳，但外門硬功卻是厲害之極。此時與藏僧達爾巴硬拚外功，正是用其所長，但見他雙槳飛舞，直上直下的強攻。兩柄鐵槳每一柄總有五十來斤重，他卻舉重若輕，與常人揮舞幾斤重的刀劍一般靈便。

達爾巴自負膂力無雙，不料在中原竟遇到這樣一位神力將軍，對方不但力大，招數更是精妙，當下全力使動金剛杵。杵對槳，槳對杵，兩人均是攻多守少。

當朱子柳與霍都比武之時，廳上觀戰的羣雄均已避風散開，此刻三般重兵刃交相拚鬥，別說兵風難揩，即是槳杵相撞時所發出的巨聲也令人極爲難受。衆人多數掩耳而觀。燭光照耀之下，黃金杵化成一道金光，鑌鐵槳幻爲兩條黑氣，交相纒繞，越鬥越是激烈。

這場好鬥，衆人實是平生未見。更凶險的情景固然並非沒有，但高手比拚內功，內裏緊迫異常，外表看來卻甚平淡。至於拳脚兵刃的招數拆解，則巧妙固有過之，狠猛卻又大爲不及。世上如點蒼漁隱這般神力之人已然極爲罕有，再要兩個膂力相若、武功相若之人碰在一起如此惡鬥，更是難遇難見了。

郭靖與黃蓉都看得滿手是汗。郭靖道：「蓉兒，你瞧咱們能勝麼？」黃蓉道：「現下還瞧不出來。」其實郭靖何嘗不知一時之間勝負難分，但盼妻子說一句「漁隱可勝」，心中就大爲安慰。

再拆數十招，兩人力氣絲毫不衰，反而精神彌長。點蒼漁隱雙槳交攻，口中吆喝助威。達爾巴問道：「你說甚麼？」他說的是藏語，漁隱那裏懂得，也問：「你說甚麼？」達爾巴也是不懂。兩人便即各自亂罵狠鬥，只打得廳上桌椅木片橫飛。衆人擔心他們一個不留神打中了柱子，只怕整座大廳都會塌將下來。

金輪法王和霍都也是暗暗心驚，看來如此惡鬥下去，達爾巴縱然得勝，也必脫力重傷，但激戰方酣，怎能停止？

兩人跳盪縱躍，大呼鏖戰，黃光黑氣將燭光逼得也暗了下來，猛然間震天價一聲大響，兩人同聲大喝，一齊跳開，原來漁隱右手鐵槳和金杵硬拚一招，二人各使全力，鐵槳槳柄較細，不及金杵堅牢，竟爾斷爲兩截。槳片飛開，噹的一聲，跌在小龍女身前。

小龍女正與楊過說得出神，毫沒留意，槳片撞在她左脚脚指上，她「哎喲」一聲，跳了起來。她這一呼痛，楊過方才驚覺，忙問：「你受傷了麼？」小龍女撫着脚指，臉現痛楚神色。

楊過大怒，轉頭尋找是誰投來這塊鐵板打痛了姑姑，只見點蒼漁隱右手拿着斷槳，正與達爾巴爭執，要以單槳與他再鬥。達爾巴只是搖頭，他知敵人力氣功夫和自己半斤八兩，若再比武，也是難勝，旣在兵刃上佔了便宜，這場比武就算贏了。

霍都站了出來，朗聲說道：「我們三場中勝了兩場，這武林盟主之位自該屬於我師，各位……」他話未說完，楊過向漁隱道：「你的鐵槳怎地斷了，飛過來打痛了我姑姑？」漁隱道：「我……我……」楊過道：「你的鐵槳也不做得結實些，快去陪禮。」漁隱見他是個孩子，不加理睬。楊過忽地伸手，將他斷槳奪過，叫道：「快向我姑姑陪不是。」

霍都給他打斷話頭，大是氣惱，喝道：「小畜生！快滾開！」楊過叫道：「小畜生罵誰？」霍都聽他問「小畜生罵誰」，順口答道：「小畜生罵你！」他怎知南方孩子向來以這般套子鬥口，一不留神，已自上當。楊過哈哈大笑，說道：「不錯，正是小畜生罵我！」大廳上情勢本來極是緊張，卻給這少年突然這麼一個打岔，羣雄都笑了出來。霍都大怒，摺扇直出，往楊過頭頂擊去。

羣雄適才均見霍都武功甚是了得，這一扇若是打在楊過頭上，不死也必重傷，齊聲呼叫：「住手！」「不得以大欺小。」

郭靖飛身搶出，正要伸手奪扇，楊過頭一低，已從霍都手臂下鑽過，槳柄回繞，使出打狗棒法的「纏」字訣，在霍都脚下一絆。霍都立足不穩，一個踉蹌，險些跌倒，總算他武功高強，將跌勢硬生生變為躍勢，凌空竄起，再穩穩落下。

郭靖一怔，問道：「過兒，怎麼了？」楊過笑道：「沒甚麼。這廝瞧不起洪老幫主的打狗棒法，我就想用打狗棒法摔他一個觔斗，可惜給他逃開了。」郭靖大奇，又問：「你怎麼會使？」楊過撒謊道：「適才魯幫主和他動手，我瞧了之後，學了幾招。」郭靖自己天資魯鈍，只道世上聰明之人甚多，對他的話倒也信了八九成。

霍都給楊過這麼一絆，料得是自己不小心，怎想得到這個十幾歲的少年竟有高明武功，心想眼下爭盟主是大事，辦完正事再打發這小子不遲，於是大踏步走到郭靖面前，朗聲道：「郭大俠，今日比武是我們勝了，我師金輪法王是天下武林盟主。可有那一位不服……」

他說未說完，楊過悄悄走到他身後，槳柄疾送，使出打狗棒法中第四招「戳」字訣，忽地向他臀上戳去。以霍都的武功修為，背後有人突施暗算，豈有不知之理？可是打狗棒法端的神奇奧妙，他雖驚覺，急閃之際終究還是差了這麼幾寸，噗的一下，正中臀部。饒是他內功深厚，臀部又是多肉之處，可是這一下卻也甚是疼痛，兼之出其不意，他只道定可避過，偏偏竟又戳中，不由得「啊」的一聲叫了出來。楊過喝道：「甚麼東西？我就不服！」

霎時之間，廳上笑聲大作。羣雄都想這少年不但頑皮，兼且大膽，這蒙古王子居然兩次着了他的道兒。

至此地步，霍都焉得不惱？反手一掌，要先打他個耳光，出了口惡氣再說。他雖是順手一掌，但掌力含勁蓄勢，實是西藏派武功的精要，預擬一掌要將這少年打昏躺下。郭靖知道厲害，左手探出，反手一勾，已將他手掌抓住，勸道：「閣下怎能跟小孩兒一般見識？」霍都被他一把抓住，但感半身發麻，不禁驚怒交集。

楊過乘勢橫過槳柄，重重一棍打在他臀上，叫道：「小畜生不聽話，爸爸打你屁股！」郭靖喝道：「過兒快退開，不許胡鬧！」但羣豪均已嘻嘻哈哈的笑成一團。

蒙古一邊的衆武士紛紛叫嚷：「兩個打一個麼？」「不要臉！」「這算不算比武？」郭靖一怔，放脫了霍都。

黃蓉見楊過適才這一絆一戳，確是打狗棒法的招數，心下大疑：「他從何處偷學得到這路棒法？難道這幾個月來我教魯有脚之時，每天他都來偷看？但我教棒時每次均四下查過，他怎能瞞得過我？」叫道：「靖哥哥，你來。」郭靖回到妻子身旁，但他擔心楊過吃虧，眼光仍是不離廳心二人。

只見霍都揮掌飛脚，不住向楊過攻去。楊過一面閃避，一面大叫：「打你屁股，打你屁股！」橫槳柄不住向他臀部抽擊，此時霍都展開身法，自己打他不着，每一棍都落了空。霍都用摺扇想打楊過腦袋，楊過卻用鐵槳柄去打他後臀，兩人你追我趕，在廳上迅速異常的兜繞圈子，誰也打不着誰。

旁觀衆人初時只覺滑稽古怪，待見二人繞了幾個圈子，都驚訝起來。楊過年紀雖小，但脚步輕盈，身手迅捷，直和霍都不相上下。霍都幾次飛步擊打，都給他巧妙避開。

點蒼漁隱與達爾巴本來各執兵刃，怒目對視，一個要衝上去再打，一個全神戒備，以防對方突襲，但見霍都竟然奈何不了這樣一個少年，都是極爲詫異，一個裂開大嘴嘻嘻而笑，一個用藏語嘰哩咕嚕的咒罵。

轉瞬間霍楊二人又繞了三個圈子，霍都已瞧出對方輕身功夫甚是了得，一味跟他追逐，說不定竟還輸了，突然轉身，急伸左掌迎面去抓他槳柄，右手扇子往他腿側「環跳穴」上點去。這一下出手，顯已不再是懲戒頑童，竟是比武過招了。

楊過卻仍不與他正面對戰，側身避開扇子，橫着槳柄揮打，叫道：「老子打你屁股！一日不過三，打了兩下，還欠一下！」拚鬥時使這般戲弄手段，須得比對方武功高出極多方無危險，楊過雖然學過不少上乘武功，功力卻遠遠不及霍都，如此胡鬧本來必定遭殃。但羣豪瞧得有勁，紛紛嘻笑叫嚷、拍手頓足的爲他助威。霍都只聽得心神不定，生怕在天下英雄面前自己屁股再給這頑童打中了一下，就算當場殺了這小廝，也已大大的丟臉，因之全神貫注的閃避，一時竟忘了反擊，楊過這才未遇凶險。

到了此時，黃蓉自早已看出楊過曾受高人指點，武功着實了得，又想起日間他以內力助自己調息，內功修爲亦自不凡，心想且由他胡攪一陣，竟能由此挽回連敗兩陣的頹勢亦未可知，於是高聲叫道：「過兒，你好好和他比一比罷，我瞧他不是你對手。」

楊過向霍都伸了伸舌頭，道：「你敢不敢？」說着站定身子，指着他的鼻子。

霍都心下雖怒，但想不可因小不忍而亂大謀，已方連勝兩場，武林盟主已然奪得，何必再爲一個少年而另起糾紛？便道：「小畜生，如此頑皮，總得要好好教訓你一番，這個倒也不忙。現下請天下武林盟主金輪法王給大夥兒致訓，大家一齊聽他老人家的號令。」

羣雄轟然扒辯，喧嘩嘈雜。霍都大聲道：「咱們言明在先，三賽兩勝。各位說過的話，算人話不算？」羣雄都是江湖上的成名人物，均知駟不及舌之義，要他們出爾反爾，那是萬萬不肯的；但適才這兩場實在輸得寃枉，第一場是中了暗算，反勝爲敗，第二場只是折斷了兵刃，可是硬要說不敗，卻也難以理直氣壯。衆人給他這麼一問，一時語塞。

楊過道：「這個老和尚這般高，這般瘦，模樣古怪，怎能做武林盟主？我瞧他不配。」霍都怒道：「這小孩的師父是誰？快領去管教。再在這裏撒野，我下手可要不留情面了。」楊過道：「我師父才配當武林盟主，你師父有甚麼本領？」霍都道：「你師父是那一位？請出來見見。」他見楊過身手不凡，料得他師父必是高手，是以用了個「請」字。

楊過道：「今日爭武林盟主，都是徒弟替師父打架，是也不是？」霍都道：「不錯，我們三場中勝了兩場，因此我師父是盟主。」楊過道：「好罷，就算你勝了他們，那又怎地？我師父的徒弟你可沒打勝。」霍都問道：「你師父的徒弟是誰？」楊過笑道：「蠢才！我師父的徒弟，自然是我。」羣雄聽他說得有趣，都哈哈大笑起來。楊過笑道：「咱們也來比三場，你們勝得兩場，我才認老和尚作盟主。若是我勝得兩場，對不起，這武林盟主只好由我師父來當了。」

衆人聽他說到此處，均想莫非他師父當眞是大有來頭的人物，要來和洪七公、金輪法王爭武林盟主，不管他師父是誰，總是漢人，自勝於讓蒙古國師搶了盟主去，這少年當然鬥不過霍都，然而眼下己方已然敗定，只有另生枝節，方有轉機，於是紛紛附和：「對，對，除非你們蒙古人再勝得兩場。」「這位小哥說得甚是。」「中原高手甚多，你們僥倖佔了兩場便宜，有甚希罕？」

霍都尋思：「對方最強的兩個高手都已敗了，再來兩個又有何懼？就怕他們使車輪戰法，打敗兩個又來兩個。」對楊過道：「尊師要爭這盟主之位，原也在理，只是天下英雄何止千萬，比了一場又是一場，卻比到何年何月方了？」

楊過頭一昂，說道：「旁人來作盟主，我師父也不願理會，但她瞧着你師父心裏就有氣。」霍都道：「尊師是誰？他老人家可在此處？」楊過笑道：「他老人家就在你眼前。喂，姑姑，他問你老人家好呢。」小龍女「嗯」的一聲，向霍都點了點頭。

羣雄先是一怔，隨即哈哈大笑。眼見小龍女容貌俏麗，年紀尚較楊過幼小，怎能是他師父？顯是這少年有意取笑、作弄霍都了。只有郝大通、趙志敬、尹志平等幾人才知他所言是實。黃蓉雖然智慧過人，卻也決計不信小龍女這樣一個嬌弱幼女會是他的師父。

霍都大怒，喝道：「小頑童胡說八道！今日羣雄聚會，有多少大事要幹，那容得你在此胡鬧？快給我滾開。」

楊過：「你師父又黑又醜，說話嘰哩咕嚕，難聽無比。你瞧我師父多美，多麼清雅秀麗，請她做武林盟主，豈不是比你這個醜和尚師父強得多麼？」小龍女聽楊過稱讚自己美貌，心中喜歡，嫣然一笑，眞如異花初胎，美玉生暈，明艷無倫。

羣雄見楊過作弄敵人越來越是大膽，都感痛快，有些老成之人則暗暗爲他擔心，生怕霍都忍下殺手，勢必送了他性命。

果然鬧到此時，霍都再也忍耐不住，叫道：「天下英雄請了，小王殺此頑童，那是他自取其咎，須怪不得小王。」摺扇一揮，就要往楊過頭頂擊去。

楊過模倣他說話神氣，挺胸凸肚，叫道：「天下英雄請了，小頑童殺此王子，那是他自取其咎，須怪不得小頑童！」羣雄轟笑聲中，他突然橫過槳柄，往霍都臂上揮去。

霍都側身讓過，摺扇斜點，左掌如風，直擊對方腦門。扇點是虛，掌擊卻實，這一掌使上了十成力，存心要一掌將他打得腦漿迸裂。楊過閃身斜走，順手將一張方桌推出，格的一響，霍都這掌擊在桌上，登時木屑橫飛，方桌塌了半邊。羣雄見他掌力驚人，不禁咋舌。霍都隨即飛脚踢開桌子，跟着進擊。楊過見他出掌狠辣，再也不敢輕忽，舞動槳柄，就使打狗棒法和他鬥了起來。那打狗棒法的招數洪七公曾全部傳授，當日楊過在華山絕頂向歐陽鋒試演數日，招數中最奧妙曲折之處也都已演過，口訣和變化又曾聽黃蓉傳於魯有脚，這時將兩者一加湊和，居然使得頭頭是道。只是槳柄太過沉重，又短了半截，運用之際甚不方便，拆了十餘招，已被霍都扇中夾掌，困在一隅。

黃蓉見他所使的果眞都是打狗棒法，雖然招數生澀，未盡妙用，出手姿式卻似模似樣，知他兵刃不順手，當即走到廳中，伸棒在二人之間一隔，說道：「過兒，打狗須用打狗棒。魯幫主這棒兒借給你罷，打完惡狗，立即歸還。」打狗棒是丐幫幫主的信物，是以須得言明借用。楊過大喜，接過竹棒。黃蓉在他耳邊低聲道：「逼他交出解藥。」說罷便即躍回。楊過沒留神適才朱子柳身中暗器的情狀，不知解藥何指，微微一怔，霍都已揮掌劈到。

楊過提起打狗棒往他小腹點去。這竹棒又堅又靭，長短輕重，無不順手，以打狗棒使打狗棒法，自是威力倍增。霍都發掌正劈向他頭頸，見他竹棒疾出，逕刺自己臍下三寸的「關元穴」，這是任脈的要穴，這小小頑童認穴竟如此精確，不由得吃了一驚。他與楊過已糾纏數次，始終當他不過是個身手敏捷、曾得明師指點的少年，此刻見了他這一招刺穴，才當他是個可相匹敵的對手，再也不敢輕忽，撤掌迴身，轉扇護胸。旁觀高手見他竟然改取守勢，顯是對楊過頗爲忌憚，詫異更甚。

楊過說道：「且慢，小頑童決不白白與人過招，須得賭個利物。」霍都道：「好，你若輸了，向我磕三個頭，叫三聲爺爺。」楊過又使江南頑童常用的討便宜套子，假裝沒聽見，問道：「叫甚麼？」這套子突然使將出來，不知者極易上當。霍都生長蒙藏，日常相處的盡是淳樸質實之輩，那懂這些江南頑童的狡獪，順口答道：「叫爺爺！」楊過應道：「嗯，乖孫兒，再叫我一聲。」衆人轟笑聲中，霍都又知上了惡當，一咬牙，右扇左掌，狂風暴雨般攻將過去。

楊過奮力抵擋，說道：「你若輸了，就須將解藥給我。」霍都怒道：「我輸給你？快別做夢，小畜生！」楊過竹棒揚起，喝道：「小畜生罵誰？」霍都道：「小畜生罵……」話到口邊，猛然省起，總算懸崖勒馬，硬生生把最後一個「你」字縮回嘴裏。楊過笑道：「小番王，教了你個乖，你記着罷。」他話雖說得輕巧，手上卻越來越是艱難。

霍都是金輪法王的得意弟子，已得西藏武功的精要，他與一燈大師最強的弟子朱子柳拆得近千招，功力之深，與楊過自是不可同日而語。楊過初時激他動了怒氣，乘機佔得便宜，霍都也未全力與搏，此刻當眞動手，二十餘招之後，楊過便即相形見絀。但羣雄見他小小年紀，居然支持了這麼許久，均已大爲讚許，都說：「這孩子可了不起。」紛紛互相詢問，這少年是誰的門下。

霍都見敵人勢劣，掌力越是加強。楊過所使的打狗棒法神妙莫測，本非霍都的扇法掌法之所及，但洪七公所授的只是招數，棒法的口訣秘奧，他甫自黃蓉口中聽到，仗着聰明，才勉強湊乎着兩者使用，然要立時之間融會貫通，施展威力，自是決無此理。再鬥一會，楊過東躲西閃，已難以招架。

郭芙與武氏兄弟自廳中比武開始，一直全神觀鬥，三人湊首悄悄議論，及至楊過出來動手，三人實是大出意料之外。武氏兄弟說他狂妄愚魯，自討苦吃。郭芙偏和他們抬槓，讚他大膽機敏。武氏兄弟聽得心中酸溜溜的甚不好受。初時他們見小龍女忽然來到，與楊過神態親密，兄弟倆對望一眼，登時大感輕鬆，待得聽楊過稱她爲師父，雖不知眞假，二人心頭又沉重起來。這時見楊過給霍都逼得手忙脚亂，兩兄弟自知不該幸災樂禍、希冀敵人獲勝，然內心深處，竟是盼望他這觔斗栽得越重越好。二人只因患得患失，於是忽喜忽憂，心情於瞬息之間接連數變。郭芙對楊過固無好感，亦無厭憎之心，只當他是個落魄無能之人，無足輕重，聽父親說要將自己許配於他，一時雖感氣憤，但終信此事決難成眞，也不如何掛懷，後來見他武功非同小可，也只是大爲驚異而已，見他勢危，卻不禁爲他擔心。

楊過知道如此相鬥，十招之內便要給敵人打倒，瞥見小龍女雖仍坐在石礎上，背心卻已不再倚靠廳柱，神色關注，隨時便要躍起相助，心念一動，突然橫棒揮出，身子斜飛，從小龍女脚上躍過。霍都喝道：「那裏走？」跟着躍起追擊。

小龍女雙足微抬，左足足尖踢向霍都右足外踝的「崑崙穴」，右足足尖踢他左足心的「湧泉穴」。總算霍都武功極爲精強，見微知著，變化迅捷，小龍女雙足稍起，旁人毫不在意，他已知這少女是以極厲害的招數忽施突襲，百忙中使一招「鴛鴦連環腿」，雙足向空連環虛踢，才避開了她這兩下來無影去無蹤的飛足點穴。

楊過從小龍女脚上躍過，早料到有此一着，不待敵人落地，打狗棒已揮了出去。霍都伸扇在棒上一搭，借力斜身飛開，離得小龍女遠遠地，不自禁望了她兩眼，心想：「中原果然儘多能人，這兩個少年男女都不過十來歲年紀，怎地如此了得？」

楊過得了這一招之利，發揮棒法中的攻手，進了三記殺招，霍都大感狼狽，全力抵禦。可是第四招上楊過已無奧妙棒法連續進攻，緩得一緩，被他反擊過來，又處劣勢。

旁人不懂棒法，還不怎地，黃蓉卻連連暗呼可惜，忍不住唸道：「棒迴掠地施妙手，横打雙獒莫回頭。」這正是打狗棒法的訣竅，楊過雖知歌訣招數，卻不知此招該當於此時用出，聽得黃蓉唸起，當即橫棒掠地，直擊不回。

這一棒去勢古怪，他雖然使了，實不知有何功效，豈知竹棒擊出，正巧對方舉扇斜揮。霍都這一招尙未使足，已知不妙，急忙躍起相避。黃蓉又唸：「狗急跳牆如何打？快擊狗臀劈狗尾。」這路棒法在丐幫中世代相傳，做丐兒的有甚文雅之士，口訣語句自然俚俗。旁人還道是黃蓉出言譏罵敵人是狗，卻不知她正在指點楊過武藝。那打狗棒法雖是除丐幫幫主外不傳別人，但一來楊過已自學會，二來這場比武關係重大，務須求勝，當下黃蓉也顧不得幫規所限，看到兩人進退守攻的情勢，不住口的出言指點。

她每一句話都說得正中竅要，兼之楊過機伶無比，數次得手之後，不等黃蓉唸完歌訣全句，只消提得頭上幾字便即施展。這打狗棒法果然威力奇強，霍都空有一身武功，竟被一根竹棒逼得團團亂轉，再無還手餘地。眼見再拆數招，這武功精強的番邦王子就要落敗，羣雄驚喜交集。大廳中采聲四起。

霍都揮扇急攻兩招，把楊過迫開幾步，叫道：「且住！」楊過笑道：「怎麼？小孫兒認輸了罷？」霍都臉色鐵青，森然道：「你說是為你師父爭奪盟主，怎麼使上了洪七公的武功？若說為洪七公爭盟主，適才已比過兩場。你們到底是胡混瞎賴，還是怎的？」

黃蓉心想不錯，他這話倒是難以辯駁，正想與他強詞奪理一番，楊過已接口道：「你這次說的倒算是人話，這棒法果然非我師父所授，縱然勝得你，諒你也不服。你要見識見識我師父的功夫，絲毫不難。我剛才借用別派功夫，就怕本門功夫用將出來，你輸得太慘。」原來楊過聽他說了這番話，回頭向小龍女望了一眼，猛然省起：「幸虧這番王提醒了我。若是我用打狗棒法勝他，怎能顯出我姑姑的本事？姑姑豈不怪我忘了她傳授武功的恩德？」其實小龍女一派天眞，心中充滿了對楊過的柔情密意，只要眼中看着他，就已心滿意足，萬事全不掛懷，他勝了固好，敗也無妨，均是無甚相干，至於他是否用本門武功，是否聽由黃蓉指點，她更是半點也不放在心上。

霍都心想：「你若不用打狗棒法，取你性命又有何難。」當下冷笑道：「這就是了，定須領教尊師的所授高招。」

楊過跟小龍女練得最精純的乃是劍法，於是向羣雄道：「那一位尊長請借柄劍一用。」廳上二千餘人之中倒有三百餘人佩劍，聽楊過如此說，齊聲答應，紛紛拔劍。

郝大通和孫不二未曾拜王重陽爲師之時，均已心懷忠義，後來受王重陽薰陶，攘夷禦侮之心更熱。楊過反出全眞教，他們自是甚感惱怒，但此時見他力抗強敵，爲中華爭光，登時將門戶私見抛在一旁。孫不二武功在全眞七子中最弱，王重陽臨終時將全眞教最鋒利的一把寶劍傳給了她，俾以利器補武功之不足。她見楊過借劍拒敵，當即縱身搶在頭裏，雙手橫托一柄青光閃閃，寒氣森森的寶劍，說道：「你用這柄劍罷！」

楊過見那劍猶如一泓秋水，知是斷金切玉的利刃，若用以與霍都交手，定可佔得不少便宜，但他一見孫不二身上的道袍，立時想起自己在重陽宮中所受的屈辱，又想起孫婆婆橫死在郝大通掌下，白眼一翻，卻不接劍，轉頭從一名丐幫弟子手中取過一柄黑沉沉的生銹鐵劍，說道：「就借人哥此劍一用。」竟將孫不二僵在當地，進退不得。她雖出家修道，終究武學之士火性難淨，自己好意借劍，這少年竟敢如此無禮，不禁大爲惱怒，欲待開口斥責，卻又是大敵當前，不便另起爭端，當下強忍怒氣，退回人叢。也是楊過性子太過剛硬，愛憎極其強烈，本可乘此良機與全眞教修好，這麼一來，雙方嫌隙卻更深了。

霍都見他不取寶劍，卻拿了一把銹得斑斑駁駁的鐵劍，心中卻多了一層忌憚之意。蓋武功練到極高境界，飛花摘葉均可傷人，原已不仗兵刃銳利，心想敵人取了這樣一柄鈍劍，當眞是有恃無恐不成？當下張開摺扇，揮了兩下，欲待開口叫陣。楊過挺劍指着摺扇上朱子柳所寫的四字，笑道：「爾乃蠻夷，衆人皆知，倒也不用張揚了。」霍都臉上一紅，摺扇拍了一聲，摺成一根短棒，向他「肩井穴」微點，左掌呼地劈出，勢挾勁風，凌厲狠辣。楊過使動鐵劍，以「玉女劍法」還招。

當年林朝英石墓苦修，創下玉女心經的武功，此後不再出墓，只傳了她的貼身丫鬟，經小龍女再傳而至楊過。那丫鬟非但從不涉足武林，連終南山也沒下過一步。李莫愁雖是小龍女的師姊，卻未得師傳高深劍法，只以拂塵與掌法、暗器揚威江湖。此時楊過使出古墓派劍法，大廳上各門各派高手畢集，除小龍女外，竟無一人識得。

這一派武功的創始人固是女子，接連兩代的弟子也都是女人，自不免輕柔有餘、威猛不足。小龍女教導楊過的架式，都帶着三分嬝娜風姿。楊過融會貫通之後，自然而然的已除去了女子神態，轉為飄逸靈動。古墓派輕功當世無比，此時但見他滿廳遊走，一招未畢，二招至。劍招初出時人尚在左，劍招抵敵時身已轉右，竟似劍是劍，人是人，兩者殊不相干，一套劍法只使得十餘招，羣雄無不駭然欽服。

霍都的扇上功夫本也是武林一絕，揮打點刺，也是以飄逸輕柔取勝，但此刻遇到天下無雙的古墓派絕頂輕功，竟然施展不出手脚，加以他扇上給朱子柳寫上那四個字，被楊過一番取笑，不願再行張開，這樣一來。扇子中的「揮」字功夫便使不出了。

郭芙與武氏兄弟見楊過的劍法竟然如此了得，六隻眼睛睜得大大的，再也無話可說。旁觀衆人之中第一歡喜的要算郭靖，他見故人之子忽爾練成這般身手，連自己也瞧不準他的家數，想起自己郭家與楊家的累世交情，不由得悲喜交集。黃蓉斜眼望了丈夫一眼，見他眼眶微紅，嘴角卻帶笑容，知他心意，伸過手去握住了他右手。

霍都眼見不敵，焦躁起來，暗思今日若是竟折在這小子手中，自此聲名掃地，還說甚麼揚威中原？只見楊過長劍斜指，劍尖分花，竟是連刺三處，若是縱躍閃避，登時落了下風，當即張開摺扇，擋過了他這三招連刺，一聲呼喝，又使出「狂風迅雷功」來反擊。他右扇左袖，鼓起一股疾風，袖中隱藏鐵掌，口裏大聲呼喝，以他武林高手的身分，與一個少年過招，竟然不得不用出看家本領來全力施爲，即令得勝，臉上也已全無光采。但此時他只求不敗，那裏還顧得這許多？吐氣叫嚷，一招狠似一招。

楊過劍走輕靈，招斷意連，綿綿不絕，當眞是閒雅瀟洒，翰逸神飛，大有晉人烏衣子弟裙屐風流之態。這套美女劍法本以韻姿佳妙取勝，襯着對方的大呼狂走，更加顯得他雍容徘徊，雋朗都麗。楊過雖然一身破衣，但這路劍法使到精妙處，人人眼前斗然一亮，但覺他清華絕俗，活脫是個翩翩佳公子。

可是楊過一求姿式俊雅，劍上的威力便不易發揚。霍都豁出了性命不要，愈鬥愈狠，楊過漸感吃力。郭靖、黃蓉看出他又將落敗，都是眉頭漸漸皺攏，但見霍都扇底與袖間的風勁越鼓越猛，不由得心中暗叫：「不好！」

忽見楊過鐵劍一擺，叫道：「小心！我要放暗器了！」霍都曾用扇中毒釘傷了朱子柳，聽他如此說，只道他的鐵劍就如自己摺扇一般，也是藏有暗器，無怪他不用利劍而用銹劍，自己既以此手段行險取勝，想來對方亦能學樣，見楊過鐵劍對準自己面門指來，急忙向左躍開。卻見楊過左手劍訣引着鐵劍刺到，那裏有甚麼暗器？

霍都知道上當，罵了聲：「小畜生！」楊過問道：「小畜生罵誰？」霍都不再回答，催動掌力。楊過左手一揚，叫道：「暗器來了！」霍都忙向右避，對方一劍恰好從右邊疾刺而至，急忙縮身攏腰，劍鋒從右肋旁掠過，相距不過寸許，這一劍凶險之極，疾刺不中，羣雄都叫：「可惜！」蒙古衆武士卻都暗呼：「慚愧！」

霍都雖然死裏逃生，也嚇得背生冷汗，但見楊過左手又是一揚，叫道：「暗器！」便再也不去理他，自行揮掌迎擊，果然對方又是行詐。楊過一劍刺空，縱前撲出，左手第四次揚起，大叫：「暗器！」霍都罵道：「小……」第二個字尚未出口，驀地裏眼前金光閃動，這一下相距旣近，又是在對方數次行詐之後毫沒防備，急忙湧身躍起，只覺腿上微微刺痛，已中了幾枚極細微的暗器。他想暗器細小，雖中亦無大礙，盛怒之下，扇戳掌劈，要將這狡獪小兒立斃於當場。

楊過知已得手，那裏還再和他力拚，只是舞劍嚴守門戶，笑吟吟的道：「我三番四次提醒，要放暗器了，要放暗器了，你總是不信。可沒騙你，是不是？」

霍都正要揮掌擊出，突覺腿上一下痲癢，似被一隻大蚊叮了一口，忙提氣忍住，要待發招，痲癢更加厲害了，心裏一驚：「不好，小畜生暗器有毒！」念頭只是一轉，腿上癢得再也無法忍耐，也顧不得大敵當前，拋下扇子，伸手就去搔癢，只這麼一搔，竟似連心中也都癢了起來，不由得大叫摔倒。須知古墓派玉蜂金針之毒，天下罕見，中了一枚已自難當，何況在激鬥之際、血行正速時連中數枚？

藏僧達爾巴大踏步走出，抱起師弟交在師父手中，轉身向楊過道：「小孩子，我來和你比武！」金剛杵橫掃，疾向楊過腰間打去。

這一杵揮將過來，帶着一道金光。金剛杵極爲沉重，他一出手，金光便生，可見其膂力之強、手法之快。楊過雙脚不動，腰身向後縮了尺許，金剛杵恰好在他腰前掠過。那知達爾巴不等金杵勢頭轉老，手腕使勁，金剛杵的橫揮之勢斗然間變爲直挺，竟向楊過腰間直戳過去。以如此沉重兵刃，使如此剛狠招數，竟能半途急遽轉向，人人均是出乎意外，楊過也是大吃一驚，忙按鐵劍在金杵上壓落，身子借力飛起。

達爾巴不等他落地，揮杵追擊，楊過鐵劍又在金杵上一按，二度上躍。達爾巴大喝一聲：「往那裏逃？」金杵跟着擊到。楊過身在半空，不便轉折，眼見情勢危急已極，當下行險僥倖，突然伸手抓住杵頭，揮劍直削下去。要是他有點蒼漁隱那樣的力氣，敵人非撒手放杵不可。只是達爾巴本力強他數倍，用力迴奪，急向後退。楊過乘勢放開杵頭，輕輕巧巧的落下地來。他接連三招被逼在半空，性命眞是在呼吸之間，這時敵人的兵刃雖沒奪到，但危局已解，旁觀衆人都舒了口氣。

達爾巴見他輕功高強，變招靈活，說道：「小孩子的功夫很不錯，是誰教你的啊？」他說的是藏語，楊過自然一字不懂。他料來這和尙是在罵自己，於是依着他的口音，也是嘰哩咕嚕的說了幾句。這幾個字發音旣準，次序又是絲毫不亂，在達爾巴聽來，正是問他：「小孩子的功夫很不錯，是誰教你的啊？」於是答道：「我師父是金輪法王。我又不是小孩子，你該叫我大和尙。」

楊過半點不肯吃虧，心想：「不管你如何惡毒的罵我，我只要全盤奉還，口頭上就不會輸了。你用番話罵我豬狗畜生，我照式照樣也罵你豬狗畜生。」是以用心聽他說話，等他一說完，便依樣胡蘆的用藏語說道：「我師父是金輪法王。我又不是小孩子，你該叫我大和尙。」

達爾巴大奇，側過頭左看右瞧，心想你明明是小孩子，怎會是大和尚？你師父又怎會是金輪法王？於是說道：「我是法王的首代弟子，你是第幾代的？」楊過也道：「我是法王的首代弟子，你是第幾代的？」

西藏喇嘛教中向來有轉世輪迴之說，其時達賴與班禪的轉世尚未起始，但人死後投胎復生、不昧性靈的說法，早為喇嘛教中人人所深信不疑。金輪法王少年時收過一個大弟子，這弟子不到二十歲就死了，達爾巴和霍都均未見過，只知道有這麼一會事。達爾巴在法王座下排名第二，霍都居三，便是為此。此時達爾巴聽了這番言語，只道楊過眞是大師兄轉世，又想他如不是神童帶藝投胎，一個少年怎能有如此武功？再說他是中原少年，藏語又怎能說得這般純熟？當下側頭向他凝視片刻，越想越像，突然拋下金剛杵，向楊過低頭膜拜，連稱：「大師兄，師弟達爾巴參見。」

這一來楊過自然大奇，心想這和尚竟然罵不過我，向我低頭服輸，見他舉動恭敬之極，所說言語自非罵人，必是敬語，倒不必跟着他學了，於是點頭微笑，意示接納。

旁觀衆人更是詫異之極，大家不懂藏語，不知楊過跟他嘰哩咕嚕、咭咭咯咯的對答半晌，說了一番甚麼言語，竟然將這神力驚人的番僧就此折服。

這中間只有金輪法王明白原委，心知這二弟子為人魯直，上了楊過的當，於是大聲說道：「達爾巴，他不是你大師兄轉世，快起來跟他比武。」達爾巴一驚躍起，說道：「師父，我看他定是大師兄，否則小小年紀，怎會有如此身手？」金輪法王道：「你大師兄的武功比你強得多，這孩子卻不及你。」達爾巴只是搖頭不信。金輪法王知他性子最直，一時也說不明白，便道：「你若不信，跟他再比試一下就知道了。」

達爾巴對師父的話向來奉若神明，他既說楊過不是大師兄轉世，那就多半不是大師兄了。但他小小年紀，竟有這般高明武功，又自稱是他大師兄，卻又難以不信，還是遵從師父吩咐，與他較量幾招，試試他的眞功夫，瞧是誰勝誰敗，那就立判眞僞了，於是擧手向楊過道：「好，我就跟你比試一下武功，是眞是假，就憑勝敗而定。」

楊過見他站起身來，嘰哩咕嚕的說了幾句話，神色間甚是恭謹，料想他是說幾句禮貌言語，於是一音不變的照說一遍，達爾巴聽來，正是：「好，我就跟你比試一下武功，是眞是假，就憑勝敗而定。」他聽了這幾句話，心下又感驚懼，暗想：「師父說我大師兄的武功比我強得多，我是定然比他不過的。」

楊過見他臉有懼色，心想：「我再嚇他一嚇，讓他就此退去便是。」說道：「你有五個徒兒，叫作藏邊五醜，前幾天在華山絕頂對我無禮，已被我廢去了武功。這五個傢伙還活着罷？」他說的是漢語，達爾巴自然不懂，當下由隨來的一名武士譯了。達爾巴一聽之下，更是大驚失色。藏邊五醜在洪七公與歐陽鋒兩大高手夾擊之下，全身筋脈俱廢，回去話也說不出了。達爾巴察看五人的傷勢，料想就是師父金輪法王也絕無如此功力，竟能將這五人震得八脈俱廢，卻又保得他們性命，下手者實有通天徹地之能，殆是神道鬼怪。他又怎想得到洪七公、歐陽鋒二人的內力均不在金輪法王之下，二人合力，自是勝了他師父一倍。此刻聽楊過這麼說，更是懼意大盛，轉眼向金輪法王瞧去，只見他臉有怒容，卻又不敢不與楊過動手，只得說道：「請你手下留情。」楊過學着他的藏語，也道：「請你手下留情。」

郭芙見二人用藏語說個不休，走到黃蓉身邊道：「媽，他們說些甚麼？」黃蓉早聽出楊過只是依樣葫蘆，少年人鬧着玩兒，但達爾巴何以竟會對他膜拜，卻也參詳不透，聽得女兒相詢，只是「嗯」了一聲，道：「楊家哥哥和他說笑呢！」

便在此時，達爾巴突然揮杵向楊過打去，他想事先已說得清清楚楚，對方自有防備。楊過卻見他神態恭敬，萬不料他會突然出手，這一杵險些給他打着，急忙後躍避開。

他急退急趨，隨即縱上連刺三劍。達爾巴心中存了怯意，生怕楊過追隨師父日久，武學上有驚人造詣，輪迴轉世，更有莫大神通，當下只是以金剛杵緊守門戶，不敢絲毫怠忽，數招一過，楊過已瞧出他只守不攻，雖然不明用意，卻樂得大展攻勢，當下飄忽來去，東刺西擊，這一路玉女劍法更見使得英氣爽朗，顧盼生姿。

堪堪拆了百餘招，金輪法王瞧得大不耐煩，喝道：「達爾巴，趕快反擊，他不是你的大師兄！」達爾巴的武功自是遠在楊過之上，只是心存敬畏，功夫倒去了五成，楊過卻是乘機全力施展。一個越是得心應手，一個越是畏縮退讓。楊過雖佔上風，卻也傷他不得，達爾巴更道是大師兄手下留情。金輪法王大怒，厲聲喝道：「立時反攻！」這一句話聲音奇猛，只震得各人耳鼓嗡嗡作響。達爾巴不敢違抗師令，一挺金剛杵，當即狂打急攻。

他這一番猛擊，便將楊過逼得不住閃避，招數中的破綻也漸漸顯露出來。達爾巴見他劍招稍疏，金杵倒甩上去，楊過縮手不及，劍杵相交。本來比武之際，雙方兵刃碰撞乃是常事，但金剛杵太過沉重，楊過的鐵劍始終翻騰飛舞，不敢和金杵相碰，此時一撞，但覺一股大力激盪，震得虎口劇痛，拍的一聲，鐵劍斷爲兩截。達爾巴叫道：「是我勝啦！」垂杵退開，將金剛杵往地下一豎，雙手合十，躬身行禮。他雖得勝，對大師兄卻不敢失了禮數。

楊過也用藏語叫道：「是我勝啦！」半截鐵劍向他迎面擲去。達爾巴側身避過，心中一怔：「怎麼是大師兄勝啦？難道他這一招是誘着？」只見楊過空手猱身而上，不敢怠慢，忙舞杵護身。楊過在古墓中隨小龍女學練掌法，練到雙掌擋得住九九八十一隻麻雀飛翔，不讓一隻雀兒漏出掌去。這路「天羅地網勢」的掌法乃林朝英獨得之秘，招數掌形從未下過終南山一步，此時使將出來，果然綿密無比，雖是空手，威力實不遜於手中有劍之時。達爾巴將金剛杵使得呼呼風響，楊過卻以極高的輕身功夫在杵隙中進退來去，雖然凶險處時時間不容髮，金剛杵卻始終碰不到他身子絲毫。他反而抓打撕劈、擒拿勾擊，在小擒拿手中夾以「天羅地網勢」的掌法，着着搶攻。

又鬥一陣，達爾巴神力愈增，楊過卻也是越奔越是輕捷。他在古墓寒玉床上坐臥練功，斗室中急奔疾轉，數年之功，此時才盡數顯現出來。

小龍女坐在柱旁石礎上，臉露微笑，瞧着兩人相鬥，眼見楊過久戰不下，從懷中掏出一雙白色手套，叫道：「過兒，接住了！」右手一揚，將手套擲了過去。

她這雙手套是以極細極韌的白金絲織成，雖然柔薄，卻非寶刀利刃所能損傷。郝大通見到手套飛空，臉上微微變色。當年重陽宮中交手，小龍女曾戴這手套而拗斷他長劍，竟逼得他險些自殺，此刻眼見之下，不由得觸動心境。

楊過接住了手套，退後一步，迅速戴上，腰枝欵擺，使出古墓派武功中最奇妙最花巧的「美女拳法」來。這路拳法當日他助陸無雙卻敵，便曾使過幾招，以此擊退丐幫弟子的追擊。

拳法每一招都是摸擬一位古代美女，由男子使來本是不甚雅觀，但楊過研習時姿式已有更改，招名拳法如舊，飛掌踢腿之際，卻已變婀娜嫵媚而爲飄逸瀟洒。這麼一來，旁觀羣雄更加摸不着頭腦，但見他忽而翩然起舞，忽而端形凝立，神態變幻，極盡詭異。

要知女子的姿態心神本就變化既多且速，而歷代有名女子性格各有不凡之處，顰笑之際、愁喜之分，自更難知難度。將千百年來美女變幻莫測的心情神態化入武術之中，再加上女神端麗之姿，女仙縹緲之形，凡夫俗子，如何能解？楊過使一招「紅玉擊鼓」，雙臂交互快擊，達爾巴舉杵橫架。楊過變爲「紅拂夜奔」，出其不意的叩關直入，達爾巴豎杵直擋。楊過突使「綠珠墜樓」，撲地攻敵下盤。達爾巴吃了一驚，心想：「大師兄的招法怎地如此難測？」急躍而起，閃開他左掌的劈削。楊過雙掌連拍數下，接着連綿不斷的拍出，原來這是「文姬歸漢」，共有胡笳十八拍。

他每一招均有來歷，達爾巴是個藏僧，又怎懂得這些中原典故？霎時之間給他忽高忽低、或東或西的攻了個手忙脚亂。楊過手上戴了金絲手套，時時乘機使出「紅綫盜盒」、「木蘭彎弓」、「班姬賦詩」、「嫦娥竊藥」等招數來奪他金杵，逼得他吼叫連連，大是狼狽。羣雄大喜，齊聲喝采助威。

金輪法王眼見徒兒武功明明高於這少年，只是存了怯意，不斷遭到對方搶攻，以致處境窘迫，當下厲聲喝道：「快使無上大力杵法！」

達爾巴應道：「是！」雙手握住杵柄，揮舞起來。他單手舞杵，已是神力驚人，此時雙手用勁，連腰力也同時使上了，金剛杵上所發呼呼風聲更加響了一倍。這「無上大力杵法」

無甚變化，只是橫揮八招，直擊八招，一共二八一十六招，但一十六招反覆使將出來，橫揮直擊，只逼得楊過遠遠避開，別說正面交鋒，連杵風也是不敢碰上。

點蒼漁隱折斷鐵槳之後，一直甚不服氣，此時見到這「無上大力杵法」如此威武，心想自己槳法之中實無這般至剛至猛的招數，倒也不由得暗自欽佩。

再鬥一陣，廳上的紅燭已有七八枝被杵風帶滅，楊過只仗着輕功東西縱躍，一味閃避，但求不給金杵擊中帶着，那裏尚能還手？中原英雄盡皆心驚，默不作聲，蒙古衆武士卻暴雷價叫起好來。

楊過在金杵緊迫下惟有不住退縮，不多時竟已退讓入了廳角，要待變招，卻半點騰不出手脚。這路「無上大力杵法」本就帶着三分顚狂之意，達爾巴使發了性，已忘了眼前之人是大師兄轉世，見他縮在廳角內已然退無可退，大喝一聲：「你死了！」金杵橫揮，只聽得轟隆一聲猛響，烟霧瀰漫，磚土紛飛，大廳牆壁已被他打破了一個大孔。

楊過於千鈞一髮之際從他頭頂疾躍而過，百忙之中仍沒忘了用藏語回敬一句：「你死了！」這一躍卻是「九陰眞經」中的武功。他和小龍女曾修習古墓石室頂上的王重陽遺經石刻，拳脚劍術是學到了幾成，內功卻因無人指點，兩人練是練了，可也不知練得對是不對，此時初臨大敵，那敢使用？竟不料在危急中自然而然的使了出來，救了一命。

衆人只道達爾巴這一招定要得手，郭靖不待他這一杵揮足，已自搶出要襲他後心，猛見眼前紅袍幌動，金輪法王發掌擊來。郭靖見對方掌勢奇速，急使一招「見龍在田」擋開。兩人雙掌相交，竟沒半點聲息，身子都幌了兩幌。郭靖退後三步，金輪法王卻穩站原地不動。

他本力遠較郭靖爲大、功力也深，掌法武技卻頗有不及。郭靖順勢退後，卸去敵人的猛勁，以免受傷。金輪法王卻極爲好勝，強自硬接了這一招，忍着胸口隱隱作痛，竟然凝立不動。連郭靖與金輪法王這等高手也道楊過定要遇險，以致一個飛身相救，一個出手阻截，那知楊過竟有奇招，在金杵貼身掠過的空隙之間逃了出來。二人見他居然脫險，均感詫異，一個喜慰，一個惋惜，各自退回。

達爾巴一擊不中，更不回身，金杵向後猛揮，楊過見敵招來得快極，自然而然的掠地竄出。這一下猶似燕子穿簾一般，離地尺許，平平掠過，剛好在金杵之下數寸，那又是「九陰眞經」中的武功。

黃蓉大奇，道：「靖哥哥，怎麼過兒也會九陰眞經？你教他的麼？」她只道郭靖顧念故人之情，在送他上終南山的途中將眞經授了於他。郭靖道：「沒有啊，若是傳他，我怎會瞞你？」黃蓉「嗯」了一聲，素知丈夫對旁人尚且說一是一，對自己自是更無虛言。但見楊過騰挪閃避，每遇危急，總是靠那眞經的功夫護身。但他顯然並未練通，不會以眞經武功反擊取勝，雖然保得性命，這一場比武看來終歸要輸了。黃蓉暗暗嘆息：「過兒眞是奇才，他若跟得我一年半載，將打狗棒法和眞經上的功夫學得全了，這藏僧那裏還是他對手？」

正自煩惱，眼光一轉之際，忽見丐幫叛徒彭長老混在蒙古武士羣中，滿臉喜色，她靈機一動，叫道：「過兒，移魂大法，移魂大法！」九陰眞經中有一門功夫叫做「移魂大法」，係以心靈之力克敵制勝。當年洞庭湖君山丐幫大會，黃蓉曾以此法克制彭長老迷神催眠的「懾心術」，因此上見到此人時便即想起。

楊過記得「移魂大法」的練法，但他不信心力專注凝視對方，即能克敵制勝，是以從未練過，他素服黃蓉之能，心想：「郭伯母既出此言，必有緣故，反正今日已然輸定，我就試他一試。」於是拳脚上繼續竄避招架，心中卻是摒慮絕思，依着經中所載止觀法門，由「制心止」而至「體眞止」，寧神歸一，竟無半點雜念。這時他全憑本性招架，聽聲閃躍、遇風趨避，眼光呆呆的瞪着敵人。

又拆數招，達爾巴忽覺楊過舉動有異，向他望了一眼，金杵猛擊過去。楊過使一招美女拳法中的「蠻腰纖纖」，腰肢輕擺避開，他既運「移魂大法」，心體爲一，拳脚上使的是甚麼招數，臉上就有甚麼神情。達爾巴見他臉上忽現書卷之氣，那裏知他是在模仿唐代詩人白樂天之妾小蠻的舞姿，不禁一呆，金杵當頭直擊。楊過側頭避過，五根手指張開，伸手在自己頭髮上一梳，手指跟着軟軟的揮了出去，臉上微微一笑，卻是一招「麗華梳裝」。那張麗華是李後主的寵姬，髮長七尺，光可鑑人，李後主爲她廢棄政事而亡國，其媚可知。楊過這麼一笑，達爾巴已受感染，跟着也是一笑。只是楊過眉清目秀，添上笑容，更增風致，那達爾巴顴骨高聳，面頰深陷，跟着楊過作態一笑，旁觀衆人無不毛骨悚然。

楊過見他呆住，伸指戳出，卻是一招「萍姬針神」。達爾巴側身閃開，臉上跟着他做個細心縫衣的模樣。

黃蓉見楊過領會她的意思，居然能以「移魂大法」令敵人受到感應，心中大爲喜慰，低聲對郭靖道：「過兒遭際非凡，當年你在他這般年紀之時，尚無如此功夫。」郭靖喜動顏色，點了點頭，目光凝視廳心二人，竟不稍瞬。

這「移魂大法」純係心靈之力的感應，倘若對方心神凝定，此法往往無效。要是對方內力更高，則反激過來，施術者反受其制。兩人比武，如施術者武功較強，則拳脚兵刃已足以獲勝，實不必施用此法，假如功力不及，卻又不敢貿然使用。是以此法雖然高深精奧，臨敵時卻也無甚用處。達爾巴聽楊過說了一通藏語，早有八九成信得他是大師兄轉世，只因心存敬畏之意，是以感應極快，楊過這才一舉成功，但若施之於霍都，則此術楊過事先既未曾練過，內力又不及對手，勢必大遭凶險。

這時楊過將美女拳法施展出來，或步步生蓮，或依依如柳，達爾巴依樣模倣，只將衆人看得又是驚駭，又是好笑。

郭芙早已笑得打跌，對母親道：「媽，楊家哥哥這套功夫眞妙，你怎不教我？」黃蓉道：「你若會了移魂大法，定然鬧得天翻地覆，終於自受其害。」拉着她手，鄭重說道：「你別以爲好玩，楊家哥哥正與這和尙性命相搏，這可比動刀動劍更是凶險呢！」郭芙伸了伸舌頭，凝神望着楊過，心裏總覺得好玩，見楊過笑達爾巴也笑、楊過怒達爾巴也怒，於是也跟着學樣。那知這「移魂大法」厲害之極，她只學得兩下，心頭便迷迷糊糊，竟一步步的走向廳心。

黃蓉大吃一驚，忙伸手拉住。這時郭芙已心神受制，用力想甩開母親。黃蓉反手扣住她手腕拖了回來，將她臉兒轉過，教她瞧不到楊過。郭芙掙扎了幾下，脈門被拿住了動彈不得，腦中一昏，便伏在母親懷裏睡着了。

此時達爾巴已全被楊過制住，見他使招「西子捧心」，登時跟着來一下「東施效顰」，見他使出「洛神微步」，便也亦步亦趨，「翩若驚鴉、宛若遊蛇」起來。金輪法王早看出不對，連聲呼喝，達爾巴竟是恍如不聞。楊過見時機已至，突使一招「曹令割鼻」，揮手在自己臉上斜削一掌，左掌削過，右掌又削，連綿不斷。古時曹文叔之妻名令，夫死後自割其鼻，以示決不再嫁。拳法中這一招本是以手掌在自己臉前削過，格開敵人擊來面門的拳掌，楊過的手掌卻近了數寸，削上了自己臉頰，看似出手甚重，其實只是手掌在自己臉上輕輕一抹，達爾巴那裏知道，雙掌拚命往自己臉上打去。他神力驚人，每一掌都是百餘斤的勁力，打到十餘掌，終於支持不住，將自己打得昏暈倒地。

楊過悄退數步，坐到小龍女身畔，右手支頤，左手輕輕揮出，長嘆一聲，臉現寂寥之意。這是「美女拳法」最後一招的收式，叫作「古墓幽居」，卻是楊過所自創，林朝英固然不知，小龍女也是不會。楊過當年學全了美女拳法之後，心想祖師婆婆姿容德行，不輸於古代美女，武功之高更不必說，這路拳法中若無祖師婆婆在，算不得有美皆備，於是自行擬了這一招，雖說爲抒寫林朝英而作，舉止神態卻是模擬了師父小龍女。當日小龍女見到，只是微微一哂，自也不會跟着他去胡鬧。

羣雄齊聲歡呼，叫道：「我們又勝了第二場！」「武林盟主是大宋高手！」「蒙古韃子快快滾出去罷，別來中原現世啦！」兩名蒙古武士在紛亂中搶出，將達爾巴抬了回去。

金輪法王見兩個徒弟都輸在這少年手裏，卻均非武功不及，委實敗得胡裏胡塗之至，心中大是惱怒，但臉上不動聲色，坐在椅上喝道：「少年，你的師父是誰？」他武功絕倫之外，兼且博學多才，居然會說漢語。

楊過右手向小龍女一伸，笑道：「我師父就是這一位，你快來拜見武林盟主罷！」

金輪法王見小龍女嫵媚嬌怯，比楊過年紀更小，絕不信是他師父，心想：「中原漢人詭計多端，可不能騙得了我？」霍地站起，噹啷啷一陣響亮，從懷中取出一個金輪。這金輪徑長尺半，乃黃金鑄成，輪上鑄有藏文的密宗眞言，中藏九個小球，隨手一抖，響聲良久不絕。金輪法王指着小龍女道：「哼，你這小姑娘也配做武林盟主？只要你接得住我這金輪的十招，我就認你是盟主。」楊過笑道：「我已勝了兩場，三賽兩勝，你方言明在先，卻又胡賴些甚麼？」金輪法王道：「我要試試她的功夫，瞧她是不是當得起。」

小龍女不知金輪法王武功驚駭世俗，也不知「武林盟主」是甚麼東西，更沒想到自己要當還是不當，聽他說要試試自己是否接得住他金輪十招，當即站起身來，說道：「那我就試試。」

金輪法王道：「你若接不住我十招，那便怎樣？」小龍女道：「接不住就接不住，又怎樣了？」她此時雖對楊過愛念已深，然對別事仍是無動於中。中原羣雄與蒙古武士均不知這是她的本性，見她全不把金輪法王瞧在眼內，還道她確是武功深不可測。更有人見楊過使「移魂大法」打敗達爾巴，還道她會使妖法，是個小妖女，登時紛紛議論起來。

金輪法王卻也眞怕她行使妖法，當下口中喃喃念咒，嘰哩咕嚕，咭哩咯嘟，唸的是密宗眞言「降妖伏魔咒」。楊過在旁聽得明白，只道這和尚又用藏語罵他師父，忙用心硬記，一個字一個字全記得清清楚楚。金輪法王唸完咒語，金輪一擺，噹啷啷一陣響，喝道：「少年退開，我要動手了！」這兩句話說的卻是漢語。

楊過搖搖手，不敢說話，只怕一分心便忘了硬生生記住的這大段藏語，當下依着字音，一字一字的唸了起來。恰好達爾巴此時悠悠醒轉，見師父手持金輪，正要與人動手，卻聽楊過口誦密宗眞言「降魔伏妖咒」，此是本門秘法，決計不傳外人，楊過若非大師兄轉世，怎麼會唸此咒？情急之下，一躍而出，跪在師父面前叫道：「師父，他眞是大師兄轉世，你再收他入門罷！」金輪法王怒道：「胡說！你上了當還不知道。」達爾巴道：「是的啊，這事千眞萬確，決不能錯。」法王見他糾纏不清，一把抓起他背心往廳裏擲去。達爾巴一個一百多斤重的身軀，在他一抓一擲之下輕飄飄的恍似無物。

衆人適才見達爾巴力鬥點蒼漁隱與楊過，膂力驚人，但法王這麼一擲，功力顯然又遠在其上，眼見小龍女這般嬌滴滴的模樣，別說接他十招，就是給他用力吹一口氣，只怕也就吹倒了，不禁都爲她擔憂。蒙古武士中不少人曾見過金輪法王顯示武功，當眞是藝壓萬夫、力勝九牛。小龍女雖是敵人，但見她稚弱美貌，惻隱之心，人皆有之，想她縱有妖術，也必難敵法王玄功通神，不免暗暗盼他不要痛下辣手。

楊過唸完咒語，低聲道：「姑姑，小心這個和尚。」金輪法王聽他唸得一字不錯，心下佩服，讚道：「少年，虧得你了。」楊過道：「和尚，虧得你了。」法王雙目一瞪，說道：「虧得我甚麼？」楊過道：「虧得你有膽跟我師父動手，她是菩薩轉世，有通天徹地之能、降龍伏虎之功，你還是小心爲妙。」他見這和尚厲害，想說得他有了顧忌，出手不敢放盡，師父就易於抵擋。但金輪法王是西藏不世出的英傑，文武全才，那會上當，叫道：「第一招來了，小姑娘，亮兵刃罷！」

楊過除下金絲手套，替師父戴上，垂手退開。小龍女從懷中摸出一條雪白綢帶，迎風一抖，綢帶末端繫着一個金色圓球，圓球中空有物，綢帶抖動，圓球如鈴子般響了起來，玎玲玎玲，清脆動聽。衆人見二人的兵刃都極怪異，心想今日眞是大開眼界，一個兵刃極短，一個卻是極長，一個極堅，一個卻極柔，偏巧二般兵器又都會玎璫作聲。

金輪法王所用的金輪專擅鎖拿對手兵刃，不論刀槍劍戟、矛鎚鞭棍，遇上了全是縛手縛脚，常人揮動武器一招過去，手中就沒了兵器。若不是他見楊過功夫了得，還決不會說到十招。他一生之中，極少有人能接得了他金輪的三招。

小龍女綢帶揚動，搶先進招。法王道：「這是甚麼東西？」左手去抓帶子，眼見綢帶夭矯靈動，料來變化必多，這一抓之中暗藏上下左右中五個方位，不論綢帶閃到那裏，都是逃不脫掌握。那知綢帶上的小圓球玎的一聲響，反激起來，逕來打他手背上的「中渚穴」。金輪法王變招奇速，手掌翻轉，又來抓那小球。小龍女手腕微抖，小球翻將過去，自下而上，打他手背虎口處的「合谷穴」。金輪法王手掌再翻，這次卻是伸出食中兩指去夾圓球。小龍女看得明白，綢帶微送，圓球伸出去點他臂彎裏的「曲澤穴」。

這幾下變招，當眞只在反掌之間，金輪法王手掌翻了兩次，小龍女手腕抖了三下，卻已交換了五招。楊過看得明白，大聲數道：「一二三四五……五招啦！還賸五招。」金輪法王要小龍女接他十招，是要她抵擋金輪的十下攻勢，楊過取巧，卻將雙方交換的招數一併計算在內。法王是一代武學宗師，那肯與這狡獪小兒斤斤辯算招數多少？當下左臂微偏，讓開圓球，金輪直遞了出去。

小龍女只聽得噹啷啷一陣急響，眼前金光閃動，敵人金輪已攻到面前尺許之處。這一下眞是變生不測，別說抵擋，閃躲也已不及，危急中抖動手腕，綢帶直繞過來，圓球直打法王腦後正中的「風池穴」，這是人身要害，任你武功再強，只要給打中了，終須性命難保。那是她無可奈何，才以兩敗俱傷的險招逼敵迴輪自保。果然金輪法王不願與她拚命，低頭避過，只這麼一低頭，手上輪子送出畧緩。小龍女已乘機收回綢帶，玎玎璫璫一陣響，圓球與輪子相碰，已將金輪的攻招解開。這只是一瞬間的事，但小龍女已是從生到死、從死到生的經了一轉，急忙展開輕功，向旁急退，臉上大現驚懼之色。

金輪法王只這麼攻了一招，但楊過大聲叫道：「六七八九十……好啦，我師父已接了你十招，更有甚麼話說？」

這幾下交手，金輪法王已知這小姑娘武功雖高，終究萬萬不及自己，若是正式比拚，十招之內定可將她打敗，最討厭楊過在旁攪局，胡言亂語，弄得自己心神不定，心想：「且不理這少年胡說，我加緊出招，先將這女孩兒打敗了，再作道理。」於是袍袖帶風，金輪幌動，又是一招極厲害的殺着劈將過去。楊過大叫：「不要臉！說了十招，又來偷襲，十一、十二、十三、十四……」他也不理會雙方攻守招數多少，口中自管連珠價數將出來。

小龍女接過一招之後，極是害怕，說甚麼也不敢再正面擋他第二招，當下展開輕功，在廳上飛舞來去，手中綢帶飄動，金球急轉，幻成一片白霧，一道黃光。那金球發出玎玎聲響，忽急忽緩，忽輕忽響，竟爾如樂曲一般。原來她閒居古墓之時，曾依着林朝英遺下的琴譜按撫瑤琴，頗得妙理。後來練這綢帶金球，聽着球中發出的聲音頗具音節，也是她少年心性，竟在武功之中把音樂配了上去。天地間歲時之序，草木之長，以至人身之脈搏呼吸，無不含有一定節奏，音樂乃依循天籟及人身自然節拍而組成，是故樂音則聽之悅耳，嘈雜則聞之心煩。武功一與音樂相合，使出來更是柔和中節，得心應手。

古墓派的輕功乃武林一絕，別派任何輕功均所不及。於平原曠野之間尚不易見其長處，此時在廳上使將出來，的是飄逸無倫，變幻萬方。她一生在墓室中練功，於丈許方圓之內當眞趨退若神。金輪法王武功雖然遠勝，但她一味騰挪奔躍，卻也奈何不了，只聽得鈴聲玎玎，有如樂曲，聽了幾下，竟便要順着她樂音出手，急忙擺動金輪，發出一陣嘈音來衝盪鈴聲。霎時間大廳上兩般聲音交作，忽輕忽響，或高或低。鈴聲淸脆，聽來心曠神怡，金輪中發出的噹啷巨響卻是如打鐵，如刮鑊，如殺豬，如擊狗，說不出的古怪喧噪。

郭靖與黃蓉在旁觀戰，都想起少年之時在桃花島上聽洪七公、歐陽鋒、黃藥師三人以樂聲拚鬥的情景，此時思及，已如隔世。眼前這兩人武功雖妙，說到以樂聲拚鬥的功夫，卻尙遠不及洪黃歐陽。這時楊過滔滔不絕的早已數到了「一千零五、一千零六、一千零七……」但小龍女不與敵人正面動手，金輪法王卻算來未滿十招。郭芙本在母親懷中昏睡，被金輪的惡響吵醒，雙手掩耳，抬起頭來，滿臉迷惘，不明所以。

此時金輪法王也已極不耐煩，自覺以一代宗主身分，來來去去竟鬥不下一個少女，若再拖延，縱然獲勝，也已臉上無光，猛地裏左臂橫伸，金輪斜砸，手掌自左下方仰拍，金輪自右上方擊落。二人遊鬥這許久，小龍女輕功的路子已被他摸準了五成，這兩下殺招攔住了她進途退路，要敎她讓得前面，避不了後面。小龍女危急中綢帶飛揚，捲起一團白花，身子急向上躍。法王金輪迴轉，已將綢帶鎖住。若是尋常兵刃，早已被他鎖奪脫手，但綢帶沒半點堅勁，竟爾輕輕巧巧的從輪孔中滑脫。金輪法王喝道：「這是第二招，第三招來了！」踏上一步，金輪忽地脫手，向小龍女飛了過去。

這一下絕招實是出乎人人意料之外，但見金輪急轉，向小龍女砸到。小龍女大駭，伏低身子向後急竄，只聽得噹啷啷聲響，一團黃光從臉畔掠過，不容寸許，疾風只削得她嫩臉生疼。衆人驚呼聲中，法王搶身長臂，手掌在輪緣一撥，那金輪就如活了一般，在空中忽地轉身，又向小龍女追擊過去。小龍女眼見輪子轉動時勢道大得異乎尋常，那敢用綢帶去捲？只得以絕頂輕功旁躍避開。金輪法王兩擊不中，叫道：「好輕功！」搶上去突伸左拳，噹的一聲在輪邊一擊，同時雙掌齊出，攔在小龍女身前，那金輪卻嗆啷啷的從她腦後飛來。

金輪來勢並不十分迅速，但輪子未到，疾風已然撲至，勢道猛惡之極。法王在輪上擊這一拳時，已先行料到對方閃避方位，因此那輪子猶似長了眼睛一般，在空中繞了半個圈子，向她身後急追。小龍女這一躍一避，已然盡施生平所學，卻見這藏僧雙掌箕張，竟自攔在身前。羣雄耳中鳴響，目爲之眩，無不驚心。

楊過見小龍女遇險，情急關心，順手抓起達爾巴遺在地下的金杵，奮力躍起，舉杵向輪子搗去，噹的一聲大響，金剛杵恰好套入輪中空洞，只是金輪力道實在猛惡，只震得他雙手虎口迸裂，鮮血長流，連人帶輪和着金杵，一齊摔在地下。

小龍女一瞥眼見金輪落地，後路脅迫已解，但自己身在半空，如何能避開面前的大敵？情急智生，綢帶揮出，捲住西首的柱子，用勁一扯，身子在空中借力斜飛，撞向廳柱，輕輕巧巧的滑落，溜到了柱後，在千鈞一髮之際，避開了法王五丁開山般的掌力。

金輪法王明已得手，卻又被楊過從中阻撓，不但對方逃開，連自己縱橫無敵的兵刃也被他打落在地，眞是生平從所未遇的大挫折。他本來清明在躬，智慧朗照，這時卻不由得大動無明，不待楊過起身，呼的一掌，已劈空向他擊去。按理他是一派宗師，對方既是後輩，又已摔在地下未曾起身，如此打他一掌，和他身分及平素的自負實是殊不相稱，但盛怒之下也已顧不得這許多。

郭靖見他怒視楊過，抬肩縮臂，知他要猛下毒手，暗叫：「不好！」若是搶步上前，縱然擋得一擋，楊過仍然不免受傷，危急中不及細思，一招「飛龍在天」，全身躍在空中，向他頭頂搏擊下來。金輪法王掌力若是不收，雖能將楊過斃於掌底，自己卻也要喪生於這凌厲無倫的降龍掌之下，當下掌力急轉，「嘿」的一聲呼喝，手掌與郭靖相交。

這是當代兩位武學大師的二次交掌。郭靖人在半空，無從借力，順着對方掌勢翻了半個觔斗，向後落下。金輪法王卻穩站原地，身不幌，脚不移，居然行若無事。郝大通、孫不二、點蒼漁隱等素知郭靖武功，見後無不駭異，心想這番僧的功夫實是深不可測。其實郭靖向後退讓，自然而然的消解敵人掌力，乃是武學正道。金輪法王給楊過一搗亂，攪得臉上無光，硬要爭回顏面而實接郭靖掌力，卻是大耗內力眞氣，雖似佔了上風，內裏卻是吃虧。二人均是並世雄傑，數十招內決難分判高下，金輪法王勉強在一招中先佔地步，胸口又不免隱隱生疼，好在對方只求救人，並不繼續進招，於是口唇緊閉，暗運內力，打通胸口所凝住的一股滯氣。

楊過死裏逃生，爬起身來，奔向小龍女身旁，小龍女也正過來探視。兩人齊聲問道：「你沒事麼？」兩人同時點了點頭，臉上同現笑容，雙手互握，滿心喜悅。

楊過隨即擧起金剛杵，將金輪頂在杵上，要盤子般轉動，居然也發出些嗆啷啷的聲響，高聲叫道：「蒙古衆武士聽者：你們大國師的兵刃已給我繳下，還說甚麼天下武林盟主？快快滾你們蒙古奶奶老太婆的臭鴨蛋罷！」

蒙古武士盡皆不服，眼見金輪法王與小龍女比武已然勝了，對方出了一個楊過不足，又出一個郭靖，紛紛叫嚷：「你們以三敵一，羞也不羞？」「法王自行將金輪拋去，豈是你這小子所能奪下？」「一對一，好好比過，不許旁人插手助拳！」「對對，再打過。」衆人喧嘩叫嚣，但說的都是蒙古話，除郭靖之外，中原羣雄一句也聽不懂。

中原羣雄中明白事理的，也覺以武功而論，金輪法王當然在小龍女之上，但武林盟主這個名號，說甚麼也不能讓一個蒙古國師拿去，否則中原武林固然丟盡了臉面，而羣集禦敵之際自不免先行折了銳氣。少年氣盛的見蒙古衆武士喧擾，也是大聲喝罵，與他們對吵起來。雙方各抽兵刃，勢成羣毆。

楊過高擧金杵金輪，向金輪法王說道：「還不認輸？你的兵刃都失了，還有甚麼臉面？世上可有兵刃給人收去的武林盟主麼？」

金輪法王正暗運內力，楊過的說話耳中聽得清清楚楚，卻不敢開口說話。楊過一見情狀，已自猜到三分，忙大聲說道：「各位英雄請聽者：我再問他三聲，他若是不答，便是認輸。」

他怕時刻一久，法王運氣完畢，更不延擱，一口氣的問道：「你是不是輸了？武林盟主你是想也不敢想了？你默不作聲，就是認輸？」金輪法王正消去了滯氣，胸口隱痛已除，待要答話，楊過見他嘴唇微動，急忙搶在頭裏，說道：「好，你既認輸，我們也不來難爲你，你們大夥兒好好的去罷。」當下高舉金杵金輪，拿去交給了郭靖。他本想交與師父，但怕金輪法王發怒來奪，小龍女抵擋不住。

金輪法王氣得臉皮紫脹，又忌憚郭靖武功了得，金輪既落入他手，自己空手去奪，必難成功，眼見中原武士人多勢衆，若是羣鬥，己方定要一敗塗地。好漢不吃眼前虧，只得先行退卻，再圖報復，於是大聲說道：「中原蠻子詭計多端，倚多爲勝，不是英雄好漢，大夥兒隨我走罷。」他右手一揮，蒙古衆武士齊向廳外退出。他遙遙向郭靖施禮，說道：「郭大俠，黃幫主，今日領教高招。青山不改，綠水長流，咱們後會有期。」

郭靖躬身答禮，說道：「大師武功精深，在下佩服得很。賢師徒的兵刃就請取回。」說着要將金輪金杵遞過。楊過大聲道：「金輪法王，你想伸手接過，要不要臉？」郭靖剛喝得一聲：「過兒，別胡說。」金輪法王早已袍袖飄動，轉身向外，頭也不回的大步出廳。

楊過忽地想起一事，叫道：「喂，你的弟子霍都中了我暗器之毒，快拿解藥來換我的解藥罷。」金輪法王自恃玄功通神，深明醫理，甚麼毒物都能治得，恨極楊過狡猾無禮，對他的話毫不理睬，逕自去了。黃蓉見朱子柳合上眼沉沉睡去，心想此間聚集了不少使用餵毒暗器的名家，總有人能治得他身上之傷，見金輪法王不肯交換解藥，卻也不甚在意。

此時陸家莊前前後後歡聲雷動，都爲楊過與小龍女力勝金輪法王喝采。二人身旁圍集了有的說楊過打敗霍都，乃是以其人之道、還治其人之身。有的說小龍女輕功超逸絕倫，居然避開了金輪如此兇猛的飛擊。但對楊過以「移魂大法」使達爾巴自擊暈倒一節，十之八九都不明白。有人問起，楊過便胡說八道一番。

酒樓上桌椅不久便盡被踏碎，三人在碎木層上相鬥。金輪法王大踏步來去，鐵輪幌得噹啷啷直響，雙臂大開大闔，以急招向楊過和小龍女二人猛攻。

第十四回　禮教大防

當下陸家莊上重開筵席，再整杯盤。楊過一生受盡委屈，遭遇無數折辱輕賤，今日方得揚眉吐氣，爲中原武林立下大功，無人不刮目相看，心中自是得意非凡。

小龍女不明世事，見楊過喜動顏色，雖不知原由，卻也極爲高興。黃蓉對她很是喜愛，拉着她手問長問短，要她坐在席間自己身畔。小龍女見楊過坐在郭靖與點蒼漁隱之間，與她隔得老遠，忙招手道：「過兒，過來坐在我身邊。」楊過卻知男女有別，初見之際一時忘形，對她眞情流露，此時在衆目睽睽之下再與她這般親熱，卻是甚爲不妥，聽她這般叫喚，臉上不禁一紅，微微一笑，卻不過去。

小龍女又叫道：「過兒，你幹麼不來？」楊過道：「我坐在這裏好了，郭伯伯跟我說話呢。」小龍女秀眉微蹙，說道：「我要你坐在我身邊。」楊過見了她生氣的神情，心中怦然一動，這輕嗔薄怒的模樣，眞敎他爲之粉身碎骨也是甘心情願。當日只因陸無雙的嗔容與小龍女微有相似之處，便爲她奮身卻敵、護行千里，此時眞人到來，那裏還能有半點違拗？當即站起身來，走到她座前。

黃蓉見了二人神情，心下微微起疑，當卽命人安排席位，問楊過道：「過兒，你這身武功是跟誰學的？」楊過指着小龍女道：「她是我師父啊，郭伯母你怎麼不信？」黃蓉素知他狡譎，但見小龍女一派天眞無邪，料定不會撒謊，於是轉頭問她：「妹妹，他的武功是你教的？」小龍女很是得意，說道：「是啊，你說我教得好不好？」黃蓉這才信了，說道：「好得很啊！妹妹，你師父是誰？」小龍女道：「我師父已經死了。」說着眼圈一紅，心中頗感難過。她師父本來教得她不動七情六欲，但此時對楊過的愛念一起，胸中隱藏着的深情慢慢都洩露了出來。

黃蓉又問：「請問尊師高姓大名？」小龍女搖頭道：「我不知道，師父就是師父。」黃蓉只道她不肯說，武林中人諱言師門眞情也是常事，當下不再追問。其實小龍女的師父是林朝英的貼身丫鬟，只有一個使喚的小名，連她自己也不知姓甚麼。

這時各路武林大豪紛向郭靖、黃蓉、小龍女、楊過四人敬酒，互慶打敗了金輪法王這個強敵。郭芙跟着父母，本來到處受人尊重，此時相形之下，不由得黯然無光，除了武氏兄弟照常在旁殷勤之外，竟無一人理她。她心中氣悶，說道：「大武哥哥，小武哥哥，咱們別喝酒了，外邊玩去。」武敦儒與武修文齊聲答應。三人站起身來，正要出廳，忽聽郭靖叫道：「芙兒，你到這兒來。」郭芙回過頭來，只見父親已移坐在母親一席，笑吟吟的向她招手，於是走近身去，叫了聲：「爹，媽！」倚在黃蓉身上。

郭靖向黃蓉笑道：「你起初擔心過兒人品不正，又怕他武功不濟，難及芙兒，現下總沒話說了罷？他爲中原英雄立了這等大功，別說並無甚麼過失，就算有何莽撞，做錯了事，那也是過不及功了。」黃蓉點點頭，笑道：「這一回是我走了眼，過兒人品武功都好，我也是歡喜得緊呢。」

郭靖聽妻子答應了女兒的婚事，心中大喜，向小龍女道：「龍姑娘，令徒過世了的父親當年與在下有八拜之交。楊郭兩家累世交好，在下單生一女，相貌與武功都還過得去……」他性子直爽，心中想甚麼口裏就說甚麼。黃蓉插嘴笑道：「啊喲，瞧你這般自誇自讚的勁兒，也不怕龍家妹子笑話。」

郭靖哈哈一笑，接着說道：「在下意欲將小女許配給賢徒。他父母都已過世，此事須得請龍姑娘作主。乘着今日羣賢畢集，喜上加喜，咱們就請兩位年高德劭的英雄作媒，訂了親事如何？」其時婚配講究父母之命、媒妁之言，男女本人反而做不了主，因之當年郭靖之父郭嘯天與楊過的祖父楊鐵心才有指腹爲婚之事。

郭靖說了此言，笑嘻嘻的望着楊過與女兒，心料小龍女定會玉成美事。郭芙早已羞得滿臉通紅，將臉蛋兒藏在母親懷裏，心覺不妥，卻不敢說甚麼。

小龍女臉色微變，還未答話，楊過已站起身來，向郭靖與黃蓉深深一揖，說道：「郭伯伯、郭伯母養育的大恩、見愛之情，小姪粉身難報。但小姪家世寒微，人品低劣，萬萬配不上你家千金小姐。」

郭靖本想自己夫婦名滿天下，女兒品貌武功又是第一流的人才，現下親自出口許配，他定然歡喜之極，那知竟會一口拒絕，倒不由得一怔，但隨卽想起，他定是年輕面嫩，靦覥推托，當下哈哈一笑，說道：「過兒，你我不是外人，這是終身大事，不須害羞。」楊過又是一揖到地，說道：「郭伯伯，你若有何差遣，小姪赴湯蹈火，在所不辭。婚姻之命，卻實是不敢遵從。」郭靖見他臉色鄭重，大是詫異，望着妻子，盼她說個明白。

黃蓉暗怪丈夫心直，不先探聽明白，就在席間開門見山的當衆提出來，枉自碰了個大釘子，眼見楊過與小龍女相互間的神情大有纏綿眷戀之意，但他們明明自認師徒，難道兩人行止乖悖，竟做出逆倫之事來？這一節卻大是難信，心想楊過雖然未必是正人君子，卻也不致如此胡作非爲。宋人最重禮法，師徒間尊卑倫常，看得與君臣、父子一般，萬萬逆亂不得。黃蓉雖有所疑，但此事太大，一時未敢相信，於是問楊過道：「過兒，龍姑娘眞的是你師父嗎？」楊過道：「是啊！」黃蓉又問：「你是磕過頭、行過拜師的大禮了？」楊過道：「是啊。」他口中答覆黃蓉，眼光卻望着小龍女，滿臉溫柔喜悅，深憐密愛，別說黃蓉聰穎絕倫，就算換作旁人，也已瞧出了二人之間絕非尋常師徒而已。

郭靖卻尚未明白妻子的用意，心想：「他早說過是龍姑娘的弟子，二人武功果是一路同派，那還有甚麼假的？我跟他提女兒的親事，怎麼蓉兒又問他們師承門派？嗯，他先入全眞派，後來改投別師，雖然不合武林規矩，卻也不難化解。」

黃蓉見了楊過與小龍女的神色，暗暗心驚，向丈夫使個眼色，說道：「芙兒年紀還小，婚事何必急急？今日羣雄聚會，還量商議國家大計要緊。兒女私事，咱們暫且擱下罷。」郭靖心想不錯，忙道：「正是，正是。我倒險些兒以私廢公了。龍姑娘，過兒與小女的婚事，咱們日後慢慢再談。」

小龍女搖了搖頭，說道：「我自己要做過兒的妻子，他不會娶你女兒的。」

這兩句話說得清脆明亮，大廳上倒有數百人都聽見了。郭靖一驚，站了起來，竟不相信自己的耳朵，但見她拉着楊過的手，神情親密，可又不由得不信，期期艾艾的道：「他……他是你的徒……徒……兒，卻難道不是麼？」

小龍女久在地下古墓，不見日光，因之臉無血色，白皙逾恆，但此時心中歡悅，臉色嬌艷，如花初放，笑吟吟的道：「是啊！我從前教過他武功，可是他現下武功跟我一般強了。他心裏歡喜我，我也很歡喜他。從前……」說到這裏，聲音低了下去，雖然天眞純樸，但女兒家的羞澀卻是與生俱來，緩緩說道：「從前……我只道他不歡喜我，不要我做他妻子，我……我心裏難受得很，只想死了倒好。但今日我才知他是眞心愛我，我……我……」廳上數百人肅靜無聲，傾聽她吐露心事。本來一個少女縱有滿腔熱愛，怎能如此當衆宣洩？又怎能向郭靖這不相干之人傾訴？但她於甚麼禮法人情壓根兒一竅不通，覺得這番言語須得跟人說了，當卽說了出來。

楊過聽她眞情流露，自是大爲感動，但見旁人臉上都是又驚又詫、又是尷尬、又是不以爲然的神色，知道小龍女太過無知，不該在此處說這番話，當下牽着她手站起身來，柔聲道：「姑姑，咱們去罷！」小龍女道：「好！」兩人並肩向廳外走去。此時大廳上雖然羣英聚會，但在小龍女眼中，就只見到楊過一人。

郭靖和黃蓉愕然相顧，他夫婦倆一生之中經歷過千奇百怪、艱難驚險，眼前此事卻是萬萬料想不到，一時之間竟不知如何應付才好。

小龍女和楊過正要走出大廳，黃蓉叫道：「龍姑娘，你是天下武林盟主，羣望所屬，觀瞻所繫，此事還須三思。」小龍女回過頭來，嫣然一笑，說道：「我做不來甚麼盟主不盟主，姊姊你若是喜歡，就請你當罷。」黃蓉道：「不，你如真要推讓，該當讓給前輩英雄洪老幫主。」武林盟主是學武之人最尊榮的名位，小龍女卻半點也不放在心上，隨口笑道：「隨你的便罷，反正我是不懂的。」拉着楊過的手，又向外走。

突然間衣袖帶風，紅燭幌動，座中躍出一人，身披道袍、手挺長劍，正是全眞道士趙志敬。他橫劍攔在廳口，大聲道：「楊過，你欺師滅祖，已是不齒於人，今日再做這等禽獸之事，怎有面目立於天地之間？趙某但教有一口氣在，斷不容你。」楊過不願與他在衆人之前糾纏不清，低沉着聲音道：「讓開！」趙志敬大聲道：「尹師弟，你過來，你倒說說，那天晚上咱們在終南山上，親眼目覩這兩人赤身露體，幹甚麼來着？」尹志平顫巍巍的站起身來，左手高舉。衆人見他小指與無名指削斷了半截，雖不知其中含意，但見他渾身發抖，臉色怪異，料想中間必然大有蹊蹺。

楊過那晚與小龍女在花叢中練玉女心經，為趙尹二人撞見，楊過曾迫趙志敬立誓，不得向第五人說起，那知他今日竟在大庭廣衆之間大肆誣衊，自是惱怒已極，喝道：「你立過重誓，不能向第五人說的，怎麼如此……如此……」趙志敬哈哈一笑，大聲道：「不錯，我立誓不向第五人說，可是眼前有第六人、第七人、百人千人，就不是第五人了。你們行得苟且之事，我自然說得。」

趙志敬見二人於夜深之際、衣衫不整的同處花叢，怎想得到是在修習上乘武功？這時狂怒之下抖將出來，倒也不是故意誣衊。小龍女那晚爲此氣得口噴鮮血，險些送命，這時聽他狡言強辯，再也忍耐不住，伸手向他胸口輕輕按去，說道：「你還是別胡說的好。」此刻她玉女心經早已練成，這一掌按出無影無蹤，而玉女心經又是全眞派武功的尅星，趙志敬伸手急格，不料小龍女的手掌早已繞過他手臂，按到了他胸口。

趙志敬一格落空，大吃一驚，但對方手掌在自己胸口稍觸卽逝，竟無半點知覺，當下也不在意，冷笑道：「你摸我幹麼？我又不……」一言未畢，突然雙目直瞪，砰的一聲，翻身摔倒，竟已受了極重的暗傷。

孫不二與郝大通見師姪受傷，急忙搶出扶起，只見他血氣上湧，脹得滿臉通紅，宛似醉酒。孫不二冷笑道：「好哇，你古墓派當眞是和我全眞派幹上了。」拔出長劍，就要與小龍女動手。

郭靖急從席間躍出，攔在雙方之間，勸道：「咱們自己人休得相爭。」向楊過道：「過兒，雙方都是你師尊。你勸大家回席，從緩分辨是非不遲。」

小龍女從來意想不到世間竟有這等說過了話不算的奸險背信之事，心中極是厭煩，牽着楊過的手，皺眉道：「過兒，咱們走罷，永不見這些人啦！」楊過隨着她跨出兩步。

孫不二長劍閃動，喝道：「打傷了人想走麼？」

郭靖見雙方又要爭競，正色說道：「過兒，你可要立定脚跟，好好做人，別鬧得身敗名裂。你的名字是我取的，你可知這個『過』字的用意麼？」

楊過聽了這話，心中一震，突然想起童年時的許多往事，想起了諸般傷心折辱，又想：

「怎麼我這名字是郭伯伯取的？」

郭靖對楊過愛之切，就不免求之苛，責之深，見他此日在羣雄之前大大露臉，正自欣慰無已，卻突然發覺他做了萬萬不該之事，心中一急，語聲也就特別嚴厲，又道：「你過世的母親定然曾跟你說，你單名一個『過』字，表字叫作甚麼？」楊過記得母親確曾說起，只是他年紀輕輕，從來無人以表字相稱，幾乎自己也忘了，於是答道：「叫作『改之』。」郭靖厲聲道：「不錯，那是甚麼意思？」楊過想了一想，記起黃蓉教過的經書，說道：「郭伯伯是叫我有了過失就要悔改。」

郭靖語氣稍轉和緩，說道：「過兒，人孰無過，過而能改，善莫大焉，這是先聖先賢說的話。你對師尊不敬，此乃大過，你好好的想一下罷。」

楊過道：「若是我錯了，自然要改。可是他……」手指趙志敬道：「他打我辱我，騙我恨我，我怎能認他為師？我和姑姑清清白白，天日可表。我敬她愛她，難道這就錯了？」他侃侃而言，居然理直氣壯。郭靖的機智口才均是遠所不及，怎說得過他？但心知他行為大錯特錯，卻不知如何向他說清楚才是，只道：「這個……這個……你不對……」

黃蓉緩步上前，柔聲道：「過兒，郭伯伯全是為你好，你可要明白。」楊過聽到她溫柔的言語，心中一動，也放低了聲音道：「郭伯伯一直待我很好，我知道的。」眼圈一紅，險些要流下淚來。黃蓉道：「他好言好語的勸你，你千萬別會錯了意。」楊過道：「我就是不懂，到底我又犯了甚麼錯？」黃蓉臉一沉，說道：「你是當眞不明白，還是跟我們鬧鬼？」楊過心中不忿，心道：「你們好好待我，我也好好回報，卻又要我怎地？」咬緊了嘴唇卻不答話。黃蓉道：「好，你既要我直言，我也不跟你繞彎兒。龍姑娘既是你師父，那便是你尊長，便不能有男女私情。」

這個規矩，楊過並不像小龍女那般一無所知，但他就是不服氣，為甚麼只因為姑姑教過他武功，便不能做他妻子？為甚麼他與姑姑絕無苟且，卻連郭伯伯也不肯信？想到此處，胸頭怒氣湧將上來。他本是個天不怕地不怕、偏激剛烈之人，此時受了冤枉，更是甩出來甚麼也不理會了，大聲說道：「我做了甚麼事礙着你們了？我又害了誰啦？姑姑教過我武功，可是我偏要她做我妻子。你們斬我一千刀、一萬刀，我還是要她做妻子。」

這番話當眞是語驚四座，駭人聽聞。當時宋人拘泥禮法，那裏聽見過這般肆無忌憚的叛逆之倫？郭靖一生最是敬重師父，只聽得氣向上衝，搶上一步，伸手便往他胸口抓去。

小龍女吃了一驚，伸手便格。郭靖武功遠勝於她，此時盛怒之下，更是出盡全力，一帶一揮，將小龍女拋出丈餘，接着手掌一探，抓住了楊過胸口「天突穴」，左掌高舉，喝道：「小畜生，你膽敢出此大逆不道之言？」

楊過給他一把抓住，全身勁力全失，心中卻絲毫不懼，朝聲說道：「姑姑全心全意的愛我，我對她也是這般。郭伯伯，你要殺我便下手，我這主意是永生永世不改的。」郭靖道：「我當你是我親生兒子一般，決不許你做了錯事，卻不悔改。」楊過昂然道：「我沒錯！我沒做壞事！我沒害人！」這三句話說得斬釘截鐵，鏗然有聲。

廳上羣雄聽了，心中都是一凜，覺得他的話實在也有幾分道理，若是他師徒倆一句話也不說，在甚麼世外桃源，或是窮鄉荒島之中結成夫婦，始終不為人知，確是與人無損。只是這般公然無忌的胡作非爲，卻是有乖世道人心，成了武林中的敗類。

郭靖舉起手掌，淒然道：「過兒，我心裏好疼，你明白麼？我寧可你死了，也不願你做壞事，你明白麼？」說到後來，語音中已含哽咽。

楊過聽他如此說，知道自己若不改口，郭伯伯便要一掌將自己擊死。他有時雖然狡計百出，但此刻卻又倔強無比，朗聲道：「我知道自己沒錯，你不信就打死我好啦。」

郭靖左掌高舉，這一掌若是擊在楊過天靈蓋上，他那裏還有性命？羣雄凝息無聲，數百道目光都望着他手掌。

郭靖左掌在空際停留片時，又向楊過瞧了一眼，但見他咬緊口唇，雙眉緊蹙，宛似他父親楊康當年的模樣，心中一陣酸痛，長嘆一聲，右手放鬆了他領口，說道：「你好好的想想去罷。」轉過身來，回席入座，再也不向他瞧上一眼，臉色悲痛，心灰意懶已到極處。

小龍女招手道：「過兒，這些人橫蠻得緊，咱們走罷。」她可絲毫不知適才楊過生死之際間不容髮。楊過心想「橫蠻」二字的形容，確甚適當，大踏步走向廳口，與小龍女攜手而出，到莊外牽了瘦馬，逕自去了。

羣雄眼睜睜的望着二人背影，有的鄙夷，有的惋惜，有的憤怒，有的驚詫。

楊過與小龍女並肩而行，夜色已深，此時兩人久別重逢，遠離塵囂，於適才的惡鬥、爭辯，都已忘得乾乾淨淨，只覺此刻人生已臻極美之境，過去的生涯盡是白活，而未來的時光也大可不必再過。兩人心靈相通，不交一言，默默無言的走着，到了一株垂楊樹下，兩人過去坐下，在樹蔭下倚着樹幹，漸感倦困，就此沉沉睡去。瘦馬在遠處吃着青草，偶而發出一聲聲低嘶。

一覺醒來，天已大明，兩人相視一笑。楊過道：「姑姑，咱們到那裏去？」小龍女沉吟半晌，道：「還是回古墓去罷。」她自下得山來，只覺軟紅十丈雖然繁華，終不如在古墓中那麼逍遙自在。楊過尋思：「得與姑姑在古墓中廝守一輩子，此生已無他求。」從前記掛着外面世界，只盼她放自己出墓，但在外面打了個轉，卻又留戀起古墓中清淨的生涯來。當下兩人折而向北，緩緩而行。一個仍是叫他「過兒」，一個仍是叫她「姑姑」，都覺如此相處相呼，最是自然不過。

中午時分，兩人談到金輪法王的武功，都說他功夫了得，難以抵敵。小龍女忽道：「過兒，玉女心經中最後一章，咱們從沒練好過，你可記得麼？」楊過道：「記是記得的，但咱倆拆來拆去，總是不成，想來總有些甚麼地方不對。」小龍女道：「本來我也想不透，但昨天見那老道姑的寶劍抖了幾下，倒讓我想起一件事來。」楊過回想孫不二昨日所使的劍招，登時領悟，叫道：「對啦，對啦，那是要全眞派武學與玉女心經同時使用，怪不得咱們一直練得不對。」

當年古墓派祖師林朝英獨居古墓而創下玉女心經，雖是要尅制全眞派武功，但對王重陽始終情意不減，寫到最後一章之時，幻想終有一日能與意中人並肩擊敵，因之這一章的武術是一個使玉女心經，一個使全眞功夫，相互應援，分進合擊。林朝英當日柔腸百轉，深情無限，纏綿相思，盡數寄託於這章武經之中。雙劍縱橫是賓，携手克敵才是主旨所在，然而在所遺石刻之中卻不便注明這番心事。小龍女與楊過初練時相互情愫未生，無法體會祖師婆婆的深意，修習之際兩人均使本門心法，自是領會不到其中妙詣。

當下兩人一齊悟到，各自折了一枝柳枝，一招招對拆起來。小龍女緩緩使動玉女劍法，楊過使的則是全眞劍法。但拆了數招，仍覺難以融會。他二人想不到林朝英當年創製這套劍法，心中想像與王重陽並肩禦敵，一招一式盡是相互配合照顧，此時楊龍兩人對拆，卻是將對方當成了敵人，互刺互擊，相殺相斫，自是大爲鑿枘。其實林朝英與王重陽都是當時天下一等一的高手，單只一人已無旁人能與之對敵，這套聯手抗敵的功夫實在並無用處，只是林朝英自肆想像、以託芳心而已。她創此劍法時武功已達巔峯，招式勁急，綿密無間，不能有毫髮之差，楊過與小龍女不明其中含意，自難得心應手。

二人練了一會總感不對。小龍女道：「或許咱們記錯了，回到墓中去瞧清楚了再練。」楊過正要答話，突聽遠處馬蹄聲響，一騎馬飛馳而至。那馬遍體赤毛，馬上之人一身紫衫，轉眼之間，人一騎如風般掠過身邊，正是黃蓉騎着小紅馬。

楊過不願再與她一家人見面而多惹煩惱，於是與小龍女商量改走小道，以免在前途再行相遇。小龍女雖是師父，但除了武功之外甚麼事也不懂，楊過說改走小道，她自無異議。當晚二人在一家小客店中宿了。楊過睡在床上，小龍女仍是用一條繩子橫掛室中，睡在繩上。二人都已決意要結爲夫婦，但在古墓中數年來都是如此安睡，此番重遇，仍是自然而然的睡下，依法練功，只是想到心上人就在身旁，此後更不分離，均感無限喜慰。

次日中午，二人來到一座大鎮。鎮上人烟稠密，車來馬往，甚是熱鬧。楊過帶同小龍女到一家酒樓用飯，剛走上樓梯，不禁一怔，只見黃蓉與武氏兄弟坐地一張桌旁正自吃飯。楊過心想既然遇到，不便假裝不見，上前行禮，叫了聲：「郭伯母。」

黃蓉雙眉深鎖，臉帶愁容，問道：「你見到我女兒沒有？」楊過道：「沒有啊。芙妹沒跟你在一起麼？」

黃蓉尚未答話，樓梯聲響，走上數人。當先一人身材高大，正是金輪法王。楊過急忙轉頭，不再跟黃蓉說話，悄悄走到小龍女身旁，低聲道：「背轉了臉，別瞧他們。」但金輪法王眼光何等銳利，一上樓梯，於樓上諸人均已盡收眼底，嘿嘿冷笑，大剌剌的在一張桌旁坐了下來。楊過本已將頭轉過，突聽黃蓉叫了聲：「芙兒！」不禁回頭，只見郭芙與金輪法王同坐一桌。眼睜睜望着母親，卻是不敢過去。

原來金輪法王陸家莊受挫，心中不忿，籌思反敗爲勝之策，更兼霍都身中玉蜂針，毒性發作，多方解救始終無效，更須設法搶奪解藥，是以未曾遠去，便在陸家莊附近逗留。也是郭芙合當遭難，清晨騎了小紅馬出來馳騁，正好遇上這個大對頭，給他一把揪下馬來。小紅馬極有靈性，飛奔回莊，悲嘶不已。郭靖等知道女兒遇險，大驚之下，立卽分頭尋找。黃蓉雖然懷有身孕，仍是帶着武氏兄弟來回探察，此日在這鎮上見到楊過師徒，不料金輪法王押着郭芙，卻也來到了這酒樓。

黃蓉一見女兒，驚喜交集，眼見她落入大敵手中，叫了一聲之後，便不再說話，拿着一雙筷子在桌上劃來劃去，籌思救女之策。正自琢磨，忽聽金輪法王說道：「黃幫主，這一位是你的愛女罷？前日我見她倚在你的懷中，撒痴撒嬌，有趣得緊啊。」黃蓉哼了一聲，並不答話。武修文站起身來，喝道：「枉你身爲一派宗師，比武不勝，卻來欺侮人家年輕姑娘，羞也不羞？」金輪法王對他的話只當沒聽見，又道：「黃幫主，前日較量，你們明明輸了，卻多般的橫生枝節，不是好漢行逕。你先將毒針解藥給我，然後咱們約定日子，公公道道的比一場武，以定武林盟主之位到底誰屬。」黃蓉仍是哼了一聲，並不答話。

武修文大聲道：「你先把郭姑娘放回，我們立時送上解藥，比武之議慢慢商量不遲。」黃蓉斜眼向楊過與小龍女望了一眼，心想：「解藥是在這二人身上，你貿然答應對方，也不知人家給是不給。」金輪法王道：「餵毒暗器，天下難道就只你們一家？你們用毒針傷我徒兒，我也能在你女兒身上釘上幾枚毒釘。你們給解藥，我們就給她治。說到放人，可沒那麼容易。」黃蓉見女兒神色如常，似乎並未受傷，但母女情深，不禁心中無主，常言道「關心則亂」，她雖機變無雙，此時竟然一籌莫展。

眼見店伴將酒菜川流不息價送到金輪法王桌上，法王等縱情飲食，大說大笑。郭芙呆呆坐着，只是凝望母親，始終不提筷子。黃蓉心如刀割，牽動內息，突然腹中又隱隱作痛。

金輪法王用完酒飯，站起身來，說道：「黃幫主，跟咱們一起走罷。」黃蓉一愕，立時省悟，他不但擒住女兒不放，竟連自己也要帶走，此時落了單，身邊只武氏兄弟二人，自是非他敵手，不禁臉色大變。金輪法王又道：「黃幫主，你不用害怕，你是中原武林中大有來頭的人物，我們自是以禮相待。只要武林盟主之位有了定論，立時恭送南歸。」他上樓見到黃蓉，便知遇到良機，只要將她擒獲，中原武士非拱手臣服不可，那比拿住了郭芙可要高出百倍，當眞是一件天大買賣送上門來。黃蓉只關心着女兒，先前竟沒想到此節。

武氏兄弟見師娘受窘，明知不敵，卻也不能不挺身而出，長劍雙雙出鞘，護在師娘身前。黃蓉低聲道：「快跳窗逃走，向師父求救。」武氏兄弟兩人向她瞧了一眼，又向郭芙瞧了一眼，這才奔向窗口。

黃蓉暗罵：「笨蛋，這當兒怎容得如此遲疑？」果然只這麼稍一稽延，已自不及。金輪法王長臂前探，一手一個，抓住二人背心，如老鷹拿小鷄般提了起來。武氏兄弟迴劍急刺，金輪法王也不閃避，只是雙手微擺，武敦儒長劍刺向弟弟，而武修文的長劍卻刺向了哥哥。兩武大驚，急忙撒手拋劍，噹啷兩聲，兩柄長劍同時落地，才算沒傷了兄弟。

金輪法王雙臂一振，將二人拋出丈許，冷笑道：「乖乖的跟佛爺走罷。」轉頭向楊過與小龍女道：「你兩位跟黃幫主倘若不是一路，便請自便，以後別來碍我的事就是。兩位武功了得，今後好好保重，再去練上一二十年，天下便無敵手。」他倒並非對二人另眼相看，卻是知道黃蓉、小龍女、楊過三人武功雖然都不及自己，但如聯手相鬥，那就不易應付，卽使得勝，也未必定可擒獲黃蓉，因之有意相間，那是得其主幹、捨其旁枝之意。他並不知黃蓉因懷孕而不便動手，只估量她打狗棒極其神妙，是個勁敵。

小龍女道：「過兒，咱們走罷！這老和尚很厲害，咱們打他不過的。」她滿心只盼早回古墓，與楊過長相廝守，她於世間的恩仇鬥殺本來就毫不關心，見到金輪法王又感害怕，便卽直言無隱。楊過答應了，站起身來，走到樓口，心想此去回到古墓，多半與黃蓉永世不再相見，不禁向她望了一眼。

只見她玉容慘淡，左手按住小腹，顯是在暗忍疼痛，楊過登時心想：「郭伯伯、郭伯母不許我和姑姑相好，未免多事，但他們對我實無歹意，今日郭伯母有難，我如何能一走了之？只是敵人實在太強，我與姑姑齊上，也決計不是這藏僧的敵手，反正救不了郭伯母，又何必將自己與姑姑的性命陪上？不如立卽去稟報郭伯伯，讓他率人追救便是。」想到此處，向黃蓉打個眼色。黃蓉知他要去傳訊求救，稍感寬心，極緩極緩的點了點頭。

楊過携着小龍女的手，舉步下樓，只見一名蒙古武士大踏步走到黃蓉身前，粗聲說道：「快走，還躭擱甚麼？」說着伸手去拉她臂膀，竟當她是囚犯一般。

黃蓉當了十餘年丐幫的幫主，在武林中地位何等尊崇，雖然今日遭厄，豈能受此傖夫之辱？見他黑毛茸茸的一雙大手伸將過來，當卽衣袖甩起，袖子蓋上他手腕，乘勢抓住揮出，呼的一聲，那蒙古武士肥大的身軀從酒樓窗口飛了出去，跌在街心，只摔得半死不活。黃蓉生性愛潔，不願手掌與他手腕相觸，是以先用袖子罩住，才隔袖摔他。

酒樓上衆人初時聽他們說得斯文，均未在意，突見動手，登時大亂。

金輪法王冷笑道：「黃幫主果然好功夫。」學着蒙古武士的神氣，大踏步走上，一模一樣的伸手去拉，黃蓉知他有意炫示功夫，雖是同樣的出手，自己要同樣的摔他卻是萬萬不能，只得退了一步。

楊過已走下樓梯數級，猛見爭端驟起，黃蓉眼下就要受辱，不由得激動了俠義心腸，還顧得甚麼生死安危，飛身過去拾起武敦儒掉下的長劍，一招「青龍出海」，急向金輪法王後心刺去，喝道：「黃幫主帶病在身，你乘危相逼，羞也不羞？」

金輪法王聽到背後金刃破空之聲，竟不回頭，翻過手指往他劍刃平面上一擊。噹的一響，楊過只震得右臂發痲，劍尖直垂下去，急忙飛身躍開。

金輪法王回過身來，說道：「少年，快快走罷！你年紀輕輕，武功不弱，將來成就遠勝於我，此時卻還不是我的對手，何苦強自出頭，喪生於我手下？」這幾句話軟硬兼施，既把楊過捧了一下，卻又深具威脅。他金輪被楊過與小龍女擊下，令他已然到手的武林盟主之位終於落空，心中對二人自是恨得牙癢癢地，只是此刻權衡輕重，以拿住黃蓉為第一要義，不願多樹敵人，只盼楊過與小龍女退出這場是非，日後再找這兩個小輩的晦氣不遲。他稱雄西藏，頗富謀畧，非徒武功驚人而已。

這幾句話不亢不卑，確又不是大言欺人，楊過究是少年心性，聽他說自己將來造就還勝於他，心中自是喜樂，笑道：「大和尚不必客氣，要練到你這般厲害的功夫很不容易。這位黃幫主自小養我大的，你還是別難為她罷。她今日若非有病，你的武功未必勝得過她，你如不信，待她將病養好了，跟你比試一場如何？」他只道金輪法王自負功夫了得，被他這麼一激，或許眞的不再與黃蓉為難。

豈知金輪法王本來擔心黃蓉、小龍女、楊過三人聯手合力，這才對楊過客氣，此刻聽了他這幾句話，向黃蓉臉上一望，果見她容色憔悴，病勢竟自不輕，心想單憑你這兩個少年男女，我金輪法王又有何懼？當下冷笑一聲，搶到梯口，說道：「那你也留下罷！」

小龍女站在梯間，被金輪法王將她與楊過隔開，心中不樂，說道：「和尚你走開，讓他下來。」金輪法王雙眉倒豎，「單掌開碑」，一招疾推下去，他膂力本大，這一招居高臨下，更是威猛無比。小龍女那敢硬接？她懸念楊過身在樓頭，不向梯底躍下，雙足一登，竟以絕頂輕功從敵人身畔擦過，與楊過並肩而立。金輪法王當她從左側掠過時迴肘反打，竟然一擊不中，心下也佩服她身法輕捷。楊過又拾起武修文掉下的長劍交在她手裏，說道：「姑姑，這和尚無禮，咱們打他。」

嗆啷一響，金輪法王從袍子底下取出一隻輪子，這輪子與他先前所使的金輪一般大小，只顏色黑黝黝地，卻是精鐵所鑄，輪上也鑄有密宗眞言。他共有金銀銅鐵鉛五隻輪子，當眞遇上大敵之時，可以五輪齊出，但他已往只用一隻金輪，已自打敗無數勁敵，因此上得了金輪法王的名號，其餘銀銅鐵鉛四輪卻從未用過，其實依他武學修爲，原該稱「五輪法王」才是。陸家莊比武時金輪被楊過用金剛杵搗下，這時將鐵輪取出，說道：「黃幫主，你也一齊上麼？」他雖見黃蓉臉有病容，終是忌憚她武功了得，這句「黃幫主」一呼，點醒她是一幫之主，如與旁人聯手合力鬥他一人，未免墮了幫主的身分。

楊過叫道：「黃幫主要回家啦，她沒空跟你嚕唆。」轉頭向黃蓉道：「郭伯母，你帶了芙妹走罷。」他已打定主意，自己與小龍女合力拒敵，打是打不過的，但勉力抵擋一陣，設法逃走，卻多半辦得到，好在此時並非比武賭勝，只須逃脫魔掌，就算逃得狼狽萬狀，又有何妨？當下挺劍向法王刺去。小龍女見他使的是玉女心經功夫，於是跟着揮劍旁擊，她心中無甚打算，既見楊過與這和尚動手，也就出手相助。

金輪法王舞動輪子，擋開兩劍，他嫌酒樓上桌椅太多，施展不開手脚，一面舞輪，一面飛脚將桌椅踢開。楊過心想：「跟你以力硬拚，我們定然要輸，只有跟你糾纏，才可抵擋得片刻。」見他踢開桌椅，便反把桌椅推轉，擋在敵我之間。他與小龍女都是輕身功夫了得，東鑽西竄，並不正式和敵人拚鬥，再加上忽爾投擲酒壺，忽爾翻潑菜盤，只鬧得樓面上酒漿菜汁，淋漓滿地。

如此一鬧，黃蓉已乘機拉過郭芙。達爾巴中了楊過的「移魂大法」之後，此時兀自時昏時醒，霍都中毒重傷，其餘的蒙古武士本領低微，那裏擋得住黃蓉？楊過大叫：「郭伯母，你們快走罷！」但黃蓉見金輪法王招數厲害，楊、龍二人出盡全力，仍是難以招架，此刻胡鬧歪打，尚可擋得一擋，若是給他找到破綻，猛下毒手，這兩個少年男女那裏還有性命？心想：「他捨命救我，我豈能只圖自身，捨之而去？」站在樓頭，悄立觀戰。

武氏兄弟卻連聲催促：「師娘，咱們先走罷，你身子不適，須得保重。」黃蓉初時不理，聽他們催得緊了，怒道：「為人不講『俠義』二字，練武有何用處？活在世上又有何用處？這姓楊的強過你們百倍。哼，你兄弟倆好好想一想罷。」武氏兄弟一番好意，卻給師母一頓搶白，訕訕的老大不是意思。

郭芙從地下拾起一條斷了的桌脚，叫道：「武家哥哥，咱們齊上。」黃蓉一把拉住，說道：「憑你這點功夫，上去送死麼？」郭芙撅起了小嘴不信。她見楊過與小龍女出招也無甚特異奧妙之處，有時姿式雖妙，劍招卻毫不淩厲狠辣。

金輪法王每次追擊，總是給地下倒翻的桌椅擋住去路，而楊、龍二人轉動靈活，飄忽來去，儘是遊鬥。他心念一動，足下突然使勁，只聽喀喇喇、喀喇喇響聲不絕，一張張倒翻的桌椅在他足底碎裂斷折。他手上舞動鐵輪攻拒轉打，足底卻使出「千斤墜」功夫，雙脚踏到何處，何處的桌椅便斷，再鬥得數轉，樓面上堆成一層碎木殘塊，三人均在碎木層上相鬥，再無桌椅阻手礙脚，擋住去路。

此時金輪法王大踏步來去，鐵輪幌得噹啷啷直響，雙臂大開大闔，以急招向二人猛攻。楊過與小龍女少了桌椅的阻隔，只得以眞功夫抵擋。金輪法王連進三招，楊過架得手臂隱隱生痛。金輪法王得理不讓人，第四招當頭猛砸下來，鐵輪未到，已是挾着一股疾風，聲勢極是驚人。楊過與小龍女雙劍齊上，劍尖抵中鐵輪，合雙劍之力，才擋過了這一招，但兩柄劍均已被壓得彎了。

兩人同時奮力將鐵輪彈開，楊過長劍直刺，攻敵上盤，小龍女橫劍急削敵人左腿。金輪法王飛脚向小龍女手腕踢去，鐵輪斜打，擊向楊過項頸。楊過低頭蹲腿，閃避鐵輪。不料此時奇峯突起，金輪法王右手陡鬆，鐵輪竟向楊過頭頂摔落，他雙手得空，同時向小龍女肩上抓去。

就在這瞬息之間，二人同時遭逢奇險。黃蓉「啊」的一聲叫，要待搶上相救，只見楊過身子貼地斜飛，尚未落地，長劍已直刺金輪法王後心，這一招也是一舉兩得，攻守兼備，既解自身危難，且以「圍魏救趙」之計，使金輪法王不敢再向小龍女進襲，此招叫作「雁行斜擊」，卻是全眞派的劍法。

金輪法王「咦」的一聲，乘鐵輪尚未落地，右脚脚背在鐵輪上一抄，那輪子激飛起來，噹啷啷聲響，向楊過頭上砸到。楊過在危急中使了一招全眞派劍法，居然收到奇效，跟着又是一招全眞派的「白虹經天」，平劍向輪子打去。輪重劍輕，這一劍平擊本無效用，但這一下打得恰到好處，合上了武學中「四兩撥千斤」的道理，鐵輪方向轉過，反向金輪法王頭上飛去。郭芙在旁看得大喜，拍手大聲喝采。

金輪法王膽敢兵刃脫手、飛輪擊敵，原是料到敵人無力接輪，若是對方以兵刃砸碰飛輪，不論多麼沉重的鋼鞭大刀，撞上了均非脫手不可，那料到楊過竟有撥打輪子的功夫？盛怒之下，伸手抓住鐵輪，暗用轉勁，又將輪子飛出。這時勁力加急，輪子竟然寂然無聲，卻是鐵輪飛轉太快，輪中小球不及相互碰撞。楊過第一次撥他輪子，是無意中用上了九陰眞經的功夫，這時再度伸劍拍打，噹的一聲，長劍震得脫手。金輪法王立時一記「大摔碑手」重重拍去。原來楊過的九陰眞經功夫未曾練熟，這次力道用得不正。

小龍女見楊過遇險，纖腰微擺，長劍急刺，這一招去勢固然凌厲，抑且風姿綽約，飄逸無比，卻已使上了「玉女心經」中最後一章的武功。黃蓉母女看得心曠神怡，同聲叫道：「好！」

金輪法王收掌躍起，抓住輪子架開劍鋒，楊過也乘機接回長劍，適才這一下當眞是死裏逃生，但人當危急之際心智特別靈敏，猛地裏想起：「我和姑姑二人同使玉女劍法，難以抵擋。但我使全眞劍法，她使玉女劍法，卻均化險爲夷。難道心經的最後一章，竟是如此行使不成？」當下大叫：「姑姑，『浪迹天涯』！」說着斜劍刺出。小龍女未及多想，依言使出心經中所載的「浪迹天涯」，揮劍直劈。兩招名稱相同，招式卻是大異，一招是全眞劍法的厲害劍招，一着是玉女劍法的險惡家數，雙劍合璧，威力立時大得驚人。金輪法王無法齊擋雙劍擊刺，向後急退，嗤嗤兩聲，身上兩劍齊中。虧得他閃避得宜，劍鋒從兩脅掠過，只劃破了他衣服，但已嚇出了一身冷汗。

金輪法王百忙中又急退兩步，以避鋒銳，只聽楊過叫道：「花前月下！」一招自上而下搏擊，模擬冰輪橫空、淸光鋪地的光景。小龍女單劍顫動，如鮮花招展風中，來回揮削，只幌得金輪法王眼花撩亂，渾不知她劍招將從何處攻來，只得躍後再避。楊過又叫：「淸飮小酌！」劍柄提起，劍尖下指，有如提壺斟酒。小龍女劍尖上翻，竟是指向自己櫻唇，宛似舉杯自飮一般。

金輪法王見二人劍招越來越怪，可是相互呼應配合，所有破綻全爲旁邊一人補去，厲害殺着卻是層出不窮。他越鬥越驚，暗想：「天下之大，果然能人輩出，似這等匪夷所思的劍法，我在西藏怎能夢想得到？唉！我井底之蛙，可小覷了天下英雄。」氣勢一餒，更呈敗象。

楊過和小龍女修習這章劍法，數度無功，此刻身遭奇險，相互情切關心，都是不顧自身安危，先救情侶，正合上了劍法的主旨。這路劍法每一招中均含着一件韻事，或「撫琴按簫」、或「掃雪烹茶」、或「松下對弈」、或「池邊調鶴」，均是男女與共，當眞是說不盡的風流旖旎。林朝英情場失意，在古墓中鬱鬱而終。她文武全才，琴棋書畫，無所不能，最後將畢生所學盡數化在這套武功之中。她創製之時只是自舒懷抱，那知數十年後，竟有一對情侶以之克禦強敵，卻也非她始料之所及了。

楊過與小龍女初使時尚未盡會劍法中的奧妙，到後來卻越使越是得心應手。使這劍法的男女二人倘若不是情侶，則許多精妙之處實在難以聽會；相互間心靈不能溝通，則聯劍之際是朋友則太過客氣，是尊長小輩則不免照拂仰賴；如屬夫妻同使，妙則妙矣，可是其中脈脈含情、盈盈嬌羞、若卽若離、患得患失諸般心情卻又差了一層。此時楊過與小龍女相互眷戀極深，然而未結絲蘿，內心隱隱又感到前途困厄正多，當眞是亦喜亦憂，亦苦亦甜，這番心情，與林朝英創製這套「玉女素心劍」之意漸漸的心息相通。

黃蓉在旁觀戰，只見小龍女暈生雙頰，靦覥羞澀，楊過時時偷眼相覷，依戀迴護，雖是並戰強敵，卻流露出男歡女悅、情深愛切的模樣，不由得暗暗心驚，同時受了二人的感染，竟回想到與郭靖初戀時的情景。酒樓上一片殺伐聲中，竟然蘊含着無限的柔情密意。

楊過與小龍女靈犀暗通，金輪法王更難抵禦，深悔適才將桌椅盡皆踏毁了，否則有桌椅阻隔，敵人攻勢不能如此凌厲，眼見再打下去非送命不可，當下一步步退向樓梯，又一級級的退了下去。楊過與小龍女居高臨下的逼攻，眼見就可將他逐走。黃蓉叫道：「除惡務盡，過兒，別放過了他。」她瞧出楊過與小龍女所以勝得金輪法王，全憑了一套奇妙的劍法，看來倒有八分僥倖，若是今日放過了他，此人武學高深，回去窮思精研，想出了破解這套劍法的法門，日後再要相除卻是千難萬難。

楊過答應一聲，猛下殺手，「小園藝菊」、「茜窗夜話」、「柳蔭聯句」、「竹簾臨池」，一招招的使將出來，金輪法王幾乎連招架都有不及，別說還手。

楊過本擬遵照黃蓉囑咐乘機殺他，那知林朝英當年創製這路劍法本爲自娛抒懷，實無傷人斃敵之意，其時心中又充滿柔情，是以劍法雖然厲害，卻無一招旨在致敵死命。這時楊龍二人雖逼得金輪法王手忙脚亂，狼狽萬狀，要取他性命卻亦不易。

金輪法王不明劍法的來歷，眼見對方奇招叠出，只道厲害殺着尚未使出，只要二人一用上，那眞是老命休矣，危急中計上心來，足下用勁，每在樓梯上退一級，便踏斷一級樓梯。

他魁梧的身軀擱在梯心，楊龍二人無法搶前，待得三級樓梯斷截，長劍已自遞不到他身前。金輪法王鐵輪一舉，說道：「今日見識中原武功，老衲佩服得緊。你們這套劍法叫做甚麼名堂？」楊過正色道：「中原武功，以打狗棒法與刺驢劍術爲首，我們這套劍法，就是刺驢劍術了。」金輪法王一怔，道：「刺驢劍術？」楊過道：「是啊，刺禿驢的劍術。」金輪法王才知他是繞彎兒相罵，心中大怒，喝道：「無禮小兒，終須叫你知道金輪法王的手段。」鐵輪嗆啷啷一揮，大踏步而去。

但見他身形飄飄，去得好快，幾下急幌，已在牆角邊隱沒。楊過料知難以追上，轉過身來，卻見達爾巴扶着霍都，臉色慘白，站在當地，說道：「大師兄，你殺我不殺？」楊過見二人可憐，向黃蓉道：「郭伯母，放他們走了，好不好？」黃蓉點了點頭。楊過又見霍都神情委頓，憔悴不堪，從懷裏摸出一小瓶玉蜜蜂來，指指霍都，做過服藥姿勢，交給達爾巴。達爾巴大喜，與霍都嘰哩咕嚕說了一陣。霍都取出一包藥粉，交給楊過，說道：「那位使筆的前輩中了我毒釘，這是解藥。」

達爾巴向楊過合十行禮，說道：「大師兄，多謝。」楊過也合十還禮，嬉皮笑臉的學他藏語，說道：「大師兄，多謝。」達爾巴大奇：「大師兄爲甚麼叫我大師兄？」轉念一想，便即明白：「他轉世爲人，已讓我爲大，不來跟我爭大師兄之位。」心下更加感激，向楊過深深打躬，伸左臂抱起霍都，與衆蒙古武士一齊去了。

楊過將解藥交於黃蓉，躬身施禮，說道：「郭伯母，小姪就此別過，伯母和郭伯伯多多保重。」想到這番別後再不相見，心中甚是難過。黃蓉問道：「你到那裏去？」楊過道：「我和姑姑去個見不到人的所在隱居，從此永不出來，免得累了郭伯伯與你的聲名。」

黃蓉尋思：「他今日捨命救了我和芙兒，恩德非淺，眼見他陷迷沉倫，我豈可不相救於他？」於是說道：「那也不忙在這一刻，今兒大夥兒累了，咱們找個客店休息一宵，明日分手動身不遲。」楊過見她情意懇摯，不便違拗，也就答應了。

黃蓉取出銀兩，賠了酒樓的破損，到鎮上借客店休息。當晚用過晚膳，黃蓉差開郭芙，叫她去和武氏兄弟說話，將小龍女叫進房來，說道：「妹子，我有一件物事送給你。」小龍女道：「你給我甚麼？」

黃蓉將她拉到身前，取出梳子給她梳頭，只見她烏絲垂肩，輕軟光潤，極是可愛，於是將她柔絲細心捲起，從自己頭上取下一枚束髮金環，說道：「妹妹，我給你這個戴。」那金環打造得極是精緻，通體是一枝玫瑰花枝，花枝迴繞，相連處鑄成一朵將開未放的玫瑰。黃藥師收藏天下奇珍異寶，她偏偏揀中了這枚金環，匠藝之巧，可想而知。小龍女從來不戴甚麼首飾，束髮之具就只一枚荆釵而已，雖見金環精巧，也不在意，隨口謝了，黃蓉給她戴在頭上，隨卽跟她閒談。

說了一陣子話，只覺她天眞無邪，世事一竅不通，燭光下但見她容色秀美，清麗絕俗，若非與楊過有師徒之份，兩人確是一對璧人，問道：「妹子，你心中很歡喜過兒，是不是？」小龍女盈盈一笑，道：「是啊，你們爲甚麼不許他跟我好？」

黃蓉一怔，想起自己年幼之時，父覺不肯許婚郭靖，江南七怪又罵自己爲「小妖女」，直經過重重波折，才得與郭靖結成鴛侶，眼前楊過與小龍女眞心相愛，何以自己卻來出力阻擋？

但他二人師徒名份既定，若有男女之私，大乖倫常，有何臉面以對天下英雄？當下嘆了口氣，說道：「妹子，世間有很多事情你是不懂的。要是你與過兒結成夫妻，別人要一輩子瞧你不起。」小龍女微笑道：「別人瞧我不起，那打甚麼緊？」

黃蓉又是一怔，只覺她這句話與自己父親倒是氣味相投，當眞有我行我素、普天下人皆不在眼底之慨，想到此處，不禁點了點頭，心想似她這般超羣拔類的人物，原不能拘以世俗之見，但轉念又想起丈夫對楊過愛護之深、關顧之切，不論他是否會做自己女壻，總盼他品德完美，於是說道：「過兒呢？別人也要瞧他不起。」小龍女道：「他和我一輩子住在誰也瞧不見的地方，快快活活，理會旁人作甚？」黃蓉問道：「甚麼誰也瞧不見的地方？」小龍女道：「那是一座好大的古墓，我向來就住在裏面的。」黃蓉一呆，道：「難道今後你們一輩子住在古墓之中，就永遠不出來了？」

小龍女很是開心，站起來在屋中走來走去，說道：「是啊，出來幹麼？外邊的人都壞得很。」黃蓉道：「過兒從小在外邊東飄西蕩，老是關在一座墳墓之中，難道不氣悶麼？」小龍女笑道：「有我陪着他，怎會氣悶？」黃蓉嘆道：「初時自是不會氣悶。但多過得幾年，他就會想到外邊的花花世界，他倘若老是不能出來，就會煩惱了。」

小龍女本來極是歡悅，聽了這幾句話，一顆心登時沉了下來，道：「我問過兒去，我不跟你說了。」說着走出房去。

黃蓉見她美麗的臉龐上突然掠過一層陰影，自己適才的說話實是傷了一個天眞無邪的少女之心，登時頗爲後悔，但轉念又想，自己見得事多，自不同兩個少年男女的一廂情願，這番忠言縱然逆耳，卻是深具苦心，心想：「不知過兒怎麼說？」於是悄悄走到楊過窗下，要聽聽二人對答之言。

只聽小龍女問道：「過兒，你這一輩子跟我在一起，會煩惱麼？會生厭麼？」楊過道：「你又問我幹麼？你知道我只有喜歡不盡。咱兩個直到老了、頭髮都白了、牙齒跌落了，也仍是歡歡喜喜的廝守不離。」這幾句話情辭眞摯，十分懇切。小龍女聽着，心中感動，不由得痴了，過了半晌，才道：「是啊，我也是這樣。」從衣囊中取出根繩子，橫掛室中，說道：「睡罷！」楊過道：「郭伯母說，今晚你跟她母女倆睡一間房，我跟武氏兄弟倆睡一間房。」小龍女道：「不！爲甚麼要那兩個男人來陪你？我要和你睡在一起。」說着舉手一揮，將油燈滅了。

黃蓉在窗外聽了這幾句話，心下大駭：「她師徒倆果然已做了苟且之事，那老道趙志敬的話並非虛假！」

她想兩個少年男女同床而睡，不便在外偷聽，正待要走，突見室內白影一閃，有人凌空橫臥，幌了幾下，隨卽不動了。黃蓉大奇，借着映入室內的月光看去。只見小龍女橫臥在一根繩上，楊過卻睡在炕上。二人雖然同室，卻是相守以禮。黃蓉悄立庭中，只覺這二人所作所爲大異常人，是非實所難言。

她悄立良久，正待回房安寢，忽聽脚步聲響，郭芙與武氏兄弟從外邊回來。黃蓉道：「敦兒、修兒，你哥兒倆另外去要間房，不跟楊家哥哥一房睡罷。」武氏兄弟答應了。郭芙卻問：「媽，爲甚麼？」黃蓉道：「不關你事。」武修文笑道：「我知道爲甚麼。他二人師不師、徒不徒，狗男女作一房睡。」黃蓉板臉斥道：「修兒，你不乾不淨的說甚麼？」武敦儒道：「師娘你也忒好，這樣的人理他幹麼？我是決不跟他說話的。」郭芙道：「今兒他二人救了咱們，那可是一件大恩。」武修文道：「哼，我倒寧可教金輪法王殺了，好過受這些畜生一般之人的恩惠。」黃蓉怫然不悅，道：「別多說了，快去睡罷。」

這一番話楊過與小龍女隔窗都聽得明白。楊過自幼與武氏兄弟不和，當下一笑而已，並不在意。小龍女心中卻在細細琢磨：「幹麼過兒和我好，他就成了畜生、狗男女？」思來想去難以明白，半夜裏叫醒楊過，問道：「過兒，有一件事你須得眞心答我。你和我住在古墓之中，多過得幾年，可會想到外邊的花花世界？」楊過一怔，半晌不答。小龍女又問：「你若是不能出來，可會煩惱？你雖愛我之心始終不變，在古墓中時日久了，可會氣悶？」

這幾句話楊過均覺好生難答，此刻想來，得與小龍女終身廝守，當眞是快活勝過神仙，但在冷冰冰、黑沉沉的古墓之中，縱然住了十年、二十年仍不厭倦，住到三十年呢？四十年呢？順口說一句「決不氣悶」，原自容易，但他對小龍女一片至誠，從來沒半點虛假，沉吟片刻，道：「姑姑，要是咱們氣悶了、厭煩了，那便一同出來便是。」

小龍女嗯了一聲，不再言語，心想：「郭夫人的話倒非騙我。將來他終究會氣悶，要出墓來，那時人人都瞧他不起，他做人有何樂趣？我和他好，不知何以旁人要輕賤於他？想來我是個不祥之人了。我喜歡他、疼愛他，要了我的性命也行。可是這般反而害得他不快活，那他還是不娶我的好。那日晚上在終南山巔，他不肯答應要我做妻子，自必為此了。」反覆思量良久，只聽得楊過鼻息調勻，沉睡正酣，於是輕輕下地，走到炕邊，凝視着他俊美的臉龐，中心栗六，柔腸百轉，不禁掉下淚來。

次晨楊過醒轉，只覺肩頭濕了一片，微覺奇怪，見小龍女不在室中，坐起身來，卻見桌面上用金針刻着細細的八個字道：

「善自珍重，勿以爲念。」

楊過登時腦中一團混亂，呆在當地，不知所措，但見桌面上淚痕瑩瑩，兀自未乾，自己肩頭所濕的一片自也是她淚水所沾了。他神智昏亂，推窗躍出，大叫：「姑姑，姑姑！」

店小二上來侍候。楊過問他那白衣女客何時動身，向何方而去。店小二瞠目不知所對。楊過心知此刻時機稍縱即逝，要是今日尋她不着，只怕日後難有相會之時，奔到馬廄中牽出瘦馬，一躍而上。郭芙正從房中出來，叫道：「你去那裏？」楊過聽而不聞，沿大路縱馬向北急馳，不多時已奔出了數十里地。他一路上大叫：「姑姑，姑姑！」卻那裏有小龍女的人影？

又奔一陣，只見金輪法王一行人騎在馬上，正向西行。衆人見他孤身一騎，均感差愕。金輪法王提韁催馬，向他馳來。

楊過未帶兵刃，斗逢大敵，自是十分凶險，但他此時心中所思，只是小龍女到了何處，自身安危渾沒念及，眼見金輪法王拍馬過來，反而勒轉馬頭，迎了上去，問道：「你見到我師父麼？」金輪法王見他並不逃走，已自奇怪，聽了他問這句話，更是一愕，隨口答道：「沒見啊，她沒跟你在一起麼？」

二人一問一答，均出倉卒，未經思索，但頃刻之間，便都想到楊過一人落單，就非法王敵手。二人眼光一對，胸中已自了然。楊過雙腿一夾，金輪法王已伸手來抓。但瘦馬神駿非凡，猶似疾風般急掠而過。法王催馬急趕，楊過一人一騎早已遠在里許之外，再難追上。法王心念動處，勒馬不追，尋思：「他師徒分散，我更有何懼？黃幫主若是尙未遠去，嘿嘿……」當即率領徒衆，向來路馳回。

楊過一陣狂奔，數十里內訪不到小龍女的半點蹤迹，但覺胸間熱血上湧，昏昏沉沉，竟險些暈倒在馬背之上，心中悲苦：「姑姑何以又捨我而去？我怎麼又得罪她啦？她離去之時流了不少眼淚，那自非惱我。」忽然想起：「啊，是了，定是我說在古墓之中日久會厭，她只道我不願與她長相厮守。」想到此處，眼前登見光明：「她回到古墓去啦，我跟去陪着她便是。」不由得破涕爲笑，在馬背上連翻了幾個觔斗。

適才縱馬疾馳，不辨東西南北，於是定下神來，認明方向，勒轉馬頭，向終南山而去。一路上越想越覺所料不錯，倒將傷懷懸想之情去了九分，放開喉嚨，唱起山歌來。

過午後在路邊一家小店中打尖，吃完麵條，出來之時匆匆未携銀兩，覷那店主人不防，躍上馬背，急奔而逃，只聽店主人遠遠在後叫罵，卻那裏奈何得了他？不禁暗自好笑。

行到申牌時分，只見前面黑壓壓一片大樹林，林中隱隱傳出呼叱喝罵之聲。他心中微驚，側耳聽去，卻是金輪法王與郭芙的聲音。

他心知不妙，躍下馬背，把韁繩在轡頭上一擱，隱身樹後，悄步尋聲過去探索，走了十餘丈，望見樹林深處的亂石堆中，黃蓉母女、武氏兄弟四人正與金輪法王一行拒敵。但見武氏兄弟臉上衣上都是血漬，黃蓉、郭芙頭髮散亂，神情甚是狼狽，看來若非金輪法王要拿活口，只怕四人都早已喪生於他鐵輪之下。

楊過瞧了片刻，心想：「姑姑不在此間，我若上去相助，枉自送了性命。這便如何是好？可有甚麼法兒能救得郭伯母？」忽見金輪法王揮輪砸出，黃蓉無力硬架，便在一堆亂石之後一縮。金輪法王在亂石外轉來轉去，竟然攻不到她身前。楊過大奇，再看郭芙和武氏兄弟三人也是倚賴亂石避難，危急中只須躲到石後，達爾巴諸人就須遠兜圈子，方能追及，那時郭芙等又已躲到了另一堆亂石之後。楊過詫異之極，見這幾堆平平無奇的亂石居然有此妙用，實是不可思議，看來黃蓉等雖危實安，只是無法出亂石陣逃走而已。

金輪法王久攻不下，雖然打傷了武氏兄弟，但傷非致命，己方倒有一名武士被郭芙刺死，眼見黃蓉所堆的這許多亂石大有古怪，須得推究出其中奧妙，方能擒獲四人。他自負才智過人，反正這幾人說甚麼也逃不脫自己掌握，待想通了亂石陣的布局，大踏步闖進陣中，手到擒來，方顯本事。於是左手一揮，約退諸人，自己也退開丈餘，望着亂石陣暗自凝思。大凡行兵布陣，脫不了太極兩儀、五行八卦的變化，金輪法王精通奇門妙術，心想這亂石陣雖怪，總也不離五行生剋的道理。

那知他怔怔的看了半天，剛似瞧出了一點端倪，畧加深究，卻又全盤不對，左翼對了，右翼生變，想通了陣法的前鋒，其後尾卻又難以索解，不禁呆在當地，驚佩無已。他文武全才，實是當世出類拔萃的人物，眼前既遇難題，務要憑一己才智破解，方遂心願。

楊過見金輪法王皺起眉頭沉思，良久不動，突然間雙眼精光大盛，身形幌動，闖進亂石陣中，抓住了郭芙的手臂，急退而出。這一下變生不測，黃蓉等三人大驚失色，登時手足無措，若是出陣去救，非遭他毒手不可。

原來郭芙見敵人呆立不動，一時大意，竟不遵母親所示的方位站立，離了陣法的蔽障。金輪法王一見有隙可乘，立時出手擒獲，當下伸指點了她脅下穴道，放在地上。他故意不點啞穴，讓她哀聲求救，好激得黃蓉出陣。郭芙只感周身痲癢難當，忍不住呻吟出聲。黃蓉豈不知敵人詭計，但聽到女兒的哀聲，心中如沸，只是咬住嘴唇強忍。

楊過在樹後瞧得明白，眼見黃蓉竹棒一擺，就要奔出亂石堆搶救愛女，這一出去可是凶險之極，當下不及細想，猛地躍出，抓住郭芙後心，向亂石堆撲去。金輪法王鐵輪飛出，擊向他後心，楊過人在半空，難以閃避，用力將郭芙朝黃蓉推去，同時使個「千斤墜」，身子直落，拍的一聲，結結實實的摔在亂石堆上，但聽得嗆啷啷聲音響亮，鐵輪自頭頂疾飛而過，兜了個圈子，又飛回法王手中。

黃蓉抱住愛女，悲喜交集，見楊過從亂石堆上翻身爬起，撞得目青鼻腫，忙伸竹棒指引他進入石陣。

金輪法王見功敗垂成，又是楊過這小子作怪，心中不怒反喜，微微冷笑，說道：「好，你乖乖的自投羅網，卻省得日後再來找你了。」

楊過這一下奮身救人，實是激於義憤，進了石陣之後，才想起這一出手，瞧來自己性命也得饒上了，此生再難見小龍女之面，不由得暗暗懊悔。黃蓉問道：「你師父呢？」楊過黯然道：「她突然半夜裏走了，我正在找她。」黃蓉嘆了口氣，說道：「過兒，你又何必多此一舉？」楊過只有苦笑，搖頭道：「郭伯母，我傻裏傻氣，心頭熱血一湧，這就管不住自己了。」黃蓉道：「好孩子，你心腸好，跟你爹……」說了一半，突然住口。楊過顫聲道：「郭伯母，我爹爹是壞人，是不是？」黃蓉垂頭道：「你要知道這個幹麼？」突然叫道：「小心，到這裏來！」拉着他跨過兩堆亂石，避開了金輪法王一下偷襲。

楊過向那亂石堆前前後後望了一陣，好生佩服，說道：「郭伯母，如你這般聰明才智，並世再無第二個了。」黃蓉替女兒解開穴道，正自給她按摩，微笑着未答。郭芙道：「你知道甚麼？我媽的本事都是外公教的。外公才厲害呢。」楊過在桃花島上曾見到黃藥師的諸般手澤，只是當時年幼，未能領畧這中間的妙處，此刻經郭芙一提，連連點頭，不由得悠然神往，嘆道：「幾時得能拜見他老人家一面，也不枉了這一生。」

驀地裏金輪法王闖過兩堆亂石，又攻了過來。楊過手中沒兵器，忙拾起黃蓉拋在地下的竹棒，搶出去阻擋，呼呼兩棒，使上了打狗棒法。法王見他棒法精妙，凝神接戰，拆了數招，突然間兩人脚下同時在亂石上一絆，均是一個踉蹌。法王只怕中了暗算，躍出陣去。

黃蓉接引楊過進來，指派武氏兄弟與女兒搬動石塊，變亂陣法，問楊過道：「你這打狗棒法到底從何處學來？」楊過於是照實述說如何在華山巧遇洪七公、北丐西毒如何比武、洪七公如何傳授棒法等情，但他怕激動黃蓉心神，洪七公逝世的經過卻隱瞞不言。黃蓉嘆道：「你遇合之奇，確是罕有。」忽地心念一動，說道：「過兒，你很聰明，且想個法兒，脫卻今日之難。」

楊過瞧了她的神情，知她已想到計策，當下故作不知，說道：「若是你身子安健，和我雙戰法王，自能獲勝，又或能邀得我師父來，那也好了。」黃蓉道：「我身子一時三刻之間怎能痊可？你師父也不知去了那裏。我另有一個計較在此，卻須用到這幾堆亂石。這石陣是我爹爹所授，其中變幻百端，刻下所用的還不到二成。」楊過又驚又喜，想起黃藥師學究天人，大是讚嘆。

黃蓉道：「我師父授你的打狗棒法僅是招式，而你在樹上聽到我說的只是口訣大意。現下我將棒法中的精微變化一併傳你。」楊過大喜，卻以退為進，說道：「這個只怕使不得，打狗棒法除了丐幫幫主，歷來不傳外人。」黃蓉白了他一眼，道：「在我面前，你又使甚麼狡獪？這棒法我師父傳了你三成，你自個兒偷聽了二成，今日我再傳你二成。餘下三成，就得憑你自己才智去體會領悟，旁人可傳授不來。這一來並非有人全套傳你，二來今日事急，也只好從權。」

楊過跪倒在地，拜了幾拜，笑道：「郭伯母，我幼小之時，你曾答應傳我功夫，今日才傳，也還不遲。」黃蓉微微一笑，道：「你心中一直記恨，是不是？」楊過笑道：「我那裏敢？」於是黃蓉輕聲俏語，將棒法的奧妙之處，一一說給他知曉。

金輪法王在亂石外望見楊過向黃蓉磕頭，二人有說有笑，唧唧噥噥，不知搗甚麼鬼了，瞧來似乎有恃無恐，竟是全不將自己放在眼內。雖是心中有氣，但他素來持重，知道眼前這二人武功雖然敵不過自己，卻實在鬼計多端，可別不小心上了大當，定要參透其中機關，再定對策。也幸好他緩下了攻勢，黃蓉與楊過不必應敵，不到半個時辰，已將竅要說完。

楊過聰明穎悟，勝過魯有脚百倍，眞所謂聞一知十，舉一反三，兼之他對這套棒法早已費過許多心血推詳，先前百思不得其解之處，今日黃蓉畧加點撥，立行豁然貫通。金輪法王遙遙望見黃蓉神色端嚴安詳，口唇微動，楊過卻是搔耳摸顋，喜不自勝，實不知二人葫蘆中賣甚麼藥，但此事於己不利，當可斷言。

楊過聽完要訣，問了十餘處艱深之點，黃蓉一一解說，說道：「行啦，你問得出這些疑難，足證你領悟已多。這第二步嘛，咱們就要把這和尚誘進陣來擒獲。」

楊過一驚，道：「將他擒住？」黃蓉道：「那又有何難？此刻你我聯手，智勝於彼，力亦過之。現下我要解說這亂石陣的奧妙，你一時定然難以領會，好在你記心甚好，只須將三十六般變化死記即可。」於是一項一項的說了下去，青龍怎樣演爲白虎，玄武又怎生化爲朱雀。原來這亂石陣乃是從諸葛亮的八陣圖中變化出來。當年諸葛亮在長江之濱用石塊布成陣法，東吳大將陸遜入陣後難以得脫。此刻黃蓉所布的便是師法諸葛武侯的遺意，只是事起倉卒，未及布全，大敵奄至，那陣法不過稍具規模而已。但縱然如此，也已嚇得金輪法王心神不定，眼睜睜望着面前五人，卻是不敢動手。

這陣圖的三十六項變化，實是繁複奧妙，饒是楊過聰明過人，一時記得明白的也只十餘變。眼見天色將暮，金輪法王蠢蠢欲動，黃蓉道：「就只這十幾變，已足困死他有餘。你出去引他入陣，我變動陣法，將他困住。」

楊過大喜，道：「郭伯母，他日我若再到桃花島上，你肯不肯將這門學問盡數教我？」黃蓉抿嘴一笑，涼風拂鬢，夕陽下風致嫣然，說道：「你若肯來，我如何不肯教？你捨命救了我和芙兒兩次，難道我還似從前這般待你麼？」

楊過聽了，胸中暖烘烘地極是舒暢，此時黃蓉不論教他幹甚麼，他當眞是百死無悔，當下提起竹棒，轉出石陣，叫道：「生了銹的鐵輪法王，你有膽子，就來跟我們三百回合！」

金輪法王正自擔心他們在石陣中搗鬼，暗算自己，見他出陣挑戰，正是求之不得，嗆啷啷鐵輪響動，斜劈過去。他怕楊過相鬥不勝，又逃回陣中，是以攻了兩招之後，逕自抄他後路，要逼得他遠離石陣。豈知楊過新學了打狗棒法的精要，將那絆、劈、纏、戳、挑、引、封、轉八字訣使將出來，果然是變化精微，出神入化。法王大意搶攻，畧見疏神，竟被他在大腿上戳了一下，雖在危急中急閉穴道，未曾受傷，卻也是疼痛良久。

他吃了這一下苦頭，再也不敢怠忽，掄起鐵輪，凝神拒戰，眼前對手雖只是個十餘歲的少年，他卻如接大敵，攻時敬，守時嚴，竟當他是一派大宗主那麼看待。這一來，楊過立感不支，打狗棒法雖妙，卽學卽用，究是難以盡通，當下使個「封」字訣擋住鐵輪攻勢，移動脚步，東突西衝。金輪法王跟着他竹棒攻守變招，眼見他向外衝擊，心想來得正好，不住倒退，要引他遠離石陣。不料退了十幾步，突然右脚在一塊巨石上一絆，原來不知不覺間竟已被誘進石陣。

他心知不妙，只聽黃蓉連聲呼叫：「朱雀移青龍，巽位改離位，乙木變癸水。」武氏兄弟與郭芙搬動岩石，石陣急變。金輪法王大驚失色，停輪待要察看周遭情勢，楊過的竹棒卻纏了上來。這打狗棒法與他正面相敵雖尚不足，擾亂心神卻是有餘，法王脚下連絆幾下，站立不穩，知道石陣極是厲害，陷溺稍久，越轉越亂，危急中大喝一聲，躍上亂石。本來上了石堆，卽可不受石陣困惑，否則方位迷亂，料來只須筆直疾走定可出陣，豈知奔東至西，往南抵北，只不過在十餘丈方圓內亂兜圈子，終於精力耗盡，束手待斃。但法王剛上石堆，楊過已揮棒打向脚骨，他鐵輪是短兵刃，不能俯身攻拒，只得躍下平地，橫輪反擊。

又拆十餘招，眼見暮色蒼茫，四下裏亂石嶙峋，石陣中似乎透出森森鬼氣，饒是他藝高膽大，至此也不由得暗暗心驚，突然間腦海中靈光一閃，已有計較，左足一抄，一塊二十餘斤的大石已被他抄起，飛向半空，跟着右腿掠出，又是一塊大石高飛。他身形閃動，雙腿連抄，大石砰嘭山響，互撞之下，火花與石屑齊飛，那亂石陣霎時破了。黃蓉等五人大驚，連連閃避空中落下來的飛石。

此時金輪法王若要出陣，已是易如反掌，但他反守爲攻，左掌探出，竟來擒拿黃蓉。楊過棒尖向他後心點到，法王鐵輪斜揮架開，左掌卻已搭到黃蓉的肩頭。她如向後閃躍，原可避過，但耳聽風聲勁急，半空中一塊大石正向身後猛砸下來，只得急施大擒拿手反勾法王左腕。法王叫聲：「好！」任她勾住手腕，待她借勢外甩之際，突運神力，向懷裏疾拉。

若在平日，黃蓉自可運勁卸脫，但此刻內力不足，叫聲「啊喲」，已自跌倒。楊過大驚，當下顧不得生死安危，向前撲出，抱住了法王雙腿，兩人一齊摔倒。

金輪法王武功究竟高出他甚多，人未着地，右掌揮出，擊向楊過右胸。楊過忙伸左臂擋格，拍的一聲，掌臂相交，楊過只覺胸口氣血翻湧，身子便如一綑稻草般飛了出去。就在此時，空中最後一塊巨石猛地落下，砰的一響，正好撞在法王背心。這一撞沉猛之極，他內功再強，卻也經受不起，雖然運功將大石彈開，但身子幌了幾下，終於向前仆跌。

頃刻之間，石落陣破，黃蓉、楊過、法王三人同時受傷倒地。

只見窗邊一個青衫少女左手按紙，右手握筆，正自寫字。她背面向榻，瞧不見她相貌，但見她背影苗條，細腰一搦，甚是嬌美。

第十五回　東邪門人

石陣外達爾巴和衆蒙古武士、石陣內郭芙與武氏兄弟盡皆大驚，一齊搶前來救。達爾巴神力驚人，蒙古武士中也有數名高手，郭芙與二武如何能敵？突見金輪法王搖搖幌幌的站起來，鐵輪一擺，嗆啷啷動人心魄，臉色慘白，仰天大笑，笑聲中卻充滿着悽愴慘厲之意，衆人相顧駭然，都住足不前。

金輪法王嘶啞着嗓子說道：「老衲生平與人對敵，從未受過半點微傷，今日居然自己傷了自己。」伸出大手往黃蓉背上抓去。

楊過被他掌力震傷胸臆，爬在地下無力站起，眼見黃蓉危急，仍是橫棒揮出，將他這一拿格開，但就是這麼一用力，禁不住噴出一口鮮血。黃蓉慘然道：「過兒，咱們認栽啦，不用再拚，你自己保重。」郭芙手提長劍，護在母親身前。楊過低聲道：「芙妹你快逃走，去跟你爹爹報信要緊。」

郭芙心中昏亂，明知自己武藝低微，可怎捨得母親而去？金輪法王鐵輪微擺，撞正她手中長劍，噹的一聲，白光閃動，長劍倏地飛起，落向林中。

金輪法王正要推開郭芙去拿黃蓉，忽聽一個女子聲音叫道：「且慢！」林中躍出一個青衫人影，伸手接住半空落下的長劍，三個起伏，已奔到亂石堆中。金輪法王見此人面目可怖已極，三分像人，七分似鬼，生平從未見過如此怪異的面貌，不禁一怔，喝問：「是誰？」那女子卻不答話，俯身推過一塊岩石，擋在他與黃蓉之間，說道：「你便是大名鼎鼎的金輪法王麼？」她相貌雖醜，聲音卻甚是嬌嫩。法王道：「不錯，尊駕是誰？」那女子說道：「我是無名幼女，你自識不得我。」說着又將另一塊岩石移動了三尺。

此時日落西山，樹林中一片朦朧，法王心念忽動，喝道：「你幹甚麼？」待要阻止她再移石塊，那女子叫道：「角木蛟變亢金龍！」郭芙與二武都是一怔，心想：「她怎麼也知石陣的變化？」但聽她喝令之中自有一股威嚴之意，立時遵依搬動石塊。四五塊岩石一移，散亂的陣法又生變化。

金輪法王又驚又怒，大喝道：「你這小女孩也敢來搗亂！」只聽她又叫：「心月狐轉房日兔」，「畢月烏移奎木狼」，「女土蝠進室火豬」，她所叫的都是二十八宿方位。郭芙與二武聽她叫得頭頭是道，與黃蓉主持陣法時一般無異，心下大喜，奮力移動岩石，眼見又要將金輪法王困住。

法王背上受了石塊撞擊，強運內力護住，一時雖不發作，其實內傷着實不輕，萬萬無力再起脚挑動石塊，他知道只消再遲得片刻，便卽陷身石陣，達爾巴徒有勇力，不明陣法，難以相救，見黃蓉正撐持着起身，兀自站立不定，只須踏上幾步就可手到擒來，卻也是自謀脫身要緊，當下鐵輪虛幌，向武修文腦門擊去。

他受傷之後，手臂已全然酸軟無力，便是舉起鐵輪也已十分勉強，武修文若是拔劍招架，反可將他鐵輪擊落脫手。但他威風凜凜，雖是虛招，瞧來仍是猛不可當，武修文那敢硬接，當即縮身入陣。

金輪法王緩步退出石陣，呆立半晌，心中思潮起伏：「今日錯過了這個良機，只怕日後再難相逢。難道老天當眞護佑大宋，教我大事不成？中原武林中英才輩出，單是這幾個青年男女，已是資兼文武，未易輕敵，我蒙藏豪傑之士，可是相形見絀了。」撫胸長嘆，轉頭便走，走出十餘步，突然間嗆啷一響，鐵輪落地，身子搖幌。

達爾巴大驚，大叫：「師父！」搶上扶住，忙問：「師父，你怎麼啦？」金輪法王皺眉不語，伸手扶着他肩頭，低聲道：「可惜，可惜！走罷！」一名蒙古武士拉過坐騎。金輪法王重傷之後已無力上馬，達爾巴左掌托住師父腰間，將他送上馬背。一行人向東而去。

青衫少女緩步走到楊過身旁，頓了一頓，慢慢彎腰，察看他的臉色，要瞧傷勢如何。此時夜色已深，相距尺許也已瞧不清楚，她直湊到楊過臉邊，但見他雙目睜大，迷茫失神，面頰潮紅，呼吸急促，顯是傷得不輕。

楊過昏迷中只見一對目光柔和的眼睛湊到自己臉前，就和小龍女平時瞧着自己的眼色那樣，又是溫柔，又是憐惜，當即張臂抱住她身子，叫道：「姑姑，過兒受了傷，你別走開了不理我。」

青衫少女又羞又急，微微一掙。楊過胸口傷處立時劇痛，不禁「啊唷」一聲。那少女不敢強掙，低聲道：「我不是你姑姑，你放開我。」楊過凝視着她眼睛，哀求道：「姑姑，你別撇下我，我……我……我是你的過兒啊。」那少女心中一軟，柔聲道：「我不是你姑姑。」這時天色更加黑了，那少女一張可怖的醜臉全在黑暗中隱沒，只一對眸子炯炯生光。楊過拉着她手，不住哀求：「是的，是的！你……你別再撇下我不理。」那少女給他抱住了。羞得全身發燒，不知如何是好。

突然間楊過神志清明，驚覺眼前之人並非小龍女，失望已極，腦中天旋地轉，便即昏了過去。

那少女大驚，但見郭芙與二武均圍着黃蓉慰問服侍，無人來理楊過，心想他受傷極重，若非服用師父秘製靈藥，只怕有性命之憂，當下扶着他後腰，半拖半拉的走出石陣，又慢慢走出林外。瘦馬甚有靈性，認得主人，奔近身來。那少女將楊過扶上馬背，卻不與他同乘，牽了馬韁步行。

楊過一陣清醒，一陣迷糊，有時覺得身邊的女子是小龍女，大喜而呼，有時卻又發覺不是，全身如入冰窖。也不知過了多少時候，只覺得口腔中一陣清馨，透入胸間傷處，說不出的舒服受用，緩緩睜開眼來，不由得一驚，原來自己已睡在一張榻上，身上蓋了薄被，要待翻身坐起，突感胸骨劇痛，竟是動彈不得。

轉頭只見窗邊一個青衫少女左手按紙，右手握筆，正自寫字。她背面向榻，瞧不見她相貌，但見她背影苗條，細腰一搦，甚是嬌美。再看四周時，見所處之地是間茅屋的斗室，板床木凳，俱皆簡陋，四壁蕭然，卻是一塵不染，清幽絕俗。床邊竹几上並列着一張瑤琴，一管玉簫。

他只記得在樹林石陣中與金輪法王惡鬥受傷，何以到了此處，腦中卻盡是茫然一片；用心思索，隱約記得自己伏在馬背，有人牽馬護行，那人是個女子。此刻想來，依稀記得她背影便是眼前這少女。她這時正自專心致志的寫字，但見她右臂輕輕擺動，姿式飄逸。室中寂靜無聲。較之先前石陣惡鬥，竟似到了另一世界。他不敢出聲打擾那少女，只是安安穩穩的躺着，正似夢後樓台高鎖，酒醒簾幕低垂，實不知人間何世。

突然間心念一動，眼前這青衫少女，正是長安道上示警，後來與自己聯手相救陸無雙的那人，自忖與她無親無故，怎麼她對自己這麼好法？不由得衝口而出，說道：「姊姊，原來又是你救了我性命。」

那少女停筆不寫，卻不回頭，柔聲道：「也說不上救你性命，我恰好路過，見那西藏和尚甚是橫蠻，你又受了傷……。」說罷微微低頭。楊過道：「姊姊，我……我……」中心感激，一時喉頭哽咽，竟然說不出聲來。那少女道：「你良心好，不顧自己性命去救別人，我碰上稍稍出了些力，卻又算得甚麼。」楊過道：「郭伯母於我有養育之恩，她有危難，我自當盡力，但我和姊姊……」那少女道：「我不是說你郭伯母，是說陸無雙陸家妹子。」

陸無雙這名字，楊過已有許久沒曾想起，聽她提及，忙問：「陸姑娘平安罷？她傷全好了？」那少女道：「多謝你掛懷，她傷口已然平復。你倒沒忘了她。」楊過聽她語氣中與陸無雙甚是親密，問道：「不知姊姊跟陸姑娘怎生稱呼？」

那少女不答，微微一笑，說道：「你不用姊姊長、姊姊短的叫我，我年紀沒你大。」頓了一頓，笑道：「也不知叫了人家幾聲『姑姑』呢，這時改口，只怕也已遲了。」

楊過臉上一紅，料想自己受傷昏迷之際定是將她錯認了小龍女，不住的叫她「姑姑」，說不定還有甚麼親暱之言、越禮之行，越想越是不安，期期艾艾的道：「你……你……不見怪罷？」那少女笑道：「我自是不會見怪，你安心在這兒養傷罷。等傷勢好了，便去尋你姑姑。」又道：「別太擔心了，終究找得到的。」這幾句話溫柔體貼，三分慈和中又帶着三分的敬重，令人既安心，又愉悅，與他所識別的女子全不相同。她不似陸無雙那麼刁鑽活潑，更不似郭芙那麼驕肆自恣。耶律燕是豪爽不羈，完顏萍是楚楚可憐。至於小龍女，初時冷若冰霜，漠不關心，到後來卻又是情之所鍾，生死以之，乃是趨於極端的性兒。只有這位青衫少女卻是斯文溫雅，殷勤周至，知他記掛「姑姑」，就勸他好好養傷，痊愈後立即前去尋找。但覺和她相處，一切全是寧靜平和。

她說了這幾句話，又提筆寫字。楊過道：「姊姊，你貴姓？」那少女道：「你別問這個問那個的，還是安安靜靜的躺着，不要胡思亂想，內傷就好得快了。」楊過道：「好罷，其實我也明知是白問，你連臉也不讓見，姓名更是不肯說的了。」那少女嘆道：「我相貌很醜，你又不是沒見過。」楊過道：「不，不！那是你戴了人皮面具。」那少女道：「若是我像你姑姑一般好看，我幹麼又要戴面具？」楊過聽她稱讚小龍女美貌，極是歡喜，問道：「你怎知我姑姑好看？你見過她麼？」那少女道：「我沒見過。但你這麼魂牽夢縈的想念，她自是天下第一的美人兒了。」楊過嘆道：「我想念她，倒也不是爲了她美貌，就算她是天下第一醜人，我也一般想念。不過……不過要是你見了她，定會更加稱讚。」

這番話倘若給郭芙與陸無雙聽了，定要譏刺他幾句，那少女卻道：「定是這樣。她不但美貌，待你更是好得不得了。」說着又伏案寫字。

楊過望着帳頂出了一會神，忍不住又轉頭望着她苗條的身影，問道：「姊姊，你在寫些甚麼？這等要緊。」那少女道：「我在學寫字。」楊過道：「你臨甚麼碑帖？」那少女道：「我的字寫得難看極啦，怎說得上摹臨碑帖？」楊過道：「你太謙啦，我猜定是好的。」那少女笑道：「咦，這可奇啦，你怎麼又猜得出？」楊過道：「似你這等俊雅的人品，書法也定然俊雅的。姊姊，你寫的字給我瞧瞧，好不好？」

那少女又是輕輕一笑，道：「我的字是見不得人的，等你養好了傷，要請你教呢。」楊過暗叫：「慚愧。」不禁感激黃蓉在桃花島上教他讀書寫字，若沒那些日子的用功，別說分辨書法美惡，連旁人寫甚麼字也不識得。

他出了一會神，覺得胸口隱隱疼痛，當下潛運內功，氣轉百穴，漸漸的舒暢安適，竟自沉沉睡去。待得醒來，天已昏黑，那少女在一張矮几上放了飯菜，端到他床上，服侍他吃飯。竹筷陶碗，雖是粗器，卻都是全新的，縱然一物之微，看來也均用了一番心思。

那菜肴也只平常的青菜豆腐、鷄蛋小魚，但烹飪得甚是鮮美可口。楊過一口氣吃了三大碗飯，連聲讚美。那少女臉上雖然戴着面具，瞧不出喜怒之色，但明淨的雙眼中卻露出歡喜的光芒。

次日楊過的傷勢又好了些。那少女搬了張椅子，坐在床頭，給他縫補衣服，將他一件破爛的長衫全都補好了。她提起那件長衫，說道：「似你這等人品，怎麼故意穿得這般襤褸？」說着走出室去，捧了一疋青布進來，依着楊過原來的衣衫的樣子裁剪起來。

聽她話聲和身材舉止，也不過十七八歲，但她對待楊過不但像是長姊視弟，直是母親一般慈愛溫柔。楊過喪母已久，時至今日，依稀又是當年孩提的光景，心中又是感激，又是詫異，忍不住問道：「姊姊，幹麼你待我怎麼好？我實在是當不起。」那少女道：「做一件衣衫，那有甚麼好了？你捨命救人，那才教不易呢。」

這一日上午就這麼靜靜過去。午後那少女又坐在桌邊寫字，楊過極想瞧瞧她到底寫些甚麼，但求了幾次，那少女總是不肯。她寫了約莫一個時辰，寫一張，出一會神，隨手撕去，又寫一張，始終似乎寫得不合意，隨寫隨撕，瞧這情景，自不是鈔錄甚麼武學譜笈，最後她嘆了口氣，不再寫了，問道：「你想吃甚麼東西，我給你做去。」

楊過靈機一動，道：「就怕你太過費神了。」那少女道：「甚麼啊？你說出來聽聽。」楊過道：「我想吃粽子。」那少女一怔，道：「裹幾隻粽子，又費甚麼神了？我自己也想吃呢。你愛吃甜的還是鹹的？」楊過道：「甚麼都好。有得吃就心滿意足了，那裏還能這麼挑剔？」

當晚那少女果然裹了幾隻粽子給他作點心，甜的是豬油豆沙，鹹的是火腿鮮肉，端的是美味無比，楊過一面吃，一面喝采不迭。

那少女嘆了口氣，說道：「你眞聰明，終於猜出了我的身世。」楊過心下奇怪：「我沒猜啊！怎麼猜出了你的身世？」但口中卻說：「你怎知道？」那少女道：「我家鄉江南的粽子天下馳名，你不說旁的，偏偏要吃粽子。」楊過回憶數年前在浙西遇到郭靖夫婦、與李莫愁爭鬥、又得歐陽鋒收爲義子等一連串事蹟，始終想不起眼前這少女是誰。

他要吃粽子，卻是另有用意，快吃完時乘那少女不覺，在手掌心裏暗藏一塊，待她收拾碗筷出去，忙取過一條她做衫時留下的布綫，一端黏了塊粽子，擲出去黏住她撕破的碎紙，提回來一看，不由得一怔。原來紙上寫的是「既見君子，云胡不喜」八個字。那是「詩經」中的兩句，當年黃蓉曾教他讀過，解說這兩句的意思是：「既然見到了這男子，怎麼我還會不快活？」楊過又擲出布綫黏回一張，見紙上寫的仍是這八個字，只是頭上那個「既」字卻已給撕去了一半。楊過心中怦怦亂跳，接連擲綫收綫，黏回來十多張碎紙片，但見紙上顚來倒去寫的就只這八個字。細想其中深意，不由得痴了。

忽聽脚步聲響，那少女回進室來。楊過忙將碎紙片在被窩中藏過。那少女將餘下的碎紙搓成一團，拿到室外點火燒化了。

楊過心想：「她寫『既見君子』，這君子難道說的是我麼？我和她話都沒說過幾句，她瞧見我有甚麼可歡喜的呢？再說，我這麼亂七八糟，又是甚麼狗屁君子了。若說不是我，這裏又沒旁人。」

正自痴想，那少女回進室來，在窗邊悄立片刻，吹滅了蠟燭。月光淡淡，從窗中照射進來，鋪在地下。楊過叫道：「姊姊。」那少女卻不答應，慢慢走了出去。

過了半晌，只聽室外簫聲幽咽，從窗中送了進來。楊過曾見她用玉簫與李莫愁動手，武功甚是不弱，不意這管簫吹將起來卻也這麼好聽。他在古墓之中，有時小龍女撫琴，他便伴在一旁，聽她述說曲意，也算得粗解音律。這時辨出簫中吹的是「無射商」調子，卻是一曲「淇奧」，這首琴曲溫雅平和，楊過聽過幾遍，也並不喜愛。但聽她吹的翻來覆去總是頭上五句：「瞻彼淇奧，綠竹猗猗，有匪君子，如切如磋，如琢如磨。」或高或低，忽徐忽疾，始終是這五句的變化，卻頗具纏綿之意。楊過知道這五句也出自「詩經」，是讚美一個男子像切磋過的象牙那麼雅致，像琢磨過的美玉那麼和潤。

楊過聽了良久，不禁低聲吟和：「瞻彼淇奧，綠竹猗猗……」只吟得兩句，突然簫聲斷絕。楊過一怔，暗悔唐突：「她吹簫是自舒其意，我出聲低吟，顯得明白了她的心思，那可太也無禮了。」

次日清晨，那少女送早飯進來，只見楊過臉上戴了人皮面具，不禁一呆，笑道：「你怎麼也戴這東西了？」楊過道：「這是你送給我的啊，你不肯顯露本來面目，我也就戴個面具。」那少女淡淡的道：「那也很好。」說了這句話後，放下早飯，轉身出去，這天一直就沒再跟他說話。

楊過惴惴不安，生怕得罪了她，想要說幾句話陪罪，她在室中卻始終沒再停留。到得晚間，那少女待楊過吃完了飯，進室來收拾碗筷，正要出去，楊過道：「姊姊，你的簫吹得眞好聽，再吹一曲，好不好？」

那少女微一沉吟，道：「好的。」出室去取了玉簫，坐在楊過床前，幽幽吹了起來。這次吹的是一曲「迎仙客」，乃賓主酬答之樂，曲調也如是雍容揖讓，肅接大賓。楊過心想：「原來你在簫聲之中也帶了面具，不肯透露心曲。」

簫聲中忽聽得遠處脚步聲響，有人疾奔而來。那少女放下玉簫，走到門口，叫道：「表妹！」一人奔向屋前，氣喘吁吁的道：「表姊，那女魔頭查到了我的蹤迹，正一路尋來，咱們快走！」楊過聽話聲正是陸無雙，心下一喜，但隨即聽她說那女魔頭即將追到，指的自是李莫愁，不由得暗暗吃驚，隨即又想：「原來這位姑娘是媳婦兒的表姊。」

只聽那少女道：「有人受了傷，在這裏養傷。」陸無雙道：「是誰？」那少女道：「你的救命恩人。」陸無雙叫道：「傻蛋！他……他在這裏！」說着衝進門來。

月光下只見她喜容滿臉，叫道：「傻蛋，傻蛋！你怎麼尋到了這裏？這次可輪到你受傷啦。」楊過道：「媳婦……」只說出兩個字，想起身旁那溫雅端莊的青衫少女，登時不敢再開玩笑，當即縮住，轉口問道：「李莫愁怎麼又找上你了？」

陸無雙道：「那日酒樓上一戰，你忽然走了，我表姊帶我到這裏養傷。其實我的傷早就沒事啦，我氣悶不過，出去閒逛散心，當天就撞到了兩名丐幫的化子，偷聽到他們說大勝關在開甚麼英雄大會。我便去大勝關瞧瞧熱鬧，那知這會已經散了。我怕表姊記掛，趕着回來，在前面鎭上的茶館外忽然見到了那女魔頭的花驢，她驢子換了，金鈴卻沒換……」說到這裏，聲音已不禁發顫，續道：「總算命不該絕，若是迎面撞上，表姊，傻蛋，這會兒可見你們不着啦。」

楊過道：「這位姑娘是你表姊？多承她相救，可還沒請教姓名。」那少女道：「我……」

陸無雙突然伸出雙手，將楊過和那少女臉上的人皮面具同時拉脫，說道：「那魔頭不久就要到來，你們兩個還戴這勞什子幹甚麼？」

楊過眼前斗然一亮，見那少女臉色晶瑩，膚光如雪，鵝蛋臉兒上有一個小小酒窩，微現靦覥，雖不及小龍女那麼清麗絕俗，卻也是個極美的姑娘。

陸無雙道：「她是我表姊程英，桃花島黃島主的關門小弟子。」楊過作揖為禮，道：「程姑娘。」程英還禮，道：「楊少俠。」楊過心想：「怎麼她小小年紀，竟是黃島主的弟子？從郭伯母身上算起來，我豈不還矮了她一輩？」

原來程英當日為李莫愁所擒，險遭毒手，適逢桃花島島主黃藥師路過，救了她性命。黃藥師自女兒嫁後，浪迹江湖，四海為家，年老孤單，自不免寂莫，這時見程英稚弱無依，不由得起了憐惜之心，治愈她傷毒之後便帶在身邊。程英服侍得他體貼入微，遠勝當年嬌憨頑皮、跳盪不羈的黃蓉。黃藥師由憐生愛，收了她為徒。程英聰明機智雖然遠不及黃蓉，但她心細似髮，從小處鑽研，卻也學到了黃藥師不少本領。

這一年她武功初成，稟明師父，北上找尋表妹，在關陝道上與楊過及陸無雙相遇，途中示警、夜半救人，便都是她的手筆了。衆少年合鬥李莫愁後，她帶同陸無雙到這荒山中來結廬療傷。日前陸無雙獨自出外，久久不歸。程英記掛起來，出去找尋，卻遇上黃蓉攞亂石陣與金輪法王相鬥。這項奇門陣法她也跟黃藥師學過，雖所知不多，學得卻極細到，機緣巧合，將楊過救了回來。

陸無雙道：「這緊急關頭，你兩位還這般多禮幹甚麼？」楊過道：「李莫愁後來見到你了？」陸無雙道：「你倒想得挺美！要是給她見到了，你又不來救我，我還能逃脫她的毒手？我一見到花驢頸中的金鈴，立即躲在茶館屋後，大氣也不敢喘一口。只聽得那魔頭在向那茶館掌櫃的打聽，有沒見到兩個小姑娘，一個有點兒跛，另一個是個醜八怪。表姊，她說的是你，可不知道你恰好是醜八怪的對頭，是位美人兒……」程英臉上微微一紅，道：「你別胡說，可讓楊少俠笑話。」楊過道：「少俠甚麼的稱呼，可不敢當，你叫我楊過便是。」

陸無雙嗔道：「你一見我表姊，就服服貼貼的，連名帶姓都說了，跟我卻偏裝神弄鬼的騙人。」楊過微笑道：「你叫我『傻蛋』，我便聽你話做傻蛋，那還不夠服服貼貼嗎？」陸無雙小嘴一撅，道：「慢慢再跟你算帳。」轉頭向程英道：「表姊，你帶了這面具兒，常到鎮上去買鹽米物品，鎮上的人都認得你。茶館掌櫃也決想不到李莫愁這樣斯文美貌的出家人會不懷好意，自然跟她說了咱們的住處。那魔頭謝了，又問鎮上甚麼地方可以借宿，便帶了洪師姊去找宿處。她一向害人總是天剛亮時動手，算來還有三個時辰。」

程英道：「是。那日這魔頭到表妹家，便是寅末卯初時分。」三人說起當年李莫愁如何下毒手害死陸無雙父母之事，才知三人幼時曾在嘉興相會，程英和陸無雙都還去過楊過所住的破窰，想到兒時居然曾有過這番遇合，心頭不由得均是平添溫馨之意。

楊過道：「這魔頭武功高強，就算我並未受傷，咱三個也是鬥她不過的。還是外甥點燈籠，照舊，咱們這就溜之大吉罷。」程英點點頭道：「眼下還有三個時辰。楊兄的坐騎脚力甚好，咱們立時就逃，那魔頭未必追得上。」陸無雙道：「傻蛋，你身上有傷，能騎馬麼？」

楊過嘆道：「不能騎也只得硬挺，總好過落在這魔頭手中。」

陸無雙道：「咱們只一匹馬。表姊，你陪傻蛋向西逃，我故布疑陣，引她往東追。」程英臉上微微一紅，道：「不，你陪楊兄。我跟李莫愁並無深仇大怨，縱然給她擒住，也不一定要傷我，你若落入她手，那可有得受的了。」陸無雙道：「她衝着我而來，若見我和傻蛋在一起，豈非枉自累了他？」表姊妹倆你一言，我一語，互推對方陪伴楊過逃走。

楊過聽了一會，甚是感動，心想這兩位姑娘都是義氣干雲，危急之際甘心冒險來救我性命，縱然我給那魔頭拿住害死，這一生一世也不算白活了。

只聽陸無雙道：「傻蛋，你倒說一句，你要我表姊陪你逃呢，還是要我陪？」楊過還未回答，程英道：「你怎麼傻蛋長、傻蛋短的，也不怕楊兄生氣。」陸無雙伸了伸舌頭，笑道：「瞧你對他這般斯文體貼，傻兄定是要你陪的了。」她把「傻蛋」改稱「傻兄」，算是個折衷。

程英面色白皙，極易臉紅，給她一說，登時羞得顏若玫瑰，微笑道：「人家叫你『媳婦兒』，可不是麼？你媳婦兒不陪，那怎麼成？」這一來可輪到陸無雙臉紅了，伸出雙手去呵她癢，程英轉身便逃。霎時中小室中一片旖旎風光，三人倒不似初時那麼害怕擔憂了。

楊過心想：「若要程姑娘陪我逃走，媳婦兒就有性命之憂。倘是媳婦兒陪我，程姑娘也是萬分危險。」說道：「兩位姑娘如此相待，實是感激無已。我說還是兩位快些避開，讓我在這裏對付那魔頭。我師父與她是師姊妹，她總得有幾分香火之情，何況她怕我師父，諒她不敢對我如何……」他話未說完，陸無雙已搶着道：「不行，不行。」

楊過心想她二人也定然不肯棄己而逃，於是朗聲道：「咱三人結伴同行，當眞給那魔頭追上時，三人拚一死戰，是死是活，聽天由命便了。」陸無雙拍手道：「好，就是這樣。」

程英沉吟道：「那魔頭來去如風，三人同行，定然給她追上。與其途中激戰，不如就在這兒給她來個以逸待勞。」楊過道：「不錯。姊姊會得奇門循甲之術，連那金輪法王尚且困住，赤練仙子未必就能破解。」此言一出，三人眼前登時現出一綫光明。程英道：「那亂石陣是郭夫人布的，我乘勢署加變化則可，要我自布一個卻是萬萬無此大才，說不得，咱們盡人事以待天命便了。表妹，你來幫我。」楊過心想：「郭伯母教我陣法變化，倉卒之際，我只硬記得十來種，只能用來誘那生滿了銹的鐵輪法王入陣，要阻擋這怨天愁地的李莫愁卻是全無用處。這門功夫可繁難得緊，眞要精熟，決非一年半載之功。程姑娘小小年紀，所學自然及不上郭伯母，她這話想來也非謙辭。但她布的陣勢不論如何簡陋，總是有勝於無。」

表姊妹倆拿了鐵鏟鋤頭，走出茅舍，掘土搬石，布置起來。忙了一個多時辰，隱隱聽得遠處鷄鳴之聲，程英滿頭大汗，眼見所布的土陣與黃蓉的亂石陣實在相差太遠，心中暗自難過：「郭夫人之才眞是勝我百倍。唉，想以此粗陋土陣擋住那赤練魔頭，那當眞是難上加難了。」她怕表妹與楊過氣沮，也不明言。

陸無雙在月光下見表姊的臉色有異，知她實無把握，從懷中取出一册抄本，進屋去遞給楊過，道：「傻蛋，這就是我師父的五毒秘傳。」楊過見那本書封皮殷紅如血，心中微微一凜。陸無雙道：「我騙她說，這書給丐幫搶了去，待會我若給她拿住，定然給她搜出。你好生瞧一遍，記熟後就燒毀了罷。」她與楊過說話，從來就沒正正經經，此時想到命在頃刻，卻也沒心情再說笑話了。楊過見她神色淒然，點頭接過。

陸無雙又從懷裏取出一塊錦帕，低聲道：「若你不幸落入那魔頭手中，她要害你性命，你就拿出這塊錦帕來給她。」楊過見那錦帕一面毛邊，顯是從甚麼地方撕下來的，繡着的一朵紅花也撕去了一半，不知她是何用意，愕然不接，問道：「這是甚麼？」

陸無雙道：「是我託你交給她的，你答應麼？」楊過點了點頭，接過來放在枕邊。陸無雙卻過來拿起，放入他懷中，低聲道：「可別讓我表姊知道。」突然間聞到他身上一股男子氣息，想起關陝道上解衣接骨、同枕共榻種種情事，心中一蕩，向他痴痴的望了一眼，轉身出房。

楊過見她這一回眸深情無限，心中也自怦怦跳動，打開那五毒秘傳來看了幾頁，記住了五毒神掌與冰魄銀針毒性的解法，心想：「兩種解藥都是極難製煉，但教今日不死，這兩門解法日後總當有用。」

忽聽茅屋門呀的一聲推開，抬起頭來，只見程英雙頰暈紅，走近楊邊，額邊都是汗珠。她呼吸微見急促，說道：「楊兄，我在門外所布的土陣實在太也拙劣，殊難擋得住那赤練仙子。」說着從懷中取出一塊錦帕，遞給了他，又道：「若是給她衝進屋來，你就拿這塊帕子給她罷。」

楊過見那錦帕也只半邊，質地花紋與陸無雙所給的一模一樣，心下詫異，抬起頭來，目光與她相接，燈下但見她淚眼盈盈、又羞又喜，正待相詢，程英斗然間面紅過耳，低聲道：「千萬別讓我表妹知道。」說罷翩然而出。

楊過從懷中取出陸無雙的半邊錦帕，拼在一起，這兩個半塊果然原是從一塊錦帕撕開的，見帕子甚舊，白緞子已變淡黃，但所繡的紅花卻仍是嬌艷欲滴。他望着這塊破帕，知道中間定有深意，何以她二人各自給我半塊？何以要我交給李莫愁？何以她二人又不欲對方知曉？而贈帕之際，何以二人均是滿臉嬌羞？

他坐在床上呆呆出神，聽得遠處鷄聲又起，接着幽幽咽咽的簫聲響了起來，想是程英布陣已完，按簫以舒積鬱，吹的是一曲「流波」，簫聲柔細，卻無悲愴之意，隱隱竟有心情舒暢、無所掛懷的模樣。楊過聽了一會，低吟相和。

陸無雙坐在土堆之後，聽着表姊與楊過簫歌相和，東方漸現黎明，心想：「師父轉瞬即至，我的性命是挨不過這個時辰了。但盼師父見着錦帕，饒了表姊和他的性命，他二人……」陸無雙本來刁鑽尖刻，與表姊相處，程英從小就處處讓她三分。但此刻臨危，她竟一心一意盼望楊過平安無恙，心中對他情深一片，暗暗許願，只要能逃得此難，就算他與表姊結成鴛侶，自己也是死而無憾。

正自出神，猛抬頭，突見土堆外站着一個身穿黃衫的道姑，右手拂塵平舉，衣襟飄風，正是師父李莫愁到了。

陸無雙心頭大震，拔劍站起。李莫愁竟站着一動不動，只是側耳傾聽。

原來她聽到簫歌相和，想起了少年時與愛侶陸展元共奏樂曲的情景，一個吹笛，一個吹笙，這曲「流波」便是當年常相吹奏的。這已是二十年前之事，此刻音韻依舊，卻已是「風月無情人暗換」，耳聽得簫歌酬答，曲盡綢繆，驀地裏傷痛難禁，忍不住縱聲大哭。

這一下斗放悲聲，更是大出陸無雙意料之外，她平素只見師父嚴峻凶殺，那裏有半點柔軟心腸？怎麼明明是要來報怨殺人，竟在門外痛哭起來？但聽她哭得愁盡慘極，迴腸百轉，不禁也心感酸楚。

李莫愁這麼一哭，楊過和程英也自驚覺，歌聲節拍便即散亂。李莫愁心念一動，突然縱聲而歌，音調淒婉，歌道：

「問世間，情是何物，直教生死相許？天南地北雙飛客，老翅幾回寒暑？歡樂趣，離別苦，就中更有痴兒女。君應有語，渺萬里層雲，千山暮雪，隻影向誰去？」

簫歌聲本來充滿愉樂之情，李莫愁此歌卻詞意悲切，聲調更是哀怨，且節拍韻律與「流波」全然不同，歌聲漸細，卻是越細越高。程英心神微亂，竟順着那「歡樂趣」三個字吹出，待她轉到「離別苦」三字時，已不自禁的給她帶去。她慌忙轉調，但簫韻清和，她內力又淺，吹奏不出高亢之音與李莫愁的歌聲相抗，微一躊躇，便奔進室內，放下玉簫，坐在几邊撫動瑤琴。楊過也放喉高唱，以助其勢。只聽得李莫愁歌聲越轉淒苦，程英的琴弦也是越提越高，錚的一聲，第一根「徵弦」忽然斷了。

程英吃了一驚，指法微亂，瑤琴中第二根「羽弦」又自崩斷。李莫愁長歌帶哭，第三根「宮弦」再絕。程英的琴簫都是跟黃藥師學的，雖遇明師，畢竟年幼，造詣尚淺。李莫愁本來乘着對方弦斷韻散、心慌意亂之際，大可長驅直入，但眼見茅屋外的土陣看似亂七八糟，中間顯是暗藏五行生剋的變化，她不解此道，在古墓內又曾累次中伏被創，不免心存忌憚，靈機一動，突然繞到左側，高歌聲中破壁而入。

程英所布的土陣東一堆，西一堆，全都用以守住大門，卻未想到茅屋牆壁不牢，給李莫愁繞開正路，雙掌起處，推破土壁，攻了進來。陸無雙大驚，提劍跟着奔進。

楊過身上有傷，無法起身相抗，只有躺着不動。程英料知與李莫愁動手也是徒然送命，當下把心一橫，生死置之度外，調弦轉律，彈起一曲「桃夭」來。這一曲華美燦爛，喜氣盎然。她心中暗思：「我一生孤苦，今日得在楊大哥身邊而死，卻也不枉了。」目光斜向楊過瞧去。楊過對她微微一笑，程英心中愉樂甜美，暗唱：「桃之夭夭，灼灼其華……」琴聲更是洋洋洒洒，樂音中春風和暢，花氣馨芳。

李莫愁臉上愁苦之色漸消，問陸無雙道：「那書呢？到底是丐幫取去了不曾？」楊過將「五毒秘傳」扔給了她，說道：「丐幫黃幫主、魯幫主大仁大義，要這邪書何用？早就傳下號令，幫衆子弟，不得翻動此書一頁。」李莫愁見書本完整無缺，心下甚喜，又素知丐幫行事正派，律令嚴明，也許是眞的未曾翻閱。

楊過又從懷中取出兩片半邊錦帕，鋪在床頭几上，道：「這帕子請你一並取了去罷！」李莫愁臉色大變，拂塵一揮，將兩塊帕子捲了過去，怔怔的拿在手中，一時間思潮起伏，心神不定。程英和陸無雙互視一眼，都是臉上暈紅，料不到對方竟將帕子給了楊過，而他卻當面取了出來。

這幾下你望我、我望你，心事脈脈，眼波盈盈，茅屋中本來一團肅殺之氣，霎時間盡化爲濃情密意。程英琴中那「桃夭」之曲更是彈得纏綿歡悅。

突然之間，李莫愁將兩片錦帕扯成四截，說道：「往事已矣，夫復何言？」雙手一陣急扯，往空拋出，錦帕碎片有如梨花亂落。程英一驚，錚的一聲，琴弦又斷了一根。

李莫愁喝道：「咄！再斷一根！」悲歌聲中，瑤琴上第五根「角弦」果然應聲而斷。李莫愁冷笑道：「頃刻之間，要教你三人求生不能，求死不得，快快給我抱頭痛哭罷。」這時琴上只賸下兩根琴弦，程英的琴藝本就平平，自已難成曲調。李莫愁道：「快彈幾聲淒傷之音！世間大苦，活着有何樂趣？」程英撥弦彈了兩聲，雖不成調，卻仍是「桃之夭夭」的韻律。李莫愁道：「好，我先殺一人，瞧你悲不悲痛？」這一厲聲斷喝，又崩斷了一根琴弦，舉起拂塵，就要往陸無雙頭頂擊下。

楊過笑道：「我三人今日同時而死，快快活活，遠勝於你孤苦寂寞的活在世間。英妹、雙妹，你們過來。」程英和陸無雙走到他床邊。楊過左手挽住程英，右手挽住陸無雙，笑道：「咱三個死在一起，在黃泉路上說說笑笑，卻不強勝於這惡毒女子十倍？」陸無雙笑道：「是啊，好傻蛋，你說的一點兒不錯。」程英溫柔一笑。表姊妹二人給楊過握住了手，都是心神俱醉。楊過卻想：「唉，可惜不是姑姑在身旁陪着我。」但他強顏歡笑，雙手輕輕將二女拉近，靠在自己身上。

李莫愁心想：「這小子的話倒不錯，他三人如此死了，確是勝過我活着。」尋思：「天下那有這等便宜之事？我定要教你們臨死時傷心斷腸。」於是拂塵輕擺，臉帶寒霜，低聲唱了起來，仍是「問世間，情是何物，直教生死相許」那曲子，歌聲若斷若續，音調酸楚，猶似棄婦吞聲，寃鬼夜哭。

楊過等三人四手相握，聽了一陣，不自禁的心中哀傷。楊過內功較深，凝神不動，臉上猶帶微笑，陸無雙心腸剛硬，不易激動，程英卻已忍不住掉下淚來。李莫愁的歌聲越唱越低，到了後來聲似遊絲，若有若無。

那赤練仙子只待三人同時掉淚，拂塵揮處，就要將他們一齊震死。正當歌聲淒婉慘厲之極的當口，突聽茅屋外一人哈哈大笑，拍手踏歌而來。

歌聲是女子口音，聽來年紀已自不輕，但唱的卻是天眞爛漫的兒歌：「搖搖搖，搖到外婆橋，外婆叫我好寶寶，糖一包，果一包，吃了還要拿一包。」歌聲中充滿着歡樂，李莫愁的悲切之音登時受擾。但聽她越唱越近，轉了幾轉，從大門中走了進來，卻是個蓬頭亂服的中年女子，雙眼圓睜，嘻嘻儍笑，手中拿着一柄燒火用的火叉。李莫愁吃了一驚：「怎麼她輕輕易易的便繞過土堆，從大門中進來？若不是他三人一夥，便是精通奇門遁甲之術了。」她心有別念，歌聲感人之力立減。

程英見到那女子，大喜叫道：「師姊，這人要害我，你快幫我。」這蓬頭女子正是曲儍姑。她其實比程英低了一輩，年紀卻大得多，因此程英便叫她師姊。

只聽她拍手嘻笑，高唱兒歌，甚麼「天上一顆星，地下骨零丁」，甚麼「寶塔尖，衝破天」，一首首的唱了出來，有時歌詞記錯了，便東拉西扯的混在一起。李莫愁欲以悲苦之音相制，豈知儍姑渾渾噩噩，向來並沒甚麼愁苦煩惱，須知情由心生，心中既一片混沌，外感再強，也不能無中生有，誘發激生；而李莫愁的悲音給她亂七八糟的兒歌一衝，反而連楊過等也制不住了。李莫愁大怒，心道：「須得先結果此人。」歌聲未絕，揮拂塵迎頭擊去。

當年黃藥師後悔一時意氣用事，遷怒無辜，累得弟子曲靈風命喪敵手，因此收養曲靈風這個女兒傻姑，發願要把一身本事傾囊以授。可是傻姑當父親被害之時大受驚嚇，壞了腦子，不論黃藥師花了多少心血來循循善誘，總是人力難以回天，別說要學到他文事武功的半成，便要她多識幾個字，學會幾套粗淺武功，卻也是萬萬不能。但十餘年來，傻姑在這明師督導之下，卻也練成了一套掌法、一套叉法。所謂一套，其實只是每樣三招。黃藥師知道甚麼變化奇招她是決計記不住的，於是窮智竭慮，劍出了三招掌法、三招叉法。這六招呆呆板板，並無變化後着，威力全在功勁之上。常人練武，少則數十招，多則變化逾千，傻姑只練六招，日久自然精純，招數雖少，卻也非同小可。

至於她能繞過茅屋前的土堆，只因她在桃花島住得久了，程英的布置盡是桃花島的粗淺功夫，傻姑看也不看，自然而然的便信步進屋。

此時她見李莫愁拂塵打來，當即火叉平胸刺出。李莫愁聽得這一叉破空之聲甚是勁急，不禁大驚：「瞧不出這女子功力如此深湛。」急忙繞步向左，揮拂塵向她頭頸擊去。傻姑不理敵招如何，挺叉直刺。李莫愁拂塵倒轉，已捲住了叉頭。傻姑只如不見，火叉仍往前刺。李莫愁運勁急甩，火叉竟不搖動，轉眼間已刺到她雙乳之間，總算李莫愁武功高強，百忙中一個「倒轉七星步」，從牆壁破洞中反身躍出，方始避開了這勢若雷霆的一擊，卻已嚇出了一身冷汗。

她略一凝神，又即躍進茅屋，縱身而起，從半空中揮拂塵擊落。傻姑以不變應萬變，仍是挺叉平刺，只因敵人已經躍高，這一叉就刺向對方小腹。李莫愁見來勁狠猛，倒轉拂塵柄在叉桿上一擋，借勢竄開，呆呆的望着她，心想：「我適才攻擊的三手，每一手都暗藏九般變化，十二着後招，任他那一位武林高手均不能等閒視之。這女子只是一叉當胸平刺，便將我六十三手變化盡數消解於無形。此人武功深不可測，趕快走罷！」

她那知傻姑的叉法來來去去只有三招，只消時刻稍久，李莫愁看明白了她出手的路子，自易取勝。常言道程咬金三斧頭，傻姑也只有三火叉，她單憑一招叉法，竟將這個絕頂厲害的敵人驚走，桃花島主也眞足自豪了。

李莫愁轉過身來，正要從牆壁缺口中躍出，卻見破口旁已坐着一人，青袍長鬚，正是當年從她手中救了程英的桃花島主黃藥師。他憑几而坐，矮几上放着程英適才所彈的瑤琴。李莫愁對戰時眼觀六路、耳聽八方，但黃藥師進屋、取琴、坐地，她竟全沒察覺，若在背後暗算，取她性命豈非易如反掌？

李莫愁與傻姑對招之時，生怕程英等加入戰團，是以口中悲歌並未止歇，要教他三人心神難以寧定，此時斗見黃藥師悄坐撫琴，心頭一震，歌聲登時停了。

黃藥師在琴上彈了一響，縱聲唱道：「問世間，情是何物，直教生死相許？」唱的居然就是李莫愁那一曲。琴上的弦只剩下一根「羽弦」，但他竟便在這一根弦上彈出宮商角徵羽諸般音律，而琴韻悲切，更遠勝於她的歌聲。

這一曲李莫愁是唱熟了的，黃藥師一加變調，她心中所生感應，比之楊過諸人更甚十倍。黃藥師早知她作惡多端，今日正要藉此機緣將她除去。他昔年曾以一枝玉簫與歐陽鋒的鐵箏、洪七公的嘯聲相抗，鬥成平手，這時隔了這許多年，力氣已因年老而衰減，內功卻是越練越深，李莫愁如何抵禦得住？片刻間便感心旌搖動，莫可抑制。

黃藥師琴歌相和，忽而歡樂，忽而憤怒，忽而高亢激昂，忽而低沉委宛，瞬息數變，引得她也是忽喜忽悲，忽怒忽愁，眼見這一曲唱完，李莫愁非發狂不可。

便在此時，傻姑一轉頭，突然見到楊過，燭光之下，看來宛然是他父親楊康。傻姑最怕的便是鬼魂，於當日楊康中毒而死的情狀深印腦海，永不能忘，忽見楊過呆呆而坐，只道楊康的鬼魂作祟，急跳而起，指着他道：「楊……楊兄弟，你……你別害我……你……你不是我害死的……你去……找別人罷。」

黃藥師不提防她這麼旁裏橫加擾亂，錚的一聲，最後一根琴弦竟也斷了。傻姑躲到師祖身後，大叫：「鬼……鬼……爺爺，是楊兄弟的鬼魂。」李莫愁得此空隙，急忙揮拂塵打熄燭火，從破壁中鑽了出去。黃藥師未能制其死命，終於給她逃脫，自顧身分，已不能出屋追擊。黑暗中傻姑更是害怕，叫得更加響了：「是惡鬼，爺爺，打鬼，打鬼！」

黃藥師喝住傻姑。程英打火點亮臘燭，拜倒在地，向師父見禮，站起身來，將楊過與陸無雙二人的來歷簡畧說了。

黃藥師向楊過笑道：「我這個徒孫兼徒兒傻裏傻氣。她識得你父親。你果然與你父甚是相像。」楊過在床上彎腰磕頭，說道：「恕弟子身上有傷，不能叩拜。」黃藥師顏色甚和，道：「你不顧性命，救我女兒和外孫女，眞是好孩子。」原來他已與黃蓉見過面，得悉經過情由，聽說程英將他救去，於是帶同傻姑前來尋找。

黃藥師取出療傷靈藥，給楊過服了，又運內功給他推拿按摩。楊過但覺他雙手到處，有如火炙，不自禁的從體中生出抗力。黃藥師斗覺他皮肉一震，接着便感到他經脈運轉，內功實有異常造詣，於是手上加勁，運了一頓飯時分，楊過但覺四肢百骸無不舒暢，昏昏沉沉的竟睡着了。

次日醒時，楊過睜眼見黃藥師坐在床頭，忙坐起行禮。黃藥師道：「你可知江湖上叫我甚麼名號？」楊過道：「前輩是桃花島主？」黃藥師道：「還有呢？」楊過覺得「東邪」二字不便出口，但轉念一想，他外號中既然有個「邪」字，脾氣自和常人大不相同，於是大着膽子道：「你是東邪！」黃藥師哈哈大笑，說道：「不錯。我聽說你武功不壞，心腸也熱，行事卻也邪得可以。又聽說你想娶你師父爲妻，是不是？」楊過道：「正是，老前輩，人人都不許我，但我寧可死了，也要娶她。」

黃藥師聽他這幾句話說得斬釘截鐵，怔怔的望了他一陣，突然抬起頭來，仰天大笑，只震得屋頂的茅草簌簌亂動。楊過怒道：「這有甚麼可笑？我道你號稱東邪，定有了不起的高見，豈知也與世俗之人一般無異。」黃藥師大聲道：「好，好，好！」說了幾個「好」字，轉身出屋。楊過怔怔的坐着，心想：「我這一番話，可把這位老前輩給得罪了。可是他何以又無怒色？」

殊不知黃藥師一生縱橫天下，對當時禮敎世俗之見最是憎恨，行事說話，無不離經叛道，因此上得了個「邪」字的名號。他落落寡合，生平實無知己，雖以女兒女壻之親，也非眞正知心，郭靖端凝厚重，尤非意下所喜。不料到得晚年，居然遇到楊過。日前英雄大會中楊過諸般作爲，已然傳入他耳中，黃蓉也約畧說了這少年的行事爲人，此刻與他寥寥數語，更是大合心意。

這天傍晚，黃藥師又回到室中，說道：「楊過，聽說你反出全眞教，毆打本師，倒也邪得可以。你不如再反出古墓派師門，轉拜我爲師罷。」楊過一怔道：「爲甚麼？」黃藥師笑道：「你先不認小龍女爲師，再娶她爲妻，豈非名正言順？」楊過道：「這法兒倒好。可是師徒不許結爲夫妻，卻是誰定下的規矩？我偏要她旣做我師父，又做我妻子。」

黃藥師鼓掌笑道：「好啊！你這麼想，可又比我高出一籌。」伸手替他按摩療傷，嘆道：「我本想要你傳我衣缽，要好教世人得知，黃老邪之後又有個楊小邪。你不肯做我弟子，那是沒法兒的了。」

楊過道：「也非定須師徒，方能傳揚你的邪名。你若不嫌我年紀幼小，武藝淺薄，咱倆大可交個朋友，要不然就結拜爲兄弟。」黃藥師怒道：「你這小小娃兒，膽子倒不小。我又不是老頑童周伯通，怎能跟你沒上沒下？」楊過道：「老頑童周伯通是誰？」黃藥師當下將周伯通的爲人簡畧說了些，又說到他與郭靖如何結爲金蘭兄弟。

二人談談說說，大是情投意合，常言道：「酒逢知己千杯少，話不投機半句多」，楊過口齒伶俐，言辭便給，兼之生性和黃藥師極爲相近，說出話來，黃藥師每每大嘆深得我心，當眞是一見如故，相遇恨晚。他口上雖然不認，心中卻已將他當作忘年之交，當晚命程英在楊過室中加設一榻，二人聯床共語。

數日過後，楊過傷勢痊可，他與黃藥師二人也是如膠如漆，難捨難分。黃藥師本要帶了傻姑南下，此時卻一句不提動身之事。程英與陸無雙見他一老一少，白日樽前共飲，晚間剪燈夜話，高談闊論，滔滔不絕，忍不住暗暗好笑，都覺老的全無尊長身分，少的卻又太過肆無忌憚。本來以見識學問而論，楊過還沒黃藥師的一點兒零頭，只是黃藥師說到甚麼，他總是打從心竅兒出來的贊成，偶爾加上片言隻字，卻又往往恰到好處，不由得黃藥師不引他爲生平第一知己了。

這些時日之中，楊過除了陪黃藥師說話之外，常自想到傻姑錯認自己那晚所說的話，當時她說：「你不是我害死的，你去找別人罷！」料想她必知自己父親是給誰害死，旁人隱瞞不說，傻姑瘋瘋癲癲，或可從她口中探明眞相。

這日午後，楊過道：「傻姑，你來，我有話跟你說。」傻姑見他太像楊康，總是害怕，搖頭道：「我不跟你玩。」楊過道：「我會變戲法，你瞧不瞧？」傻姑搖頭道：「你騙人，我不瞧！」說着閉上了眼睛，楊過突然頭下脚上，倒了過來，叫道：「快瞧！」以歐陽鋒所授的功夫顚倒行路，跳躍向前。傻姑睜開眼來，一見大喜，拍掌歡呼，隨後跟去。

楊過縱躍前行，到了一處樹木茂密之地，離所居茅舍已遠，翻身直立，說道：「我們來捉迷藏，好不好？不過輸了的得罰？」傻姑這些年來跟隨黃藥師，有誰陪她玩兒？聽楊過這麼說，眞是喜出望外，連連拍手，登時將懼怕他的心思丟到了九霄雲外，說道：「好極，好極。好兄弟，你說罰甚麼？」她稱楊過之父爲兄弟，稱他也是兄弟。

楊過取出一塊手帕將她雙目蒙住，道：「你來捉我。若是捉着了，你問我甚麼，我就答甚麼，不可隱瞞半句。倘若捉不着，我就問你，你也得照實回答。」傻姑連說：「好極，好極！」楊過叫道：「我在這裏，你來捉我！」傻姑張開雙手，循聲追去。楊過練的是古墓派輕功，妙絕當時，別說傻姑眼睛被蒙住了，就算目能見物，也決計追他不着，來來去去追了一陣，倒在樹幹上撞得額頭起了老大幾個腫塊，不由得連聲呼痛。

楊過怕傻姑掃興，就此罷手不玩，故意放慢脚步，輕咳一聲。傻姑疾縱而前，抓住他的背心，大叫：「捉着啦，捉着啦！」取下蒙在眼上的帕子，滿臉喜色。

楊過道：「好，我輸啦，你問我罷。」這倒是給她出了個難題。她怔怔的望着楊過，心下茫然，不知該問甚麼才是，隔了良久，問道：「好兄弟，你吃過飯了麼？」楊過見她思索半天，卻問這麼一句不打緊的話說，險些笑了出來，當下不動聲色，一本正經的答道：「我吃過了。」傻姑點點頭，不再言語。楊過道：「你還問甚麼？」傻姑搖搖頭，說道：「不問啦，咱們再玩罷。」楊過道：「好，你快來捉我。」

傻姑摸着額頭上的腫塊，道：「這次輪到你來捉我。」她突然不傻，倒出於楊過意料之外，卻也正合心意，於是拿起帕子蒙在眼上。

傻姑雖然痴呆，輕功也甚了得，楊過身處暗中，那裏捉她得着？他縱躍幾次，偷偷伸手在帕子上撕裂一縫，眼見她躲在右邊大樹之後，故意向左摸索，說道：「你在那裏？你在那裏？」猛地裏一個翻身，抓住了她手腕，左手隨即拉下帕子放入懷內，防她瞧出破綻，笑道：「這次要我問你了。」

傻姑便道：「我吃過飯啦。」楊過笑道：「我不問你這個。我問你，你識得我爹爹，是不是？」說到這裏，臉色甚是鄭重。傻姑道：「你爹爹是誰？我不識得。」楊過道：「有一個人相貌和我一模一樣，那是誰？」傻姑道：「啊，那是楊兄弟。」楊過道：「你見到那楊兄弟給人害死，是不是？」傻姑答道：「是啊，半夜裏，那個廟裏，好多好多烏鴉大聲叫，嗚啊，嗚啊，嗚啊！」學起烏鴉的嘶叫。樹林中枝葉蔽日，本就陰沉，她這麼一叫，更是寒意森森。

楊過不禁發抖，問道：「楊兄弟怎麼死的？」傻姑道：「姑姑要我說，楊兄弟不許我說，他就打了姑姑一掌，他就大笑起來，哈哈！呵呵！哈哈！」她竭力模仿楊康當年臨死時的笑聲，笑得自己也害怕起來，滿臉都是恐懼之色。楊過只聽得莫名其妙，問道：「誰是姑姑？」傻姑道：「姑姑就是姑姑。」

楊過知道生父被害之謎轉眼便可揭破，胸口熱血上湧，正要再問，忽聽身後一人說道：「你兩個在這兒玩甚麼？」卻是黃藥師的聲音。傻姑道：「好兄弟在跟我捉迷藏呢。是他叫我玩的，不是我叫他玩的。你可別罵我。」黃藥師微微一笑，向楊過望了一眼，神色之間頗含深意，似已瞧破了他的心事。

楊過心中怦然而動，待要說幾句話掩飾，忽聽樹林外脚步聲響，程英携着陸無雙的手奔來，向黃藥師道：「你老人家所料不錯，她果然還在那邊。」說着向西面山後一指。楊過問道：「誰？」程英道：「李莫愁！」

楊過大是詫異，心想這女子怎地如此大膽，望着黃藥師，盼他解說。黃藥師笑了笑，說道：「咱們過去瞧瞧。」各人和他在一起，自已無所畏懼，於是走向西邊山後。

程英知楊過心中疑團未釋，低聲道：「師父說，李莫愁知他是大宗師的身分。那晚既在茅舍中有心要制她死命而未能成功，一擊不中，就恥於二次再行出手。」楊過恍然大悟，驚道：「因此她有恃無恐的守在這裏，要俟機取咱們三人性命。若非島主有見及此，咱們定然當她早已遠遠逃走，疏於防備，終不免遭了她毒手。」程英溫柔一笑，點了點頭。陸無雙插口道：「你自負聰明過人，與島主相比，可相差太遠了。」楊過笑道：「我是傻蛋，傻氣過人，是傻姑的好兄弟。」

說話之間，五人已轉到山後，只見一株大樹旁有間小小茅舍，卻已破舊不堪，柴扉緊閉，門上釘着一張白紙，寫着四行十六個大字：

「桃花島主，弟子衆多，以五敵一，貽笑江湖！」

黃藥師哈哈一笑，隨手從地下拾起兩粒石子，放在拇指與中指間彈出，嗤嗤聲中，兩粒石子急飛而前，拍的一響，十餘步外的兩扇板門竟被兩粒小小石子撞開。楊過在桃花島上之時，曾聽郭芙說起外祖父這手彈指神通的本領，今日親見，尤勝聞名，不由得佩服無已。

板門開處，只見李莫愁端坐蒲團，手捉拂塵，低眉閉目，正自打坐，神光內斂，妙相莊嚴，儼然是個有道之士。屋內便只她一人，洪凌波不在其旁。楊過一轉念便即明白：「她譏笑黃島主弟子多，以衆凌寡，便索性連洪凌波也遠遠的遣開了。她所恃的不是能敵得過黃島主，而是她既孤身一人，以黃島主的身分便不能動她。」

陸無雙想起父母之仇，這幾年來委屈忍辱的苦處，霍地拔出長劍，叫道：「表姊，傻蛋，不用島主出手，咱三個跟她拚了。」傻姑摩拳擦掌，說道：「還有我呢！」李莫愁睜開眼來，在五人臉上一掃，臉有鄙夷之色，隨即又閉上眼睛，竟似絲毫沒將身前強敵放在心上。程英眼望師父，聽他示下。

黃藥師嘆道：「黃老邪果然徒弟衆多，若是我陳梅曲陸四大弟子有一人在此，焉能讓她說嘴？」說着將手一揮，道：「回去罷！」四人不明他的心意，跟着他回到茅舍，只見他鬱鬱不樂，晚飯也不吃，竟自睡了。

楊過睡在他臥榻之旁，回想日間與傻姑的一番說話，又琢磨李莫愁的神情，心想：「她笑我們以五敵一，眼下我傷勢已愈，以我一人之力，也未必敵她不過，不如我悄悄去跟她惡鬥一場，一來雪她辱我姑姑之恥，二來也好教島主出了這口氣。」心意已決，當下輕輕穿好衣服。他雖任性，行事卻頗謹慎，知道李莫愁實是強敵，稍一不愼，就會將性命送在她的手裏，於是盤膝坐在榻上練氣調息，要養足精神，再去決一死戰。

坐了約莫半個更次，突然間眼前似見一片光明，四肢百骸，處處是氣，口中不自禁發出一片呼聲，這聲音猶如龍吟大澤，虎嘯深谷，遠遠傳送出去。黃藥師當他起身穿衣，早已知覺，聽到他所發奇聲，不料他內功竟然進境至斯，不由得驚喜交集。

原來一人內功練到一定境界，往往會不知不覺的大發異聲。後來明朝之時，大儒王陽明夜半在兵營練氣，突然縱聲長嘯，一軍皆驚，這是史有明文之事。此時楊過中氣充沛，難以抑制，作嘯聲聞數里。程英、陸無雙固然甚是訝異，連山後李莫愁聽到也是暗自驚駭，但她料想定是黃藥師吞吐罡氣，反正他不會出手，卻也不用懼怕。那料到楊過既受寒玉床之益，又學得玉女心經與九陰眞經的秘要，內功積蓄已厚，日前黃藥師爲他療傷，桃花島主內功的門路與他全然不同，受到這股深厚無比的內力激發，不由自主的縱聲長嘯。

這片嘯聲約莫持續了一頓飯時分，方漸漸沉寂。黃藥師心想：「我自負不世奇才，卻也要到三十歲後方能達到這步田地。這少年竟比我早了十年以上，不知他曾有何等異遇？」待楊過吐氣站起，問道：「你說李莫愁最厲害的武功是甚麼？」

楊過聽了此問，知道行逕已給他瞧破，答道：「是五毒神掌和拂塵上的功夫。」黃藥師道：「不錯，你內功既有如此根柢，要破她看家本領，那也不難。」楊過大喜，不自禁的拜倒在地。他本來甚是自傲，雖認黃藥師爲前輩，亦知他武功深湛，玄學通神，卻不肯向他低頭，此時聽說李莫愁橫行天下的功夫竟然唾手可破，怎能不服？

當下黃藥師教了他「彈指神通」功夫，可用以剋制五毒神掌，再教他一路自玉簫中化出來的劍法，可以破她拂塵。

楊過聽了他指點的竅要，問明了其間的種種疑難，潛心記憶，但覺這兩門武功俱是奧妙精深，算來縱有小成，至少也得在一年之後，若要穩勝，更非三年不可，說道：「黃島主，要立時勝她，那是無法可想的了。」黃藥師道：「三年之期轉瞬即過。那時你以二十一二歲的年紀，即已練成這般武功，還嫌不足麼？」楊過道：「我……我不是爲我自己……」黃藥師拍拍他肩膀，溫言道：「你三年之後爲我殺了她，已極承你情。我當年自毀賢徒，難道今日不該受一點報應麼？」說着一聲長嘆。

楊過跪下地來，拜了八拜，叫了聲：「師父！」知他傳授武功，是要自己代雪李莫愁揭帖上十六字之辱，就非得有師徒名份不可。

黃藥師卻知他與古墓派情誼極深，決不肯另投明師，當下伸手扶起，說道：「你與那魔頭動手之際，是我弟子，除此之外，卻是我的朋友。楊兄弟，你明白麼？」楊過笑道：「得能交上你這位朋友，眞是莫大快事。」黃藥師笑道：「我和你相遇，也是三生有幸。」二人拊掌大笑，聲動四壁。

黃藥師又將「彈指神通」與「玉簫劍法」中的秘奧竅要細細解釋一通。楊過聽他說得如此詳盡，知他就要離去，黯然道：「相識不久，就要分手，此後相見，卻不知又在何日？」黃藥師笑道：「你我肝膽相照，縱各天涯，亦若比鄰。將來我若得知有人阻你婚事，便在萬里之外，亦必趕到助你。」楊過得他拍胸承擔，心下大慰，笑道：「只怕第一個出頭干撓之人，就是令愛。」

黃藥師道：「她自己嫁得如意郎君，就不念別人相思之苦？我這寶貝女兒就只向着丈夫，嘿嘿，『出嫁從夫』，三從四德，好了不起！」說着哈哈大笑，振衣出門，倏忽之間，笑聲已在數十丈外，當眞是去若神龍，矯夭莫知其蹤。

楊過呆了半晌，坐着默想適才所學功夫的竅要。不久天色已明，忽見板門推開，程英走了進來，手中托着件青布長袍，微微一笑，說道：「你試穿着，瞧瞧合不合身。」楊過好生感激，接過時雙手微微發抖。

他與程英目光相接，只見她眼中脈脈含情，溫柔無限，於是走到床邊將新袍換上，但覺袍身腰袖，無不適體，說到：「我……我……眞是多謝你。」程英又是嫣然一笑，但隨即露出凄然之色，嘆道：「師父他老人家走了，又不知幾時方得重會。」正想坐下說話，忽見門外黃衫一閃，隨即隱沒，知是表妹在外，心想：「這妮子心眼兒甚多。我可不便在他房裏多耽了。」站起身來，緩步出門。

楊過細看新袍，但見針脚綿密，不由得怦然心動：「她對我如此，媳婦兒又是待我這般，可是我心早有所屬，義無旁顧。若不早走，徒惹各人煩惱。」怔怔的想了半天，又怕自己去後李莫愁忽然來襲，獨自到山後她所居的茅舍去窺察端倪，卻見地下一灘焦土，茅舍已化成灰燼，原來李莫愁放火燒屋，竟已走了。

大敵既去，晚間便在燈下留書作別，想起程陸二女的情意，不禁黯然，又見句無文采，字迹拙劣，怕爲程英所笑，一封信寫了一半便又撕了。這一晚翻來覆去，難以睡穩。

迷糊之中，忽聽陸無雙在外拍門，叫道：「傻蛋，傻蛋！快起來看。」語聲頗爲惶急。楊過起床披衣，開門出去，只覺曉風習習，微有寒意，天色尚未大明。陸無雙臉有驚懼之色，指着柴扉。楊過順着她手指瞧去，不禁一驚，原來門板上印着四個殷紅的血手印，顯是李莫愁昨晚曾來查探，得悉黃藥師已去，便宣示要殺他四人。

兩人怔了片刻，接着程英也聞聲出來，問道：「你是幾時瞧見的？」陸無雙道：「天沒亮我就見到了。」此言一出，登時滿臉通紅，原來她思念楊過，一早便在他窗下徘徊。程英故作不知，道：「僥倖沒遇上她，現下太陽將升，這魔頭今天是不會來的，咱們慢慢籌思對策不遲。」三人走進楊過室內商議。

陸無雙道：「那日她領教了傻姑娘的火叉功夫，怎麼又不怕了？」程英道：「師姊的火叉招數，來來去去只是這麼幾下，她回去後細加思索，定是想到了破解之法。」陸無雙道：「可是傻蛋傷勢痊可，他兩傻合璧，豈非威力無窮？」楊過大笑，說道：「傻蛋加傻姑，一塌裏胡塗，何威力之有？」

三人說了一陣，也無甚麼妙策，但想四人聯手，縱然不能取勝，也足自保，明日跟她力鬥便是。楊過道：「我們兩傻合璧，正面跟她對戰，你表姊妹左右夾攻。咱們去尋傻姑來，先行演習一番。」

呼叫傻姑時卻無應聲，竟已不知去向，三人都擔起心來，忙分頭往山前山後尋找。程英找了一陣，突在一堆亂石中見傻姑躺在地下，已是氣若遊絲，大驚之下，解開她衣服察看，但見背心上隱隱一個血色掌印，果然是中了李莫愁的五毒神掌，忙招呼楊陸二人過來，跟着取出師門妙藥九花玉露丸給她服下。楊過記得「五毒秘傳」上所載治療此毒掌之法，急運內勁給她推拿穴道。

傻姑嘻嘻傻笑，道：「惡女人，背後，打我。傻姑，反手，打她。」傻姑的反手掌是黃藥師所授的三招之一，李莫愁雖然偷襲得手，小臂上卻也給她反手拍中，險些連臂骨也給打折了，又驚又痛之下立即遁去，不敢繼續進招取她性命。

三人救回傻姑，相對愁坐，四人中損了一個好手，明日更難抵敵。傻姑身受重傷，若是護她逃命，勢必給李莫愁追上。楊過看看程英，望望陸無雙，順手拿起針綫籃中一條絲綫，拿剪刀剪成一段一段。傻姑躺在榻上，突然大聲叫道：「剪斷，惡女人的掃帚！剪斷掃帚！」她不會說拂塵，卻說是「掃帚」。

楊過心念一動：「那魔頭的拂塵是柔軟之物，她又使得出神入化，任是寶刀利劍都傷它不得，若眞有一柄大剪刀當作兵器，給她喀的一下剪斷，那就妙了。」想到此處，左手絲綫抖動，就似拂塵擊來一般，右手剪刀伸出，將絲綫一剪兩截，跟着設想拂塵的來勢，持剪追擊，創擬招術。

程英與陸無雙看了一會，已明其意，都是喜動顏色。程英道：「此去向北七八里，有家打鐵鋪子……」陸無雙插口道：「好啊，咱們去叫鐵匠趕打一把大剪刀。」楊過心想：「倉卒之間，這兵刃實難練成，但我接戰時隨機應變，總是易過練玉簫劍法百倍，反正別無他法，也只好一試。」心想若是一人去鐵匠鋪定造，李莫愁忽爾來襲，那就凶險無比，此時四人可片刻分離不得。於是程陸二人在馬背上墊了被褥，扶傻姑橫卧了，同去鐵匠鋪。

蒙古滅金之後，鐵騎進入宋境，這一帶是大宋疆界的北陲，城鎭多爲蒙古兵所佔，到處一片殘破。

鐵鋪甚是簡陋，入門正中是個大鐵砧，滿地煤屑碎鐵，牆上掛着幾張犂頭，幾把鐮刀，屋中寂然無人。

楊過瞧了這等模樣，心想：「這處所那能打甚麼兵刃！」但既來了，總是問一問再說，於是高聲叫道：「師傅在家麼？」過了半晌，邊房中出來一個老者，鬢髮灰白，約莫五十來歲年紀，想是長年彎腰打鐵，背脊駝了，雙目被烟火燻得又紅又細，眼眶旁都是眼屎，左脚殘廢，肩窩下撐着一根拐杖，說道：「客官有何吩咐？」

楊過正要答話，忽聲馬蹄聲響，兩騎馬衝到店門，馬上一個是蒙古什長，另一個是漢人，不知是傳譯還是地保。那漢人大聲道：「馮鐵匠呢？過來聽取號令。」老鐵匠上前行禮，說道：「小的便是。」那人道：「長官有令：全鎮鐵匠，限三日之內齊到縣城，撥歸軍中効力。你明日就到縣城，聽見了沒有？」馮鐵匠道：「小人這麼老了……」那蒙古什長舉起馬鞭當頭一鞭，嘰哩咕嚕的說了幾句。那漢人道：「明日不到，小心你腦袋搬家。」說着兩人縱馬而去。

馮鐵匠長嘆一聲，呆呆出神。程英見他年老可憐，取出十兩銀子放在桌上，說道：「馮師傅，你這大把年紀，況且行走不便，撥到蒙古軍中，豈不枉自送了性命？你拿了這銀子逃生去罷！」馮鐵匠嘆道：「多謝姑娘好心，老鐵匠活了這把年紀，死活都不算甚麼。就可嘆江南千萬生靈，卻要遭逢大刦了。」

三人都是一驚，齊問：「為甚麼？」馮鐵匠道：「蒙古元帥徵集鐵匠，自是打造兵器。想蒙古軍中兵器向來足備，既要大事添造，定是要南攻宋朝江山了。」三人聽他出言不俗，說得甚是有理，待要再問，馮鐵匠道：「三位要打造甚麼？」

楊過道：「馮師傅有事在身，原本不該攪擾，但為急用，只得費神。」於是將大剪刀的式樣和尺寸說了，此物極是奇特，那知馮鐵匠聽了之後，臉上卻不露詫異之色，點了點頭，拉扯風箱生起爐子，將兩塊鑌鐵放入爐中鎔鍊。楊過道：「不知今晚打造得起麼？」馮鐵匠道：「小人儘快做活便是。」說着猛力拉動風箱，將爐中煤炭燒成一片血紅。

傻姑伏在桌上，半坐半臥，楊過等三人家鄉都在江南，雖然從小出門，但聽到家鄉即將遭難，都是戚然有憂。三人望着爐火，心中都想遭此亂世，人命微賤，到處都是窮愁苦厄，明日雖然有難，但驚懼之心也卻淡了幾分。

過了一個多時辰，馮鐵匠鎔鐵已畢，左手用鐵鉗鉗起燒紅的鐵條放在砧上，右手舉起一個大鐵鎚敲打，他年紀雖老，膂力卻強，舞動鐵鎚，竟似並不費力，擊打良久，但見他將兩片鐵條彎成 把大剪刀的粗胚，漸漸成形。陸無雙喜道：「傻蛋，今兒來得及打起了。」

忽聽身後一人冷冷的道：「打造這把大剪刀，用來剪斷我的拂塵麼？」三人大驚，回過頭來，只見李莫愁輕揮拂塵，站在門口。

這一來利器未成，強敵奄至。程英與陸無雙各拔長劍，楊過看準了爐旁的一根鐵條，只待對頭出手，立即搶起使用。

李莫愁冷笑道：「打把大剪刀來剪我拂塵，虧你們這些娃娃想得出。我就坐在這裏，等你們剪刀打好，再交手不遲。」說着拖過一張板櫈坐下，竟是視三人有如無物。

楊過道：「那就再好也沒有了。我瞧你這拂塵啊，非給剪刀剪斷不可。」

李莫愁見傻姑伏在桌上，背脊微聳，心道：「這女子中了我一掌，居然還能坐得起，卻也好生了得。」冷冷問道：「黃藥師呢？」那馮鐵匠聽到「黃藥師」三字，身子一震，抬起頭來向她望了一眼，隨即低頭繼續打鐵。程英道：「你明知我師父不在此處，還問甚麼？你若知他老人家未去，便有天大的膽子也不敢來。」

李莫愁哼了一聲，從懷裏取出一張白紙，說道：「黃藥師欺世盜名，就靠多收徒弟，恃衆爲勝。哼！他這些弟子之中，又有那一個是眞正有用的？」說着左手一揚，白紙揮出，跟着手臂微動，一枚銀針飛去，將白紙釘在柱上，說道：「留此爲證，他日黃老邪回轉，好知他這兩個寶貝徒兒是誰殺的。」轉頭向馮鐵匠喝道：「快些兒打，我可不耐煩多等。」

馮鐵匠瞇着一雙紅眼瞧那白紙，見紙上寫着「桃花島主，弟子衆多，以五敵一，貽笑江湖」十六個字，抬起頭望着屋頂，呆呆思索。李莫愁道：「還不快幹？」馮鐵匠低下頭來，說道：「是啦，快了，快了。」左手伸出鐵鉗，連針帶紙一齊挾起，投入了熊熊的爐火之中，白紙霎時間燒成灰燼。

這一下衆人都是驚詫之極。李莫愁大怒，舉拂塵就要向他頂門擊去，但隨即心想：「這小鎮上的一個老鐵匠，居然如此大膽，難道竟非常人？」她本已站起，於是又緩緩坐下，問道：「閣下是誰？」馮鐵匠道：「你不見麼？我是個老鐵匠。」李莫愁道：「你幹麼燒了我這張紙？」馮鐵匠道：「紙上寫得不對，最好就別釘在我這鋪子裏。」李莫愁厲聲喝道：「甚麼不對了？」

馮鐵匠道：「桃花島主有通天徹地之能，他的弟子只要學得他老人家的一藝，便足以橫行天下。他大弟子名叫陳玄風，周身銅筋鐵骨，刀槍不入，你聽說過麼？」他說話之時，仍是一錘一錘的打着，噹噹巨響，更增言語聲勢。

他一提到陳玄風，李莫愁固然驚奇，楊過等也是大出意料之外，萬想不到窮鄉僻壤中的一個老年鐵匠竟也知道這些江湖人物。李莫愁道：「哼，銅屍陳玄風，聽說是給一個小兒一刀刺死的，那有甚麼厲害了？說甚麼刀槍不入，胡吹大氣！」

馮鐵匠道：「嗯，嗯。桃花島主的二弟子叫做梅超風，來去如風，出手迅捷無比。」李莫愁嘿嘿一笑，說道：「是啊，這女人出手太快了，因此先給江南七怪打瞎了眼珠，再給西毒歐陽鋒震碎心肺。」

馮鐵匠呆了半晌，淒然道：「有這等事麼？我卻不知。桃花島主三弟子曲靈風輕功神妙，劈空掌凌厲絕倫。」李莫愁道：「江湖上傳言，有人偷入皇宮大內偷盜寶物，給御前侍衛打死了，那便是這位劈空掌凌厲絕倫的曲靈風。掌掌劈出，掌掌落空，這是桃花島的劈空掌。」

馮鐵匠低下頭來，嗤嗤兩聲，兩滴水珠落在燒紅的鐵上，化作兩道水氣而逝。陸無雙坐得和他最近，瞧清楚是他眼中落下的淚水，不由得暗暗納罕。只見他鐵鎚舉得更高，落下時聲音也更響了。

過了一會，馮鐵匠又道：「桃花島門下有陳梅曲陸四大弟子。四弟子陸乘風不但武術精湛，兼擅奇門遁甲異術，你若是遇到，定然討不了好去。」李莫愁冷笑道：「奇門遁甲又有何用？他在太湖邊上起造一座歸雲莊，江湖上好漢說得奧妙無窮，可是給人一把火燒成了白地，他自己從此也無下落，多半就是給這把火燒死了。」

馮鐵匠抬起頭來，厲聲道：「你這道姑胡說八道，桃花島主的弟子個個武藝精湛，焉能盡皆為人所害？你欺我鄉下人不知世事麼？」李莫愁冷笑道：「你問這三個小娃娃便知端的。」

馮鐵匠轉頭望向程英，目光中露出詢問之意。程英站起身來，黯然說道：「我師門不幸，人才凋零。晚輩入門日淺，功夫低微，不能為師父爭一口氣，實是慚愧。你老人家可是與家師有舊麼？」馮鐵匠不答，向她上下打量，神色之間大見懷疑，問道：「桃花島主晚年又收弟子了麼？」

程英看到馮鐵匠殘廢的左脚，心裏驀地一動，說道：「家師年老寂寞，命晚輩隨身侍奉。似晚輩這等年幼末學，實不敢說是桃花島弟子，況且迄今晚輩連桃花島也沒緣法踏上一步。」她這麼說，也即自承是桃花島弟子。

馮鐵匠點點頭，眼光甚是柔和，頗有親近之情，低頭打了幾下鐵，似在出神思索甚麼。

程英見他鐵鎚在空中畫個半圓，落在砧上時，卻是一偏一拖，這手法顯與本門落英神劍掌法極爲相似，心中更明白了三分，說道：「家師空閒之時，和晚輩談論，說他當年驅逐弟子離島，陳梅二人是自己作孽，那也罷了。曲陸武馮四位卻是無辜受累，尤其那姓馮的馮默風師哥，他年紀最小，身世又甚可憐，師父思念及之，常自耿耿於懷，深自抱憾。」其實黃藥師性子乖僻，心中雖有此想，口裏卻決不肯說。只是程英溫柔婉變，善解人意，當師父寂寞時與他談談說說，黃藥師稍露口風，她即已隱約猜到，此時所說雖非當眞轉述師父的言語，卻也沒違背他本意。

李莫愁聽他二人的對答和詞色，已自猜到了八九分，但見馮鐵匠長嘆一聲，淚如雨下，落在燒紅的鐵塊上，嗤嗤嗤的都化成白霧，不自禁的也爲之心酸，但轉念之間，心腸復又剛硬，尋思：「縱然他們多了一個幫手，這老鐵匠是殘廢之人，又濟得甚事？」冷笑道：「馮默風，恭喜你師兄妹相會啊。」

這老鐵匠正是黃藥師的小弟子馮默風。當年陳玄風和梅超風偷盜九陰眞經逃走，黃藥師遷怒留下的弟子，將他們大腿打斷，逐出桃花島。曲靈風、陸乘風、武天風三人都打斷雙腿，但打到馮默風時見他年幼，武功又低，忽起憐念，便只打折了他的左腿。馮默風傷心之餘，無，始終默默無聞，不料今日又得聞師門訊息。他性命是黃藥師從仇人手裏搶救出來的，自幼得師父撫養長大，實是恩德深重，不論黃藥師待他如何，均無怨懟之心，此刻聽了程英之言，不禁百感交集，悲從中來。

遠來襄漢之間，在這鄉下打鐵爲生，與江湖人物半點不通聲氣，一住三十餘年，始終默默無聞，不料今日又得聞師門訊息。

一陣涼風吹來，李莫愁身上衣衫登時片片飛開，手臂、肩膊、胸口、大腿，竟有多處肌膚露了出來。她羞慚難當，正要轉頭逃走，突然背上一涼，又是一大塊衣衫飛走。

第十六回　殺父深仇

楊過與陸無雙聽得馮鐵匠竟是程英的師兄，都是又驚又喜，心想黃藥師的弟子，武功決計差不了，不意危難之間忽得強助，實是喜出望外。

李莫愁冷冷的道：「你既已給師父逐出門牆，卻還依戀不捨，豈非無聊之極？今日我要殺這三個小娃娃和一個傻女人，你站在一旁瞧熱鬧罷。」馮默風緩緩說道：「我雖學過武藝，一生之中卻從沒跟人動過手，況且腿也斷了，打架是打不來的。」李莫愁道：「是啊，那最好也沒有了，你也犯不着賠上一條老命。」馮默風搖頭道：「我可不許你碰我師妹一根毫毛，這幾位既是我師妹的朋友，你也別逞兇橫。」

李莫愁殺氣斗起，笑道：「那你們四個人一起上，也妙得緊啊。」說着站起身來。馮鐵匠仍是不動聲色，依着打鐵聲音，便似唱戲的角兒順着鑼鼓點子，打一下，說幾個字，一板一眼的道：「我離師門已三十餘年，武藝早拋生疏了，得好好想想，在心中理一理。」

李莫愁嘿嘿一笑，說道：「我半生行走江湖，可真還沒見過這等上陣磨槍、急來抱佛脚的人物。今日裏大開眼界。馮默風，你一生之中，當眞從來沒跟人動過手麼？」馮默風道：「我從來不得罪別人，別人打我罵我，我也不跟他計較，自是動不起手來。」李莫愁冷笑道：「嘿嘿，黃老邪果然盡撿些膿包來做弟子，到世上丟人現眼。」馮默風道：「請你莫說我恩師壞話。」李莫愁微笑道：「人家早不要你做弟子了，你還恩師長、恩師短的，也不怕人笑掉了牙齒。」

馮默風仍是一下一下的打鐵，緩緩的道：「我一生孤苦，這世上親人就只恩師一人，我不敬他愛他，卻又去思念何人？小師妹，恩師他老人家身子可好麼？」程英道：「他老人家很好。」馮默風臉上登現喜色。

李莫愁見他眞情流露，心想：「黃老邪一代宗師，果然大有過人之處。他將弟子打成這般模樣，這人對他還是如此忠心依戀。」

此時那塊鑌鐵打得漸漸冷卻，馮鐵匠又鉗到爐中去燒，可是他心不在焉，送進爐的竟是右手的一柄大鐵錘，卻不是那塊鑌鐵。李莫愁笑道：「馮鐵匠，你慢慢想師父教的功夫便是，用不着手忙脚亂。」馮默風不答，望着紅紅的爐火沉思，過了一會，又將左肩窩下撐着的拐杖塞進了爐中。楊過和陸無雙同時叫道：「唉，唉，那是拐杖！」程英也大叫：「師哥！」馮默風仍然不答，雙眼呆望着爐火。但那拐杖在猛火之中居然並不燒毀，卻漸漸變紅，原來是根鐵杖。再過一陣，鐵錘也已燒得通紅，但他抓住錘柄拐杖，卻似並不燙手。

這時李莫愁才將輕蔑之心變爲提防，知道眼前這容貌猥瑣的鐵匠實有過人之處，生怕他猝然發難，中了他的毒手，當卽拂塵急揮數下，護住了身前要害，倒躍出門，叫道：「馮鐵匠，你來罷！」

馮默風應聲出戶，身手之矯捷，絕不似身有殘疾之人。他將通紅的鐵杖拄在地下，說道：「你這位仙姑，請你別再罵我恩師，也別跟我師妹爲難，你饒了我這苦命的老鐵匠罷！」李莫愁又是大出意外：「怎麼臨到上陣，還向人求饒？」說道：「我只饒你一人，你若害怕，乾脆就別插手。」馮默風咬一咬牙齒，沉聲道：「好，那你先將我打死罷！」說時全身發顫，又是害怕，又是激動。

李莫愁拂塵一起，向他頭頂直擊。馮默風急躍跳開，避得甚是靈巧，但手臂發抖，竟然不敢還擊。李莫愁連進三招，他都以巧妙身法閃過，始終沒有還手。

楊過等三人站在一旁觀鬥，俟機上前相助，眼見李莫愁招數漸緊，馮默風似乎的確從未與人打過架，兼之生性謙和，一柄燒得通紅的大鐵鎚竟然擊不出去。楊過心想不妙，這位武林異人武功雖強，卻無爭鬥之心，非激他動怒不可，於是大聲道：「李莫愁，你爲甚麼罵桃花島主不忠不孝、不仁不義？」李莫愁心想：「我幾時罵過啦？」手上加快，並不回答。楊過又叫道：「你說桃花島主淫人妻女，擄人子弟，你親眼見到麼？你說他欺騙朋友、出賣恩人，當眞有這等事麼？你爲何在江湖上到處散播謠言，敗壞黃島主的淸譽令名？」

程英愕然未解，馮默風已聽得怒火沖天，一股剛勇從胸中湧起，鐵鎚拐杖，同時出手。他左足站地，一個「金鷄獨立」式，猶如釘在地下，又穩又定，鎚拐帶着一股熾烈的熱氣，向李莫愁直逼過去。

李莫愁見他來勢猛烈，不敢正面接戰，縱躍閃避，尋隙還擊。楊過又叫道：「李莫愁，你罵桃花島十招搖撞騙，是個無恥之徒，我瞧你自己才無恥！」馮默風越聽越怒，鐵鎚和拐杖橫揮直壓，猛不可當，初時他招術頗見生疏，鬥了一陣，越來越是順手。

二人功力原本相差不遠，但李莫愁橫行江湖，大小數百戰，見識多他百倍，拆得二三十招，李莫愁已知馮默風功力不弱，經驗卻實在太過欠缺，兼之只有一腿，時刻一長，定然要輸，於是立意與之遊鬥，待其銳氣一挫，再行反攻。果然再鬥得十餘合，馮默風怒意稍減，鬥志卽懈，漸落下風，李莫愁大喜，舉拂塵向他胸口疾揮。

馮默風橫鎚擋開。拂塵已乘勢彎將過來，捲住了鎚頭，這是李莫愁奪人兵刃的絕招，只要一奪一甩，馮默風的鐵鎚非脫手不可。豈知嗤嗤嗤一陣輕響，青烟冒起，各人聞到一股焦臭，拂塵的帚尾竟已燒斷。

這一來，李莫愁非但沒奪到對方兵刃，反而將自己兵刃失去了，她臨危不亂，擲下拂塵柄，改使五毒神掌。這路掌法雖然厲害，卻非貼近施展不能見功，此時馮默風右鎚左拐，舞得風聲呼呼，得心應手，但見兩條人影之間不斷冒出青烟，原來李莫愁身上道袍帶到燒得通紅的鎚拐，一塊塊的不斷燒毀。她心中大怒，明明可以取勝，卻被這老鐵匠在兵刃上佔了便宜，實是心不甘服，決意要擊他一掌出氣。

馮默風初次與人交手，若是上來接連吃虧，登時便會畏縮，此刻佔了上風，鎚拐使將出來竟是極盡精妙。李莫愁想要擊他一掌，幾次都是險些碰到鐵鎚鐵拐，若非閃避得快，掌心都要給燒焦了。

突然之間，馮默風叫道：「不打了，不打了，你這樣子太不成體統！」獨足向後躍開半丈。李莫愁一呆，一陣涼風吹來，身上衣衫片片飛開，手臂、肩膊、胸口、大腿，竟有多處肌膚露了出來。她是處女之身，這一下羞慚難當，正要轉頭逃走，突然背上一涼，又是一大塊衣衫飛走。

楊過見她處境狼狽萬狀，當卽扯斷衣帶，脫下外袍，運起內力，向她背上擲去。那袍子就似一個人般張臂將她抱住。李莫愁忙將手臂穿進袖子，拉好衣襟，饒是她一生見過大陣大仗無數，此時也不由得驚羞交集，臉上紅一陣白一陣，不知是否更與敵人動手？尋思：「若再上前搏鬥，這件衣衫又會燒毀，這口氣只好咽下再說。」向楊過點點頭，謝他贈袍之德，轉頭對馮默風道：「你使這等詭異兵刃，果是黃老邪的嫡傳邪道。你憑良心說，若以眞實武功拚鬥，可勝得過我麼？黃老邪的弟子若是規規矩矩的與我單打獨鬥，能佔上風麼？」

馮默風坦然道：「若非你失了兵刃，那麼時刻一久，便可勝我。」李莫愁傲然道：「你知道就好。我那紙上寫道，桃花島門人恃衆爲勝，可沒說錯。」

馮默風低頭沉思，過了一會，道：「那卻不然！若是我陳梅曲陸四位師兄在此，任那一位都強過了你。別說陳師兄、曲師兄武功卓絕，就是梅超風梅師姊也屬女流，你就決計勝不了她。」

李莫愁冷笑道：「這些人死無對證，更說甚麼？黃老邪的功夫也只如此。我本想領教領教他親生女兒郭夫人的神技，但舉一反三，那也不必了。」說着轉身欲走。

楊過心念微動，說道：「且慢！」李莫愁秀眉一揚，道：「怎麼？」楊過道：「你說桃花島主武功不過如此，那就錯了。我聽他說過一路玉簫劍法，儘可破得你的拂塵功夫。」說着拿起鐵條，在地下揮劃圖形，口中解說：「喏，你這一記當面迎擊，果然迅捷凌厲，但他長劍從此處橫削，你就收勢不及。你若反打，這劍就從此疾攻，你如正面拂穴，他就以虎形爪抓你帚尾，卻倒轉劍柄逆點你的肩貞穴，這一招你想得到麼？」這一招果然是匪夷所思，可也是精妙絕倫，正面拂穴原是李莫愁拂塵功夫的絕招之一，楊過所說的這一招卻將她剋制得再無還手餘地，只有丟了拂塵認輸。

楊過又比劃着說道：「再說到你的五毒掌法，桃花島主留有指甲，這麼一掌引開，待你手掌擊到，他使出彈指神通功夫，指甲在你掌心這麼一彈，你這隻手掌豈不是當場廢了？他只須立時削去指甲，你掌上劇毒就傳不到他身上。」接着又說了十餘招剋制她武功的法門。

此一番話只把李莫愁聽得臉如土色，他每一句話都是入情入理，所說的方法每一項均是巧妙無比，確非自己所能抵擋。

楊過又道：「桃花島主惱你出言無狀，他自己是大宗師身分，犯不着親自與你動手，已將這些法門傳了給我，命我代他收拾你。但我想到你與我師總有同門之誼，今日將桃花島主的厲害說與你聽，下次你見到他的門人，還是遠而避之罷。」

李莫愁默然半晌，說道：「罷了，罷了！」轉頭便走，霎時之間，身形已在山後隱沒，身法之快，確是江湖上少見。

其實這些法門黃藥師雖已傳給了楊過，若要練到眞能使用，克敵制勝，最快也須在數年之後。楊過這麼一番講述，不必出手，卻已將她嚇得心服口服，從此終身不敢再出一句輕侮黃藥師之言。

陸無雙在李莫愁積威之下，只消聽到她聲音，心中就怦怦亂跳，見她遠去，登時如釋重負，拍手笑道：「傻蛋！你好口才啊，連我師父也給你嚇走了。」

程英見楊過將自已所縫的袍子送給李莫愁，當時情勢緊迫，那也罷了，但他新袍底下仍是穿着那件破破爛爛的舊袍子，顯見這袍子因是小龍女所縫，他親疏有別，決不忘舊。程英心中微微一酸，裝作渾不在意。當下四人回到屋中去看傻姑。

剛跨進門，忽聽得山前人喧馬嘶，隱隱如雷，四人同時回身。

楊過道：「我去瞧瞧。」一躍上馬背，轉出山坳，奔了數里，已到大路，但見塵土飛揚，旌旗蔽空，原來是一大隊蒙古兵向南開拔，鐵弓長刀，勢若波濤。楊過從未見過大軍啓行，看到這般驚心動魄的壯觀，不由得呆了。

兩名小軍舞起長刀，吆喝：「兀那蠻子，瞧甚麼？」衝將過來。楊過撥轉馬頭便跑，兩名小軍彎弓搭箭，颼颼兩聲，向他後心射來。楊過回手接住，只覺這兩枝箭勢甚是勁急，若非自己身有武功，早給射得穿胸而死。兩名小軍見他如此本領，嚇得勒住馬頭，不敢再追。

楊過回到鐵匠鋪中，將所見說了。馮默風嘆道：「蒙古大軍果然南下。我中國百姓可苦了！」楊過道：「蒙古人騎射之術，實非宋兵所能抵擋，這場災禍甚是不小。」馮默風道：「楊公子正當英年，何不回南投軍，以禦外侮？」楊過一呆，道：「不，我要北上去尋我姑姑。蒙古軍聲勢如此浩大，以我一人之力，有甚麼用？」馮默風搖頭道：「一人之力雖微，衆人之力就強了。倘若人人都如公子這等想法，還有誰肯出力以抗異族入侵？」

楊過覺得他話是不錯，可是世上決沒有比尋找小龍女更要緊之事。他自幼流落江湖，深受小官小吏之苦，覺得蒙古人固然殘暴，宋朝皇帝也未必就是好人，犯不着爲他出力，當下微微一笑，不再接口。

馮默風將鐵錘、鉗子、風箱等縛作一綑，負在背上，對程英道：「師妹，你日後見到師父，請向他老人家說，弟子馮默風不敢忘了他老人家的教誨。今日投向蒙古軍中，好歹也要刺殺他一二名侵我江山的王公大將。師妹，你多多保重。我今日得見一位師父的傳人，實是歡喜得緊。」說罷撑着鐵拐，頭也不回的去了，竟沒再向楊過瞧上一眼。

楊過向程英和陸無雙望了一眼，說道：「不意在此處得識這位異人。」陸無雙心中偏袒楊過，道：「表姊，你師父門下的人物，除你之外，不是傻裏傻氣，便是瘋瘋癲癲。」程英一笑，淡然道：「人各有志，自是勉強不來。你說他瘋瘋癲癲，說不定他卻說咱們是無情之輩呢。再說，我自己又何嘗不有點兒傻裏傻氣、瘋瘋癲癲？」楊過聽了心中怦然而動，瞧她神色如常，猜不透她此言是否意帶雙關。

忽聽得砰的一聲，傻姑從櫈上摔將下來。三人都是一驚，忙扶她上炕，但見她滿臉通紅，雙目發直，知道五毒神掌的毒性又發作了。當下程英給她服藥，楊過替她按穴推拿。傻姑怔怔的瞪着他，臉上滿是恐懼之色，叫道：「楊兄弟，你別找我抵命，不是我害你……」程英柔聲道：「姊姊，你別害怕，他不是……」

楊過忽地想到：「她此時神志迷糊，正可逼她吐露眞言。」雙手一翻，扣住了她手腕，厲聲道：「是誰害死我的？你不說，我就要你抵命。」傻姑求道：「楊兄弟，不是我。」楊過怒道：「你不說！好，我就扼死你。」伸手叉住她咽喉。傻姑嚇得尖聲大叫。

程英和陸無雙那明白楊過的用意，齊聲勸阻，一個叫「楊大哥」，一個叫「傻蛋」，一個說：「別嚇壞了她。」一個說：「這時候怎麼鬧着玩？」

楊過那裏理會，手上微微加勁，臉上現出凶神惡煞的神氣，咬牙切齒的道：「我是楊兄弟的惡鬼。我死得好苦，你知道麼？」傻姑道：「我知道的，你死後烏鴉吃你的肉。」

楊過心如刀絞，他只知父親死於非命，卻不知死後連屍體也不得埋葬，竟被烏鴉啄食，大叫：「是誰害死我的？快說，快說。」傻姑聲音嘶啞，道：「是你自己去打姑姑，姑姑身上有毒針，你就死了。」楊過大聲嚷道：「姑姑是誰？」傻姑被他扼得氣都喘不過來，幾欲暈去，低聲道：「姑姑就是姑姑。」楊過道：「姑姑姓甚麼？叫甚麼名字？」傻姑道：「我……我……我不知道啊，你放開我！」

陸無雙見情勢緊迫，去拉楊過手臂。楊過此時猶如癲狂一般，用力一揮，使了十成力，陸無雙那裏抵擋得住，給他直推出去，砰的一響，撞在牆上，好不疼痛。程英見楊過平素溫和瀟洒，此刻狀若瘋虎，嚇得手足都軟了。

楊過心想：「今日若不問出殺父仇人的姓名，我立時就會嘔血而死。」連問幾聲：「姑姑是姓曲麼？是姓梅麼？」他猜想傻姑自己姓曲，那她姑姑多半也是姓曲，說不定是梅超風。

傻姑出力掙扎，她練功時日雖遠較楊過爲久，武功卻是不及，兼之手腕上穴道被扣，只急得啞啞而呼，說道：「你去向姑姑討命，別……別找我。」楊過道：「姑姑在那裏？」傻姑道：「我和爺爺，出來！她和漢子，在島上。」

楊過聽了此言，一股涼氣從背脊心直透下去，顫聲道：「姑姑叫你爺爺做甚麼？」傻姑道：「叫爸爸啊，還能叫甚麼？」楊過臉如土色，還怕弄錯，追問一句：「姑姑的漢子名叫郭靖，是不是？」傻姑道：「我不知道。姑姑就叫：『靖哥哥，靖哥哥！』」學着黃蓉叫郭靖的腔調，雙脚亂踢，忽如殺豬般叫了起來：「救命，救命！鬼……鬼……」

楊過此時那裏尚有絲毫懷疑？自己幼時孤苦、受人欺凌諸般往事，霎時間都湧向心間，心想：「若不是爹爹被害，我媽也不致悲傷困頓，這樣早便死了，我自也不會吃盡這些苦頭。」又想：「在桃花島之時，郭靖夫婦對我總是不甚自然，有些兒客氣，有些兒忌諱，絕不如對待武氏兄弟那麼要說便說，要罵便罵，當時我但感別扭，那知道只因他們殺了我父親，心中懷着鬼胎。他們不肯傳我武功，送我去全眞教大受折磨，原來皆是爲此。」

他驚憤交迸，手脚都軟了。傻姑大叫一聲，從床上躍起。

程英走到楊過身邊，輕聲說道：「傻姊姊向來傻裏傻氣，你是知道的。她受傷後更加語無倫次，千萬別信她的。」但她內心卻也深信傻姑所說是實，也知如此勸慰管不了用，只是見楊過滿臉悲苦憤激之狀，心中極是不忍。

這幾句話楊過全沒聽見，他呆了半晌，大叫出門，翻身上了瘦馬，雙腿力挾，那馬疾竄而前，轉瞬間奔出數十丈外，隱隱聽得身後「傻蛋！」「楊大哥！」的呼聲，他那裏還去理會，心中只想：「我要復仇！我要復仇！」

這一口氣狂奔，一個多時辰中馳了數十里，忽覺口唇上甚是疼痛，伸手一摸，滿手都是鮮血，原來悲憤之際咬緊口唇，竟將上下唇都咬破了，心想：「郭伯母本來待我並不好，最近忽然待我好了，卻原來盡是假仁假義，那也罷了，但郭伯伯，郭伯伯……」他心中對郭靖一直崇敬異常，覺他德行武功固然超凡絕俗，對待自己更是一片眞心，這時才知竟是大大受了欺騙，只覺此人奸詐尤甚於黃蓉，憤懣之氣竟似把胸膛也要脹裂了。

想到傷心之處，下馬坐在大路中心，抱頭痛哭起來。這一番大放悲聲，當眞是天愁地慘，似乎人世間的傷痛煩惱，盡集於他一身。他從未見過父親一面，也從未聽人說起，連母親也是絕口不提，但他自幼空想，在小小心靈之中，早把父親想得十全十美，世上再無如此好人。這樣一位英雄豪傑，卻活活讓郭靖、黃蓉使奸計害死了。

他哭了一陣，忽聽得馬蹄聲響，北邊馳來四匹馬，馬上都是蒙古武士。當先一人手持長矛，矛頭上挑着個兩三歲大的嬰孩，哈哈大笑的奔來。那嬰兒尚未死絕，兀自發出微弱哭聲。四名蒙古武士見楊過坐在路口哭喊，微感詫異，但這樣一個衣衫破爛的漢人少年到處皆是，自也毫不在意。一人叫道：「讓路，讓路。」說着挺矛向他刺去。

楊過正自煩惱，抓住矛頭一扯，將那武士拉下馬來，順手反矛橫掃，那武士直飛出丈許之外，腦骨碎裂而死。餘下三人見他如此神勇，發一聲喊，一齊轉馬逃回，只聽拍的一聲，那嬰兒摔在路上。

楊過抱了起來，見是個漢人孩子，肥肥白白的甚是可愛，長矛刺在肚中一時不得就死，可也已不能醫活，小嘴中啊啊啊的似乎還在叫着「媽媽」。楊過傷痛之餘，悲憫之心轉盛，抱着這個半死不活的孩子，又流下淚來，眼見他痛苦難當，輕輕一掌將他擊死了，用蒙古武士的長矛在地下掘個坑，要將他掩埋了。

只掘得十來下，猛聽得蹄聲如雷，號角聲中大隊蒙古兵急衝而至。楊過左手抱着死嬰，右手挺長矛上馬，那瘦馬原是久歷沙場的戰馬，眼見戰陣，精神大振，長嘶一聲，向蒙古兵衝去。楊過手起矛落，一連挪翻三四人，但見敵兵不計其數的湧來，當下撥轉馬頭，落荒而走。背後箭如飛蝗般射來，他揮矛一一撥落。瘦馬脚程奇快，片刻間已將追兵抛落，但兀自不停，仍是在荒野中如飛奔跑。

又過一陣，楊過見天色漸晚，收韁遙望，四下裏長草沒脛，怪石迫人，暮靄蒼茫，靜悄悄的絕無人聲，連烏鴉麻雀也沒一隻。

他下得馬來，手中還抱着那個死嬰，只見他面目如生，臉上神情痛苦異常，心中慘然，想道：「這孩子的父母自是愛他猶似性命一般，孩子已死，再無知覺，他父母卻要肝腸寸斷了。這些兇暴殘忍的蒙古兵大舉南下，一路上不知道要害死多少大人小孩？」越想越是難受，當下在大樹旁掘一個坑，將小孩埋了，又想起傻姑的話來，心道：「這小孩死了，尚有我給他掩埋，我爹爹卻葬身於烏鴉之口。唉，你們既害死了他，給他埋入土中又有何妨？用心當眞是歹毒之至！不報此仇，楊過誓不爲人。」

當晚便在一棵大樹上睡了，次晨騎上馬背，任由瘦馬在荒山野嶺間信步而行，一時想到要去古墓見小龍女，一時又想無論如何得先殺了郭靖、黃蓉，以報父仇，肚子餓了，便摘些野果充飢。

行到第四日上，忽見遠處有一人縱身躍高，伸手在一株野果樹上摘取果子，楊過縱馬走近，望見是金輪法王的弟子達爾巴。他每次一躍，只採到一枚果子，後來不耐煩起來，伸臂橫擊，打了幾下，那野果樹喀喇聲響，從中折斷，他盡採樹上野果，放入懷中。

楊過心道：「難道金輪法王就在左近？」他與法王本來並無仇怨，此時認定郭靖、黃蓉是殺父仇人，反而後悔當日相助郭黃而與法王作對，當下悄悄跟在達爾巴身後，要去瞧個究竟。只見他邁步如飛，直向山坳中行去。楊過下馬步行，遠遠跟隨，見他轉入林木深處，越走越高，於是隨着他上了一座山峯。

峯頂上搭着一座小小茅棚，四面通風。金輪法王閉目垂眉，在棚中打坐。達爾巴將野果放在棚中地下，轉過身來，突見楊過走近，不由得臉色大變，叫道：「大師兄，你要來加害師父麼？」說着向楊過急衝過來，伸手便去扭他衣襟。他武功原比楊過爲高，但此刻師父正處於奇險之境，一受外感，立時性命不保，惶急之下心神失常，這一招章法大亂，竟自犯了武學的大忌，給楊過反擒手背，一帶一送，將他摔得跌了出去。

達爾巴心中認定楊過是大師兄轉世，又給他這一摔先聲奪人，在地下打了個滾，翻身爬起，躍到楊過面前。楊過只道他又要動手，退後一步，那知他突然雙膝落地，磕頭道：「大師兄，你須念前世恩師之情。師父身受重傷，正自行功自療，你若驚動了他，那可……那可……」說到後來，喉頭哽咽，淚水長流。

楊過雖不懂他的藏語，但見他神情激動，金輪法王又是容顏憔悴，已明白了七八分，忙扶他身起，說道：「我決不傷害尊師，你放心好啦。」達爾巴見他臉色和善，心中大喜，雖然不懂他說話，卻已消去了敵意。

就在此時，金輪法王睜開眼來，見到楊過，大吃一驚，適才他入定運氣，並未聽到楊過和達爾巴對答之言，斗見大敵當前，長嘆一聲，緩緩說道：「我枉自修練多年，總是勘不破名關，卻不道今日喪身中原。」原來他受巨石撞擊，內臟受了重傷，這些日來就在荒山頂上結廬療傷，不意楊過竟跟蹤過來，此時固然絲毫用不得力，即令達爾巴將楊過逐走，爭鬥之時也必使他心神不定，重傷難愈。

那知楊過躬身唱喏，說道：「在下此來，非與大師爲敵，請勿多心。」法王搖了搖頭，待要說話，胸口突然劇痛，急忙閉目運氣。楊過走進茅棚，伸出右掌，貼在他背心的「至陽穴」上。這穴道在第七脊椎之下，乃是人身督脈的大穴。達爾巴一見之下，大驚失色，揮拳便要向楊過攻去。楊過搖搖左掌，向他使個眼色。達爾巴見師父神情無異，臉上且微帶笑意，這一拳舉起了便不打下去。

楊過修爲不深，於西藏派內功更是一無所知，掌心隱隱感到他體內氣息流動，便潛運內力，將一股熱氣助他上通靈台、神道、身柱、陶道各穴，下通筋縮、中樞、脊中、懸樞各穴，盡其所能，僅能維護他的督脈。達爾巴武功雖強，練的都是外功，不能助師療傷，這些日子中只有乾着急的份兒。此刻金輪法王旣無後顧之慮，便氣走任脈，全力調理前胸小腹的傷勢，只一個多時辰，疼痛大減，臉現紅潤，睜眼向楊過點首爲謝，合掌說道：「楊居士，你何以忽來助我？」

楊過也不隱瞞，將最近得悉郭靖夫婦害死他父親、現下決意要前去報仇、無意中跟隨達爾巴上山等情說了。

金輪法王雖知這少年甚是狡黠，十句話中連一句也是難信，但他今日於殺己易於反掌之際反而相助療傷，對己確是絕無敵意，便道：「原來居士身上尚負有如此深寃大仇。但郭靖夫婦武學深湛，楊居士要報此仇，只怕不易呢。」楊過默然，過了一會，說道：「那麼我父子兩代都死在他手下，也就罷了！」法王道：「我初時自負天下無敵，欲以一人之力，壓倒中原羣雄，爭那武林盟主之位。但中土武人不講究單打獨鬥的規矩，大夥兒來個一擁而上，那只好另作打算了。老衲傷愈之後，須得多邀高手相助。我方聲勢一大，中原武師不能恃多爲勝，大家便能公平決個勝敗。你可有意參與我方麼？」

楊過待要答允，卻想起蒙古兵將屠戮之慘，說道：「我不能相助蒙古。」法王搖頭道：「你想單槍匹馬去殺郭靖夫婦報仇，那可是難上加難。」

楊過沉吟半晌，說道：「好，我助你取武林盟主，你卻須助我報仇。」金輪法王伸出手掌，說道：「大丈夫一言爲定，擊掌以誓。」二人擊掌三下，訂了盟約。楊過道：「我只助你爭那盟主之位，你要幫蒙古人攻取江南，殺害百姓，我可不能出力。」

法王笑道：「人各有志，那也勉強不來。楊兄弟，你的武功花樣甚多，不是我倚老賣老說一句，博採衆家固然甚妙，但也不免駁而不純。你最擅長的到底是那一門功夫？要用甚麼武功去對付郭靖夫婦？」

這幾句話可將楊過問得張口結舌，難以回答。他一生遭際不凡，性子又是貪多務得，全眞派的、歐陽鋒的、古墓派的、九陰眞經、洪七公的、黃藥師的，諸般武功着實學了不少。這些功夫每一門都是奧妙無窮，以畢生精力才智鑽研探究，亦難以望其涯岸，他東摘一鱗、西取半爪，卻沒一門功夫練到眞正第一流的境界。遇到次等對手之時，施展出來固然是五花八門，叫人眼花撩亂，但遭逢到眞正高手，卻總是相形見絀，便和金輪法王的弟子達爾巴、霍都相較，也是頗有不及。他低頭凝思，覺得金輪法王這幾句話實是當頭棒喝，說中了他武學的根本大弊。

轉念又想：「我既已決意與姑姑廝守終生，卻何以又到處留情？程姑娘、媳婦兒，還有那完顏萍。我對她們既無眞情，何以又不規規矩矩的？這眞是貪多嚼不爛了。」再想：「不論洪七公、黃藥師、歐陽鋒，或是全眞七子、金輪法王，凡是卓然而成名家者，都是精修本門功夫，別派武功並非不懂，卻只是明其家數，並不研習，然則我該當專修那一門功夫？」在情在理，自當專研古墓派的玉女心經才是，但想到洪七公的打狗棒法如此奧妙、黃藥師的玉簫劍法這等精微，置之不理，豈非可惜？而義父的蛤蟆功與經脈逆行、九陰眞經中的諸般功夫，無一不是以一技卽足以揚名天下，好不容易的學到，又怎能棄之如遺？

他走出茅棚，在山頂上負手而行，苦苦思索，甚是煩惱，想了半天，突然間心念一動：「我何不取各派所長，自成一家？天下武功，均是由人所創，別人既然創得，我難道就創不得？」想到此處，眼前登時大現光明。

他自辰時想到午後，又自午後苦思至深夜，在山峯上不飲不食，生平所見諸般精妙武功在腦海中此來彼往，相互激盪。他曾見洪七公與歐陽鋒口述比武，自己也曾口講指劃而將李莫愁驚走，此時腦中諸家武功互爭雄長，比口述更是迅速激烈。想到後來，不由自主的揮拳踢腿的施展起來。初時還能分辨這一招學自洪七公，那一招學自歐陽鋒，到得後來竟是亂成一團，他再難支持，仰天摔倒，昏了過去。

達爾巴遙遙望見他瘋瘋癲癲，指手劃脚，不知幹些甚麼，突然見他摔倒，大吃一驚，要去相救。金輪法王笑道：「別去拂亂他心思。只可惜你才智平庸，難明其中的道理。」

楊過睡了半夜，次晨一早起來又想。七日之中，接連昏迷了五次。說要綜納諸門，自創一家，那是談何容易？以他此時的識力修爲固然絕難成功，那更不是十天半月間之事。但連想數日之後，恍然有悟，猛地明白諸般武術皆可爲我所用，既不能合而爲一，也就不必強求，日後臨敵之際，當用則用，不必去想武功的出處來歷，也已與自創一派相差無幾。想明白了此節，登時心中舒暢。

金輪法王經這數日運功自療，傷勢愈了八九成，已可行動如常，這日見楊過突然神情平和、一副成竹在胸的模樣，知他於武學之道已進了一層，說道：「楊兄弟，我帶你去見一個人。此人雄才偉畧，豁達大度，包你見了心服。」楊過道：「是誰？」法王道：「蒙古王子忽必烈。他是成吉思汗之孫，皇子拖雷的第四子。」

楊過自見蒙古軍士大肆暴虐之後，對蒙古人極感憎惡，皺眉說道：「我急欲去報殺父大仇，那蒙古王子卻是不必見了。」法王笑道：「我已答允助你，豈能失信？但我是忽必烈王子聘來，須得向他稟告一聲。他王帳離此不遠，一日可至。」楊過無奈，自忖絕非郭靖、黃蓉夫婦的對手，不論鬥智鬥力，都是相去不可以道里計，不得金輪法王相助，此仇勢必難報，只得和他同去。

金輪法王受封蒙古第一護國大師，蒙古兵將對他極是尊崇，一見到來，立卽通報王爺。

蒙古人世世代代向居包帳，雖然入城，仍是不慣宮室，因此忽必烈也住在營帳之中。

法王携着楊過之手走進王帳。楊過見那營帳比之尋常蒙古營帳大逾一倍，帳中陳設卻甚簡樸。一個二十五六歲的青年男子科頭布服，正坐着看書。那人見二人進帳，忙離座相迎，笑吟吟的道：「多日不見國師，常自思念。」金輪法王道：「王爺，我給你引見一位少年英雄。這位楊兄弟年紀雖輕，卻是一位了不起的人傑。」

楊過只道忽必烈是成吉思汗之孫，外貌若非貴盛尊榮，便當威武剛猛，那知竟是這麼一個會說漢語、謙和可親的青年，頗覺詫異。

忽必烈向楊過微一打量，左手拉住法王，向左右道：「快取酒來，我和這位兄弟喝一碗。」左右送上三隻大斗，倒滿了蒙古的馬乳酒。忽必烈接過來一飲而盡，法王也自乾了。楊過平素甚少飲酒，此時見主人如此脫略形迹，不便推卻，當下也是舉斗飲乾，只覺那酒極是辛烈，頗帶酸味。

忽必烈笑道：「小兄弟，這酒味可美麼？」楊過道：「此酒辛辣酸澀，入口如刀，味道不美，卻是男子漢大丈夫的本色。」

忽必烈大喜，連聲呼酒，三人各盡三斗。楊過仗着內力精湛，喝得絲毫不動聲色。忽必烈喜道：「國師，你何處覓得這位好人才？眞乃我大蒙古之幸。」法王當下將楊過的經歷約畧一說，言語中將他身分抬得甚高，隱然當他是中原武林的一位大人物。楊過給他這麼一捧，不自禁也有些飄飄然之感。

忽必烈奉命南取大宋江山，在中原日久，心慕漢化，日常與儒生爲伍，讀經學書，又廣聘武學高人，結交賓客，策劃南下攻宋。若是換作旁人，見楊過如此年輕，定是難信，但忽必烈才智卓絕，氣度恢宏，對金輪法王又是深信不疑，大喜之下，卽命大張筵席。

不多時筵席張布，酒肉滿几，蒙漢食事各居全半。忽必烈向左右道：「請招賢館的幾位英雄來見。」左右應命出帳。忽必烈道：「這幾日招賢館中又到來幾位賓客，各懷異能，實爲國家之福，唯不及國師與楊君文武全才耳。」

言談間左右報稱客到，帳門開處，走進四個人來。當先一人身材高瘦，臉無血色，形若僵屍，忽必烈向法王與楊過引見，說是湘西名宿瀟湘子。第二人極矮極黑，乃是來自天竺的高手尼摩星。其後兩人一個身高八尺，粗手大脚，臉帶傻笑，雙眼木然。另一個高鼻深目，曲髮黃鬚，是個胡人，身上穿的卻是漢服，頸懸明珠，腕帶玉鐲，珠光寶氣。忽必烈分別引見，那巨漢是回疆人，名叫馬光佐。那胡人是波斯大賈，祖孫三代在汴梁、長安、太原等地販賣珠寶，取了個中國姓名叫作尹克西。

尼摩星與瀟湘子聽說金輪法王是「蒙古第一國師」，冷冷的上下打量，臉上均有不服之色，見楊過年紀幼小，只道是法王的徒子徒孫，更沒放在心上。酒過三巡，尼摩星忍耐不住，說道：「王爺，大蒙古地方大大的，這個大和尙是第一國師的，武功定是很大很大的，我們想要瞧瞧的。」忽必烈微笑不語。瀟湘子接口道：「這位尼摩星仁兄來自天竺，西藏武功傳自天竺，難道世上當眞有靑出於藍之事麼？兄弟可有點不大相信了。」

金輪法王見尼摩星雙目炯然生光，瀟湘子臉上隱隱透着一股靑氣，知道這兩人內功均深；尹克西則嘻嘻哈哈、竭力裝出一股極庸俗的市儈氣來，此人越是顯得無能，只怕越是有底，倒也不可小看了，那巨漢馬光佐卻是不必掛懷，當下微微一笑，說道：「老衲受封國師，是大汗和四王子殿下的恩典，老衲本是愧不敢當。」

瀟湘子道：「那你就該避位讓賢啊。」說着眼睛向尼摩星斜望，嘴角邊微微冷笑。

法王伸筷子挾了一大塊牛肉，笑道：「這塊牛肉是這盤中最肥大的了，老衲原也不想吃它，只是偶爾伸筷，偶爾挾着，在佛家稱為緣法罷了。那一位居士有興，儘可挾去。」說着舉筷停在盤上，靜候各人來挾。

馬光佐不明白金輪法王語帶機鋒，說的是一塊肥大牛肉，其意所指卻是蒙古第一國師的高位，見他挾着牛肉讓客，當即伸筷去接。他筷頭將要和牛肉碰到，法王手中的一根筷子突然橫出，與他筷子輕輕一碰，馬光佐只感手臂劇震，把捏不定，一雙筷子竟然落在桌上。法王那根筷子卻已及時縮回，挾住了牛肉。衆人愕然相顧。馬光佐還未明白，拾起筷子，五根手指牢牢捏住，心想：「這次你總再也碰不下了。」伸筷再去挾肉。法王又是一筷橫出，這一次馬光佐抓得極緊，果然震他不下，卻聽得喀喇一聲輕響，一雙筷子斷為四截，猶如刀斬一般，兩個半截落在桌上。

馬光佐大怒，大吼一聲，撲上去要和法王廝拚。忽必烈笑道：「馬壯士不須動怒，若要比武，待用完飯再較量不遲。」馬光佐畏懼王爺，恨恨歸座，指着法王喝道：「你使甚麼妖法，弄斷了我的吃飯傢伙？」法王一笑，筷子仍是挾着牛肉，伸在身前。

尼摩星初時也沒將金輪法王如何放在眼內，待得見他內力深厚，再也不敢小覷。他是天竺國人，吃飯不用筷子，只用手抓，說道：「肥牛肉，大漢子搶不到的，我，想吃的。」突然五指如鐵爪，猛往肉上抓去。法王橫出右邊一根筷子，快如閃電般顫了幾顫，分點他手心、手腕、手背、虎口、中指指尖五處穴道。尼摩星手掌急翻，呼的一聲，向他手腕斬落。法王手臂不動，倒豎筷子，又顫了幾顫，尼摩星突覺筷尖觸到自己虎口，疾忙縮回。法王那根筷子轉了回去，仍將牛肉挾住。他出筷點穴，快捷無倫，數顫而回，牛肉尚未落下。楊過等都瞧得明白，就在這霎時之間，二人已交換了數招，法王出筷固然極快，尼摩星能在間不容髮之際及時縮手避開，武功也着實了得。瀟湘子陰惻惻的叫了聲：「好本事！」忽必烈知道二人以上乘武功較勁，但使的是甚麼功夫卻瞧不出來。馬光佐睜着一雙銅鈴般的大眼，望望這個，瞪瞪那個，不明所以。

尹克西笑嘻嘻的道：「各位太客氣啦！你推我讓，你也不吃，我也不吃，卻讓得菜都冷了。」說着慢吞吞的伸出筷子，手腕上一隻翡翠鐲、一隻鑲金玉鐲相互撞得玎玎璫璫亂響。他筷頭尚未碰到牛肉，法王的筷子已被他內勁激得微微一盪，原來他竟搶了先着，使內勁逼得法王的筷子伸不出來。法王索性將筷子前送，讓他挾着，勁力傳到他筷上，再向他手臂撞去。尹克西忙運勁還擊。那知法王的內勁忽發卽收，牛肉本已給尹克西挾去，給他自己的勁力一送，重又交回到法王筷上。法王笑道：「尹兄定要推讓，實在太客氣了。」這一下是以巧取勝。尹克西中計，同時也已試出對方內力遠勝於己，好在並未出醜，當卽微微一笑，轉筷在盤中挾了一小塊牛肉，笑道：「兄弟生平所愛，只是珠寶財帛，肥牛肉卻不大喜歡，還是吃一塊小的罷。」說着送肉入嘴，慢慢咀嚼。

金輪法王心想：「這波斯胡氣度倒是不凡。」轉頭向瀟湘子道：「老兄如此謙讓，老衲只好自用了。」說着筷子微微向內縮了半尺。他猜想瀟湘子內力不弱，不敢大意，筷子縮回半尺，就是發出內勁時近了半尺，而對方卻遠了半尺。瀟湘子冷笑一聲，筷子緩緩舉起，突然搶出，挾住了牛肉，借勢回奪，竟給他拉回了半尺。

金輪法王沒料到他手法如此快捷，急忙運勁回奪，那牛肉便又一寸一寸的移了回來。瀟湘子站起身來，左手據桌，只震得桌子格格直響，卻阻不住牛肉向法王面前移動之勢。眼見金輪法王神態悠閒，瀟湘子額頭汗珠湧出，強弱之勢已分。

忽聽得遠處有人高聲叫道：「郭靖，郭兄弟，你在那裏？快快出來，郭靖，姓郭的小子哪！」呼聲初時發自東邊，倏忽之間卻已從西邊傳來。東西相距幾有里許之遙，似是一人喊畢，第二人跟着接上，但語音卻是一人，而且自東至西連續不斷，此人身法之快，呼聲中內力之厚，均是世上少見。

各人愕然相顧之際，瀟湘子放鬆筷子，頹然坐下。金輪法王哈哈一笑，說道：「承讓，承讓！」正要將牛肉送入口中，突然帳門揚起，人影一閃，一人伸手將法王筷上那塊肥牛肉搶了過去，放入口中大嚼起來。

這一下衆人都大吃一驚，同時站起，看那人時，卻是個白髮白鬚的老人，滿臉紅光，笑容可掬。只見他在帳內地下的毡上一坐，左手撥開白鬍子，右手將牛肉往口中送去，吃得嗒嗒有聲。金輪法王回思這老人搶去自己筷上牛肉的手法，越想越是駭異。

帳門口守衛的武士沒攔住白鬚老人，猛喝：「捉刺客。」早有四柄長矛齊向他胸間搠去。那老人伸出左手，一把抓住四個矛頭，向楊過道：「小兄弟，再拿些牛肉來吃，我肚子餓得狠了。」四名蒙古武士用力推前，竟是紋絲不動，隨即使力回奪，但四人掙得滿臉通紅，四柄長矛竟似鑄在一座鐵山中一般，連半寸也拉不回轉。楊過看得有趣，拿起席上的那盤牛肉，平平向他飛去，說道：「請用罷！」

那老人右手抄起，平平托在胸前，突然間盤中一塊牛肉跳將起來，飛入他口中，猶如活了一般。忽必烈看得有趣，只道他會玩魔術，喝一聲采。金輪法王等卻知那老人手掌局部運力，推動盤中的某一塊牛肉激跳而出。常人隔着盤子用力擊敲，原可震得牛肉跳起，但定是衆肉齊飛，汁水淋漓，要牛肉分別一塊塊躍出卻萬萬不能，這老人的掌力實已到了所施無不自如的境地，席上衆人自量無法做到，不由得均生敬畏之心。

那老人不停咀嚼，剛吞下一塊牛肉，盤中又跳起一塊，片刻之間，將一盤牛肉吃得乾乾淨淨。他右手一揚，盤子脫手上飛，在半空中劃個弧形，向楊過與尹克西飛去。楊尹二人見他功夫了得，生怕在盤上暗中使了怪勁，不敢伸手去接，忙分向兩旁讓開。那盤子平平的貼着桌面飛來，對準了一盤烤羊肉一撞，那盤羊肉便向老人飛去，空盤在桌上轉了幾個圈子，停住不動。原來他使的是股「太極勁」，如太極圖一般周而復始，連綿不斷，若是在空曠處擲出盤子，那盤就會繞身兜圈。這股勁力使發也並不甚難，頗多善變幻術之人均擅此技，所難者是勁力拿捏恰到好處，剛巧飛向席上一撞，空盤停住，而將另一盤食物送到他手中。

那老人哈哈大笑，極是得意，手掌運勁，烤羊肉又是一塊塊的躍起，給他吃了個肉盡盤空。其時最狼狽的莫過於那四名蒙古武士，用力奪回長矛固是不能，而放手卻又不敢。蒙古軍法極嚴，臨陣拋棄兵刃是殺頭的死罪，何況四人身負護衞四王子的重任，只得使出吃奶的力氣來與之爭奪。那老人越見他們手足無措，越是高興，突然間喝道：「變變變，兩個給我磕響頭，兩個仰天摔一交！一二三！」那「三」字剛說完，手臂一震，四根長矛同時斷折。他五指使力的方向不同，在兩根長矛上運力外推，對另外兩根長矛卻是向內拉扯，只聽得「啊喲」一連聲，果然兩名武士俯跌下去，如同磕頭，另外兩名武士卻是仰天摔跌。那老人拍手唱道：「小寶寶，滾元寶，跌得重，長得高！」唱的是首兒歌，那是當小孩跌交之時，大人唱來安慰他的。

尹克西猛地省起，問道：「前輩可是姓周？」那老人笑道：「是啊，哈哈，你認得我麼？」尹克西站起身來，抱拳說道：「原來是老頑童周伯通周老前輩到了。」瀟湘子素聞其名，金輪法王與尼摩星卻不知周伯通的名頭，但見他武功深湛，行事卻頑皮胡鬧，果然不枉了「老頑童」三字的稱號。各人登時減了敵意，臉上都露出笑容。

金輪法王道：「請恕老衲眼拙，未識武林前輩。便請入座如何？王爺求賢若渴，今日得見高人，定必歡喜暢懷。」忽必烈拱手道：「正是，周先生卽請入座。」周伯通搖頭道：「我吃得飽了，不用再吃。郭靖呢，他在這裏麼？」楊過曾聽黃藥師說過周伯通與郭靖結拜之事，當卽冷冷的道：「你找他幹甚麼？」

周伯通自來天眞爛漫，最喜與孩童接交，見座中楊過年紀最小，先便歡喜，又聽他直稱自己爲「你」，不說甚麼「老前輩」、「周先生」，更是高興，說道：「郭靖是我拜把子的兄弟，你認得他麼？他從小愛跟蒙古人在一起，因此我見到蒙古包，就鑽進來找找。」楊過皺眉道：「你找郭靖有甚麼事？」周伯通心無城府，那知隱瞞心中之事，隨口答道：「他派人送個信給我，叫我去赴英雄大宴。我老遠趕去，路上玩了幾場，遲到了幾日，他們卻早已散了，叫人好沒興頭。」楊過道：「他們沒留下書信給你麼？」

周伯通白眼一翻，說道：「你爲甚麼儘盤問我？你到底識不識得郭靖？」楊過道：「我怎麼不識？郭夫人名叫黃蓉，是不是？他們的女兒名叫郭芙，是不是？」周伯通拍手笑道：「錯啦，錯啦！黃蓉這丫頭自己也是個小女孩兒，有甚麼女兒？」

楊過一怔，隨卽會意，問道：「你和他夫妻倆有幾年不見啦？」周伯通點着手指頭兒一數，十隻手指每一隻數了兩遍，道：「總有二十年了罷。」楊過笑道：「對啊，她隔了二十年還是小女孩兒麼？這二十年中她不會生孩子麼？」

周伯通哈哈大笑，只吹得白鬚根根飄動，說道：「是你對，是你對！他們夫妻小兩口兒，生的女兒可也挺俊嗎？」楊過道：「那女孩兒相貌像郭夫人多些，像郭靖少些，你說俊不俊呢？」周伯通呵呵笑道：「那就好啦，一個女孩兒若是濃眉大眼，黑黑的臉蛋，像我郭兄弟一般，那自然是美不了。」

楊過知他再無懷疑，爲堅其信，又道：「黃蓉的父親桃花島主藥師兄，和我是莫逆之交，你可認得他麼？」周伯通一怔，說道：「你這娃娃，怎麼跟黃老邪稱兄道弟？你師父是誰？」楊過道：「我師父的本事大得緊，說出來只怕嚇壞了你。」周伯通笑道：「我才嚇不壞呢。」右手一揚，手中空盤向他疾飛過去，呼呼風響，勢道猛烈異常。

楊過早知周伯通是馬鈺、丘處機他們的師叔，又見他揚手時臂不內曲，全以指力發出，正是全眞派的手法。他對全眞武功的門道自是無所畏懼，當卽伸出左手食指，在盤底一頂，那盤子就在他手指上滴溜溜的轉動。

這一下周伯通固然大是喜歡，而瀟湘子、尹克西、尼摩星等也是聳相聳動。瀟湘子初時見楊過衣衫襤褸，年紀幼小，那將他放在眼內，此刻卻想：「憑這盤子飛來之勢，我便不敢伸手去接，更何況單憑一指之力？只消有半點摸不準力道的來勢，連手腕也得折斷了。卻不知這少年是何來歷？」

周伯通連叫幾聲：「好！」但也已瞧出他以指頂盤是全眞一派的家數，問道：「你識得馬鈺、丘處機麼？」楊過道：「這兩個牛鼻子我怎不認識？」周伯通大喜。他與丘處機等雖然並無蔕芥，總覺得他們淸規戒律煩多，太過拘謹，實在有些兒瞧他們不起。他生平最佩服的除師兄王重陽外，就是放誕落拓的九指神丐洪七公，而與黃藥師之邪、黃蓉之巧，也隱隱有臭味相投之感。這時聽楊過稱馬鈺、丘處機爲「牛鼻子」，只覺極爲入耳，又問：「郝大通他們怎樣啦？」

楊過一聽「郝大通」三字，怒氣勃發，罵道：「這牛鼻子混蛋得很，終有一日，我要讓他好好吃點兒苦頭。」周伯通興致越來越高，問道：「你要給他吃點甚麼苦頭？」楊過道：「我捉着他綁住了手足，在糞缸裏浸他半天。」周伯通大喜，悄聲道：「你捉着他之後，可別忙浸入糞缸，你先跟我說，讓我在旁偷偷瞧個熱鬧。」他對郝大通其實並無半分惡意，只是天性喜愛惡作劇，旁人胡鬧頑皮，自是投其所好，非來湊趣不可。楊過笑道：「好，我記得了。可是你幹麼要偷偷的瞧？你怕全眞教的牛鼻子麼？」周伯通嘆道：「我是郝大通的師叔啊！他瞧見我，自然要張口呼救。那時我若不救，未免不好意思，若是相救，好戲可又瞧不到啦。」

楊過暗自沉吟；「此人武功極強，性子倒也樸直可愛，但總是全眞派的，又是郭靖的把兄。大丈夫心狠手辣，須得設法除了他才好。」

周伯通那知他心中起了毒念，又問：「你幾時去捉郝大通？」楊過道：「我這就去。你愛瞧熱鬧，就跟我來罷。」周伯通大喜，拍着手掌站起身來，突然神情沮喪，又坐了下來，說道：「唉，不成，我得上襄陽去。」楊過道：「襄陽有甚麼好玩？還是別去罷。」周伯通道：「郭兄弟在陸家莊留書給我，說道蒙古大軍南下，必攻襄陽。他率領中原豪傑趕去相助，叫我也去出一把力。我一路尋他不見，只好追去襄陽了。」

忽必烈與金輪法王對視了一眼，均想：「原來中原武人大隊趕去襄陽，相助守城。」

正說到此處，帳門中進來一個和尙，約莫四十來歲年紀，容貌儒雅，神色舉止均似書生。他走到忽必烈身旁，兩人交頭接耳的說了幾句。這和尙是漢人，法名子聰，乃是忽必烈的謀主。他俗家姓劉名侃，少年時在縣衙爲吏，後來出家爲僧，學問淵源，審事精詳，忽必烈對他甚是信任。此時他得到衞士稟報，說王爺帳中到了異人，當卽入見。

周伯通撫了撫肚皮，道：「和尙，你走開些，我在跟小兄弟說話。喂，小兄弟，你叫甚麼名字？」楊過道：「我姓楊名過。」周伯通道：「你師父是誰？」楊過道：「我師父是個女子，她相貌旣美，武功又高，可不許旁人提她的名字。」

周伯通打個寒噤，想起了自己的舊情人瑛姑，登時不敢再問，站起身來，伸袖子一揮身上的灰塵，登時滿帳塵土飛揚。子聰忍不住打了兩個噴嚏。周伯通大樂，衣袖揮得更加起勁，突然大聲笑道：「我去也！」左手一揚，四柄折斷的矛頭向瀟湘子、尼摩星、尹克西、馬光佐四人激射過去。四柄矛頭挾着嗚嗚破空之聲，去勢奇速，相距又近，剎那之間，已飛到四人眼前。

瀟湘子等一驚，眼見避閃不及，只得各運內勁去接，那知四隻手伸出去，一齊接了個空，噗的一聲響，四柄矛頭都插在地下土中。原來他這一擲之勁巧妙異常，既發卽收，矛頭剛飛到四人身前，突然轉彎插地。馬光佐是個戇人，只覺有趣，哈哈大笑，叫道：「白鬍子，你的戲法眞多。」瀟湘子等三人卻是大為驚駭，忍不住臉上變色，均想適才這一接不中，矛頭轉彎，自己的性命實已交在對方手裏，矛頭若非轉而落地，卻是插向自己小腹，憑他這一擲之力，那裏還有命在？

周伯通戲弄四人成功，極是得意，轉身便要出帳。子聰說道：「周老先生，如你這般神通，當眞是天下少有，小僧代王爺敬你一杯。」說着將斟好了的一杯酒送到他面前。周伯通一飲而盡。子聰又送一杯過去，道：「小僧自己敬一杯！」周伯通又乾了。子聰要待再敬第三杯時，周伯通忽然大叫：「啊喲，不好！我肚子痛，要拉屎。」蹲下身來，解開褲帶，就要在王帳之中拉屎。法王等忍不住好笑，大聲喝阻。周伯通一怔，叫道：「肚子痛得不對，不是要拉屎！」

楊過向子聰瞧了一眼，已然明白，原來酒中下了毒。他先前雖曾起意設法除去周伯通，以免郭靖多一強助，但這惡念在心頭一閃卽過，他與這老頑童無怨無仇，見他天眞爛漫，實在頗有親近之意，眼見他中了奸計，心下不忍，正想提醒於他，叫他拿住忽必烈、逼子聰取藥解毒，忽聽周伯通叫道：「不對，不對，原來是毒酒喝得太少，這才肚子痛了。和尚，快快，再斟三杯毒酒來。越毒越好！」衆人愕然相顧。子聰怕他臨死發威，那敢走近身去？

周伯通大踏步走到桌邊，金輪法王擋在忽必烈身前相護，卻見他左手提着褲子，右手取過盛毒酒的酒壺，仰起頭咕嚕嚕的直灌入肚，喝了個涓滴不存。

衆人羣相失色。周伯通卻哈哈大笑，說道：「對啦，肚子裏毒物太多，老頑童可不變成了老毒物嗎？須得以毒攻毒才是。」突然口一張，一股酒漿向子聰激射過去。金輪法王眼見勢危，拉起桌子一擋，一條酒箭射上桌面，只濺得嗤嗤作響。

周伯通笑聲不絕，走到營帳門口，忽地童心大起，拉住營帳的支柱，使勁幌了幾下，那柱子喀的一聲斷了，一座牛皮大帳登時落將下來，將忽必烈、金輪法王、楊過等一齊蓋罩在內。周伯通大喜，縱身帳上，來回奔馳，將帳內各人都踏到了。金輪法王在帳內揮掌拍出，正好擊在他的脚底心。周伯通只覺一股大力衝到，倒也抵擋不住，一個觔斗翻了下來，大叫：「有趣，有趣！」揚長而去。

待得法王等護住忽必烈爬出，衆侍衞七手八脚換柱立帳，周伯通早已去得遠了。法王與瀟湘子等齊向忽必烈謝罪，自愧護衞不周，驚動了王爺。忽必烈絲毫不介於懷，反而不絕口的稱讚周伯通本事，說如此異人不能羅致帳下，甚感可惜。法王等均有愧色。

當下重整杯盤。忽必烈道：「蒙古大軍數攻襄陽，始終難下。眼下中原豪傑聚會守城，這周伯通又去相助，倒是件棘手之事，不知各位有何妙策？」尹克西道：「這周伯通武功雖強，咱們也未必就弱於他了。王爺儘管攻城，咱們兵對兵，將對將，中原固有英雄，西域也有豪傑。」忽必烈道：「話雖不錯，但古人有云：『未戰而廟算勝者，得算多也。多算勝，少算不勝。』進兵之前，務須成竹在胸。」子聽道：「王爺之見，極是英明……」

他一言未畢，忽聽帳外有人大聲叫道：「我說過不去就是不去，你們軟請硬邀，都是無用。」正是周伯通在叫嚷，不知他何以去而復來，又是在和誰講話，衆人好奇心起，均想出帳看個究竟。忽必烈笑道：「大家去瞧瞧，不知那老頑童又在跟誰胡鬧了。」

衆人步出帳外，只見周伯通遠遠站在西首的曠地上，四個人分站南、西、西北、北四個方位，成弧形將他圍住，卻空出了東面。周伯通伸臂攘拳，大聲叫嚷：「不去，不去！」楊過心中奇怪：「他若不去，又有誰勉強得了？何必如此爭吵？」看那四人時，都是一式的綠袍，服色奇古，並非當時裝束，三個男人均是中年，各戴高冠，站在西北方的則是個少女，腰間一根綠色綢帶隨風飄舞。

只聽站在北方的男子說道：「我們決非有意爲難，只是尊駕踢翻丹爐、折斷靈芝、撕毀道書、焚燒劍房，只得屈請大駕，親自向家師說明，否則家師怪責，我們做弟子的萬萬擔當不起。」周伯通嬉皮笑臉的道：「你就說是一個老野人路過，無意中闖的禍，不就完了？」那男子道：「尊駕是一定不肯去的了？」周伯通搖搖頭。那男子伸手指着東方道：「好啊，好啊，是他來了。」

周伯通回頭一看，不見有人。那男子做個手勢，四人手中突然拉開一張綠色的大漁網，兜頭向周伯通罩落。這四人手法熟練無比，又是古怪萬分，饒是周伯通武功出神入化，給那漁網一罩住，登時手足無措，只聽得他大呼小叫、喚爹喊娘，卻給四人提着漁網東繞西轉，綁了個結結實實。一個男子將他負在肩頭，餘下三人持劍在旁相護，向東飛奔而去。

楊過掛念周伯通的安危，心道：「我非救他不可。」當卽提氣追去，叫道：「喂，喂！你們捉他到那裏去？」

法王等均覺如此怪事，豈能不看個究竟？當卽別過忽必烈，隨後趕去。奔行數里，來到一條溪邊，只見那四人扛着周伯通上船，兩人扳槳，溯溪上行。衆人沿岸追趕，追了里許，見溪中有艘小舟，當卽入舟。馬光佐力大，扳槳而划，頃刻間追近數丈。但溪流曲折，轉了幾個彎，忽然不見了前舟的影蹤。

尼摩星從舟中躍起，登上山崖，霎時間猶如猿猴般爬上十餘丈，四下眺望，只見綠衫人所乘小舟已划入西首一條極窄的溪水之中。溪水入口處有一大叢樹木遮住，若非登高俯視，眞不知這深谷之中居然別有洞天。他躍回舟中，指明了方向，衆人急忙倒轉船頭，划向來路，從那樹叢中划了進去。溪洞山石離水面不過三尺，衆人須得橫臥艙中，小舟始能划入。划了一陣，但見兩邊山峯壁立，抬頭望天，只餘一綫。山靑水碧，景色極盡淸幽，只是四下裏寂無聲息，隱隱透着凶險。又划出三四里，溪心忽有九塊大石迎面聳立，猶如屛風一般，擋住了來船去路。

馬光佐首先叫起來：「糟啦，糟啦，這船沒法划了。」瀟湘子陰惻惻的道：「你一身牛力，將船提了過去罷。」馬光佐怒道：「我可沒這般大力，除非你僵屍來使妖法。」

金輪法王當二人爭吵之先，早自尋思：「那小舟如何過得這九個石屛風？」聽了二人之言，說道：「憑一人之力，任誰都拔不起這船，咱們六人合力，那就成了。楊兄弟、尹兄和我三人一面，尼兄、瀟湘兄、馬兄三位一面，六人合力齊施如何？」

衆人同聲叫好，依着他的分派，六人分站兩旁，各自在山石上尋到了堅穩立足之處，好在那溪極是窄狹，六人站立兩旁，伸出手來足夠握到船邊。法王叫一聲：「起！」六人同時用力。六人中只楊過與尹克西力氣較小，其餘四人都是力兼數人，馬光佐尤具神力，只聽得波的一聲，小舟離開水面，已越過了那九塊大石組成的石屏。

衆人躍回船頭，一齊撫掌大笑。這六人本來勾心鬥角，相互間頗存敵意，但經此一番齊心合力，自然而然的親密了幾分。

瀟湘子道：「我們六人的功夫雖然不怎麼樣，在武林中總也挨得上是一流好手，六人合力抬一艘小船，原也算不了難事，可是……」尼摩星搶着道：「四個綠衫子的男的女的，武功胡裏胡塗的，小船抬得過大石的？」六人中倒有五人早在暗暗詫異，只有馬光佐卻在思索他說「武功胡裏胡塗的」是甚麼意思。尼摩星道：「他們的船小的，人的……人的……四個人……也少的。四個人能夠這麼……這麼幹的，力氣也就……就好的。」尹克西道：「那三個男子也還罷了，另一個嬌滴滴的十七八歲大姑娘，決計無此本事，這大石中必是另有機關，咱們一時猜想不透罷了。」

法王微微一笑，說道：「人不可以貌相，如我們這位楊兄弟，他小小年紀，卻是身負絕頂武功，若非我們親眼得見，誰又信來？」楊過謙道：「小弟末學後進，有何足道？但那四個綠衫人居然能將周伯通綁縛而去，自是有過人之處。」他口中謙遜，但說話之間已與瀟湘子等一流名家稱兄道弟。衆人親見他以一指之力接了周伯通的飛盤，均已不輕視於他，聽他這番話說得有理，都紛紛猜測起來。

這六人中楊過年幼，法王、馬光佐、尼摩星三人向在西域，瀟湘子荒山獨修，素不與外人交往，只尹克西於中原武林的門派、人物、武功、軼事，所知甚是廣博，但對這四個綠衣男女的來歷卻也是想不起半點端倪。說話之間，已划到小溪盡頭，六人棄舟登陸，沿着小徑向深谷中行去。

山徑只有一條，倒不會行錯，只是山徑越行越高，也越是崎嶇，天色漸黑，仍不見那四個綠衫人的影蹤。正感焦躁，忽見遠處有幾堆火光，衆人大喜，均想：「這荒山窮谷之中，有火光自有人家，除了那幾個綠衣人之外，常人也決不會住在如此險峻之地。」當下發足向前奔去，心知身入險地，各自戒備。但各人過去都曾獨闖江湖，多歷凶險，此時六大高手並肩入山，天下有誰擋得？是以雖存戒心，卻無懼意。

行不多時，到了山峯頂上一處平曠之地，只見一個極大的火堆熊熊而燃，再走近數十丈，火光下已看得明白，火堆之後有座石屋。

尼摩星大聲叫道：「喂，喂，有客人來的！你們快出來的。」石屋門緩緩打開，出來四人，三男一女，正是日間擒拿周伯通的綠衫人。四人躬身行禮，右首一人道：「貴客遠來，未克相迎，實感歉仄。」法王道：「好說，好說。」那人道：「列位請進。」

金輪法王等六人走進石屋，只見屋內空蕩蕩地，除幾張桌椅之外一無陳設。四個綠衫男女跟着入內，坐在主位。當先一人道：「不敢請問六位高姓大名。」尹克西最擅言詞，笑吟吟的將五人身分說了，最後說道：「在下名叫尹克西，是個波斯胡人，我的本事除了吃飯，就是識得些珠玉寶物，可不像這幾位那樣個個身負絕藝。」

那綠衫人道：「敝處荒僻得緊，從無外人到訪，今日貴客降臨，幸何如之。卻不知六位有何貴幹？」尹克西笑道：「我們見四位將那老頑童周伯通捉拿來此，好奇心起，是以過來瞧瞧。貴處景色幽雅，令人大開眼界，實是不虛此行。」

第一個綠衫人道：「那搗亂的老頭兒姓周麼？也不枉了他叫做老頑童。」說着恨恨不已。第二個綠衫人道：「各位和他是一路的麼？」法王接口道：「我們和他也是今日初會，說不上有甚交情。」

第一個綠衫人道：「那老頑童闖進谷來，蠻不講理的大肆搗亂。」法王問道：「他搗亂了甚麼？當眞是如各位所說，又是撕書，又放火燒屋？」那綠衫人道：「可不是嗎？晚輩奉家師之命，看守丹爐，不知那老頭兒怎地闖進丹房，跟我胡說八道個沒完沒了，又說要講故事啦，又要我跟他打賭翻觔斗啦，瘋不像瘋，癲不像癲。那丹爐正燒到緊急的當口，我無法離身逐他，只好當作沒聽見，那知他突然飛起一腿，將一爐丹藥踢翻了。再要採全這爐丹藥的藥材，唉，可不知要到何年何月了。」說着氣憤之情見於顏色。

楊過笑道：「他還怪你不理他，說你的不對，是不是？」那綠衫少女道：「一點兒也不錯。我在芝房中聽得丹房大鬧，知道出了岔兒，剛想過去察看，這怪老頭兒已閃身進來，一伸手，就將一株四百多年的靈芝折成兩截。」楊過見那少女約莫十七八歲年紀，膚色極白，嬌嫩異常，眼神清澈，嘴邊有粒小小黑痣，便道：「那老頑童當眞胡鬧得緊，一株靈芝長到了四百多年，那自是十分珍異之物。」那少女嘆道：「我爹爹原定在新婚之日和我繼母分服，那知卻給老頑童毀了，我爹爹大發雷霆，那也不在話下。那老頑童折斷了靈芝，放入懷內，說甚麼也不肯還我，只是哈哈大笑。我又沒得罪他，不知爲甚麼這般無緣無故的來跟我爲難。」說着眼眶兒紅紅的，甚感委屈。楊過心道：「老頑童毫沒來由的欺侮這位姑娘，那可不該。」

尹克西道：「請問令尊名號。我們無意闖入，連主人的姓名也不知，實是禮數有虧。」那少女遲疑未答。第一個綠衫人道：「未得谷主允可，不便奉告，須請貴客原諒。」

楊過尋思：「這些人隱居荒谷，行迹如此詭秘，原不肯向外人洩露身分。」問道：「那老頑童搶了靈芝去，後來又怎樣了？」

第三個綠衣人道：「這姓周的在丹房、芝房中居然胡鬧得還嫌不夠，又衝進書房來，搶到一本書便看。在下職責所在，不得不出手攔阻。他卻說：『這些騙小孩子的玩意兒，有甚麼大不了！』竟一口氣撕毀了三本道書。這時大師兄、二師兄和師妹一齊趕到了。我們四人合力，仍是攔他不住。」法王微微一笑，說道：「這老頑童性子希奇古怪，武功可着實了得，原是不易攔他得住。」

第二個綠衫人道：「他鬧了丹房、芝房、書房，仍是不放過劍房。他踏進室門，就大發脾氣，說劍房內兵刃……兵刃太多，東掛西擺，險些兒刺傷了他，當卽放了一把火，將劍房壁上的書畫盡數燒毀。我們忙着救火，終於給他乘虛逃脫。我們一想這事可不得了，於是追出谷去，將他擒回，交由谷主發落。」

楊過道：「不知谷主如何處置，但盼別傷他性命才好。」第三個綠衫人道：「家師新婚在卽，倒也不會輕易殺人。但若這老兒仍是胡言亂道，儘說些不中聽的言語來得罪家師，那是他自討苦吃，可怨不得人。」

尹克西笑道：「那老頑童不知爲何故意來跟尊師爲難？我瞧他雖然頑皮，脾氣卻似乎不壞。」綠衫少女道：「他說我爹爹年紀這麼大啦，還娶……」那大師兄突然接口道：「這老頑童說話傻裏傻氣，當得甚麼準？各位遠道而來，定然餓了，待晚輩奉飯。」馬光佐大叫：「妙極，妙極！」登時容光煥發。

四個綠衫人入廚端飯取菜，一會兒開出席來，四大盆菜青的是青菜，白的是豆腐，黃的是豆芽，黑的是冬菰，竟然沒有一樣葷腥。

馬光佐生下來不到三個月，吃飯便是無肉不歡，面前這四大盆素菜連油星也不見半點，不禁大失所望。第一個綠衫人道：「我們谷中摒絕葷腥，須請貴客原諒。請用飯罷。」說着拿出一個大瓷瓶，在各人面前碗中倒滿了清澈澄淨的一碗白水。馬光佐心想：「既無肉吃，多喝幾碗酒也是好的。」舉碗骨都骨都喝了兩口，只覺淡而無味，卻是淸水，大嚷起來：「主人家忒煞小氣，連酒也沒一口。」

第一個綠衫人道：「谷中不許動用酒漿，這是數百年來的祖訓，須請貴客原諒。」那綠衫女郎道：「我們也只在書本子上曾見到『美酒』兩字，到底美酒是怎麼的樣兒，可從來沒見過。書上說酒能亂性，想來也不是甚麼好東西。」

法王、尹克西等眼見這四個綠衫男女年紀不大，言行卻如此迂腐拘謹，而且自與他們說話以來，從未見四人中有那一個臉上露過一絲笑容，雖非面目可憎，可實是言語無味。當眞是：話不投機半句多，各人不再說話，低頭吃飯。四個綠衫人也卽退出，不再進來。

用飯卽畢，馬光佐嚷着要乘夜歸去。但其餘五人眼見谷中處處透着詭異，好奇心起，均盼查明究竟。尹克西勸道：「馬兄，咱們既來此間，明日還須見見谷主，怎能就此回去？」馬光佐嚷道：「沒酒沒肉，這不是存心折磨人麼？這日子我是半天也不能過的。」瀟湘子板着臉道：「大夥兒說不去，你一個人吵些甚麼？」馬光佐見他僵屍一般的相貌，一直暗自害怕，聽他這麼一說，不敢再作聲了。

當晚六人就在石屋中安睡，地下只是幾張草蓆。只覺這谷中一切全是十分的不近人情，直比寺廟還更嚴謹無聊，廟中和尙雖然吃素，卻也不會如此對人冷冰冰的始終不露笑容。只有楊過住慣了古墓、對慣了冷若冰霜的小龍女，卻是絲毫不以爲意。

尼摩星氣憤憤的道：「老頑童拆屋放火，大大好的！」此言一出，馬光佐登時大有同感，大聲喝采。尼摩星道：「金輪老兄，你是我們六個頭腦的，你說這谷主是甚麼路道？是好人還是不好的？明兒咱們給他客氣客氣呢，還是打他個落花……落花甚麼水的？」法王道：「這谷主的路數，我和諸位一般，也是難以捉摸，明日見機行事便了。」尹克西低聲道：「這四個綠衫弟子武功不弱，谷中自然更有高手，大家務須小心在意，只要稍有疏忽，六人一齊陷身此處，那就不妙之極了。」

馬光佐還在嘮嘮叨叨的訴說飯菜難以下咽，沒將他一句話聽在耳中。楊過道：「你明日不小心，給他們抓住了關一輩子，整日價餵你淸水白飯，靑菜豆腐，只怕連你肚裏的蛔蟲也要氣死了……」馬光佐大吃一驚，忙道：「好兄弟，我聽，我聽。」

這一晚衆人身處險地，都是睡得不大安穩，只有馬光佐卻鼾聲如雷，有時夢中大叫：「來，來！乾杯！這塊牛肉好大！」

樊一翁忙偏頭避讓，敵招來得快，他這一偏也是極爲迅捷，長鬍子跟着甩了起來。楊過的大剪刀早已張開了守在右方，喀的一聲，將他鬍子剪去了兩尺有餘。

第十七回　絕情幽谷

次晨楊過醒來，走出石屋。昨晚黑暗中沒看得清楚，原來四周草木青翠欲滴，繁花似錦，一路上已是風物佳勝，此處更是個罕見的美景之地。信步而行，只見路旁仙鶴三二、白鹿成羣，松鼠小兔，盡是見人不驚。

轉了兩個彎，那綠衫少女正在道旁摘花，見他過去，招呼道：「閣下起得好早，請用早餐罷。」說着在樹上摘下兩朶花，遞給了他。

楊過接過花來，心中嘀咕：「難道花兒也吃得的？」卻見那女郎將花瓣一瓣瓣的摘下送入口中，於是學她的樣，也吃了幾瓣，入口香甜，芳甘似蜜，更微有醺醺然的酒氣，正感心神俱暢，但嚼了幾下，卻有一股苦澀的味道，要待吐出，似覺不捨，要吞入肚內，又有點難以下咽。他細看花樹，見枝葉上生滿小刺，花瓣的顏色卻是嬌艷無比，似芙蓉而更香，如山茶而增艷，問道：「這是甚麼花？我從來沒見過。」那女郎道：「這叫做情花，聽說世上並不多見。你說好吃麼？」

楊過道：「上口極甜，後來卻苦了。這花叫做情花？名字倒也別致。」說着伸手去又摘花。那女郎道：「留神！樹上有刺，別碰上了！」楊過避開枝上尖刺，落手甚是小心，豈知花朶背後又隱藏着小刺，還是將手指刺損了。那女郎道：「這谷叫做『絕情谷』，偏偏長着這許多情花。」楊過道：「爲甚麼叫絕情谷？這名字確是……確是不凡。」那女郎搖頭道：「我也不知甚麼意思。這是祖宗傳下來的名字，爹爹或者知道來歷。」

二人說着話，並肩而行。楊過鼻中聞到一陣陣的花香，又見道旁白兔、小鹿來去奔躍，甚是可愛，說不出的心曠神怡，自然而然的想起了小龍女來：「倘若身旁陪我同行的是我姑姑，我眞願永遠住在這兒，再不出谷去了。」剛想到此處，手指上刺損處突然劇痛，傷口微細，痛楚竟然厲害之極，宛如胸口驀地裏給人用大鐵錘猛擊一下，忍不住「啊」的一聲叫了出來，忙將手指放在口中吮吸。

那女郎淡淡的道：「想到你意中人了，是不是？」楊過給她猜中心事，臉上一紅，奇道：「咦，你怎知道？」女郎道：「身上若給情花的小刺刺痛了，十二個時辰之內不能動相思之念，否則苦楚難當。」楊過大奇，道：「天下竟有這等怪事？」女郎道：「我爹爹說道：情之爲物，本是如此，入口甘甜，回味苦澀，而且遍身是刺，你就算小心萬分，也不免爲其所傷。多半因爲這花兒有這幾般特色，人們才給它取上這個名兒。」

楊過問道：「那幹麼十二個時辰之內不能……不能……相思動情？」那女郎道：「爹爹說道：情花的刺上有毒。大凡一人動了情慾之念，不但血行加速，而且血中生出一些不知甚麼的物事來。情花刺上之毒平時於人無害，但一遇上血中這些物事，立時使人痛不可當。」

楊過聽了，覺得也有幾分道理，將信將疑。

兩人緩步走到山陽，此處陽光照耀，地氣和暖，情花開放得早，這時已結了果實。但見果子或青或紅，有的青紅相雜，還生着茸茸細毛，就如毛蟲一般。楊過道：「那情花何等美麗，結的果實卻這麼難看。」女郎道：「情花的果實是吃不得的，有的酸，有的辣，有的更加臭氣難聞，中人欲嘔。」楊過一笑，道：「難道就沒甜如蜜糖的麼？」

那女郎向他望了一眼，說道：「有是有的，只是從果子的外皮上卻瞧不出來，有些長得極醜怪的，味道倒甜，可是難看的又未必一定甜，只有親口試了才知。十個果子九個苦，因此大家從來不去吃它。」楊過心想：「她說的雖是情花，卻似是在比喻男女之情。難道相思的情味初時雖甜，到後來必定苦澀麼？難道一對男女傾心相愛，到頭來定是醜多美少嗎？難道我這般苦苦的念着姑姑，將來……」

他一想到小龍女，突然手指上又是幾下劇痛，不禁右臂大抖了幾下，才知那女郎所說果然不虛。那女郎見了他這等模樣，嘴角微微一動，似乎要笑，卻又忍住。這時朝陽斜射在她臉上，只見她眉目清雅，膚色白裏泛紅，甚是嬌美。楊過笑道：「我曾聽人說故事，古時有一個甚麼國王，燒烽火戲弄諸侯，送掉了大好江山，不過為求一個絕代佳人之一笑。可見一笑之難得，原是古今相同的。」那女郎給楊過這麼一逗，再也忍耐不住，格格一聲，終於笑了出來。

楊過見她一直冷冰冰的，心存三分忌憚，此時這麼一笑，二人之間的生分隔閡登時去了大半。楊過又道：「世上皆知美人一笑的難得，說甚麼一笑傾城，再笑傾國，其實美人另有一樣，比笑更是難得。」那女郎睁大了眼睛，問道：「那是甚麼？」楊過道：「那便是美人的名字了。見上美人一面已是極大的緣份，要見她嫣然一笑，那便須祖宗積德，自己還得修行三世……」他話未說完，女郎又已格格笑了起來。楊過仍是一本正經的道：「至於要美人親口吐露芳名，那眞須祖宗十八代廣積陰功了。」

那女郎道：「我不是甚麼美人，這谷中從來沒一人說過我美，你又何必取笑？」楊過長嘆一聲，道：「唉，怪不得這山谷叫做絕情谷。但依我之見，還是改一個名字的好。」那女郎道：「改甚麼名字？」楊過道：「應該稱作盲人谷。」女郎奇道：「爲甚麼？」楊過道：「你這麼美麗，他們卻不稱讚你，這谷中所居的不都是瞎子麼？」

那女郎又是格格嬌笑。其實她容貌雖也算得上等，但與小龍女相比固然遠爲不及，較之程英之柔、陸無雙之俏，似乎微見遜色，只是她秀雅脫俗，自有一般清靈之氣。她一生之中確是無人讚過她美貌，因她門中所習功夫近乎禪門，各人相見時都是冷冰冰的不動聲色，旁人心中縱然覺她甚美，決無那一個膽敢宣之於口。今日忽遇楊過，此人卻生性跳脫，越是見她端嚴自持，越是要逗她除卻那一副拒人於千里之外的無情神態。她聽了楊過之言，心中喜歡，笑道：「只怕你自己才是瞎子，將一個醜八怪看作了美人。」

楊過板着臉道：「我看錯了也說不定。不過這谷中要太平無事，你原是笑不得的。」那女郎奇道：「爲甚麼？」楊過道：「古人說一笑傾人城，再笑傾人國，其實是寫了個別字。這個別字非國土之國，該當是山谷之谷。」那女郎微微彎腰，笑道：「多謝你，別再逗我了，好不好？」楊過見她腰肢嫋娜，上身微顫，心中不禁一動，豈知這一動心不打緊，手指尖上卻又一陣劇痛。

那女郎見他連連揮動手指，微感不快，嗔道：「我跟你說話兒，你卻去思念你的意中人。」楊過道：「寃枉啊寃枉，我爲你手指疼痛，你卻來怪我。」那女郎滿臉飛紅，突然發足急奔。

楊過一言出口，心中已是懊悔：「我既一心一意向着姑姑，這不規不矩的壞脾氣卻何以始終不改？楊過啊楊過，你這小壞蛋可別再胡說八道了。」他天性中實帶了父親的三分輕薄無賴，雖然並無歹意，但和每個少女調笑幾句，招惹一下，害得人家意亂情迷，卻是他心之所喜。

那女郎奔出數丈，忽地停住，站在一株情花樹下面，垂下了頭呆呆出神，過了一會，回過頭來，微笑道：「若是一個醜八怪把名字跟你說了，那定是你祖宗十八代壞事做得太多，以致貽禍子孫了。」楊過走近身去，笑道：「你偏生愛說反面話兒。我祖宗十八代做了這許多好事，到我身上，總該好有好報罷。」這幾句話還是在讚對方之美。她臉上微微一紅，低聲道：「說便跟你說了，你可不許跟第二個說，更不許在旁人面前叫我。」楊過伸了伸舌頭道：「唐突美人，我不怕絕子絕孫麼？」

那女郎又是嫣然一笑，道：「我爹爹複姓公孫……」她總是不肯直說己名，要繞個彎兒。楊過插嘴道：「但不知姑娘姓甚麼？」那女郎抿嘴笑道：「那我可不知道啦。我爹爹曾給他的獨生女兒取個名字，叫做綠蕚。」楊過讚道：「果然名字跟人一樣美。」

公孫綠蕚將姓名跟楊過說了，跟他又親密了幾分，道：「待會兒爹爹要請你相見，你可不許對我笑。」楊過道：「笑了便怎地？」公孫綠蕚嘆道：「唉，若是他知道我對你笑過，又知我將名字跟你說了，眞不知會怎樣罰我呢？」楊過道：「也沒聽見過這樣嚴厲的父親，女兒對人笑一下也不行。這般如花似玉的女兒，難道他就不愛惜麼？」

公孫綠蕚聽他如此說，不禁眼眶一紅，道：「從前爹爹是很愛惜我的，但自我六歲那年媽媽死後，爹爹就對我越來越嚴厲了。他娶了我新媽媽之後，不知還會對我怎樣？」說着流下了兩滴淚水。楊過安慰道：「你爹爹婚後心中高興，定是待你更加好些。」綠蕚搖頭道：「我寧可他待我更兇些，也別娶新媽媽。」

楊過父母早死，對這般心情不大了然，有意要逗她開心，道：「你新媽媽一定沒你一半美。」綠蕚忙道：「你偏說錯了，我這新媽媽才眞是美人兒呢。爹爹可爲她……爲她……昨兒我們把那姓周的老頭兒捉了來，若不是爹爹忙着安排婚事，決不會再讓這老頑童逃走。」楊過又驚又喜，問道：「老頑童又逃走了？」綠蕚秀眉微蹙，道：「可不是嗎？」

二人說了一陣子，朝陽漸漸升高，綠蕚驀地驚覺，道：「你快回去罷，別讓師兄們撞見我們在一起說話，去稟告我爹爹。」楊過對她處境油然而生相憐之意，伸左手握住了她手，右手在她手背上輕輕拍了幾下，意示安慰。公孫綠蕚眼中露出感激之色，低下頭來，突然滿臉紅暈。楊過生怕想到小龍女，手指又痛，快步回到所居的石屋。

他尙未進門，就聽得馬光佐大叫大嚷，埋怨淸水靑菜怎能裹腹，又說這些苦不苦、甜不甜的花瓣也叫人吃，那不是謀財害命麼？尹克西笑道：「馬兄，你身上有甚麼寶貝，當眞得好好收起，我瞧這谷主哪，有點兒不懷好意。」馬光佐不知他是取笑，連連點頭稱是。楊過走進屋去，只見石桌上堆了幾盤情花的花瓣，人人都吃得愁眉苦臉，想起連金輪法王這大和尚也受情花之累，不禁暗暗好笑。

他拿起水杯來喝了兩口，只聽門外脚步聲響，走進一個綠衫人來，拱手躬身，說道：「谷主有請六位貴客相見。」

法王、尼摩星等人均是一派宗師，不論到甚麼處所，主人總是親自遠迎，連大蒙古國四王子忽必烈也是禮敬有加，卻不道來到這深山幽谷之中，主人卻如此大剌剌的無禮相待，各人都是心頭有氣，均想：「待會兒見到這鳥谷主，可要他知道我的厲害。」

六人隨着那綠衫人向山後走去，行出里許，忽見迎面綠油油的好大一片竹林。北方竹子極少，這般大的一片竹林更是罕見。七人在綠竹篁中穿過，聞到一陣陣淡淡花香，登覺煩俗盡消。穿過竹林，突然一陣清香湧至，眼前無邊無際的全是水仙花。原來地下是淺淺的一片水塘，深不逾尺，種滿了水仙。這花也是南方之物，不知何以竟會在關洛之間的山頂出現？法王心想：「必是這山峯下生有溫泉之類，以致地氣奇暖。」

水塘中每隔四五尺便是一個木樁，引路的綠衫人身形微幌，縱躍踏樁而過。六人依樣而爲，只有馬光佐身軀笨重，輕功又差，跨步雖大，卻不能一跨便四五尺，踏倒了幾根木樁之後，索性涉水而過。

青石板路盡處，遙見山陰有座極大石屋。七人走近，只見兩名綠衫僮兒手執拂塵，站在門前。一個僮兒進去稟報，另一個便開門迎客。楊過心道：「不知谷主是否出門迎接？」思念未定，石屋中出來一個身穿綠袍的長鬚老者。

這老者身材極矮，不逾四尺，五岳朝天，相貌清奇，最奇的是一叢鬍子直垂至地，身穿墨綠色布袍，腰束綠色草繩，形貌極是古怪。楊過心道：「這谷主這等怪模怪樣，生的女兒卻美。」那老者向六人深深打躬，說道：「貴客光臨，幸何如之，請入內奉茶。」

馬光佐聽到這個「茶」字，眉頭深皺，大聲道：「喝茶麼！甚麼地方沒茶了？又何必定要到這裏來？」長鬚老者不明其意，向他望了一眼，躬身讓客。

尼摩星心想：「我是矮子，這裏的谷主卻比我更矮。矮是你矮，武功卻是看誰強。」他搶前先行，伸出手去，笑道：「幸會，幸會。」拉住了老頭的手，隨卽手上使勁。餘人一見兩人伸手相握，各自讓開幾步，要知兩大高手較勁，非同小可。

尼摩星手上先使兩分勁，只覺對方既不還擊，亦不抗拒，微感奇怪，又加了兩分勁，但覺手中似乎握着一段硬木。他跟着再加兩分勁，那老者臉上微微閃過一陣綠氣，那隻手仍似木頭一般僵直。尼摩星大感詫異，最後幾分勁不敢再使將出來，生怕全力施爲之際，對方突然反擊，自己抵擋不住，當下哈哈一笑，放脫了他的手。

金輪法王走在第二，見了尼摩星的情狀，知他沒能試出那老者的深淺，心想對方虛實不明，自己不必妄自出手，當下雙手合十，大大方方的走了進去。瀟湘子、尹克西二人魚貫而入，更其次是馬光佐。他見那老者長鬚垂地，十分奇特，他一早沒吃過甚麼東西，幾朶情花只有越吃越餓，這時飢火與怒火交迸，進門時突然伸出大脚，往那老者長鬚上踹去，一脚將他的鬚尖踏在足底。那老者不動聲色，道：「貴客小心了。」馬光佐另一隻脚也踏到了他鬚上，道：「怎麼？」那老者微一搖頭，馬光佐站立不穩，猛地裏仰天一交摔倒。這樣一個巨人摔將下來，實是一件大事。楊過走在最後，急忙搶上兩步，伸掌在他屁股上一托，掌上發勁，將他龐大的身軀彈了進去。馬光佐站樁立穩，雙手摸着自己屁股發楞。

那老者恍若未見，請六人在大廳上西首坐下，朗聲說道：「貴客已至，請谷主見客。」楊過等都是一驚：「原來這矮子並非谷主。」

只見後堂轉出十來個綠衫男女，在左邊一字站開，公孫綠蕚也在其內。又隔片刻，屏風後轉出一人，向六人一揖，隨隨便便的坐在東首椅上。那長鬚老者垂手站在他椅子之側。瞧那人的氣派，自然是谷主了。

那人四十五六歲年紀，面目英俊，舉止瀟洒，只這麼出廳來一揖一坐，便有軒軒高舉之概，只是面皮臘黃，容顏枯槁，不似身有絕高武功的模樣。他一坐下，幾個綠衣童子獻上茶來。大廳內一切陳設均尚綠色，那谷主身上一件袍子卻是嶄新的寶藍緞子，在萬綠之中，顯得甚是搶眼。

谷主袍袖一拂，端起茶碗，道：「貴客請用茶。」馬光佐見一碗茶冷冰冰的，水面上漂浮着兩三片茶葉，想見其淡無比，發作道：「主人哪，你肉不捨得吃，茶也不捨得喝，無怪滿臉病容了。」那谷主皮肉不動，喝了一口茶，說道：「本谷數百年來一直茹素。」馬光佐道：「那有甚麼好處？可是能長生不老麼？」谷主道：「自敝祖上於唐玄宗時遷來谷中隱居，茹素之戒，子孫從不敢破。」

金輪法王拱手道：「原來尊府自天寶年間便已遷來此處，眞是世澤綿長了。」谷主拱手道：「不敢。」

瀟湘子突然怪聲怪氣的道：「那你祖宗見過楊貴妃麼？」這聲音異常奇特。尼摩星、尹克西等聽慣了他說話，均覺有異，都轉頭向他臉上瞧去。一看之下，更是嚇了一跳，只見他臉容忽地全然改變，他本來生就一張僵屍臉，這時顯得更加詭異。法王、尼摩星等心下暗自忌憚，均想：「原來此人的內功竟然如此厲害，連容貌也全變了。他暗自運功，是要立時發難，對這谷主一顯顏色麼？」各人想到此處，各自戒備。

只聽谷主答道：「敝姓始遷祖當年確是在唐玄宗朝上為官，後見楊國忠混亂朝政，這才憤而隱居。」瀟湘子咕咕一笑，說道：「那你祖宗一定喝過楊貴妃的洗脚水了。」此言一出，大廳上人人變色。這句話自是向谷主下了戰書，頃刻間就要動手。法王等都覺詫異：「這瀟湘子本來極為陰險，諸事都讓旁人去擋頭陣，今日怎地如此奮勇當先？」

那谷主並不理睬，向站在身後的長鬚老頭一拂手。那老者大聲道：「谷主敬你們是客，以禮相待，如何恁地胡說？」

瀟湘子又是咕咕一笑，怪聲怪氣的道：「你們老祖宗當年非喝過楊貴妃的洗脚水不可，倘若沒喝過，我把頭割下來給你。」馬光佐大感奇怪，問道：「瀟湘兄，你怎知道？難道你當日一起喝了？」瀟湘子哈哈大笑，聲音又是一變，說道：「要不是喝洗脚水喝反了胃，怎麼不吃葷腥？」馬光佐鼓掌大笑，叫道：「對了，對了，定是這個道理。」

法王等卻眉頭深皺，均覺瀟湘子此言未免過火，想各人飲食自有習性，如何拿來取笑？何況六人深入谷中，眼見對方決非善類，就算動手較量，也該留下餘地為是。

那長鬚老頭再也忍耐不住，走到廳心，說道：「瀟湘先生，我們谷中可沒得罪你啊。閣下既然定要伸手較量，就請下場。」瀟湘子道：「好！」只是他連人帶椅躍過身前桌子，登的一聲，坐在廳心，叫道：「長鬍子老頭，你叫甚麼名字？你知道我名字，我可不知道你的，動起手來太不公平。這個眼前虧我是萬萬吃不起的。」這幾句話似通非通，那長鬚老人更增怒氣，只是他見瀟湘子連椅飛躍這手功夫飄逸靈動，非同凡俗，戒心卻又深了一層。那谷主道：「你跟他說罷，不打緊。」

長鬚老人道：「好，我姓樊，名叫一翁，請站起來賜招罷。」瀟湘子道：「你使甚麼兵器，先取出來給我瞧瞧。」樊一翁道：「你要比兵刃？那也好。」右足在地下一頓，叫道：「取來！」兩名綠衣童子奔入內室，出來時肩頭抗了一根長約一丈一尺的龍頭鋼杖。楊過等都是一驚：「如此長大沉重的兵刃，這矮子如何使用？」只見瀟湘子理也不理，從長袍底下取出一柄極大的剪刀，說道：「你可知道這剪刀用來幹甚麼的？」

衆人見了這把大剪刀不過覺得希奇，楊過卻是大吃一驚，他也不用伸手到衣囊中去摸，背脊微微一挺，便察覺囊中大剪刀已然失去，心想：「這大剪刀是馮鐵匠給我打的，原本要用以剪斷李莫愁的拂塵，怎麼這僵屍竟在夜中偷偷摸了去，我可半點也沒知覺？」

樊一翁接過鋼杖，在地下一頓。石屋大廳極是開闊，鋼杖一頓之下，震出嗡嗡之聲，加上四壁回音，實是聲勢非凡。

瀟湘子右手拿起剪刀，手指盡力撐持，方能使剪刀開合，叫道：「喂，矮鬍子，你不知我這寶剪的名字，可要我教你？」樊一翁怒道：「你這般旁門左道的兵刃，能有甚麼高雅名字了。」瀟湘子哈哈大笑，道：「不錯，名字確是不雅，這叫做狗毛剪。」楊過心下不快：

「我好好一柄剪刀，誰要你給取這樣一個難聽名字。」只聽瀟湘子又道：「我早知這裏有個長鬍子怪物，因此去定造了這柄狗毛剪，用來剪你的鬍子。」

馬光佐與尼摩星縱聲大笑，尹克西與楊過也忍不住笑出聲來，只有金輪法王端嚴自持，和那谷主隔坐相對，兩人竟似沒有聽見。

樊一翁提起鋼杖，微微一擺，激起一股風聲，說道：「我的鬍子原嫌太長，你愛做剃頭的待詔，那是再好也沒有，請罷！」

瀟湘子抬頭望着大廳的橫樑，呆呆出神，似乎全沒聽到他的說話，猛地裏右臂閃電般向前伸出，喀的一響，大剪刀往他鬍子上剪去。樊一翁萬料不到他身坐椅子，竟會斗然發難，危急中不及閃避，鋼杖急撐，身子向上躍起，一個觔斗翻高丈餘，鋼杖卻仍是支在地下。瀟湘子這一下發動極快，樊一翁也閃得甚是迅捷，這一剪一避，兩位高手在一霎之間都露了上乘武功。但樊一翁終於吃虧在給對方攻了個措手下及，雖然讓開了這一剪，還是有三莖鬍子給剪刀尖頭剪斷了。

瀟湘子甚是得意，左手提起鬍子，張口一吹，三莖鬍子向桌上自己那碗茶飛去，乒乓一聲，茶碗落在地下打得粉碎。楊過等皆知瀟湘子故弄玄虛，推落茶碗的只是他所吹的那一口勁氣。馬光佐卻不明其理，只道三根鬍子被他這麼一吹，竟能生出恁大力量，大聲叫道：「瀟湘子，你的鬍子好厲害啊！」瀟湘子哈哈一笑，剪刀一開一挾，叫道：「矮鬍子，你想不想再試試我的狗毛剪？」

衆人見他雖然縱聲長笑，臉上卻是皮肉不動，越來越是驚異，心想：「內功練到上乘境界，原可喜怒不形於色，甚至無嗔無喜，但如他這般笑得極為喜歡，臉上卻是陰森可怖，實是從所未見。」他臉色實在太過難看，衆人只瞧上一眼，便卽轉頭。

樊一翁連遭戲弄，怒火大熾，向谷主躬身說道：「師父，弟子今日不能再以敬客之禮待人了。」楊過甚是奇怪：「這矮子年紀比谷主老得多，怎地稱他師父？」那谷主微微點頭，左手輕擺。樊一翁揮動鋼杖，呼的一聲，往瀟湘子坐椅上橫掃過去，他身子雖矮，卻是神力驚人，這重逾百斤的鋼杖揮將出來，風聲甚是勁急。

楊過等雖與瀟湘子等同來，但他眞正功夫到底如何，卻也不甚了然，當下凝神觀看二人拚鬥，眼見那鋼杖離椅脚不到半尺，瀟湘子左臂垂下，竟然伸手去抓杖頭，同時剪刀張開，又去剪對方長鬚。樊一翁怒極，心想：「你竟如此小覷於我！」腦袋一側，長鬚甩開，鋼杖卻仍往他手上掃去，這一下正好擊中他的手掌。衆人「噫」的一聲，同時站起，均想這一下瀟湘子手掌定受重傷。樊一翁卻感鋼杖猶如擊在水中，柔若無物，心知不妙，急忙收杖，那知瀟湘子手腕斗翻，已然抓住了杖頭。

樊一翁只覺對方立卽向裏拉奪，當下將鋼杖向前疾送，這一挺力道威猛，眼見瀟湘子非離椅不可，不料他突然間又是連人帶椅的躍起，向左一讓，鋼杖登時落空，但他手指卻也不得不放開了杖頭。樊一翁左手在頭頂一轉，鋼杖打個圈子，往敵人頭上揮擊過去。瀟湘子有意賣弄，連人帶椅的躍高丈許，竟從鋼杖之上越過。衆人見這手功夫既奇特又輕捷，他雖身在椅中，實與空身無殊，都是不自禁的喝了一聲采。

樊一翁見對手功夫如此高強，全神接戰，將一根鋼杖使得呼呼風響，心知要打中他身子大是不易，但若打碎他的坐椅，也是佔了先着。那知瀟湘子的武功竟爾神出鬼沒，右手剪刀忽張忽合，不住往他長鬍子上招呼，左手卻使出擒拿手法乘隙奪他鋼杖。二人在大廳中翻翻滾滾，轉瞬間鬥了數十合，似乎是旗鼓相當，不分勝敗，其實瀟湘子身不離椅，全不將對手放在眼裏。法王等心中暗驚：「瞧不出這僵屍般的怪物，竟有這等了不起的手段？」

又鬥數合，樊一翁的鋼杖儘是着地橫掃的招數，瀟湘子連人帶椅的縱躍閃避，只聽椅脚忽上忽落，登登亂響，越來越快。谷主忽地叫道：「別打椅子，否則你對付不了。」樊一翁一怔，登時省悟：「他坐在椅上，我才勉強與他戰成平手。若是他雙脚着地，只怕用不了幾招，我鬍子就給他剪去了。」突然杖法一變，狂舞急揮，但見一團銀光之中裏着個長鬍子的綠袍矮子，銀光之外卻是個僵屍般的人形坐在椅中跳蹦不定，洵是罕見奇觀。

那谷主瞧出瀟湘子存心戲弄，再鬥下去，樊一翁定要吃虧，當下緩步離席，說道：「一翁，你不是這位高人對手，退下罷。」樊一翁聽到師父吩咐，大聲答應：「是！」鋼杖一挺，正要收招躍開，瀟湘子叫道：「不行，不行！」身子離椅飛起，往他鋼杖上直撲下去。只聽喀喇一響，一張椅子登時被鋼杖打得粉碎，杖身卻已被瀟湘子左手抓住，左足踏定，同時大剪張開，已將樊一翁頦下長鬚挾入刃口，只須剪刀一合，這叢美髯就不保了。

那知道樊一翁留下這把長長的鬍子，其實是一件極厲害的軟兵刃，用法與軟鞭、雲帚、鍊子錘是同一的路子，只見他腦袋微幌，鬍子倒捲，早已脫出剪口，倒反過來捲住剪刀，腦袋向後一仰，一股大力將剪刀往上扯奪。瀟湘子大叫：「啊喲，老矮子，你的鬍子眞是厲害，我瀟湘子可服了你啦。」一個長鬚纏住剪刀，一個左手抓住鋼杖，一時糾纏不決。瀟湘子哈哈大笑，只叫：「有趣，有趣！」

突然大門口灰影幌動，一條人影迅捷異常的搶將進來，雙掌齊出，突往瀟湘子背後推去。谷主喝道：「是誰？」眼見這一下偷襲又快又猛，勢必得手，瀟湘子左掌放杖回轉，往敵人肘底一托，立時便將他掌力化解了。那人怒道：「賊廝鳥，跟你拚個你死我活！」

楊過等向他望去，驚奇不已，同聲叫道：「瀟湘子！」原來這進門偷襲的人卻也是瀟湘子。何以他一人化二？又何以他向自己的化身襲擊？眾人一時都是茫然不解。

再定神看時，與樊一翁糾纏的那人明明穿着瀟湘子的服色，衣服鞋帽，半點不錯，臉孔雖然也是僵屍一般，面目卻與瀟湘子原來的相貌全然不同。後來進廳那人面目是對了，卻穿了谷中眾人所服的綠衫綠褲，只見他雙手猶如鳥爪，又向拿剪刀的瀟湘子背心抓去，叫道：「施暗算的稱甚麼英雄好漢？」

樊一翁斗見來了幫手，那人穿的雖是谷中服色，卻非相識，微感驚訝，綽杖退在一邊，但見兩個僵屍一般的人砰砰嘭嘭，鬥在一起。

楊過此刻早已猜到，持剪刀那人定是偷了自己的人皮面具，戴在臉上，又掉換了瀟湘子的衣衫，混到大廳中來胡攪，只因瀟湘子平時的面相就和死人一般，初時誰都沒瞧出來。楊過雖然時戴人皮面具，但戴上之後的相貌如何，自己卻是不知，程英戴了面具的模樣他又不敢多看，竟被這人瞞過。他凝神看了片刻，認明了持剪刀那人的武功，叫道：「周伯通，還我的面具剪刀。」說着躍到廳心，伸手去奪他手中大剪。

原來此人正是周伯通。他一個沒留神，給絕情谷的四弟子用漁網擒住。但他神通廣大，四人微一疏忽，立時被他破網逃出。他躲在山石之後，存心要在谷中鬧個天翻地覆，卻見楊過等一行六人到來。到得晚間，他暗施偷襲，點了瀟湘子的穴道，將他移出石屋，除了他的衣服自行穿上。只因他輕功了得，來去無蹤，瀟湘子固然在睡夢中着了他的道兒，連法王等也是渾然不覺。周伯通換過衣服之後，回到石屋中在楊過身畔臥倒，順手偷了他背囊中的剪刀與面具。次晨衆人醒轉，竟然均未發覺。

瀟湘子穴道被點，忙運內力自通，但周伯通點穴的手法厲害，直至三個時辰之後，四肢方能運轉如意。那時他身上只剩下貼肉的短衫小衣，自是惱怒已極，見到谷中一個綠衫子弟走過，立即將之打倒，換了他的衣褲鞋襪，趕到大石屋中來。只見一人穿了自己的衣服正與樊一翁惡鬥，當眞是怒不可遏，連揮雙掌，惡狠狠的向他撲擊。

周伯通見楊過上來搶奪剪刀，當即運起左右互搏之技，左掌忽伸忽縮，對付楊過，右手剪子或開或合，卻將瀟湘子逼得不敢近身。那大剪刀張開來時，剪刃之間相距二尺來長，若是給他挾中頭頸，收勁一合，一個腦袋登時就得和脖子分了家。瀟湘子雖然狂怒，卻也不敢輕率冒進。

公孫谷主當見周伯通與樊一翁相鬥之時，已是暗中驚佩，待見他雙手分鬥二人，宛然便是一人化身爲二一般，自己所學的一門陰陽雙刃功夫與此畧有相似之處，可怎能當眞如他這般一心二用？又見瀟湘子雙爪如鐵，出招狠辣，楊過卻是風儀閒雅，姿形端麗，舉手投足間飄飄有出塵之想，尋思：「天下之大，能人輩出。兩個老兒固然了得，這少年功力雖淺，身法拳脚卻也秀氣得緊。」當下朗聲說道：「三位且請住手。」

楊過與瀟湘子同時向後躍開，周伯通拉下人皮面具，連剪刀向楊過擲去，叫道：「玩得夠了，我去也！」雙足一登，疾往樑上竄去。

谷中弟子見他露出本來面目，無不嘩然。公孫綠蕚叫道：「爹爹，便是這老頭兒！」周伯通橫騎樑上，哈哈大笑，屋樑離地有三丈來高，廳中雖然好手甚多，但要這般一躍而上，卻均自愧不能。樊一翁是絕情谷的掌門大弟子，年紀還大過谷主，谷中除谷主之外數他武功第一，今日連遭周伯通戲弄，如何不怒？他身子矮小，精於攀援之術，身形縱起，已抱住了柱子，猶似猿猴般爬了上去。周伯通最愛有人與他胡鬧，眼見樊一翁爬上湊趣，正是投其所好，不等他爬到樑上，已伸出手來相接。

樊一翁那知他存的是好心，見他右手伸出，便伸指直戳他腕上「大陵穴」。周伯通手腕上微有知覺，立即閉住穴道，放鬆肌肉。樊一翁這一指猶如戳在棉花之中，急忙縮手，周伯通手掌疾翻，在他手背上拍的打了一下，聲音極是清脆，叫道：「一籮麥，二籮麥，哥哥弟弟拍大麥！」樊一翁怒極，腦袋一幌，長鬚向他胸口疾甩過去。周伯通聽得風聲勁急，左足一撐，身子盪開，左手攀住橫樑，全身懸空，就以打秋千般來回搖幌。

瀟湘子心知樊一翁決非他的對手，縱然自己上去聯手而鬥，也未必能勝，轉頭向尼摩星和馬光佐道：「尼馬二兄，這老兒將咱們六人全不瞧在眼內，實是欺人太甚。」尼摩星性子暴躁，受不得激，馬光佐腦筋遲鈍，是非不明，聽他說「將咱們六人全不瞧在眼內」，只道當眞如此，齊聲怒吼，縱身躍向橫樑，去抓周伯通雙脚。周伯通左一脚，右一脚，踢向尼馬二人手掌。

瀟湘子向尹克西冷冷的道：「尹兄，你當眞是袖手旁觀嗎？」尹克西微微一笑，說道：「瀟湘兄先上，小弟願附驥尾。」瀟湘子一聲怪嘯，四座生寒，突然躍將起來。但見他雙膝不彎，全身僵直，雙臂也筆直的前伸，向周伯通小腹抓去。

周伯通見他雙爪襲到，身子忽縮，如貍奴般捲成一球，抓住橫樑的左手換成了右手。瀟湘子雙爪落空，在空中停留不住，落下地來。他全身猶似一根硬直的木材，足底在地下一登，又竄了上去。樊一翁在橫樑上揮鬚橫掃，瀟湘子、尼摩星、馬光佐三人此起彼落，此落彼起，不住高躍仰攻。

尹克西笑道：「這老兒果眞身手不凡，我也來趕個熱鬧。」伸手在懷中一探，斗然間滿廳珠光寶氣，金輝耀眼，手中已多了一條軟鞭。這軟鞭以金絲銀絲絞就，鑲滿了珠玉寶石，如此豪闊華貴的兵刃，武林中只怕就此一件而已。金絲珠鞭霞光閃爍，向周伯通小腿纏去。

楊過瞧得有趣，心想：「這五人各顯神通圍攻老頑童，我若不出奇制勝，不足稱能。」心念一動，將人皮面具戴在臉上，學着瀟湘子般怪嘯一聲，拾起樊一翁抛在地下的鋼杖，一撐之下，便已借力躍在半空。鋼杖本已有一丈有餘，再加上這一撐，他已與周伯通齊頭，大叫：「老頑童，看剪！」大剪刀往他白鬍子上剪去。

周伯通大喜，側頭避過剪刀，叫道：「小兄弟，你這法兒有趣得緊。」楊過道：「老頑童，我沒得罪你啊，幹麼開我玩笑？」周伯通笑道：「有來有往，你半點也沒吃虧，反而佔了便宜。」楊過一怔，道：「甚麼有來有往？」周伯通笑道：「現下我要賣個關子，不跟你說。」一眼見尹克西的金絲鞭擊到，當卽伸手抄去。尹克西軟鞭倒捲，欲待反擊對方背心，身子卻已落了下去。周伯通道：「你這根死赤練蛇，花花綠綠的倒也好玩。」此時樊一翁的長鬚也已揮將過來，他雙手攀住横樑，全憑一把鬍子擊敵。

周伯通笑道：「大鬍子原來還有這用處？」學他模樣，也將頦下長鬚甩將過去，但他鬍子既遠較樊一翁的為短，又沒在鬍子上練過功夫，這一甩全不管用，刷的一下，卻給對方鬍子打中了臉頰，臉上登時起了絲絲紅痕，熱辣辣的好不疼痛，若非他內力深厚，登時就會暈去。老頑童吃了一下苦頭，卻不惱怒，對樊一翁反大生欽佩之意，說道：「長鬍子，我的鬍子不及你，我認輸，咱們不必比了。」

樊一翁一招得手，卻是見好不收，又是一鬍子甩將過去。周伯通不敢再用鬍子去和他對戰，左手使出「空明拳」拳招，虛飄飄的揮拳打出，拳風推動樊一翁的鬍子向右甩去，適逢馬光佐縱身攻到，長鬍子正好拂在他的臉上。馬光佐雙眼被遮，兩手順勢抓住鬍子。樊一翁的鬍子本來舒捲自如，但被周伯通的拳風激得失卻控縱之力，竟然落入馬光佐掌中。他一驚之下用力奪回，卻被馬光佐使出蠻力，抓住了牢牢不放，身子下落時順勢一拉，二人一齊摔下地來。

馬光佐皮粗肉厚，倒也不怎麼疼痛。樊一翁摔在他的身上，怒道：「你怎麼啦，還不放手？」馬光佐摔得雖然不痛，給這矮子雙足在小腹一撐，卻有點經受不起，也是怒氣勃發，喝道：「我偏不放，瞧你怎麼？」說着手腕急轉，竟將他鬍子在臂上繞了幾轉。樊一翁劈面一掌，馬光佐側頭避讓，那知對方這掌卻是虛招，左手砰的一拳，正中鼻樑。馬光佐哇哇大叫，回擊一拳。說到武功，原是樊一翁高出甚多，苦在鬍子纏於敵臂，難以轉頭，這一拳竟也被他擊中顴骨。一高一矮，便在地下砰砰嘭嘭的打將起來，樊一翁雖然在上，卻脫不出對方糾纏。

金輪法王見廳上亂成一團，自己六人同來，已有五人出手，仍然奈何不了一個老頑童，未免臉上無光，嗆啷啷兩聲響亮，從懷中取出一個銀輪，一個銅輪，一個自左至右，一個自右至左，劃成兩道弧光，向周伯通襲去。雙輪在空中噹啷急響，聲勢驚人。

周伯通不知厲害，說道：「這是甚麼東西？」伸手去抓。楊過大叫：「抓不得！」揮手將鋼杖擲了上去，噹的一聲巨響，又粗又長一根鋼杖給銅輪激得直飛到牆角，打得石牆火光四濺，石屑紛飛。銅輪迴飛過來，法王左手一撥，輪子又急轉着向橫樑上旋去。

這麼一來，周伯通才知這個和尚甚不好惹，心想他們衆人聯手，自己抵擋不了，一個觔斗翻下地來，叫道：「各位請了，老頑童失陪，趕明兒咱們再玩。」說着奔向廳口，卻見四個綠衫人張着一張漁網攔在門前。周伯通吃過這漁網的苦頭，叫道：「不好！」縱身欲從東窗躍出，眼看綠影幌動，又是一張漁網罩將過來。

周伯通躍回廳心，只見東南西北四方均有四名綠衫人張開漁網擋住去路。周伯通又即躍上橫樑，一招「沖天掌」在屋頂上打了個大洞，待要從洞中鑽出，一抬頭，卻見上面也罩了一張漁網。他無路可走，翻身下地，指着谷主笑道：「黃臉皮老頭兒，你留住我幹麼啊？要我陪你玩耍嗎？」

公孫谷主淡淡的道：「你只須將取去的四件物事留下，立時放你出谷。」周伯通奇道：「咦！我要你的臭東西有甚麼用？就算本領練到如你這般，好希罕麼？」公孫谷主緩緩走到廳心，右袖拂了拂身上的灰塵，左袖又拂了一拂，說道：「若非今日是我大喜的日子，便得向你領教幾招。你還是留下谷中之物，好好的去罷。」

周伯通大怒，叫道：「這麼說，你硬栽我偷了你的東西啦。呸，你這窮山谷中能有甚麼寶貝了？」說着便解衣服，一件件的脫將下來，手脚極其快捷，片刻之間已赤條條的除得清光。公孫谷主連聲喝阻，他那裏理睬，將衣褲裏裏外外翻了一轉，果然並無別物。廳上衆女弟子均感狼狽，轉過了頭不敢看他。這一下卻也大出谷主意料之外，他書房、丹房、芝房、劍房中每處失去的物事都甚要緊，非追回不可，難道這老頑童當眞並未偷去？

他正自沉吟，周伯通拍手叫道：「瞧你年紀也已一大把，怎地如此爲老不尊？說話口不擇言，行事顚三倒四，在大庭廣衆之間作此醜事，豈非笑掉了旁人牙齒？」這幾句話其實正該責備他自己，不料卻給他搶先說了，只聽得公孫谷主啼笑皆非，倒也無言可對，見樊一翁與馬光佐兀自在地下纏打不休，於是喝道：「一翁起來，別再跟客人胡鬧。」

周伯通笑道：「長鬍子，你這脾氣我很喜歡，咱二老大可交交啊。」其實樊一翁一生端嚴穩重，今日與馬光佐廝打實是迫不得已，他早已數次欲待站起，苦於鬍子給對方纏在手臂之上，無法脫身。

公孫谷主眉頭微皺，指着周伯通道：「說到在大庭廣衆之間，行事惹人恥笑，只怕還是閣下自己。」周伯通道：「我赤條條從娘肚子中出來，現下赤身露體，淸淸白白，有甚麼不對了？你這麼老了，還想娶一個美貌的閨女爲妻，嘿嘿，可笑啊可笑！」這幾句話猶似一個大鐵鎚般打在谷主胸口，他焦黃的臉上掠過一片紅潮，半晌說不出話來。

周伯通叫道：「啊喲，不好，沒穿衣服，只怕着涼。」突然向廳口衝去。

廳中四個綠衫弟子只見人形一幌，急忙移動方位，四下裏兜將上去，將他裹在網中。只覺他在網中猛力掙扎，四人將漁網四角結住，提到谷主面前。那漁網是極堅韌極柔軟的金絲鑄成，卽是寶刀寶劍，也不易切割得破。四人兜網的手法十分奇特迅捷，交叉走位，遮天蔽地的撒將過來，縱是極強的高手也難應付，所差的是必須四人共使，若是單打獨鬥就用它不着。四人一兜成功，大是得意，卻見谷主注視漁網，臉上神色不善，急忙低頭看時，登時嚇得出了一身冷汗，七手八脚解開金絲網，放出兩個人來，卻是樊一翁與馬光佐。

原來周伯通脫光了衣服，誰也沒防到他竟會不穿衣服而猛地衝出。他身法奇快，兜手抄起地下正自纏鬥的樊馬二人，丟入網中。乘着四弟子急收漁網，他早已竄出。這一下虛虛實實，聲東擊西，端的是神出鬼沒。

老頑童這麼一鬧，公孫谷主固是臉上無光，連金輪法王等也是心中有愧，均想：自己枉稱武林中的一流好手，合這許多人之力，尙且擒不住這樣瘋瘋癲癲的一個老頭兒，也算得無能之至。只有楊過甚感欣喜，他對周伯通極是佩服，心想他若失手被擒，我定要設法相救，現下他能自行脫逃，那就再好也沒有了。

法王本擬查察這谷主是何來歷，但經周伯通一陣搗亂，覺得再躭下去也無意味，與瀟湘子、尹克西兩人悄悄議論了兩句，站起身來拱手道：「極蒙谷主盛情，厚意相待，本該多所討教，但因在下各人身上有事，就此別過。」

公孫谷主本來疑心這六人與老頑童是一路的朋友，後見瀟湘子與他性命相搏，法王、尹克西、楊過、尼摩星、馬光佐各施絕技攻打，倒是頗有相助自己之意，於是拱手道：「小弟有一件不情之請，不知六位能予俯允否？」法王道：「但教力之所及，當得効勞。」谷主道：「今日午後，小弟續弦行禮，想屈各位大駕觀禮。這山谷僻處窮鄉，數百年來外人罕至，今日六位貴客同時降臨，也真是小弟三生有幸了。」馬光佐道：「有酒喝麼？」

公孫谷主待要回答，只見楊過雙眼怔怔的瞪視着廳外，臉上神色古怪已極，似是大歡喜，又似是大苦惱。衆人均感詫異，順着他目光瞧去。只見一個白衣女郎緩緩的正從廳外長廊上走過，淡淡陽光照在她蒼白的臉上，淸淸冷冷，陽光似乎也變成了月光。她睫毛下淚光閃爍，走得幾步，淚珠就從她臉頰上滾下。她脚步輕盈，身子便如在水面上飄浮一般掠過走廊，始終沒向大廳內衆人瞥上一眼。

楊過好似給人點了穴道，全身動彈不得，突然間大叫：「姑姑！」

那白衣女郎已走到了長廊盡頭，聽到叫聲，身子劇烈一震，輕輕的道：「過兒，過兒，你在那兒？是你在叫我嗎？」回過頭來，似乎在尋找甚麼，但目光茫然，猶似身在夢中。

楊過從廳上急躍而出，拉住了她手，叫道：「姑姑，你也來啦，我找得你好苦！」接着「哎唷」一聲，卻是手指上被情花小刺刺傷處驀地裏劇痛難當。

那白衣女郎「啊」的一聲大叫，身子顫抖，坐倒在地，合了雙眼，似乎暈了過去。楊過叫道：「姑姑，你……你怎麼啦？」過了半晌，那女郎緩緩睜眼，站起身來，說道：「閣下是誰？你對我是怎生稱呼？」

楊過大吃一驚，向她凝目瞧去，卻不是小龍女是誰？忙道：「姑姑，我是過兒啊，怎……怎地你不認得我了麼？你身子好麼？甚麼地方不舒服？」

那女郎再向他望了一眼，冷冷的道：「我與閣下素不相識。」說着走進大廳，走到公孫谷主身旁坐下。楊過奇怪之極，迷迷惘惘的回進廳來，左手扶住椅背。

公孫谷主一直臉色漠然，此時不自禁的滿臉喜色，舉手向法王等人道：「她便是兄弟的新婚夫人，已擇定今日午後行禮成親。」說着眼角向楊過淡淡一掃，似怪他適才行事莽撞，認錯了人，以致令他新夫人受驚。

楊過這一驚更是非同小可，大聲道：「姑姑，難道你……你不是小龍女麼？難道你不是我師父麼？」那女郎緩緩搖頭，說道：「不是！甚麼小龍女？」

楊過雙手揑拳，指甲深陷掌心，腦中亂成一團：「姑姑惱了我，不肯認我？只因咱們身處險地，她故弄玄虛？她像我義父一樣，甚麼事都忘記了？可是義父仍然認得我啊。莫非世間眞有與她一模一樣之人？」只說：「姑姑，你……你……我……我是過兒啊！」

公孫谷主見他失態，微微皺眉，低聲向那女郎道：「柳妹，今日奇奇怪怪的人眞多。」那女郎也不睬他，慢慢斟了一杯清水，慢慢喝了，眼光從金輪法王起逐一掃過，卻避開了楊過，沒再看他。衆人但見她衣袖輕顫，杯中清水潑了出來濺上她衣衫，她卻全然不覺。

楊過心下慌亂，徬徨無計，轉頭問法王道：「我師父和你比過武的，你自然記得。你說我……我認錯了人麼？」

當這女郎進廳之時，法王早已認明她是小龍女，然而她卻對楊過毫不理睬，心想定是這對少年男女鬧甚麼別扭，於是微微一笑，說道：「我也不大記得了。」小龍女與楊過聯手使玉女素心劍法，令他遭受生平從所未有之大敗，他想倘若這對男女齟齬反目，於自己實是大有好處，何必助他們和好？

楊過又是一愕，隨卽會意，心下大怒：「你這和尚可太也歹毒。當你在山頂養傷之際，我出力助你，此時你卻來害我。」恨不得立時便殺了他。

金輪法王見他失神落魄，眼中卻露出恨恨之意，尋思：「他對我已懷恨在心，留着這小子總是後患。今日他方寸大亂，實是除他的良機。」拱手向公孫谷主笑道：「今日欣逢谷主大喜，自當觀禮道賀，只是老衲和這幾位朋友未携薄禮，未免有愧。」

公孫谷主聽他說肯留下參與婚禮，心中大喜，對那女郎道：「這幾位都是武林高人，只須請到一位，已是莫大榮幸，何況請到了……請到了……」他本想說「六位」，但覺楊過少年輕浮，適才見他與周伯通動手，姿式雖然美觀，功力卻是平平，料想武學修爲華而不實，不能將他列於「武林高人」之數，但若將他除外而只說「五位」，未免又過於着迹，微一躊躇，接口道：「……請到了這衆位英雄。」就沒接下文。法王暗想：「這谷主氣派儼然，瞧他布漁網擒拿老頑童的陣勢，武功智謀都甚了得，可是器量卻小。楊過與小龍女說了這幾句話，他就耿耿於懷。」

公孫谷主道：「柳妹，這位是金輪法王……」一個個的說下去，最後說了楊過姓名。那女郎聽到各人名號時只微微點頭，臉上木然，似對一切全不縈懷，對楊過卻是連頭也不點，眼睛向着廳外。

楊過滿臉脹得通紅，心中已如翻江倒海一般，公孫谷主說甚麼話，他半句也沒聽見。尼摩星、尹克西等本來不知他的淵源，只道他認錯了人，以致有愧於心。

公孫綠萼站在父親背後，楊過這一切言語舉止卻沒半點漏過她的耳目，儘自思量：「晨間他手指給情花刺傷，卽遭相思之痛，瞧他此時情狀，難道我這新媽媽便是他意中人麼？天下事怎能有如此巧法？莫非他與這些人到我谷中，實是爲我新媽媽而來？」側頭打量那「新媽媽」一時，見她臉上竟無喜悅之意，亦無嬌羞之色，實不似將作新嫁娘的模樣，心下更是犯疑。

楊過胸口悶塞，如欲窒息，隨卽轉念：「姑姑既然執意不肯認我，料來她另有圖謀，我當別尋途徑試探眞相。」於是站起身來，向谷主一揖，朗聲說道：「小子有位尊親，與……與這位姑娘容貌極是相像，適才不察，竟致誤認，還請勿罪。」

公孫谷主聽到他這幾句雍容有禮之言，立時改顏相向，還了一揖，說道：「認錯了人，那也是常情，何怪之有？只是……」頓了一頓，笑道：「天下竟然另有一個如她這等容顏之人，那不僅巧合，也是奇怪之極了。」言下之意，自是說普天之下那裏還能有一個這般美貌的女子？

楊過道：「是啊，小子也是十分奇怪。小子冒昧，請問這位姑娘高姓？」公孫谷主微微一笑，道：「她姓柳。尊親可也姓柳？」楊過道：「那倒不是。」心下琢磨：「姑姑幹麼要改姓柳？」突然心念一動：「啊，爲的是我姓楊。」念頭這麼一轉，手指上又劇痛起來。

公孫綠萼見他痛楚神情，甚有憐惜之意，眼光始終不離他的臉龐。

公孫谷主向楊過凝視片刻，又向那白衣女郎望了一眼，只見她低頭垂眉，一聲不響，心中起疑，又想：「剛才她聽到這小子呼喚，我隱隱聽到她似乎說『過兒，過兒，你在那兒？是你在叫我麼？』莫非她眞是這小子的姑姑？卻何以不認他？」待要出言相詢，但想眼下外人衆多，此事待婚禮之後慢慢再問不遲，於是話到口邊，卻又縮回。

楊過又道：「這位柳姑娘自非在谷中世居的了，不知谷主如何與她結識？」

古時女子本來決不輕易與外人相見，成親吉日更加不會見客，但金輪法王等或是西域胡人，或爲江湖異流，絕不拘泥俗禮，見那白衣女郎出來，也不以爲奇，只是覺得她於良辰吉日兀自全身縞素，未免太也不倫不類；聽得楊過詢問谷主與她結識的經過，涉及旁人私情，卻均覺不免過份。

公孫谷主卻也正想獲知他未婚夫人的來歷，心道：「這小子眞的認識柳妹也未可知。」說道：「楊兄弟所料不差。半月之前，我到山邊採藥，遇到她臥在山脚之下，身受重傷，氣息奄奄。我一加探視，知她因練內功走火，於是救到谷中，用家傳靈藥助她調養。說到相識的因緣，實是出於偶然。」

法王插口道：「這正所謂千里姻緣一綫牽。想必柳姑娘由是感恩圖報，委身以事了。那眞是郎才女貌，佳偶天成啊。」他這番話似是奉承谷主，用意卻在刺傷楊過。

楊過一聽此言，果是臉色大變，全身發顫，突然間喉頭微甜，一口鮮血噴在地下。

那白衣女郎見此情狀，顫聲道：「你……你……」急忙站起，伸手欲扶，但終於強自忍住，跟着也是一口鮮血吐在胸口，白衣上赤血殷然。

這柳姑娘正是小龍女的化名。她那晚在客店中聽了黃蓉一席話後，心想若與楊過結成夫婦，累得他終身受世人輕視唾罵，自己於心不安，但若與他長自古墓中廝守，日子一久，他定會悶悶不樂，左思右想，長夜盤算，終於硬起心腸，悄然離去。但她對楊過實是情深愛重，如此毅然割絕，實係出於一片愛他的深意。心想若回古墓，他必來尋找，於是獨自踽踽涼涼的在曠野窮谷之中漫遊，一日獨坐用功，猛地裏情思如潮，難以克制，內息突然衝突經脈，引得舊傷復發，若非公孫谷主路過將她救起，已然命喪荒山。

公孫谷主失偶已久，眼見小龍女秀麗嬌美，實是生平所難想像，不由得在救人的心意上又加上了十倍殷勤。其時小龍女心灰意懶，又想此後獨居，定然管不住自己，終不免重蹈覆轍，又會再去尋覓楊過，遺害於他，見公孫谷主情意纏綿、吐露求婚之意，當卽忍心答允，心想此後旣爲人婦，與楊過這番孽緣自是一刀兩斷，兼之這幽谷外人罕至，料得此生與他萬難相見。豈知老頑童突然出來搗亂，竟將他引來谷中。

小龍女此刻斗然與楊過相逢，當眞是柔腸百轉，難以自已，心想：「我旣已答允嫁與旁人，還是裝作不識得他，任他大怒而去，終身恨我。以他這般才貌，何愁無淑女佳人相配？如此我雖傷心一世，卻免得他日後受苦了。」因此眼見楊過情急難過，她總是漠然不理，但心中悽惻，越來越是難忍，驀地裏見他嘔血，又是憐惜，又是傷痛，不由得熱血逆湧，噴將出來。

她臉色慘白，搖搖幌幌的待要走入內堂，公孫谷主忙道：「快坐着別動，莫震動了經脈。」

轉過頭來，向楊過道：「你出去罷，以後可永遠別來了。」

楊過熱淚盈眶，向小龍女道：「姑姑，倘若我有不是，你儘可打我罵我，便是一劍將我殺了，我也甘心。可是你怎能不認我啊？」小龍女低頭不語，輕輕咳嗽兩聲。

公孫谷主見他激得小龍女吐血，早已惱怒異常，總算他涵養功夫極好，卻不發作，低沉着嗓子道：「你再不出去，可莫怪我手下無情。」

楊過雙目凝視着小龍女，那去理睬這谷主，哀求道：「姑姑，我答允一生一世在古墓中陪你，決不後悔，咱們一齊走罷。」

小龍女抬起頭來，眼光與他相接，只見他臉上深情無限，愁苦萬種，不由得心中搖動，心道：「我這就隨着他！」但立卽想到：「我與他分手，又非出於一時意氣。好好惡惡，前後已思慮周詳。眼下若無一時之忍，日後貽他終身之患。」於是將頭轉過，長嘆一聲，說道：「我不認得你。你說些甚麼，我全不明白。你好好的走罷！」

這幾句話說得有氣無力，可是言語中充滿着柔情密意，除了馬光佐是個渾人、全無知覺之外，廳上人人皆知她對楊過實懷深情，這幾句話乃是違心之言。

公孫谷主不由得醋意大作，心想：「你雖允我婚事，卻從未對我說過半句如此深情的言語。」側目瞪了楊過一眼，但見他眉目清秀，英氣勃勃，與小龍女確是一對少年璧人，尋思：「瞧來他二人定是一對情侶。只因有甚言語失和，柳妹才憤而允我婚事，實則對這小子全未忘情。『姑姑』、『師父』甚麼的，定是他二人平素調情時的稱謂。這小子年紀比柳妹大着幾歲，怎能當眞叫她『姑姑』、『師父』？」想到此處，目光中更露憤恨之色。

樊一翁對師父最是忠心，見他一直孤寂寡歡，常盼能有甚麼法子爲他解悶才好，日前見師父救回一個美貌少女，而這少女又允下嫁，他心中的喜歡幾乎不遜於乃師，此時突見楊過出來阻撓，引得新師母嘔血，師父卻是一再忍耐，於是挺身而出，厲聲喝道：「姓楊的小子，你識趣就快走！我們谷主不喜你這等無禮的賓客。」

楊過聽而不聞，對小龍女柔聲又道：「姑姑，你眞的忘了過兒麼？」樊一翁大怒，伸手往他背心抓去，想抓着他身子甩出廳去。楊過全心全意與小龍女說話，一切全是置之度外，直至樊一翁手指碰到背心，這才驚覺，急忙回縮，對方五指抓空，只聽嗤的一響，背上衣服給抓出了一個大洞。

楊過一再哀求，見小龍女始終不理，心中越來越急，若是在古墓之中或無人之處，自可慢慢求懇，偏生大廳上有這麼多外人，而樊一翁又來喝罵動手，滿腔委屈，登時盡數要發洩在他身上，回頭喝道：「我自與我姑姑說話，又干你這矮子甚麼事了？」樊一翁大聲喝道：「谷主叫你出去，永遠不許再來，你不聽吩咐，莫怪我手下無情了。」楊過怒道：「我偏不出去，我姑姑不走，我就在這裏耽一輩子。就是在我死了，屍骨化成灰，也是跟着她。」這幾句話自是說給小龍女聽的。

公孫谷主偷瞧小龍女的臉色，只見她目中淚珠滾來滾去，終於忍耐不住，一滴滴的濺在胸口鮮血之上。他又是含酸，又是擔憂，向樊一翁做個眼色，微一擺手，叫他猛下殺手，斃了楊過，索性斷絕小龍女之念，免有後患。

樊一翁見到師父這個手勢，倒是大出意料之外，他本來只想將楊過逐出谷去，叫他別再囉唕，也就是了，想不到師父竟會忽下殺人的號令，大聲說道：「今日雖是師父大喜的好日子，難道我就殺不得人麼？」說着眼望師父。公孫谷主又是將手一擺，意思是說：「不用顧忌甚麼吉日良辰，儘管斃了這小子便是。」樊一翁拾起純鋼巨杖，在地下重重頓落，只震得滿廳嗡嗡發響，喝道：「小子，你當眞不怕死麼？」

楊過適才噴了一口血，此時胸頭滿腔熱血滾來滾去，又要奪口而出。古墓派內功十分講究克己節欲，小龍女的師父傳她心法之時，諄諄叮囑須得摒絕喜怒哀樂，到後來小龍女克制不住心情，以致數度嘔血。楊過受小龍女傳授，內功與她路子相同，此時手足冰冷，心想：「我就在姑姑面前狂噴鮮血，一死了之，瞧她是否仍不理我？」但轉念又想：「姑姑平時待我何等親愛，今日之事，中間定有別情，多半她受了這賊谷主的挾持，無可奈何，才不敢認我。若我自殘身軀，反而難與抗拒。」思念及此，雄心大振，決意拚命殺出重圍，救護小龍女脫險，當下鎭懾心神，氣沉丹田，將滿腔熱血緩緩壓落，微微一笑，指着樊一翁道：「你這死樣活氣的山谷，小爺要來時，你擋我不住，欲去時你也別想留客。」

衆人見他本來情狀大變，勢欲瘋狂，突然間神定氣閒，均感奇怪。

樊一翁先前見到楊過傷心嘔血，心中暗暗代他難受，實不欲傷他性命，鋼杖擺動，一股疾風帶得楊過衣袂飄動，喝道：「你到底出不出去？」公孫谷主眉頭一皺，說道：「一翁，你怎地囉唆個沒完沒了？」樊一翁見師父下了嚴令，只得抖起鋼杖，往楊過脚脛上叩去。

公孫綠蕚素知大師兄武藝驚人，雖然身長不滿四尺，卻是天生神力，武功已得父親所傳十之七八，這柄鋼杖下殺斃過不少極兇猛的惡獸。她料想楊過年紀輕輕，決難敵得過大師兄九九八十一路潑水杖法，待得二人交上了手，再要救他就是極難，雖見父親臉帶嚴霜，神色極怒，還是鼓足勇氣，站出來向楊過道：「楊公子，你在這裏多躭無益，又何苦枉自送了性命？」語氣溫柔，充滿了關懷之意。

法王等一齊向她望去，無不暗暗稱奇，均想：「楊過和我等同時進谷，卻怎地偷偷和這女孩子結下了交情？」

楊過點頭一笑，說道：「多謝姑娘好意。你愛不愛用長鬍子編個辮子來玩？」公孫綠萼一怔，問道：「甚麼？」楊過道：「我拔下這矮子的鬍子，送給你玩兒，好不好？」公孫綠萼大驚失色，心想這般玩笑也敢開，你當眞是活得不耐煩了。絕情谷中規矩極嚴，她勸楊過這幾句話，已是拚着受父親重重一頓責罰，那知反引得他胡說八道，臉上一紅，再也不敢接嘴，退入了衆弟子的行列。

樊一翁身軀矮了，對自己的鬍子向來極為自負，聽到楊過出言輕薄，猛地抛下鋼杖，縱上前來，喝道：「好小子，教你先吃我一鬍子。」吆喝聲中，長鬚已拂將過去。楊過笑道：「老頑童沒剪下你的鬍子，我來試試。」從背囊中取出大剪刀，疾向他鬍子上剪落。樊一翁鬍子直甩，猛往他頭頂擊落，勢道着實凌厲。楊過步子微挫，早已讓開，剪刀刃口迴了過來，喀的一響，雙刃合攏。樊一翁大驚，急忙一個觔斗翻出，只要遲得瞬息之間，一叢鬍子便全給他剪斷了。這一下驚得他非同小可。旁觀衆人也是不約而同「吁」的一聲低呼。

要知楊過請馮默風打造這柄剪刀，原意是對付李莫愁的拂塵。李莫愁以一對五毒神掌、一柄拂塵縱橫江湖，雲帚上的功夫何等了得，楊過欲以大剪破她，事先早已細細想過，她拂塵如何捲，大剪便如何刺，拂塵如何擊，大剪又如何挾。豈不料李莫愁並未鬥到，竟在這絕情谷中遇上這個以鬍子當兵器的矮子。楊過心想：「你的鬍子功再厲害，也決強不過李莫愁的拂塵去。」當下有恃無恐，手持大剪着着進迫。樊一翁在鬍子上已有十餘年的功力，因有雙掌空着爲輔，比之一般軟鞭雲帚更是厲害，只見他搖頭幌腦，帶動鬍子，同時催發掌力向楊過急攻。

適才周伯通以大剪去剪樊一翁鬍子，反而被他以鬍子捲住剪刀，只得服輸。衆人見識了周伯通的功夫，均自忖與他相比實是有所不及，那知楊過使開了那把大剪刀，縱橫剪挾，來去絞舞，竟是遠勝老頑童的手法，各人無不納罕。以武技功力而論，楊過與周伯通當然差得甚遠，但他事先曾細心揣摩過李莫愁的雲帚功夫，設想了剪刀的招數，而樊一翁的鬍子正與雲帚的用法大同小異，他這剪刀使將開來，果然是得心應手，大佔上風。比之周伯通胡亂拿一柄大剪刀來全無章法的亂挾亂剪，自是大不相同。但法王等不知緣由，親眼見到老頑童將大剪刀交給楊過，料想以周伯通之爲人，這把古怪胡鬧的兵刃自然是他異想天開而去打造來的。楊過擅於使劍，乃法王所素知。

樊一翁數次險爲剪刀所傷，登時除了輕視他年少無能之心，招法一變，將鬍子舞得團團亂轉，四面八方的打將過去，縱擊橫掃，居然也成招數。楊過連挾數剪，盡數落空，又見敵人掌風凌厲，有時鬍子是虛招，掌力是實，有時掌法誘敵，卻以鬍子乘隙進攻，虛虛實實，的是武林中前所未見的奇妙功夫。輾轉拆了數十招，楊過心想：「這谷主陰險狠辣，武功定是遠在矮子之上，我不勝其徒，焉能敵師？」心中微感焦躁。只是樊一翁的鬍子又長又厚，比李莫愁的拂塵長大得多，鋪發開來，實無破綻。

又拆數招，楊過凝神望着對手，但見他搖頭幌腦，神情滑稽，鬍子越是使得急，那顆圓圓的小腦袋尤其幌動得厲害，斗地心念一動，已想到破法，剪刀喀的一聲，躍後半丈，叫道：「且慢！」樊一翁並不追擊，道：「小兄弟，你既服輸，還是快出谷去罷！」楊過笑着搖了搖頭，道：「你這叢大鬍子剪短之後，要多久才留得回來？」樊一翁怒道：「那關你甚麼事？我的鬍子從來不剪的。」楊過搖頭道：「可惜，可惜！」樊一翁道：「可惜甚麼？」楊過道：「我三招之內，就要將你的大鬍子剪去了。」

樊一翁心想：「你和我已鬥了數十招，始終是個平手，三招之內要想取勝，哼，那是夢想。」怒喝一聲：「看招！」右掌劈出。楊過左手斜格，右剪砸落，擊向對方左額。他身子高，擊敵頭臉時剪刀自上而下，樊一翁側頭閃避，不料楊過左掌跟着落下，劈他右額。這一劈勢道極是兇猛，樊一翁忙又偏頭向左避讓，敵招來得快，他這一偏也是極爲迅捷，長鬍子跟着甩了起來。楊過的大剪刀早已張開了守在右方，喀的一聲，將他鬍子剪去了兩尺有餘。

衆人「啊」的一聲，無不大感驚訝，見他果然只用三招，就將樊一翁的鬍子剪斷了。原來楊過久鬥之下，終於發見樊一翁鬍子左甩，腦袋必先向右，鬍子上擊，腦袋必先低垂，暗罵自己愚蠢：「他鬍子長在頭上，若要揮動鬍子，自然必先動頭。我竟然不擊其根本，卻一味與他的鬍子纏鬥，實是大傻蛋一個。」心中定下了擊首剪鬚之計，這才聲言三招剪他鬍子。

樊一翁一呆，見自己以半生功夫留起來的鬍子一絲絲落在地下，又是可惜，又是憤怒，一個起落，將鋼杖搶在手中，怒喝：「今日不拚個你死我活，你休想出得谷去。」楊過笑道：「我本就不想出去啊！」樊一翁鋼杖橫掃，往他腰裏擊去。

馬光佐剛才與樊一翁廝打良久，着實吃了虧，這時甚是得意，大聲道：「老矮子，你相貌本就不美，少了這一大把鬍子，那更是怪模怪樣之極了。」樊一翁聽了，咬牙切齒，手上又加了三分勁。

楊過與他相鬥多時，一直是與他鬍子的柔力周旋，不知他膂力如何，見他鋼杖揮來，伸出剪刀去一格，只聽得噹的一聲巨響，手臂酸麻，剪刀已給鋼杖打得彎了過來，不成模樣。就只這麼一招，那大剪刀已不能再用。旁觀衆人眼見楊過已然獲勝，不料兵刃一變，二人登時優劣異勢，樊一翁手持一件長大沉重的厲害兵刃，楊過卻是拿着一堆廢鐵。公孫綠萼忍不住叫道：「楊公子，你不及我大師兄力大，何必再鬥？」

公孫谷主見女兒一再維護外人，怒氣漸盛，向她瞪了一眼，只見她一臉的關切焦慮之狀，再向小龍女望去時，卻見她神色淡然，竟不以楊過的安危縈懷，當卽轉怒爲喜，暗想：「原來她對這小子並無情意，否則眼見他身處險境，何以竟不介意？」他那知小龍女素知楊過智計百出，武功也在樊一翁之上，二人相鬥，他是有勝無敗，是以絕不擔心。

楊過將那扭曲的大剪刀抛在地下，說道：「老樊，你不是我敵手，快快丟下鋼杖投降了罷。」樊一翁怒道：「你若贏得我手中鋼杖，我就一頭撞死。」楊過道：「可惜，可惜！」樊一翁叫道：「看招！」一招「泰山壓頂」，鋼杖當頭擊下。楊過側身閃開，左足已踏住杖頭。樊一翁雙手疾抖，甩起鋼杖。楊過身隨杖起，竟給他帶在半空，左足卻穩穩站在杖上。樊一翁連抖幾下，始終未能將他震落，待要倒轉鋼杖，楊過右足邁出，竟從杖身上走將過去。

這兩下怪招在旁人與樊一翁眼中，自是匪夷所思，其實卻是古墓派武功中以絕頂輕功破長大兵刃的常法。當年李莫愁在嘉興破窰外與武三通相鬥，站在他當作兵器的栗樹樹幹上，武三通始終甩她不脫，便是這門功夫。樊一翁一怔之際，楊過左足又跨前一步，右足飛起，向他鼻尖踢去。此時樊一翁處境狼狽之極，敵人附身鋼杖，自己若向後閃躍，勢必將敵人帶了過來，這一脚自是躲避不了，他雙手持杖，無法分手招架，而鬍子被剪，又少了一件防身利器，情急之下，只得拋下鋼杖，這才後躍而避了這一脚。噹的一響，鋼杖一端着地，另一端尚未跌落，已被楊過抄在手中。

馬光佐、尼摩星、瀟湘子等齊聲喝采。楊過將鋼杖在地下一頓，笑道：「怎麼？」樊一翁脹紅了臉，道：「我一時不察，中了你的詭計，心中不服。」楊過道：「咱們再來過。」將那鋼杖輕輕抛去，樊一翁伸手去接。那知鋼杖飛到他身前兩尺餘之處，突然向上躍起，樊一翁接了個空，楊過飛身長臂，又抓了過來。馬光佐等采聲越響，樊一翁一張臉更是脹成了紫醬色。

金輪法王與尹克西相視一笑，心中暗讚楊過的聰明。昨日周伯通以斷矛擲人，勁力即發即收，矛頭擲出後中途變向，此時楊過自是學了他這個法子。只是矛頭有四而鋼杖惟一，鋼杖沉重，轉勁不難，楊過此舉遠較周伯通爲易。但公孫谷主與衆弟子不知有此緣由，不免大爲驚詫。

楊過笑道：「怎麼？要不要再來一次？」樊一翁鬍子被剪，鋼杖被奪，全是對方用智取勝，要他認輸，如何肯服？大聲說道：「你若憑眞實本領勝我，自然服你。」楊過微笑道：「武學之道，以巧爲先。你師父頭腦不淸，教出來的弟子自然也差勁了。我勸你啊，還是改投明師的是。」這話自是指着公孫谷主的鼻子在罵了。

樊一翁心想：「我學藝不精，有辱師尊，若是當眞不能取勝，今日只有自刎以謝師父了。」一咬牙，猱身直上，楊過橫持鋼杖，交在他的手裏，說道：「這一次可要小心了，若再被我奪來，須怨不得旁人。」

樊一翁不語，右手牢牢抓住杖端，心道：「再要奪得此杖，除非將我這條手臂割去。」楊過叫道：「小心了！」和身向前撲出，左手已搭住杖頭，右手食中二指倏取他的雙目，同時左足翻起，已壓住杖身，這正是打狗棒法的絕招「獒口奪杖」。

先兩次楊過奪杖，旁人雖感他手法奇特，但看得淸淸楚楚，這一次卻連樊一翁也不明其中奧妙，只是眼睛一霎，鋼杖又已到了敵人手中。只金輪法王武學深湛，又見識過打狗棒法，才知道楊過所使是這路棒法中的手段。

馬光佐叫道：「沒鬍子的長鬍子，這一下你服了麼？」樊一翁大叫：「他使的是妖術，又非眞實武功，我如何能服？」楊過笑道：「你要怎地才服？」樊一翁道：「除非你憑眞實本領打倒我，小老兒方肯服輸。」楊過又將鋼杖還他，道：「好罷，咱們再試幾招。」

樊一翁對他空手奪杖的妙術極是忌憚，心想：「不論我如何佔到上風，他抵擋不住之時，只須突使妖術奪杖，終難勝他。」於是說道：「我使這般長大兵刃，你卻空手，就算勝了，你也不服。」

楊過笑道：「你是怕了我空手入白刃的功夫，也罷，我用一樣兵刃便是。」目光在廳中一轉，只見大廳四壁光禿禿的全無陳設，一件可用的兵刃也無，院子中卻有兩株大柳樹，枝條依依，掛綠垂翠，他向小龍女望了一眼，說道：「你要姓柳，我就用柳枝作兵器罷！」說着縱身入庭，折了一根寸許圓徑的柳枝，長約四尺，長短粗細，就與丐幫的打狗棒相似，只是不去柳葉，另增雅致。

小龍女心中混亂一片，對日後如何已是全無主見，楊過在她眼前越久，越是難以割捨。她當時獨自凝思，雖與楊過分手極是傷心，但想一了百了，尚可忍得，此刻這個人活生生的來到眼前，但覺他一言一動，一笑一怒，無不令她心動意蕩，欲待入內不聞不見，卻又如何捨得？她低頭不語，內心卻如千百把鋼刀在絞剜一般。

公孫止突然使出了平生絕學「陰陽倒亂刃法」來。黑劍本來輕柔，此時卻硬砍猛斫，變成了剛猛之極的刀法，而笨重長大的鋸齒金刀卻刺挑削洗，全走單劍的輕靈路子，刀成劍，劍變刀，當眞是奇幻無方。

第十八回　公孫谷主

樊一翁見楊過折柳枝作兵刃，宛似小兒戲耍，顯是全不將自己放在眼裏，怒氣更盛，他那知這柳枝柔中帶韌，用以施展打狗棒法，雖不及丐幫世代相傳的竹棒，其厲害處實不下於寶劍寶刀。

馬光佐道：「楊兄弟，你用我這柄刀罷！」說着刷的一聲，抽刀出鞘，精光四射，確是一柄利刃。楊過雙手一拱，笑道：「多謝了！這位矮老兒人是不壞的，只可惜他拜錯了師父，武藝很差，一根柳條兒已夠他受的。」柳枝抖動，往鋼杖上搭去。

樊一翁聽他言語中又辱及師尊，心想此番交手，實決生死存亡，再無容情，呼呼聲響，展開了九九八十一路潑水杖法。杖法號稱「潑水」，乃是潑水不進之意，可見其嚴謹緊密。

杖法展開，初時響聲凌厲，但數招之後，漸感揮出去方位微偏，杖頭有點兒歪斜，帶動的風聲也畧見減弱。原來楊過使開打狗棒法中的「纏」字訣，柳枝搭在杖頭之上，對方鋼杖到東，柳枝跟到東，鋼杖上挑，柳枝也跟了上去，但總是在他勁力的橫側方向稍加推拉，使杖頭不由自主的變向。這打狗棒法的「纏」字一訣，正是從武學中上乘功夫「四兩撥千斤」中生發出來，精微奧妙，遠勝於一般「借力打力」、「順水推舟」之法。

衆人愈看愈奇，萬料不到楊過年紀輕輕，竟有如此神妙武功。但見樊一翁鋼杖上的力道逐步減弱，楊過柳枝的勁道卻是不住加強。

此消彼長，三十招後，樊一翁全身已爲柳條所制，手上勁力出得愈大，愈是顚顚倒倒，難以自已，到後來宛如入了一個極強的旋風渦中，只捲得他昏頭暈腦，不明所向。公孫谷主伸手在石桌上一拍，叫道：「一翁，退下！」

這一聲石破天驚，連楊過也是心頭一凜，暗想：「此時豈能再讓你退出。」手臂抖處，已變爲「轉」字訣，身子凝立不動，手腕急畫小圈，帶得樊一翁如陀螺般急速旋轉。楊過手腕抖得愈快，樊一翁轉得也是愈快，手中鋼杖就如陀螺的長柄，也是跟着滴溜溜的旋轉。楊過朗聲說道：「你能立定脚跟不倒，算你是英雄好漢。就只怕你師父差勁，教的出來徒兒上陣要摔交。」柳枝向上疾甩，躍後丈許。

樊一翁此時心神身子已全然不由自主，眼見他脚步踉蹌，再轉得幾轉，立卽就要摔倒。公孫谷主斗然躍高，身在半空，舉掌在鋼杖頭上一拍，輕輕縱回。這一拍看上去輕描淡寫，力道卻是奇大，將鋼杖拍得深入地下二尺有餘，登時便不轉了。樊一翁雙手牢牢抓住鋼杖，這才不致摔倒，但身子東搖西擺，恍如中酒，一時之間難以寧定。

瀟湘子、尹克西等瞧瞧楊過，又瞧瞧公孫谷主，心想這二人均非易與之輩，且看這場龍爭虎鬥誰勝誰敗，心下均存了幸災樂禍的隔岸觀火之意。只有馬光佐一意助着楊過，大聲呼喝：「楊兄弟，好功夫！矮鬍子輸了！」

樊一翁深吸一口氣，寧定心神，轉過身來，突向師父跪倒，拜了幾拜，磕了四個頭，一言不發，猛向石柱上撞去。衆人都是大吃一驚，萬想不到他竟是如此烈性，比武受挫竟會自殺。公孫谷主叫聲：「啊喲！」急從席間躍出，伸手去抓他背心，只是相距太遠，而樊一翁這一撞又是極爲迅捷，一抓卻抓了個空。

樊一翁縱身撞柱，使上了十成剛勁，突覺額頭所觸之處竟是軟綿綿地，抬起頭來，見是楊過伸出雙掌，站在柱前，說道：「樊兄，世間最傷心之事是甚麼？」

原來楊過見樊一翁向師父跪拜，已知他將有非常之舉，已自全神戒備，他與樊一翁相距既近，竟然搶在頭裏，出掌擋了他這一撞。

樊一翁一怔，問道：「是甚麼？」楊過凄然道：「我也不知。只是我心中傷痛過你十倍，我還沒自盡，你又何必如此？」樊一翁道：「你比武勝了，心中又有甚麼傷痛？」楊過搖頭道：「比武勝敗，算得甚麼？我一生之中，不知給人打敗過多少次。你要自盡，你師尊急得如此。若我自盡，我師父卻絲毫不放在心上，這才是最傷心之事啊。」

樊一翁還未明白，公孫谷主厲聲道：「一翁，你再生這種傻念頭，那便是不遵師令。你站在一旁，瞧爲師收拾這小子。」樊一翁對師命不敢有違，退在廳側，瞪目瞧着楊過，自己也不明白對他是怨恨？是憤怒？還是佩服？

小龍女聽楊過說「若我自盡，我師父卻絲毫不放在心上」這兩句話，眼眶一紅，幾滴眼淚又掉了下來，心想：「若你死了，難道我還會活着麼？」

公孫谷主隔不片刻，便向小龍女瞧上一眼，不斷察看她的神情，突見她又流眼淚，心下又妒又惱，雙手擊了三下，叫道：「將這小子拿下了。」他自高身分，不屑與楊過動手。兩旁的綠衫弟子齊聲答應，十六人分站四方，突然間呼的一聲響，每四人合持一張漁網，同時展開，圍在楊過身周。

楊過與法王等同來，法王隱然是一夥人的首領，此時鬧到這個地步，是和是戰，按理法王該當挺身主持，但他只是微微冷笑，始終袖手旁觀。

公孫谷主不知法王用意，還道他譏笑自己對付不了楊過，心道：「終須讓你見見絕情谷的手段。」雙手又是擊了三下。十六名綠衫弟子交叉換位，將包圍圈子縮小了幾步。四張漁網或橫或豎、或平或斜，不斷變換。

楊過曾兩次見到綠衫弟子以漁網陣擒拿周伯通，確是變幻無方，極難抵擋，陣法之精，與全眞教的「天罡北斗陣」可說各有千秋。心想：「以老頑童這等武功，尚且給漁網擒住，我卻如何對付？何況他是只求脫身，將樊馬二人擲入網中，即能乘機兔脫，我卻偏偏要留在谷中。」

每張漁網張將開來丈許見方，持網者藏身網後，要破陣法，定須先行攻倒持網的綠衫弟子，但只要一近身，不免先就爲漁網所擒，竟是無從着手。但見十六人愈迫愈近，楊過一時不知如何應付，只得展開古墓派輕功，在大廳中奔馳來去，斜竄急轉，縱橫飄忽，令敵人難以確定出手的方位。

他四下遊走，十六名弟子卻不跟着他轉動，只是逐步縮小圈子。楊過脚下奔跑，眼中尋找陣法的破綻，見漁網轉動雖極迅速，四網交接處卻總是互相重叠，始終不露絲毫空隙，心想：「除了用暗器傷人，再無別法。」滴溜溜一個轉身，手中已扣了一把玉蜂針，見西邊四人欺近，左手一揚，七八枚金針向北邊四人擲去。

眼見四人要一齊中針，不料叮叮叮幾聲輕響，七八枚金針盡數被漁網吸住。原來漁網金絲的交錯之處，綴有一塊塊小磁石，如此一張大網，不論敵人暗器如何厲害，自是盡數擋住。玉蜂針七成金、三成鋼，只因這三成鋼鐵，便給網上的磁石吸住了。

楊過滿擬一擊成功，那料到這張網竟有這許多妙用，百忙中向公孫谷主瞪了一眼，料知再發暗器也是無用。右手往懷中一揣，放回金針，正待再想破解之法，東邊的漁網已兜近身邊，掌陣者一聲唿哨，眼前金光閃動，一張漁網已從右肩斜罩下來。楊過身形一挫，待要從西北方逸出，北邊與西北的漁網同時湊攏。

楊過暗叫：「罷了，罷了！落入這賊谷主手中，不知要受何等折辱？」忽聽南邊持網人中有人嬌聲叫道：「啊喲！」楊過回過頭來，只見公孫綠萼摔倒在地，漁網一角軟軟垂下。

這正是漁網陣的一個空隙，楊過想也不想，身子已激射而出，脫出包圍，但見公孫綠萼連聲呼痛，卻向他使個眼色，叫他趕快逃出谷去。楊過暗想：「她捨命救我，情意自極可感。但我這一出谷去，姑姑定然被迫與這賊谷主成婚，今日拚着給他擒住，身受千刀之苦，也決不出谷。」站在廳角，雙目瞪着小龍女，心想我在這頃刻之間身歷奇險，難道你竟是無動於中麼？

但見小龍女仍是低首垂眉，不作一聲。

公孫谷主擊掌二下，四張漁網倏地分開。他向公孫綠萼冷冷的道：「你幹甚麼？」公孫綠萼道：「我脚上突然抽筋，痛得厲害。」公孫谷主早知女兒對楊過已然鍾情，以致在緊急當口放了他一條生路，只是有外人在座，不便發作，冷笑一聲，道：「好，你退下。十四兒補她的位置。」公孫綠萼垂首退開。一名綠衣少年應聲而出，過去拉住了漁網，此人不過十四五歲年紀，頭上紮着兩條小辮。

公孫綠萼向楊過偷瞧一眼，目光中大有幽怨之意。楊過心中歉仄，暗道：「姑娘的盛情厚意，只怕我今生難以補報了。」

公孫谷主又擊掌四下，十六名弟子又突然快步退入內堂，楊過一怔，心想：「難道你認輸了？」他正自奇怪，一回頭，卻見公孫綠萼神色極是驚惶，連使眼色，命他急速出谷，瞧這模樣，自己便似有大禍臨頭一般。楊過微微一笑，反而拉過一張椅子，坐了下來。忽聽得內堂叮叮噹噹一陣輕響，十六名弟子轉了出來，手中仍是拉着漁網。

衆人一見漁網，無不變色。原來四張漁網已經換過，網上遍生倒鈎和匕首，精光閃閃，極是鋒利，任誰被網兜住，全身中刀，絕無活命之望。馬光佐大叫：「喂，谷主老兒，你用這般歹毒傢伙對付客人，要不要臉？」

公孫谷主指着楊過道：「非是我要害你，我幾次三番請你出去，你偏生要在此搗亂。在下最後良言相勸，快快出谷去罷。」

馬光佐見了這四張漁網，饒是他膽氣粗壯，也不由得肉爲之顫，聽得網上刀鈎互撞而發出叮噹之聲，更是驚心動魄，站起身來拉着楊過的手道：「楊兄弟，這般歹毒的傢伙，咱們去他媽的爲妙，你何必跟他嘔氣？」

楊過眼望小龍女，瞧她有何話說。

小龍女見谷主取出帶有刀鈎的漁網，心中早已想了一個「死」字，只待楊過一被漁網兜住，自己也就撲在漁網之上，與他相擁而死。她想到此處，心下反而泰然，覺得人世間的愁苦就此一了百了，嘴角不禁帶着微笑。

她這番曲折的心事，楊過卻那裏明白，心想自己遭受極大危難，她居然還笑得出，心中一痛，又比適才更甚，就在這傷心、悲憤、危急交迸之際，腦中倏地閃過一個念頭，也不再想第二遍，逕自走到小龍女身前，微微躬身，說道：「姑姑，過兒今日有難，你的金鈴索與掌套給我一用。」

小龍女只想着與他同死之樂，此外更無別樣念頭，聽了他這句話，當卽從懷中取出一雙白色手套、一條白綢帶子，遞了給他。

楊過緩緩接過，凝視着她的臉，說道：「你現今認了我麼？」小龍女柔情無限，微笑道：「我心中早就認你啦！」楊過精神大振，顫聲問道：「那你決意跟了我去，不嫁給這谷主啦，是不是？」小龍女微笑點頭，道：「我決意跟了你去，自是不能再嫁旁人啦。過兒，我自然是你的妻子。」

她話中「跟了你去」四字，說的是與他同死，連楊過也未明白，旁人自然不懂，但「我自然是你的妻子」這八個字，卻是說得再也淸楚不過。公孫谷主臉色慘白，雙手猛擊四下，催促綠衫弟子動手。十六名弟子抖動漁網，交叉走動。

楊過聽了小龍女這幾句話，宛似死中復活，當眞是勇氣百倍，就算眼前是刀山油鍋，他也不放在眼裏，當卽戴上了刀槍不損的金絲掌套，右手綢帶抖動，玲玲聲響，綢帶就如一條白蛇般伸了出去。

綢帶末端是個發聲的金鈴，綢帶一伸一縮，金鈴已擊中南邊一名弟子的「陰谷穴」，回過來時擊中了東邊一名弟子的「曲澤穴」。那陰谷穴正當膝彎裏側，那人立足不牢，屈膝跪下；曲澤穴位處臂彎，被點中的手臂酸軟，漁網脫手。

這兩下先聲奪人，金鈴索一出手，漁網陣立現破綻，西邊持網的四名弟子一驚之下，攻上時稍形遲緩，楊過金鈴索倒將過來，玎玲玲聲響，又將兩名弟子點倒。但就在此時，北邊那張漁網已當頭罩下，網上刀鈎距他頭頂不到半尺，以金鈴索應敵已然不及。楊過左掌翻起，一把抓住漁網，借力甩出，他手上戴着掌套，掌中雖然抓住匕首利鈎，卻是絲毫無損。漁網被他抓住了一抖，斗然向四名綠衫弟子反罩過去。

衆弟子操練漁網陣法之時，只怕敵人漏網兔脫，但求包羅嚴密，從來沒想到這漁網竟會掉頭反噬，但見網上明晃晃的刀鈎向自己頭上撲來，素知這漁網厲害無比，同聲驚呼，撒手躍開。那替補公孫綠萼的少年身手較弱，大腿上終於給漁網的匕首帶着，登時鮮血長流，摔倒在地，痛得哭號起來。

楊過笑道：「小兄弟，別害怕，我不傷你。」左手抖動漁網，右手舞起金鈴索，但聽得嗆啷啷、玎玲玲，刀鈎互擊，金鈴聲響，極是清脆動聽。這一來，衆弟子那裏還敢上前，遠遠靠牆站着，只是未得師父號令，不敢認輸逃走，但雖不認輸，卻也是輸了。

馬光佐拍手頓足，大聲叫好，只是人羣之中惟有他一人喝采，未免顯得寂寞，他叫了幾聲，瞪眼向法王道：「和尚，楊兄弟的本領不高麼？怎麼你不喝采？」法王一笑，道：「很高，很高，但也不必叫得這般驚天動地。」馬光佐瞪眼道：「爲甚麼？」法王見公孫谷主雙眉豎起，慢慢走到廳心，當下凝神注視他的動靜，再也不去理會馬光佐說些甚麼。

公孫谷主聽小龍女說了「我自然是你的妻子」這八字後，已知半月來一番好夢到頭來終於成空，雖然又是失望，又是惱怒，但想：「我縱然得不了你的心，也須得到你的人。我一掌將這小畜生擊斃，你不跟我也得跟我，時日一久，終能教你回心轉意。」

楊過見他雙眉越豎越高，到後來眼睛與眉毛都似直立一般，不知是那一派的厲害武功，心下也不禁駭然，右手提索，左手抓網，全神戒備，知道自己和小龍女的生死存亡，便在此一戰，實不敢有絲毫怠忽。

公孫谷主繞着楊過緩緩走了一圈，楊過也在原地慢慢轉頭，眼睛始終不敢離開他的眼光，見他越是遲遲不動手，知道出手越是凌厲，只見他雙手向前平舉三次，雙掌合拍，錚的一響，錚錚然如金鐵相擊。楊過心中一凜，退了一步，公孫谷主右臂突伸，一把抓住漁網邊緣一扯。楊過但覺這一扯之力大得異乎尋常，五指劇痛，只得鬆手。公孫谷主將漁網拋向廳角空着手的四名弟子，這才喝道：「退下！」

楊過漁網被奪，不容他再次搶到先手，綢索一振，金鈴抖動，分擊對方肩頭「巨骨」與頸中「天鼎」兩穴。公孫谷主胸口門戶大開，雙臂長伸在外，但楊過不敢貿然擊他前胸大穴，先攻他身上小穴以作試探。公孫谷主的武功竟是另成一家，對楊過的金鈴擊穴絕不理睬，右臂一長，倏向他臂上抓來，但聽叮叮兩聲，「巨骨」與「天鼎」雙穴齊中，他恍若不覺，呼的一響，手抓變掌，拍向楊過左乳。楊過大驚，急忙側身急閃，幸好他輕身功夫了得，才讓開了對方這斗然而來的一掌。

楊過曾聽歐陽鋒、洪七公、黃藥師等武林好手談論武功，知道一人內功練到上乘境界，當敵招襲到之際可以暫時封閉穴道，但總有迹象可尋。又如歐陽鋒的異派武功，練得經脈倒轉，周身大穴全部變位，可是其時他頭下脚上，更是一望而知。眼前這個敵人卻對點穴絕無反應，就似身上不生穴道一般，這門功夫當眞是罕見罕聞，心中一餒，不禁存了三分怯意。眼見他雙掌翻起，手掌心隱隱帶着一股黑氣，拍到時勁風逼人而來，心知厲害，不敢正面硬接，右手以金鈴索與他纏鬥，左掌護住了全身各處要害。

頃刻間已拆了十餘招，楊過全神招架，突見對方左掌輕飄飄當胸按來，似柔實剛，依稀便是完顏萍的「鐵掌」路子，忙躍開數尺。公孫谷主一掌按空，並不收招，手掌仍是伸出兩尺，身形一幌，已縱到楊過身前。常人出拳發掌，總是以臂使手，手臂回縮，拳掌便跟着打出，他這一招卻是以身發掌，手掌不動，竟以身子前縱之勁擊向敵人。本來全身之力雖大於一臂，然而以之發招，究嫌過於遲緩，公孫谷主這一掌卻是威猛迅捷，兼而有之。楊過待要側身閃避，已然不及，只得左掌揮出，硬接了這一招。拍的一響，雙掌相交，震得楊過退後三步，公孫谷主卻站在原地不動，只是身子微微一幌。

公孫谷主穩住了身子，顯是大佔上風，其實楊過掌力反擊，也已震得他脅口一陣隱痛，心中大感訝異：「我這一招鐵掌功夫已使上了十成功力，這小子竟然接得下。纏鬥下去，未必能斃得了他。倘若給他打成平局，一切全不用說了。」雙掌連拍，錚錚作響，聲音極是刺耳，說道：「姓楊的，本谷主掌下留情，你明白了麼？」

若是平常比武，原是勝敗已分，再打下去，楊過定然是有輸無贏，谷主說到這句話，他該當自認武功不及，但今日之事，心知對方決不能平平安安的放小龍女與自己出谷，除拚死活之外，別無他途。當此生死大險之際，楊過對敵人仍是不改嬉皮笑臉的本色，何況小龍女已認了他，心中喜樂無涯，當卽哈哈一笑，說道：「你若打死了我，我姑姑焉能嫁你？你若打不死我，我姑姑一般的不能嫁你。你那裏是掌底留情了？你這是輕不得，重不得，無可奈何之至，手足無措之極！」

楊過這番猜測，卻是將對手的心地推想得太過良善。公孫谷主恨不得一招就將他打死，絕了後患，縱然小龍女怨怪惱怒，那也顧不了許多，他的無可奈何，其實是一對手掌收拾不了這個少年。他轉頭向女兒道：「取我兵刃來。」公孫綠萼遲疑不答。谷主厲聲道：「你沒聽見麼？」公孫綠萼臉色慘白，只得應道：「是！」轉入內堂。

楊過瞧了父女二人的神情，心想：「憑他一雙空手，我已經對付不了，再取出甚麼古怪兵器，那還有甚麼生路？此時不走，更待何時？」走到小龍女身前，伸出手來，柔聲道：「姑姑，你跟了過兒去罷！」

公孫谷主雙掌蓄勢，只要小龍女一站起身來伸手與楊過相握，立時便撲上去以鐵掌猛襲楊過背脊，心中打定了主意：「拚着柳妹怪責，也要將這小子打死。柳妹若是跟了他去，我這下半生做人還有何樂趣。」

那知小龍女並不站起，只淡淡的道：「我當然要跟你去。只是這裏的公孫谷主救過我性命，咱們得跟他說明白一切緣由，請他見諒。」楊過大急，心想：「姑姑甚麼事也不懂。你跟他說明白了，難道他就會見諒？」

卻聽得小龍女問道：「過兒，這幾天來你好嗎？」問到這句話時，關切之情溢於言表。楊過聽到這溫柔語意，見到這愛憐神色，便是天塌下來也不顧了，那裏還想到甚麼逃走？說道：「姑姑，你不惱我了？」

小龍女淡淡一笑，道：「我怎麼會惱你？我從來沒惱過你。你轉過了身子。」楊過依言轉身，只是不明她的用意。

小龍女從懷裏取出一個小針綫包兒，在針上穿了綫，比量了一下他背心衣衫上給樊一翁抓出的破孔，嘆道：「這些日子我老在打算給你縫件新袍子，但想今後永不再見你面了，縫了又有甚麼用？唉，想不到你眞會尋到這裏來。」說話間悽傷神色轉爲歡愉，拿小剪刀在自己衣角上剪下一塊白布，慢慢的替他縫補。

當二人同在古墓之時，楊過衣服破了，小龍女就這麼將他拉在身邊，替他縫補，這些年來也不知有過多少次。此時二人都已將生死置之度外，當眞是旁若無人，大廳上雖是衆目睽睽，兩人就似是在古墓中相依爲命之時一般無異。

楊過歡喜無限，熱淚奪眶而出，哽咽道：「姑姑，適才我激得你嘔了血，我……我眞是不好。」小龍女微微一笑，道：「那不關你的事。你知道我早有這個病根子。沒見你幾日，你功夫進步得好快。你剛才也嘔了血，可沒事嗎？」楊過笑道：「那不打緊。我肚子裏的血多得很。」小龍女微笑道：「你就愛這麼胡說八道。」

兩人一問一答，說的話雖然平淡無奇，但人人都聽得出來，他二人相互間情深愛切，以往又有極深的淵源。法王等面面相覷。公孫谷主又驚又妒，呆在當地，不知如何是好。

楊過道：「這幾天中我遇到了好幾個有趣之人。姑姑，你倒猜猜我這把大剪刀是那裏得來的？」小龍女道：「我也在奇怪啊，倒似是你早料到這裏有個大鬍子，定打了這剪刀來剪他鬍子。唉，你眞是頑皮，人家的長鬍子辛辛苦苦留了幾十年，卻給你一下子剪斷了，不可惜麼？」說着抿嘴一笑，明眸流轉，風致嫣然。

公孫谷主再也忍耐不住，伸手往楊過當胸抓來，喝道：「小雜種，你也未免太過目中無人。」楊過竟不招架，說道：「不用忙，等姑姑給我補好了衣衫，再跟你打。」

公孫谷主手指距他胸口數寸，他究是武學大宗匠的身分，雖然惱得胸口不住起伏，這一招總是不便就此送到楊過身上。忽聽公孫綠萼在背後說道：「爹爹，兵刃取來啦。」他並不轉身，肩頭一幌，退後數尺，將兵刃接在手裏。

衆人看時，只見他左手拿着一柄背厚刃寬的鋸齒刀，金光閃閃，似是黃金打造，右手執的卻是一柄又細又長的黑劍，在他手中輕輕顫動，顯得刃身極是柔軟，兩邊刃口發出藍光，自是鋒銳異常。兩件兵器全然相反，一件至剛至重，一件卻極盡輕柔。

楊過向他一對怪異兵刃望了一眼，說道：「姑姑，前幾日我遇見一個女人，他跟我說了我殺父仇人是誰。」小龍女心中一凜，問道：「你的仇人是誰？」楊過咬着牙齒，恨恨的道：「你真猜一輩子也猜不着，我一直還當他們待我極好呢。」小龍女道：「他們？他們待你極好？」楊過道：「是啊，那就是……」

只聽嗡嗡一響，聲音淸越，良久不絕，卻是公孫谷主的黑劍與金刀相碰。他手腕抖動，嗡嗡嗡連刺三劍，一劍刺向楊過頭頂，一劍刺他左頸，一劍刺他右頸，都是貼肉而過，相差不到半寸。那谷主自重身分，敵人既不出手抵禦，也就不去傷他，只是這三劍擊刺之準，的是神技。

小龍女道：「補好啦！」輕輕在楊過背上一拍。楊過回頭一笑，提着金鈴索走到廳心。

公孫谷主的武功之中，閉穴功夫、漁網陣、金刀黑劍陰陽雙刃三項得自祖傳，只因世居幽谷，數百年來不與外人交往，是以三項武功雖奇，卻不爲世間所知。且三項武功之中均有重大破綻，若爲高手察覺，不免慘遭殺身之禍。公孫氏祖訓嚴峻，不得到江湖上逞能爭雄，也未始不是出於自知之明。公孫谷主二十餘年前又學到鐵掌門的武功。傳他武藝之人雖非了不起的高手，卻是見識廣博，心思周密，助他補足了家傳武功中的不少缺陷，於陰陽雙刃的招數改進尤多，曾對他言道：「這門刀劍合使的武功至此已燦然大備，對手就算絕頂聰明，也終不能在五十招內識破其中機關。但你雙刃既動，豈有五十招內還殺他不得之理？」

他見楊過提索出戰，當卽叫道：「看劍！」黑劍顫動，當胸刺去，可是劍尖並非直進，卻是在他身前亂轉圈子。楊過不知這黑劍要刺向何方，大驚之下，急向後躍。

公孫谷主出手快極，楊過後躍退避，黑劍劃成的圓圈又已指向他身前，劍圈越劃越大，初時還只繞着他前胸轉圈，數招一過，已連他小腹也包在劍圈之中，再使數招，劍圈漸漸擴及他的頭頸。楊過自頸至腹，所有要害已盡在他劍尖籠罩之下。金輪法王、尹克西、瀟湘子等生平從未見過這般劃圈逼敵的劍法，無不大爲駭異。

公孫谷主一招使出，楊過立即竄避，他連劃十次劍圈，楊過逃了十次，竟是無法還手，眼見敵人劍招越來越是凌厲，而左手倒提的一柄鋸齒刀始終未用，待得他金刀再動，多半萬難抵敵，當下不及多想，竄躍向左，抖動金鈴索，玎玲玲一響，金鈴飛出，擊敵左目。公孫谷主側頭避過，挺劍反擊。楊過大喜，鈴索一抖，已將他右腿纏住，剛要收力拉扯，谷主黑劍劃下，嗤的一聲輕響，金鈴索從中斷絕，這把黑劍竟是鋒銳無比的利刃。

衆人齊聲「啊」的一叫，只聽得風聲呼呼，公孫谷主已揮鋸齒刀向楊過劈去。楊過倒地急滾，噹的一響，震得四壁鳴響，原來他搶起樊一翁的鋼杖擋架，杖刀相交，兩人手臂都是震得隱隱發麻。公孫谷主暗自驚異：「這小子當眞了得，竟接得住我十招以上。」左刀橫斫，右劍斜刺。本來刀法以剛猛爲主，劍招以輕靈爲先，兩般兵刃的性子截然相反，一人同使刀劍，幾是絕不可能之事，但公孫谷主雙手兵刃越使越急，而刀法劍法卻分得淸淸楚楚，剛柔相濟，陰陽相輔，當眞是武林中罕見的絕技。

楊過大喝一聲，運起鋼杖，使出打狗棒法的「封」字訣，緊緊守住門戶。公孫谷主刀劍齊施，一時竟然難以攻入。只是打狗棒法以變化精微爲主，一根輕輕巧巧的竹棒自可使得圓轉自如，手中換了長大沉重的一條鋼杖，數招之後便已感變化不靈。

公孫谷主忽地尋到破綻，金刀上托，黑劍劃將下來，喀的一聲，鋼杖竟給黑劍割斷。楊過叫道：「妙極！我正嫌這勞什子太重！」舞動半截鋼杖，反而大見靈動。公孫谷主「哼」了一聲，說道：「妙是不妙，瞧瞧再說。」左手金刀疾砍下來。

這一刀當頭直砍，招數似乎頗為呆滯，楊過只須稍一側身，便可輕易避過，然而谷主黑劍所劃劍圈卻籠罩住了他前後左右，令他絕無閃避躲讓之處。楊過只得舉起半截鋼杖，一招「隻手擎天」，硬接了他這招。但聽得噹的一聲巨響，刀杖相交，只爆得火花四濺，楊過雙臂只感一陣酸麻。公孫谷主第二刀連着又上，招法與第一刀一模一樣。楊過武學所涉既廣，臨敵時又是機靈異常，但竟無法破解他這笨拙鈍重的一招，除了同法硬架之外，更無善策。刀杖二度相交，楊過雙臂酸麻更甚，心想只要再給他這般砍上幾刀，我手臂上的筋絡也要給震壞了。思念未定，谷主第三刀又砍了過來。再接數刀，楊過手中的半截鋼杖已給金刀砍起累累缺口，右手虎口上也震出血來。

公孫谷主見他危急之中仍是臉帶微笑，左手一刀砍過，右手黑劍倏地往他小腹上刺去。楊過此時已給他逼在廳角，眼見劍尖刺到，忙伸手平掌一擋，劍尖刺中他掌心，劍刃彎成弧形，彈了回來。原來小龍女的掌套甚是堅密，黑劍雖利，卻也傷它不得。

楊過試出掌套不懼黑劍，手掌一翻，突然伸手去拿他劍鋒，要師法當年小龍女拗斷郝大通長劍的故技，那料到公孫谷主手腕微震，黑劍斗地彎彎的繞了過來，劍尖正中他下臂，鮮血迸出。楊過一驚，急忙向後躍開。公孫谷主卻不追擊，冷笑幾聲，這才緩步又進。倘若公孫谷主手中只一柄鋸齒金刀，或是一柄能拐彎刺人的黑劍，楊過定然有法抵禦，現下兩件兵刃一剛一柔，相濟而攻，楊過登時給打了個手忙脚亂。

法王、尹克西、瀟湘子、尼摩星在一旁瞧着，均想：「這谷主的陰陽雙刃實是凌厲兇狠已極，也虧得這小子機變百出，竟然躲得過這許多惡招。」

公孫谷主左刀砍過，右劍疾刺，楊過肩頭又中，袍子上鮮血斑斑。谷主沉聲道：「你服了沒有？」楊過微笑道：「你大佔便宜的和我比武，居然還來問我服是不服，哈哈，公孫谷主，怎地你如此不要臉？」谷主收回刀劍，道：「我佔了甚麼便宜，倒要請教。」楊過道：「你使的是湊手兵刃，左手一柄怪刀，右手一柄奇劍，這一刀一劍，只怕走遍天下也再找不到同樣的一對兒，是不是？」谷主道：「是便怎樣？你的掌套鈴索，可也並不尋常啊。」

楊過將半截鋼杖往地下一擲，笑道：「這是你大鬍子弟子的。」除下掌套，拾起割成了兩段的金鈴索，擲給小龍女，道：「這是我姑姑的。」他雙手一拍，彈了彈身上灰塵，也不理三處傷口中鮮血汩汩流出，笑道：「我空手來你谷中，豈有爲敵之意？你要殺便殺，何必多言。」

公孫谷主見他氣度閒適，面目俊秀，身上數處受傷，竟是談笑自如，行若無事，相較之下，不由得自慚形穢，心想：「此人非我所及，若是留在世上，柳妹定是傾心於他。」點了點頭，說道：「好！」挺劍往他胸口直刺過去。

楊過早已打定了主意：「我既然打他不過，任他刺死便了。」見他劍到，不閃不避，卻回頭去望着小龍女，心想：「我瞧着姑姑而死，那也快活得很。」只見小龍女臉帶甜笑，一步步向他走近，四目相投，對公孫谷主的黑劍竟是誰都不瞧一眼。

公孫谷主與楊過素不相識，那裏來的仇怨？所以要將他置之死地，自全是爲了小龍女之故，因此一劍既出，情不自禁的向小龍女瞧去。這一眼瞧過，心中立時打翻了醋缸，但見她情致纏綿的望着楊過，再斜眼向楊過看去，見他神色也與小龍女一般無異。此時黑劍劍尖已抵住楊過胸口，只須臂力微增，劍尖便透胸而入，但小龍女既不驚惶關切，楊過也不設法抵禦，兩人痴痴的互望，心意相通，早把身外之事盡數忘了。公孫谷主憤恚難平，心道：「此時將這小子殺了，看來柳妹立時要殉情而死，我定須逼迫她和我成婚，過了洞房花燭，再殺這小子不遲。」叫道：「柳妹，你要我殺他呢，還是饒他？」

小龍女眼望楊過之時，全未想到公孫谷主，突然給他大聲一呼，這才醒悟，驚道：「把劍拿開，你劍尖抵着他胸口幹麼？」谷主微微冷笑，說道：「要饒他性命不難，你叫他立時出谷，莫阻了你我的吉期。」

小龍女未見楊過之時，打定了主意永世不再與他相會，拚着自己一生傷心悲苦，盼他得能平安喜樂，此時當眞會面，如何再肯與谷主成親？自知這些日子來自己所打的主意絕難做到，寧可自己死了，也不能捨卻他另嫁旁人，於是回頭向谷主道：「公孫先生，多謝你救我性命。但我是不能跟你成親的了。」

公孫谷主明知其理，仍是問道：「爲甚麼？」

小龍女與楊過並肩而立，挽着他的手臂，微笑道：「我決意與他結成夫妻，終身廝守，難道你瞧不出來嗎？」公孫谷主身子幌了兩幌，說道：「當日你若堅不答允，我豈能乘人之危，以勢相逼？你親口允婚，那可是眞心情願的。」小龍女說道：「那不錯，可是我捨不了他。咱們要去了，請你別見怪。」說着拉了楊過的手，逕往廳口走去。

公孫谷主急縱而起，攔在廳口，嘶啞着嗓子道：「若要出谷，除非你先將我殺了。」小龍女微笑道：「你於我有救命大恩，我焉能害你？再說，你武功這般高強，我也決計打你不過。」一面說，一面撕下自己衣襟給楊過裹傷。

金輪法王突然大聲說道：「公孫谷主，你還是讓他們走的好。」谷主哼了一聲，鐵青着臉不語。法王又道：「他二人雙劍聯手，你的金刀黑劍如何能敵？與其陪了夫人又折兵，還不如賣個人情，讓了他罷。」他敗在小龍女與楊過聯手的「玉女素心劍法」之下，引為畢生奇恥，此後苦苦思索，始終想不出破解之法，這時見谷主陰陽刃法極是厲害，頗不在自己金輪之下，於是出言相激，要他三人相鬥，一來可乘機再鑽研二人聯劍招法中的破綻，尋求取勝復仇之機，二來也盼他們鬥個三敗俱傷。

其實他縱不出言相激，公孫谷主也決不能讓小龍女與楊過携手出谷，回頭向金輪法王怒視一眼，心想：「你膽敢在我面前說這般言語。此刻無暇，日後再跟你算帳。」轉過頭來，咬牙切齒的瞧着小龍女，心道：「你的心不給我，身子定須給我。你活着不肯跟我成親，你死了我也要跟你成親。」初時他本擬以楊過的性命相脅，逼迫小龍女屈服，但見二人泯不畏死，心想縱然二人齊殺，也決不放人，雙眉又是緩緩上豎，臉上殺氣漸盛。

忽聽得馬光佐粗聲叫道：「喂，公孫老頭兒，人家說過不跟你成親了，你還攔着人家幹甚麼？死皮賴活的，要臉不要？」瀟湘子陰惻惻的插口道：「馬兄別要胡說，公孫谷主今日已擺下喜宴，要請咱們大吃一頓呢。」馬光佐大聲道：「他的清水素菜，有甚麼吃頭？我若是這位姑娘，也決不嫁他。如她這般美貌，便是黃帝娘娘也做得，何苦跟一個兇霸霸的老頭兒一輩子吃青菜豆腐。就算不氣死，淡也淡死了她！」

小龍女轉過頭來，婉言道：「馬大爺，公孫先生於我有活命之恩，我……我……心中是永遠感激他的。」

馬光佐叫道：「好罷，公孫老兒，你若要做個大仁大義之人，不如今日就讓他小兩口兒在此間拜堂成親，洞房花燭。若是你救了一位姑娘，便想霸佔她身子，豈不是如同下三濫的土匪賊強盜？」他心直口快，說出來的話句句令人刺心逆耳，卻又難以反駁。

公孫谷主殺機一起，決意要將入谷外人一網打盡，當下不動聲色，淡淡的道：「我這絕情谷雖非甚麼了不起的地方，但各位說來便來，說去便去，我姓公孫的也太過讓人小覷了。柳姑娘……」

小龍女嫣然一笑，道：「我說姓柳是騙你的，我姓龍。爲的是他姓楊，我便說姓柳。」公孫谷主醋意更甚，對她這幾句話只作沒聽見，仍道：「柳姑娘，這……」他一句話還沒接下去，馬光佐插口道：「這位姑娘明明說是姓龍，你何以叫她柳姑娘？」小龍女道：「公孫先生叫慣了，這只怪我先前騙他的不好，他愛叫甚麼便叫甚麼罷。」

公孫谷主對二人之言絕不理會，仍道：「柳姑娘，這姓楊的只要勝得了我手中陰陽雙刃，我自任他平安出谷。咱二人私下的事，咱們自行了斷，可與旁人無干。」說來說去，仍是要憑武力截留小龍女。

小龍女嘆了一口氣，道：「公孫先生，我原不願與你動手，但他一個人打你不過，我只好幫他。」公孫谷主雙眉豎成兩條直綫，說道：「你不怕自己適才嘔過血，那麼一起上也成。」

小龍女對他極感抱憾，又道：「我和他都沒兵刃，空手跟你這對刀劍相鬥準定是輸。你大人大量，還是放我們走罷。」

金輪法王揷口說道：「公孫谷主，你這谷中包羅萬有，還缺兩把長劍麼？只是我先得提醒你，他二人雙劍聯手，只怕你性命難保。」

公孫谷主向西首一指，道：「那邊過去第三間便是劍室，你們要甚麼兵刃，自行去挑選罷。只怕我所藏的利器，這幾位貴客身上還未必有。」說着嘿嘿冷笑。

楊過與小龍女互視一眼，均想：「我二人若能撇開了旁人，在靜室中相處片刻，死亦甘心。」當卽携手向西，從側門出去，走過兩間房，來到第三間房前。

小龍女眼光始終沒離開楊過之臉，見房門閉着，也不細看，伸手推開，正要跨過門檻進去，楊過猛地想到一事，忙伸手拉住道：「小心了。」小龍女道：「怎麼？」楊過左足踏在門檻之外，右足跨過門檻往地板上一點，立卽縮回，絲毫不見異狀。小龍女道：「你怕谷主要暗害咱們嗎？他這人很好，決不致於……」剛說完這三句話，猛聽得嗤嗤聲響，眼前白光閃動，八柄利劍自房門上下左右挺出，縱橫交錯，布滿入口，若是有人於此時踏步進門，武功再高，也難免給這八柄利劍在身上對穿而過。

小龍女透了口長氣，說道：「過兒，這谷主恁地歹毒，我眞瞧錯他的爲人了。咱們也不用跟他比甚麼劍，這就走罷。」忽聽身後有人說道：「谷主請兩位入室揀劍。」兩人回過頭來，只見八名綠衫弟子手持帶刀漁網，攔在身後，自是谷主防楊龍二人相偕逃走，派人截住了後路。小龍女的金鈴索已被黑劍割斷，再不能如適才這般遙點綠衫弟子的穴道。

小龍女向楊過道：「你說這室中還有甚麼古怪？」楊過將她雙手握在掌中，說道：「姑姑，此刻你我相聚，復有何憾？便是萬劍穿心，你我也死在一起。」小龍女心中也是柔情萬種。兩人一齊步入劍室，楊過隨手把門帶上。

只見室中壁上、桌上、架上、櫃中、几間，盡皆列滿兵刃，式樣繁多，十之八九都是古劍，或長逾七尺，或短僅數寸，有的鐵銹斑駁，有的寒光逼人，二人眼光撩亂，一時也看不清這許多。

小龍女對楊過凝視半晌，突然「嚶」的一聲，投入他的懷中。楊過將她緊緊抱住，在她嘴上親去。小龍女在他一吻之下，心魂俱醉，雙手伸出去摟住他頭頸。

突然砰的一聲，室門推開，一名綠衫弟子厲聲說道：「谷主有令，揀劍後立即出室，不得逗留。」

楊過臉上一紅，當即雙手放開。小龍女卻想自己喜歡楊過，二人相擁而吻決沒甚麼不該，只是有人在旁干擾，難以暢懷，當下嘆了一口氣，輕聲說道：「過兒，待咱們打敗了那谷主，你再這般親我。」楊過笑着點了點頭，伸左手摟住她腰，柔聲道：「我永生永世也親你不夠。你揀兵器罷。」

小龍女道：「這裏的兵刃瞧來果然均是異物，沒一件不好。咱們古墓裏也沒這麼多。」於是先從壁間逐一看去，要想揀一對長短輕重都是一般的利劍，則與楊過聯手禦敵之時收效最大，但瞧來瞧去，各劍均自不同。她一面看，一面問道：「適才進室之時，你怎知此處裝有機關？」楊過道：「我從谷主的臉色和眼光中猜想而知。他本想娶你爲妻，但聽到你要和我聯手鬥他，便想殺你了。以他爲人，我不信他會好心讓咱們來揀選兵刃。」

小龍女又低低嘆了口氣，道：「咱們使玉女素心劍法，能勝得了他麼？」楊過道：「他武功雖強，卻也並不在金輪法王之上。我二人聯手勝得法王，諒來也可勝他。」小龍女道：「是了，法王不住激他和我二人動手，卻也是存了私心。」楊過微笑道：「人心鬼蜮，你也領會得一些了。」隨卽說道：「我只擔心你的身子，剛才你又嘔了血。」

小龍女笑靨如花，道：「你知道的，我傷心氣惱的時候才會嘔血，現下我歡喜得很，這點內傷不算甚麼。你也嘔了血，不打緊罷？」楊過道：「我見了你，甚麼都不礙事了。」小龍女柔聲道：「我也這樣。」頓了一頓，又道：「你近來武功大有進境，合鬥法王之時咱們尙且能勝，何況今日？」楊過聽了此言，也覺這場比試定能取勝，握着她手說道：「我想要你答應一件事，不知你肯不肯？」

小龍女柔聲道：「你又何必問我？我早已不是你師父，是你的妻子啦。你說甚麼，我便聽你的吩咐。」楊過道：「那……那眞好，我……卻不知道。」小龍女道：「自從那天在終南山的晚上，你和我這般親熱，我怎麼還能是你的師父？你雖不肯娶我爲妻，在我心裏，我早就是你的妻子了。」楊過不知那晚在終南山上到底爲了何事，她才突然如此相問，或許是她一時心情激動，或許是她久懷情愫而適於其時突然奔放流露，自然萬萬料想不到尹志平作惡那一節，心想：「那天我義父歐陽鋒授我武功，將你點倒，我可並沒和你親熱啊。」但耳聽得她如此柔聲說着纏綿的言語，醺醺如醉，一時也說不出話來。

小龍女靠在他胸前，問道：「你要我答應甚麼？」楊過撫着她秀髮，說道：「咱們勝了那谷主，立即動身回古墓，以後不論甚麼，你永遠不能再離開我身邊。」小龍女抬起頭來，望着他雙眼，說道：「難道我想離開你麼？難道離開你之後，我的傷心不及你厲害麼？我自然答應你，便是天塌下來，我也不離開你啦。」

楊過大喜，待要說話，忽聽爲首的綠衫弟子大聲道：「揀定了兵刃沒有？」

小龍女微微一笑，向楊過道：「咱們儘快走罷。」轉過身來，想任意取兩把劍便是，卻見西壁間一大片火燒的焦痕，幾張桌椅也均燒得殘破，不禁一怔。楊過笑道：「那老頑童曾闖進這劍房中來過，放了一把火，這焦痕自是他的手筆了。」只見屋角裏半截畫幅之下露出兩段劍鞘來。他心念一動：「這兩把劍本是以畫遮住，只因畫幅給老頑童燒去半截，劍身才顯露出來。主人如此布置，這兩把劍定是十分珍異。」於是伸手到壁上摘了下來，將一柄交給小龍女，握住另一柄的劍柄，拔出劍鞘。

劍一出鞘，兩人臉上都感到一陣涼意，但劍身烏黑，沒半點光澤，就似一段黑木一般。小龍女也拔劍出鞘。那劍與楊過手中的一模一樣，大小長短，全無二致。雙劍並列，室中寒氣大增，只是兩把劍既無尖頭，又無劍鋒，圓頭鈍邊，倒有些似一條薄薄的木鞭。楊過翻轉劍身，只見刻着兩字，文曰：「君子」，再看小龍女那把劍時，刻的是「淑女」兩字。楊過本來不喜兩劍形狀，但很喜歡這成雙成對的劍名，眼望小龍女瞧她意下如何。小龍女喜道：「此劍無尖無鋒，正好用來與谷主過招，他曾救我性命，我本不想傷他。」楊過笑道：「劍名君子淑女。我可當不起。這『君』字若改成個『浪』字，我用起來就更好了。」說着舉劍虛刺兩下，但覺輕重合手，極是靈便，道：「好，咱倆便用這對劍罷。」

小龍女還劍入鞘，正要出室，只見桌上花瓶中插着的一叢花嬌艷欲滴，美麗異常，只是插得亂七八糟，不成格局，於是順手去整理一下。楊過叫道：「啊喲，使不得。」但爲時不及，小龍女手指上已被花刺刺中數下，她愕然回顧，問道：「怎麼？」楊過道：「這是情花啊，你在谷中這些日子，難道不知麼？」小龍女將傷指在口中吮了數下，搖頭道：「我不知道。情花？那是甚麼花？」

楊過待要解釋，一衆綠衫弟子連聲催促，於是兩人重回大廳。公孫谷主早已等得極不耐煩，向綠衫弟子怒目而視，顯是怪責他們辦事不力，何以任由楊龍二人躭擱了這許多時候。衆弟子極爲害怕，均各變色。

公孫谷主待二人走近，說道：「柳姑娘，你揀定劍了？」小龍女取出「淑女劍」，點頭道：「我們用這對鈍劍，不敢當眞與谷主拚鬥，只是點到爲止如何？」谷主心中一凜，厲聲道：「是誰教你們取這劍的？」說着眼光向公孫綠萼一掃，隨卽又定在小龍女臉上。小龍女微感奇怪，道：「沒人教我們啊。這對劍用不得麼？那我們去換過兩把便是。」谷主怒目向楊過橫了一眼，道：「換兩把劍，豈不又去半天？不用換了，動手罷。」

小龍女道：「公孫先生，咱們話說明在先，我和他跟你單打獨鬥，都非你對手，現下以二對一，那是我們佔了便宜。我們並非眞的要跟你爲敵，也不是與你比甚麼勝敗。只要你不加阻攔，我們向你認輸道謝。」谷主冷笑道：「贏得我手中刀劍，我自是任你們處置，倘若你們輸了，婚姻之約可再不能反悔。」小龍女淡然一笑，道：「我們輸了，我和他葬身在這谷中便是。」公孫谷主更不打話，左手金刀揮出，呼的一聲，向楊過斜砍過去。

楊過提起劍來，還了一招「白鶴亮翅」，乃是全眞派正宗劍法。公孫谷主心想：「這一招雖然法度嚴謹，卻也只平穩而已。」右劍迴過，向他肩頭直刺，竟是撇開小龍女，刀劍齊向楊過身上招呼。楊過凝神應敵，嚴守門戶，接了三招。

小龍女待谷主出了三招，這才挺劍上前。公孫谷主對她劍招卻不以金刀招架，只在她來勢極急之時，方出黑劍擋開，招數之中顯是故意容讓。

法王看了七八招，微笑道：「公孫谷主，你這般惜玉憐香，只怕要大吃苦頭。」公孫谷主道：「大和尚，你若瞧不起在下，待會不妨下場賜教，此刻卻不用費神指點。」說着催動刀劍，廳中風聲漸響。

又鬥數合，楊過使一招全眞劍法的「橫行漠北」，小龍女使一招玉女劍法的「彩筆畫眉」，兩下都是橫劍斜削，但楊過長劍自左而右，橫掃數尺，小龍女這劍卻不過微微兩顫，兩招合成了玉女素心劍法中的一招「簾下梳裝」。公孫谷主一驚，舉黑劍擋開了楊過長劍，橫金刀守住眉心。小龍女的劍刃堪堪劃到他雙目之上，刀劍相交，噹的一響，金刀的刀頭竟被淑女劍割去了一截。

旁觀衆人都吃了一驚，想不到她手上這柄看來平平無奇的鈍劍竟是如此鋒銳。楊過與小龍女也是大出意外，他們初時選此一對鈍劍，只爲了名目好聽而雙劍同形，不料誤打誤撞，竟是選中了一對寶劍，這一來更是精神大振，雙劍着着搶攻。

公孫谷主也是暗暗納罕：「柳妹與這小子武功都不及我，二人合力我本來絲毫不懼，怎知雙劍合璧，竟然如此厲害，看來那賊禿的話倒也不假。若是今日輸在他二人手下……若是今日輸在他二人手下……」想到此處，猛地裏左刀右攻，右劍左擊，使出他平生絕學「陰陽倒亂刃法」來。黑劍本來陰柔，此時突然硬砍猛斫，變成了陽剛的刀法，而笨重長大的鋸齒金刀卻刺挑削洗，全走單劍的輕靈路子，刀成劍，劍變刀，當眞是奇幻無方。

金輪法王、瀟湘子、尹西克三人都是見識廣博，但這路陰陽倒亂的刀法劍法卻是生平從所未見，從所未聞。馬光佐叫了起來：「喂，糟老頭子，你這般亂七八糟，攪的是甚麼古怪名堂？你……你……你可越老越不成話了！」

公孫谷主不過四十來歲，年紀也不甚老，今日存心要與小龍女成親，卻給這渾人「糟老頭子長，糟老頭子短」的叫着，心中如何不惱？此時也無餘暇與他算帳，全力施展這門已苦練了二十餘年的武功，決意先打敗楊龍二人再說。

楊過與小龍女雙劍合璧，本已漸佔上風，但對手忽然刀劍錯亂，招數奇特，二人不由得手忙脚亂，霎時之間連遇險招。楊過看出黑劍的威力強於金刀，當下將劍上的刀法盡數接了過來，讓小龍女去擋鋸齒金刀，心想她兵刃上佔了便宜，金刀不敢與她淑女劍相碰，當不致有重大危險。但這樣一來，二人各自為戰，玉女素心劍法分成兩截，威力立減。

公孫谷主大喜，噹噹噹，揮劍砍了三刀，左手刀卻同時使了「定陽針」、「虛式分金」、「荆軻刺秦」、「九品蓮台」四招。這四手劍招飄逸流轉，四劍夾在三刀之中。楊過尙能勉力抵禦，小龍女卻意亂心慌，想揮劍去削他刀鋒，但金刀勢如飛鳳，竟削不到。楊過情知不妙，拚着自身受傷，使一招全真劍法中的「馬蹴落花」，平膀出劍，劍鋒上指，將對方刀劍一齊接過。小龍女當卽迴劍護住楊過頂心。二人一起一合，又回到了玉女素心劍法。這套劍法的眞諦在於使劍的兩人心心相印，渾若一人，這一招楊過捨身相救，正是這劍術的無上心法。小龍女見他不守門戶，相救自己，怕他受害，忙伸劍代他守護，於是二人皆不守而皆守，雙劍之勢驟然而長。

數招一過，公孫谷主額頭微微見汗，刀劍左支右絀，敗象已呈。小龍女與楊過卻越打越是順手。楊過左手揑個劍訣，右手劍斜刺敵人左腰，小龍女雙手持住劍柄，舉劍上挑，這招叫做「舉案齊眉」，劍意中溫雅欵欵，風光旖旎。她心中滿溢柔情密意，回首凝視楊過，突然之間，胸間猶如被大鐵鎚猛力一擊，右手手指劇痛，險些連劍柄也拿揑不定，不由得臉色大變，躍開三步。

公孫谷主冷笑道：「嘿，情花，情花！」心中旣喜且妒。小龍女不明其意，楊過卻知是情花之毒發作，她適才在劍室中被情花的小刺刺損手指，此刻動情，指上頓感劇痛。他曾身受此苦，對小龍女極是憐惜，柔聲問道：「很痛罷！」公孫谷主乘此良機，刀劍向楊過一陣急攻，小龍女疼痛稍減，提劍又上。楊過心中關注，道：「你再休息一下。」豈知他一動柔情，手指上也是疼痛斗作。

公孫谷主乘隙黑劍急砍，噹的一響，將他君子劍打落在地，黑劍隨卽前挺，已抵住楊過胸口。小龍女大驚來救，卻給他金刀攔住，無法近身。谷主叫道：「拿下了這小子。」四名綠衫弟子應聲上前，撒網兜轉，將楊過擒在網裏，漁網繞了數轉，將他牢牢纏住。公孫谷主問道：「柳妹，你怎樣？」

小龍女知道憑己一人非他敵手，將淑女劍往地下一擲，只聲擦的一響，君子劍與淑女劍互相躍近，併在一起，牢牢的再不分開，原來雙劍均有極強的磁力。小龍女悠然道：「劍猶如此，人豈不若？你將我們二人一齊殺了便是。」

公孫谷主哼了一聲，道：「你隨我來。」舉手向法王等一拱道：「少陪！」轉入內堂。四名弟子拉着漁網，擒了楊過，跟着進去。小龍女也跟隨入內。

馬光佐道：「大和尚，僵屍鬼，咱們得設法救人。」金輪法王微笑不答。瀟湘子冷笑道：「大個兒，你打得過這糟老頭兒麼？」馬光佐抓耳摸腮，想不出主意，只道：「打不過也得打！打不過也得打！」

公孫谷主昂首前行，走進一間小小的石室，說道：「割幾綑情花來。」

楊過與小龍女既已決心一死，二人只是相向微笑，對公孫谷主做甚麼事、說甚麼話，全不理會。過不多時，石室門口傳進來一陣醉人心魄的花香，二人轉頭瞧去，迎眼只見五色繽紛，嬌紅嫩黃，十多名綠衫弟子拿着一叢叢的情花走進室來。他們手上臂上都墊了牛皮，以防爲情花的小刺所傷。公孫谷主右手一揮，冷然道：「都堆在這小子身上。」

霎時之間，楊過全身猶似爲千萬隻黃蜂同時螫咬，四肢百骸，劇痛難當，忍不住大聲號叫。小龍女又是憐惜，又是憤怒，向公孫谷主喝道：「你幹甚麼？」搶上去要移開楊過身上的情花。

公孫谷主伸臂擋住，說道：「柳妹，今日本是你我洞房花燭的吉期，卻給這小子闖進谷來，將大好的日子鬧了個亂七八糟，我和他素不相識，原無怨仇，何況他旣與你有舊，只要他謹守賓客之義，我自然也是禮敬有加，今日事已如此……」說到此處，左手一揮，衆弟子退出石室，帶上了室門。他繼續說道：「……是禍是福，全在你一念之間。」

楊過在情花小刺的圍刺之下苦不堪言，只是不願小龍女爲自己難過，咬緊了牙關始終默不出聲，於公孫谷主的話半句也沒聽進耳去。小龍女望着他痛楚的神情，憐惜之念大起，就在此時，手指上情花之毒發作，又是一陣劇痛，心想：「我只不過給情花畧刺一下，已痛得如此厲害，他遍身千針萬刺，那可如何抵受？」

公孫谷主猜知她心意，說道：「柳妹，我是誠心誠意，想與你締結百年良緣，對你只有一片愛慕之忱，絕無歹意，這一節你自是明白的。」小龍女點點頭，凄然道：「你待我一直很好，且別說於我有救命之恩，在此之前，你對我千依百順，殷勤周至，唯恐博不了我的歡心。」她垂首半晌，長長嘆了口氣，說道：「公孫先生，當日你如沒在荒山中遇着我，若是沒救我性命，任我沒聲沒息的死了，於咱們三人都更好些。你硬逼我與你成親，明知我會終生不樂。這於你又有甚麼好處？」

公孫谷主雙眉又是緩緩豎起，低沉着聲音道：「我向來說一是一，說二是二，決不容人欺負折辱。你旣答允了與我成親，便得成親。至於歡樂愁苦，世事原本難料，明天的事又有誰知道了？大家走着瞧罷。」袍袖一揮，說道：「此人遍身爲情花所傷，每過一個時辰，疼痛便增一分，三十六日後全身劇痛而死。在十二個時辰之內，我有秘製妙藥可給他醫治，一天之後卻是神仙難救。他是死是活，就由你說罷。」說着緩步走向室門，伸手推開了門，轉頭道：「若是你寧可任他慢慢痛死，那也由得你，你就在這兒瞧他三十六日，我對你絕無加害之意，你儘可放心。十二個時辰之內你如回心轉意，只須呼叫一聲，我便拿解藥來救他性命。」說着便要邁步出室。

小龍女見楊過全身發顫，咬唇出血，雙目本來朗若流星，此刻已是黯然無光，想得到他身上如何痛苦，此時已然如此難當，若這疼痛每過一個時辰便增一分，一連痛上三十六天，只怕地獄之中也無如此苦刑，一咬牙，說道：「公孫先生，我允你成親便了。你快放了他，取藥解救。」

公孫谷主一直逼迫，爲的便是要她口出此言，此時聽在耳裏，心中又是喜歡又是妒恨，知道自今之後，這女子對己只有怨憎，決無半分情意，點頭道：「你能回心轉意，於大家都好。今晚你我洞房花燭之後，明日一早我便取藥救他。」小龍女道：「你先給他治好傷。」谷主嘆道：「柳妹，你也太小覷我了。好容易才叫你答允，你實非眞心情願，我就再蠢，也豈能不知？難道我先能給他治傷麼？」說着轉身出門。

小龍女與楊過慘然相對，半晌無言。楊過緩緩的道：「姑姑，過兒承你傾心相愛，雖在九泉，亦是心懷安暢。你將我一掌打死了罷！」小龍女心想：「我先將他打死，隨即自盡。」於是提起手來，潛運內勁。楊過臉露微笑，目光柔和，甜甜的瞧着她，低聲道：「此刻才是你我洞房花燭的時分呢。」小龍女見他神采飛揚，心想：「這般一個俊俏郎君，何以老天便狠心如此，要他今日死於非命？」胸口一酸，突覺喉頭發甜，似乎又要嘔血，臂上的勁力登時消失。她突然撲在楊過身上，情花的千針萬刺同時刺入她的體內，說道：「過兒，你我同受苦楚。」

忽聽背後公孫谷主「啊喲」一聲驚呼，道：「你……你……」隨卽冷冷的道：「那又何苦如此？你身上挨痛，他的疼痛便能少了半分嗎？」小龍女向楊過深深望了一眼，緩緩轉過身去，邁步出室，再不回頭。公孫谷主向楊過道：「楊兄弟，再過十個時辰，我便携同靈藥前來救你。這十個時辰之中，只要你清心自持，不起情慾之念。縱有痛楚，亦不難熬。」說着出室關門，逕自去了。

楊過身上受苦，心中傷痛：「前時所受的諸般苦楚，與今日相較已全都算不了甚麼。這谷主如此狠毒，我焉能一死了之，任由姑姑落在他手中苦受折磨？何況我父仇未報，豈能讓那假仁假義的郭靖、黃蓉作下惡事，不受報應？」思念及此，不由得熱血如沸，激昂振奮，「死不得，無論如何死不得！便算姑姑成了這谷主的夫人，我還是要救她出來。我還得苦練武功，給死去的父母報仇。」於是咬緊牙關，盤膝坐起，雖在漁網之中不能坐正姿式，還是氣沉丹田，用起功來。

過了兩個時辰，已是午後，一名綠衫弟子端着盤子走進來，盤中裝着四個無酵饅頭，說道：「谷主今日新婚大喜，也讓你好好吃一個飽。」將盤子放在漁網之側，他手上密密層層的包着粗布，唯恐爲情花所傷。楊過伸手出網，取過四個饅頭都吃了，心想：「我既要和這賊谷主廝拚到底，便不能作踐自己身子。」那弟子笑道：「瞧不出你胃口倒好。」

突然門口綠影一幌，又有一名綠衫弟子進來，悄沒聲的走到那人身後，伸拳在他背心上重重擊落。先前那人沒瞧見來人是誰，已被打得昏暈過去。

楊過見偷襲的那人竟是公孫綠萼，奇道：「你……你……」公孫綠萼轉身先將室門關上，低聲道：「楊大哥悄聲，我來救你。」說着解開漁網的結子，搬開叢叢情花，放了楊過出來，她手上也纒着粗布。楊過遲疑道：「令尊若知此事……」公孫綠萼道：「我拚着身受重責便是。」隨手摘下一小叢情花，塞在那綠衫弟子口中，令他醒後不能呼救，然後將他縛入漁網，情花堆了個滿身，這才低聲道：「楊大哥，倘若有人進來，你就躱在門後。你身中劇毒，我到丹房去取解藥給你。」

楊過好生感激，知她此舉實是身犯奇險，自己與她相識不過一日，她竟背叛父親來救自己，說道：「姑娘，我……我……」內心激動，竟然說不下去了。公孫綠萼微微一笑，說道：「你稍待片刻，我卽時便回。」說着翩然出室。

楊過呆呆的出神：「她何以待我如此好法？我雖遭際不幸，自幼被人欺辱，但世上眞心待我之人卻也不少。姑姑是不必說了，如孫婆婆、洪老幫主、義父歐陽鋒、黃島主這些人，又如程英、陸無雙，以及此間公孫綠萼這幾位姑娘，無不對我極盡至誠。我的時辰八字必是極為古怪，否則何以待我好的如此之好，對我惡的又如此之惡？」他卻想不到自己際遇特異，所逢之人不是待他極好，便是極惡，乃是他天性偏激使然，心性相投者他赤誠相待，言語不合便視若仇敵，他待別人如是，別人自然也便如是以報了。

等了良久，始終不見公孫綠萼現身。楊過越等越是擔憂，初時還猜想定是丹房中有人，盜藥一時不得其便，時刻漸久，心想縱然取藥不得，她也必過來告知，瞧來此事已然凶多吉少，她爲我干冒大險，我怎可不設法相救？於是將室門推開一縫，向外張望，門外靜悄悄的並無人影，當即溜了出來，卻不知公孫綠萼陷身何處。

正自徬徨，忽聽轉角處脚步聲響，他忙縮身轉角，只見兩名綠衫弟子並肩而來，手中各執一條荊杖，顯然是行刑之具。楊過大怒：「姑姑寧死不屈，這無恥谷主竟要對她苦刑逼迫！」當下放輕脚步，跟隨在兩名弟子之後。那二人並不知覺，曲曲折折的繞過幾道長廊，來到一間石室之前，朗聲說道：「啓稟谷主，荊杖取到。」推門入內。

楊過心中怦怦而跳，見那石室東首有窗，於是走到窗下，湊眼向內張望，豈知小龍女不在室內，公孫綠萼卻垂首站在父親之前。公孫谷主居中而坐，兩名綠衫弟子手持長劍，守在綠萼左右。

谷主接過荊杖，冷冷的道：「萼兒，你是我親生骨肉，到底爲何叛我？」公孫綠萼低頭不語。谷主道：「你看中了那姓楊的小子，我豈有不知？我本說要放了他，你又何必性急？明日爹爹跟他說，就將你許配於他如何？」楊過如何不知公孫綠萼對己大有情意，但此刻聽人公然說將出來，一顆心還是怦然而動。

公孫綠萼低頭不語，過了片刻，突然抬起頭來，朗聲說道：「爹爹，你此刻一心想着自己成親，那裏還顧念到女兒？」公孫谷主哼了一聲，並不接口。公孫綠萼又道：「不錯，女兒欽慕楊公子爲人正派，有情有義。但女兒知他心目中只有龍姑娘一人。女兒所以救他，就是……就是瞧不過爹爹的所作所爲，別無他意。」楊過心中大是激動，暗想：「這賊谷主乖戾妄爲，所生的女兒卻如此仁義。」

公孫谷主臉上木然，並無氣惱之色，淡淡的道：「依你說來，那我便是爲人不正派了，便是無情無義了？」公孫綠萼道：「女兒怎敢如此數說爹爹。只是……只是……」谷主道：「只是怎麼？」綠萼道：「那楊公子身受情花的千針萬刺，痛楚如何抵擋？爹爹，你大恩大德，放了他罷。」谷主冷笑道：「我明日自會救他放他，何用你從中多事。」

公孫綠萼側頭沉吟，似在思量有幾句話到底該不該說，終於臉現堅毅之色，說道：「爹爹，女兒受你生養撫育的大恩，那楊公子只是初識的外人，女兒如何會反去助他？倘若爹爹明日當眞給他治傷，將他釋放，女兒又何必冒險到丹房中來？」谷主厲聲說道：「那你爲何又來了？」公孫綠萼道：「女兒就知爹爹對他不懷善意，你逼迫龍姑娘與你成親之後，便要使毒計害死楊公子，好絕了龍姑娘之念。」

公孫谷主兩道長眉登時又即豎起，冷冷的道：「哼，當眞是養虎貽患。把你養得這麼大了，想不到今日竟來反咬我一口。拿來！」說着伸出手來。綠萼道：「爹爹要甚麼？」谷主道：「你還裝假呢？那治情花之毒的絕情丹啊。」綠萼道：「女兒沒拿。」谷主站起身來，道：「那麼那裏去了？」

楊過打量室中，只見桌上、櫃中滿列藥瓶，壁上一叢叢的掛着無數乾草藥，西首並列三座丹爐，這間石室自便是所謂丹房了。瞧着公孫谷主的神情，綠萼今日非受重刑不可，只聽她道：「爹爹，女兒私進丹房，確是想取絕情丹去救楊公子，但找了半天沒找到，否則何以會給爹爹知覺？」

谷主厲聲道：「我這藏藥之所極是機密，幾個外人一直在廳，沒離開過一步，這絕情丹突然失了影蹤，難道它自己會生脚不成？」綠萼跪倒在地，哭道：「爹爹，你饒了楊公子性命，命他出谷之後永世不許回來，也就是了。」谷主冷笑道：「若是我性命垂危，你未必便肯跪地向人哭求。」綠萼不答，只是抱住了他雙膝。

谷主道：「你取去了絕情丹，又教我怎生救他？好，你不肯認，也由得你。你就在這兒躭一天。你雖偷了我的丹藥，卻送不到那姓楊的小子口中，總是枉然，十二個時辰之後，我再放你罷！」說着走向室門。

公孫綠萼咬牙叫道：「爹爹！」

谷主道：「你還有何話說？」綠萼指着那四名弟子道：「你先叫他們出去。」谷主道：「我谷中衆心如一，事無不可對人言。」綠萼滿臉通紅，隨卽慘白，說道：「好，你不信女兒的話，那你便瞧我身上有沒有丹藥。」說着解去上衫，接着便解裙子。公孫谷主忙揮手命四名弟子出外，關上了室門。片刻之間，綠萼已將外衫與裙子脫去，只留下貼身的小衣，果然身上並無一物。

楊過在窗外見她全身晶瑩潔白，心中怦的一動。他是少年男子，公孫綠萼又是身材豐腴，容顏俏麗，一看之下，不由得血脈賁張，但隨卽想起：「她是爲救我性命，這才不惜解衣露軀，楊過啊楊過，你若再看一眼，那便是禽獸不如了。」急忙閉眼，但心神煩亂之際，額頭竟輕輕在窗格子上一碰。

這一碰雖只發出微聲，公孫谷主卻已知覺，走到三座丹爐之旁，將中間一座丹爐推開，把東首的推到中間，西首的推到東首，然後將原在中間的推到了西首，說道：「既是如此，我便允你饒那小子的性命便是。」綠萼大喜，拜倒在地，顫聲道：「爹爹！」

谷主走到靠壁的椅中坐下，道：「我谷中規矩，你是知道的。擅入丹房，該當如何？」綠萼低首道：「該當處死。」谷主嘆道：「你雖是我親生女兒，但也不能壞了谷中規矩，你好好去罷！」說着抽出黑劍，舉在半空，柔聲道：「唉，萼兒，你若是從此不代那姓楊的小子求情，我便饒你。我只能饒一個人，饒你還是饒他？」公孫綠萼低聲道：「饒他！」谷主道：「好，我女兒當眞大仁大義，勝於爲父的多了。」揮劍往她頭頂直劈下去。

楊過大驚，叫道：「且慢！」從窗口飛身躍入，跟着叫道：「該當殺我！」右足在地下一點，正要伸手去抓公孫谷主手腕，阻他黑劍下劈，突覺足底一軟，卻似踏了個空。楊過暗叫不妙，急提眞氣，身子斗然向上拔起。公孫谷主雙掌在女兒肩頭一推。公孫綠萼身不由主的急退，往楊過身上撞來。

楊過躍起後正向下落，公孫綠萼恰好撞向他身上，兩人登時一齊筆直墮下，但覺足底空虛，竟似直墮了數十丈尚未着地。

楊過雖然驚惶，仍想到要護住綠萼性命，危急中雙手將她身子托起，眼前一片黑暗，不知將落於何處，足底是刀山劍林？還是亂石巨岩？思念未定，撲通一聲，兩人已摔入水中，往下急沉，原來丹房之下竟是個深淵。

楊過雙手抓着繩索，交相上升，低頭向下望去，只見裘千尺和綠萼母女倆在暮色朦朧中已成爲兩個小小黑影。

第十九回　地底老婦

楊過身子與水面相觸的一瞬之間，心中一喜，知道性命暫可無碍，否則二人從數十丈高處直墮不住，那是非死不可。衝力既大，入水也深，但覺不住的往下潛沉，竟似永無止歇。他閉住呼吸，待沉勢一緩，左手抱着綠蕚，右手撥水上升，剛鑽出水面吸了口氣，突然鼻中聞到一股腥臭，同時左首水波激盪，似有甚麼巨大水族來襲。

一個念頭在他心中轉過：「賊谷主將我二人陷在此處，豈有好事？」右手發掌向左猛劈出去，砰的一聲巨響，擊中了甚麼堅硬之物，跟着波濤洶湧，他借着這一掌之勢，已抱着公孫綠蕚向右避開。

他不精水性，所以能在水底支持，純係以內功閉氣所致。此時眼前一片漆黑，只聽得左首和後面擊水之聲甚急，他右掌翻出，突然按到一大片冰涼粗糙之物，似是水族的鱗甲，大吃一驚：「難道世間眞有毒龍？」手上使勁，騰身而起，那怪物卻被他按入了水底。他深深吸了口氣，準擬再潛入水中，那知右足竟然已踏上了實地，這一下非事先所料，足上使的勁力不對，撞得急了，右腿好不疼痛。

但心喜之餘，腿上疼痛也顧不得了，伸手摸去，原來是深淵之旁的巖石。他只怕怪物繼續襲來，忙向高處爬去，坐穩之後，驚魂稍定。公孫綠萼吃了好幾口水，人已半暈。楊過讓她伏在自己腿上，緩緩吐水。只聽得巖石上有爬搔之聲，腥臭氣息漸濃，有幾隻怪物從水潭中爬了上來。

公孫綠萼翻身坐起，摟住了楊過脖子，驚道：「那是甚麼？」楊過道：「別怕，你躲在我身後。」公孫綠萼不動，只是摟得他更加緊了，顫聲道：「鱷魚，鱷魚！」

楊過在桃花島居住之時曾見過不少鱷魚，知道此物兇猛殘忍，尤勝陸上虎狼，當日他與郭芙、武氏兄弟等見到，也是不敢招惹，總是遠而避之，不意今日竟會在這地底深淵之中相遇，當下坐穩身子，凝神傾聽，從脚步聲中察覺共有三條鱷魚，正一步步的爬近。

公孫綠萼低聲道：「楊大哥，想不到我和你死在一處。」語氣中竟有喜慰之意。楊過笑道：「便是要死，咱們也得先殺幾條鱷魚再說。」

這時當先一條鱷魚距楊過脚邊已不到一丈，綠萼叫道：「快打！」楊過道：「再等一下。」伸出右足，垂在巖邊，那鱷魚又爬近數尺，張開大口，往他足上狠狠咬落。楊過右足回縮，跟着揮脚踢出，正中鱷魚下顎。那鱷魚一個觔斗翻入淵中，只聽得水聲響動，淵中羣鱷一陣騷動，另外兩條鱷魚卻又已爬近。

楊過雖中情花劇毒，武功卻絲毫未失，適才這一踢實有數百斤的力道，踢中鱷魚後足尖隱隱生疼，那鱷魚跌入潭中後卻仍是游泳自如，想見其皮甲之堅厚，心想：「單憑空手，終究奈何不了這許多兇鱷，鬥到後來，我與公孫姑娘遲早會膏於鱷吻，如何想個法子，方能將這些鱷魚盡數殺死？」伸手出去想摸塊大石當武器，但巖石上光溜溜的連泥沙也無一粒，只聽得兩頭鱷魚又爬近了些，忙問：「你身上有佩劍麼？」

公孫綠萼道：「我身上？」想起自己在丹房中除去衣裙，只餘下貼身的小衣，這時卻偎身於楊過懷中，不由得大羞，登時全身火熱，心中卻甜甜的喜悅不勝。

楊過全神貫注在鱷魚來襲，並未察覺她有何異狀，耳聽得兩頭鱷魚距身前已不過丈許，身後又有兩頭，若是發掌劈打，原可將之擊落潭中，但轉瞬又復來攻，於事無補，自己內力卻不絕耗損，於是蓄勢不發，待二鱷爬到身前三尺之處，猛地裏雙掌齊發，拍拍兩聲，同時擊在二鱷頭上。鱷魚轉動不靈，楊過掌到時不知趨避，但皮甲堅厚，只是暈了一陣，滑入潭中。就在此時，身後二鱷已然爬到，楊過左足將一鱷踢下巖去，這一脚踢得重了，抱持綠萼不穩，她身子一側，向巖下滑落。

公孫綠萼驚叫一聲，右手按住巖石，運勁竄上。楊過伸掌在她背心一托，將她救上。這麼一耽擱，最後一頭鱷魚已迫近身邊，張開巨口往楊過肩頭咬落。這時拳打足踢均已不及，雖可躍開閃避，但那巨口的雙顎一合，說不定便咬在綠萼身上，危急中雙手齊出，一手扳住鱷魚的上顎，一手扳住下顎，運起內力，大喝一聲，只聽得喀喇一響，鱷魚兩顎從中裂開，登時身死。

楊過雖扳死兇鱷，背上卻也已驚得全是冷汗。綠萼道：「你沒受傷罷？」楊過聽她語聲之中又是溫柔，又是關切，心中微微一動，道：「沒有。」只是適才使力太猛，雙臂畧覺疼痛。綠蕚察覺死鱷身軀躺在巖上，一動也不動，心下極是欽佩，道：「你空手怎麼將牠弄死的？黑暗中便又瞧得恁地清楚。」楊過道：「我隨着姑姑在古墓中居住多年，只要略有微光，便能見物。」他說到姑姑與古墓，不由得一聲長嘆，突然全身劇痛，萬難忍受，不由得縱聲大叫，同時飛足將死鱷踢入潭中。

兩頭鱷魚正向巖上爬上來，聽到他慘呼之聲，嚇得又躍入水中。

公孫綠蕚忙握住他手臂，另一手輕輕在他額頭撫摸，盼能稍減他的疼痛。楊過自知身中劇毒，縱然不處此危境，也活不了幾日，聽公孫谷主說要連痛三十六日才死，但疼痛如此難當，只要再挨幾次，終於會忍耐不住而自絕性命，然自己一死之後，公孫綠蕚無人救護，豈不慘極，心想：「她所以處此險境，全是爲了我。我不論身上如何疼痛，必當支持下去，但願那谷主稍有父女之情，終於回心轉意而將她救回。」心中盤算，一時沒想及小龍女，疼痛登時輕緩，說道：「公孫姑娘，別害怕，我想你爹爹就會來救你上去。他只恨我一人，對你向來鍾愛，此時定然已好生後悔。」

公孫綠蕚垂淚道：「當我媽在世之時，爹爹的確極是愛我。後來我媽死了，爹爹就對我日漸冷淡，但他……但他……心中，我知道是不會恨我的。」停了片刻，斗地想起許多奇怪難解之事，說道：「楊大哥，我忽然想起，爹爹一直在怕我。」楊過奇道：「他怕你？那倒奇了。」綠蕚道：「是啊，我總覺爹爹見到我之時神色間很不自然，似是心中隱瞞着甚麼要緊事情，生怕給我知道了。這些年來，他總是儘量避開我，不見我面。」

他以前見到父親神情有異，雖覺奇怪，但每次念及，總是只道自母親逝世，父親心中悲痛，以至性情改變，但這次她摔入鱷潭，卻明明是父親布下的圈套。他在丹房中移動三座丹爐，自是打開翻板的機關。若說父親心恨楊過，要將他置之死地，楊過本已中了情花之毒，只須不加施救，便難以活命，何況那時他正跌向鱷潭，其勢已萬難脫險，然則父親何以將自己也推入潭中？這一掌之推，那裏還有絲毫父女之情？這決非盛怒之下一時失手，其中必定包藏了陰謀禍心。她越想越是難過，但心中也是越加明白。父親從前許多特異言行當時茫然不解，只是拿「行為怪僻」四字來解釋，此時想來，顯然全是從一個「怕」字而起，可是他何以會害怕自己的親生女兒，卻萬萬猜想不透。

這時鱷潭中鬧成一片，羣鱷正自分嚼死鱷，一時不再向巖上攻來。楊過見她呆呆出神，問道：「是否你父親有甚隱事，給你無意之中撞見了？」綠蕚搖頭道：「沒有啊。爹爹行止端方，處事公正，谷中大小人等無不對他極是敬重。今日他如此對你確是不該，但以往從未有過這般倒行逆施之事。」楊過不知絕情谷中過去的情事，自難代她猜測。

鱷潭深處地底，寒似冰窖，二人身上水濕，更是涼氣透骨。楊過在寒玉床上練過內功，對這一點寒冷自是毫不在意，公孫綠蕚卻已不住顫抖，偎在楊過懷中求暖。楊過心想這姑娘命在頃刻，定然又是難過又是害怕，想說幾句笑話逗她一樂，只見潭中羣鱷爭食，巨口利齒，神態猙獰可怖，於是笑道：「公孫姑娘，今日你我一齊死了，你來世想轉生變作甚麼東西？似這般難看的鱷魚，我是說甚麼也不變的。」

公孫綠蕚微微一笑，道：「那你還是變一朵水仙花兒罷，又美又香，人人見了都愛。」楊過笑道：「要說變花，也只有你這等人才方配。若是我啊，不是變作喇叭花，便是牛屎菊。」

綠萼笑道：「倘若閻羅王要你變一朵情花，你變不變？」

楊過默然不答，心中極是悔恨：「憑我和姑姑合使玉女素心劍法，那賊谷主終非敵手。那時他手忙脚亂，轉眼便要輸了。偏生事不湊巧，姑姑在劍室中給情花刺傷，而這素心劍法又須兩人心靈相通，情意綿綿，方始發出威力。唉，這也是天數使然，無話可說了。卻不知姑姑眼下如何？」他一想到小龍女，身上各處創口又隱隱疼痛。

公孫綠萼不聽他答話，已知自己不該提到情花，忙岔開話題，說道：「楊大哥，你能瞧見鱷魚，我眼前卻是黑漆漆的，甚麼都瞧不見。」楊過笑道：「鱷魚的尊容醜陋得緊，不瞧也罷。」說着輕輕拍了拍她肩頭，意示慰撫，一拍之下，着手處冰冷柔膩，才想到她在丹房中解衣示父，只剩下貼身的小衣，肩頭和膀子都沒衣服遮蔽。楊過微微一驚，急忙縮手。綠萼想到他能在暗中見物，自己半裸之狀全都給他瞧得清清楚楚，不禁叫了聲：「啊喲！」身子自然而然的讓開了些。

楊過稍稍坐遠，脫下長袍，給她披在身上，解衣之際，不但想到了小龍女，也想到了給自己縫袍的程英，想到願意代己就死的陸無雙，自咎一生辜負美人之恩極多，愧無以報，不禁長長的嘆了口氣。

公孫綠萼整理一下衫袖，將腰帶繫上，忽覺楊過長袍的衣袋中有小小一包物事，伸手摸了出來，交給他道：「這是甚麼東西？你要不要用？」楊過接了過來，入手只覺沉沉地，問道：「那是甚麼？」綠萼一笑，說道：「是你袋裏的東西，怎麼反來問我？」楊過凝神看時，見是個粗布小包，自己從未見過，當即打開，眼前突然一亮，只見包中共有四物，其中之一是柄小小匕首，柄上鑲有龍眼核般大小的一顆珠子，發出柔和瑩光，照上了公孫綠萼的俏臉，心想：「古人言道珠稱夜光，果然不虛。」

綠萼忽地尖叫：「咦！」伸手從包中取過一個翡翠小瓶，叫道：「這是絕情丹啊。」楊過又驚又喜，問道：「這便是能治情花之傷的丹藥？」

綠萼舉瓶搖了搖，覺到瓶中有物，喜道：「是啊，我在丹房中找了半天沒找到，怎麼反而給你拿了去？你怎地拿到的？你幹麼不服啊？你不知道這便是絕情丹，是不是？」她欣喜之餘問話連串不斷，竟沒讓楊過有答話的餘暇。

楊過搔了搔頭，道：「我半點也不知道，這……這瓶丹藥，怎地會放在我袋中，這可眞是奇哉怪也。」

綠萼藉着匕首柄上夜明珠的柔光，也看清楚了近處物事，只見小包中除匕首與裝絕情丹的翡翠小瓶之外，還有塊七八寸見方的羊皮，半截靈芝。她心念一動，說道：「這半截靈芝就是給那老頑童折斷的。」楊過道：「老頑童？」綠萼道：「是啊，芝房由我經管，這靈芝便是種在芝房中白玉盆裏的。老頑童大鬧書劍丹芝四房，毀書盜劍，踢爐折芝，都是他幹的好事。」楊過恍然而悟，叫道：「是了，是了。」綠萼忙問：「怎麼？」

楊過道：「這個小包是周老前輩放在我身邊的。」他此時已知周伯通對己實有暗助之意，因之把「老頑童」改口稱爲「周老前輩」。綠萼也已明白了大半，說道：「原來是他交給你的。」楊過道：「不，這位武林前輩遊戲人間，行事鬼神莫測，他取去了我人皮面具和大剪刀，我固然不知，而他將這小包放在我衣袋裏，我也毫無所覺。唉，他老人家的本事，我眞是一半也及不上。」綠蕚點頭道：「是了，爹爹說他盜去了谷中要物，非將他截住不可，而他……他當衆除去衣衫，身上卻未藏有一物。」楊過笑道：「他脫得赤條條地，竟把谷主也瞞過了，原來這包東西早已放在我的袋中。」

綠蕚拔開翡翠小瓶上的碧玉塞子，弓起左掌，輕輕側過瓶子，將瓶裏丹藥倒在掌中，瓶中倒出一枚四四方方骰子般的丹藥來，色作深黑，腥臭刺鼻。大凡丹藥都是圓形，以便吞服，若是藥錠，或作長方扁平，如這般四方的丹藥，楊過卻是前所未見，從綠蕚掌中接了過來，仔細端詳。綠蕚握着瓶子搖了幾搖，又將瓶子倒過來在掌心拍了幾下，道：「沒有啦，就只這麼一枚，你快吃罷，別掉在潭裏可就糟了。」

楊過正要把丹藥放入口中，聽她說「就只這麼一枚」，不由得一怔，問道：「只有一枚？你爹爹處還有沒有？」綠蕚道：「就因爲只有一枚，那才珍貴啊，否則爹爹何必生這麼大的氣？」楊過大吃一驚，顫聲道：「如此說來，我姑姑遍身也中了情花之毒，你爹爹又有甚麼法子救她？」

綠蕚嘆道：「我曾聽大師兄說過，這絕情丹谷中本來很多，後來不知怎地，只賸下了一枚，而這丹藥配製極難，諸般珍貴藥材無法找全，因此大師兄曾一再告誡，大家千萬要謹防情花的劇毒，小小刺傷，數日後可以自愈，那是不打緊的。中毒一深，卻令谷主難辦，因爲一枚丹藥衹治得一人。」楊過連叫「啊喲」，說道：「你爹爹怎地還不來救你？」

綠蕚當即明白了他心意，見他將丹藥放回瓶中，輕嘆一聲，說道：「楊大哥，你對龍姑娘這般痴情，我爹爹寧不自愧？你只盼望我將絕情丹帶上去，好救龍姑娘的性命。」

楊過給她猜中心事，微微一笑，說道：「我既盼望你這麼好心的姑娘能平平安安的脫此險境，也盼能救得我姑姑性命。就算我治好了情花之毒，困在這鱷潭中也是活不了，自是救治我姑姑要緊。」心想：「姑姑美麗絕倫，那公孫谷主想娶她爲妻，本也可說是人情之常。然而姑姑不肯相嫁，他便誘她到劍房中想害她性命，用心已然險惡之極；而他明知惟一的絕情丹已給人盜去，姑姑身上的情花劇毒無可解救，已不過三十六日之命，他兀自要逼她委身，只怕這潭中的鱷魚，良心比他也還好些。」

綠萼知道不論如何苦口勸他服藥，也總是白饒，深悔不該向他言明丹藥只有一枚，於是說道：「這靈芝雖不能解毒，但大有強身健體之功，你就快服了罷。」楊過道：「是。」將半截靈芝剖成兩片，自己吃了一片，另一片送到綠萼口中，道：「也不知你爹爹何時才來放你，吃這一片擋擋寒氣。」綠萼見他情致殷勤，不忍拒卻，於是張口吃了。

這靈芝已有數百年氣候，二人服入肚中，過不多時，便覺四肢百骸暖洋洋的極是舒服，精神爲之一振，心智也隨之大爲靈敏。綠萼忽道：「老頑童盜去了絕情丹，爹爹當然早已知道。他說治你之傷，固是欺騙龍姑娘，便是逼我交出丹藥，也是假意做作。」

楊過早就想到此節，只是不願更增她的難過，是以並未說破，這時聽她自己想到了，便道：「你爹爹放你上去之後，將來你須得處處小心，最好能設法離谷，到外面走走。」綠萼嘆道：「唉，你不知爹爹的爲人，他既將我推入鱷潭，決不致再回心轉意放我出去。他本就忌我，經過此事之後，又怎再容我活命？楊大哥，你就不許我陪着你一起死麼？」

楊過正待說幾句話相慰，忽然又有一頭鱷魚慢慢爬上巖來，前足即將搭上從小包中抖出來的那張羊皮。楊過心念一動：「且瞧瞧這張羊皮有甚麼古怪。」提起匕首，對準鱷魚雙眼之間刺去，噗的一聲，應手而入，原來這匕首竟是一把砍金斷玉的利刃。那頭鱷魚掙扎了幾下，跌入潭中，肚腹朝天，便即斃命。楊過喜道：「咱們有了這柄匕首，潭中衆位鱷魚老兄的運氣可就不大好啦。」左手執起羊皮，右手將匕首柄湊過去，就着刃柄上夜明珠發出的弱光凝神細看。羊皮一面粗糙，並無異狀，翻將過來，卻見畫着許多房屋山石之類。

楊過看了一會，覺得並無出奇之處，說道：「這羊皮是不相干的。」綠蕚一直在他肩旁觀看，忽道：「這是我們絕情谷水仙山莊的圖樣。你瞧，這是你進來的小溪，這是大廳，這是劍室，這是芝房，這是丹房……」她一面說，一面指着圖形。楊過突然「咦」的一聲，道：「你瞧，你瞧。」指着丹房之下繪着的一些水紋。綠蕚道：「這便是鱷潭了。啊……這裏還有通道。」

二人見鱷潭之旁繪得有一條通道，不禁精神大振。楊過將圖樣對照鱷潭的形勢，說道：「若是圖上所繪不虛，那麼從這通道過去，必是另有出路。只是……」綠蕚接口道：「奇在這通道一路斜着向下，鱷潭已深在地底，再向下斜，卻通往何處？」圖上通道到羊皮之邊而盡，不知通至甚麼所在。

楊過道：「這鱷潭的事，你爹爹或大師兄曾說起過麼？」綠蕚搖頭道：「直到今日，我才知丹房下面潛伏着這許多可怖之物，只怕大師兄也未必知悉。可是……可是，養這許多鱷魚，定須時時餵東西給牠們吃，爹爹不知道爲甚麼……」想起父親的陰狠，忍不住發抖。

楊過打量周遭情勢，但見巖石後面有一團黑黝黝的影子，似是通道的入口，但隔得遠了，不易瞧得淸楚，心想：「就算這眞是通道，其中不知還養着甚麼猛惡怪物，遇上了說不定凶險更大。然而總不能在此坐以待斃，反正是死，不如冒險求生。只要把公孫姑娘救出危境，將絕情丹送入姑姑口中，那便好了。」於是將匕首交在綠萼手中，道：「我過去看看，你提防鱷魚。」左足在巖上一點，已飛入潭中。綠萼驚呼一聲。楊過右足踏在死鱷肚上，借勁躍起，接着左足在一頭鱷魚的背上一點。那鱷魚直往水底沉落，楊過卻已躍到對岸，貼身巖上，反手探去，叫道：「這裏果然是個大洞！」

公孫綠萼輕功遠不如他，不敢這般縱躍過去。楊過心想若是回去背負，二人身重加在一起，不但飛躍不便，而且鱷魚也借力不起，事到如今只有冒險到底，叫道：「公孫姑娘，你將長袍浸濕了丟過來。」綠萼不明他用意，但依言照做，除下長袍，在潭水中一浸，迅速提起，打了兩個結，成爲一個圓球，叫道：「來啦！」運勁投擲過去。楊過伸手接住，解開了結，在巖壁上找了個立足之地，左手牢牢抓住一塊凸出的巖角，右手舞動浸濕了的長袍，說道：「你仔細聽着聲音。」將長袍向前送出，回腕揮擊，拍的一聲，長袍打在洞口。他連擊三下，問道：「你知道洞口的所在了？」綠萼聽聲辨形，捉摸到了遠近方位，說道：「知道啦。」楊過道：「你跳起身來，抓住長袍，我將你拉過來。」

綠萼盡力睜大雙眼，但望出去始終是黑漆漆的一團，心中甚是害怕，說道：「我不……我……」楊過道：「不用怕，若是抓不住長袍摔在潭裏，我立刻跳下來救你。咱們先前尙且不怕鱷魚，有了這柄削鐵如泥的匕首，還怕何來？」說着呼的一聲，又將長袍揮出。

公孫綠萼一咬牙，雙足在巖上力撑，身子已飛在半空，聽着長袍在空中揮動的聲音，雙手齊出，右手抓住了長袍下襬，左手卻抓了個空。楊過只覺手上一沉，抖腕急揮，將綠萼送到了洞口，生怕她立足不定，長袍一揮出，立即便跟着躍去，在她腰間輕輕一托，將她托起，穩穩坐在洞邊。

公孫綠萼大喜，叫道：「行啦，你這主意眞高。」楊過笑道：「這洞裏可不知有甚麼古怪的毒物猛獸，咱們也只有聽天由命了。」說着弓身鑽進了洞裏。綠萼將匕首遞給他，道：「你拿着。」接過楊過遞來的長袍，穿在身上。

洞口極窄，二人只得膝行而爬，由於鱷潭水氣蒸浸，洞中潮濕滑溜，腥臭難聞。楊過一面爬，一面笑道：「今日早晨你我在朝陽下同賞情花，滿山錦繡，鳥語花香，過不了幾個時辰卻到了這地方，我可眞將你累得慘了。」綠萼道：「這那怪得你？」

二人爬行了一陣，隧洞漸寬，已可直立行走，行了良久，始終不到盡頭，地下卻越來越平。楊過笑道：「啊哈，瞧這模樣咱們是苦盡甘來，漸入佳境。」綠萼嘆道：「楊大哥，你心裏不快活，不必故意逗我樂子……」一言未畢，猛聽得左首傳來一陣大笑之聲：「哈哈，哈哈，哈哈！」

這幾下明明是笑聲，聽來卻竟與號哭一般，聲音是「哈哈，哈哈」，語調卻異常的淒涼悲切。楊過與綠萼一生之中都從未聽到過這般哭不像哭、笑不像笑的聲音，何況在這黑漆漆的隧洞之中，猝不及防的突然聞此異聲，比遇到任何兇狠的毒蛇怪物更令他二人心驚膽戰。楊過算得大膽，卻也不禁跳起身來，腦門在洞頂一撞，好不疼痛。公孫綠萼更是嚇得遍體冷汗，毛骨悚然，一把抱住了他雙腿。

二人實不知如何是好，進是不敢，退又不甘。綠萼低聲道：「是鬼麼？」這三字聲音極低，不料左首那聲音又是一陣哭笑，叫道：「不錯，我是鬼，我是鬼，哈哈，哈哈！」

楊過心想：「她既自稱是鬼，便不是鬼。」於是朗聲說道：「在下楊過，與公孫姑娘二人遇難，但求逃命，對旁人絕無歹意……」那人突然插口道：「公孫姑娘？甚麼公孫姑娘？」楊過道：「公孫谷主之女，公孫綠萼。」那邊就此再無半點聲息，似乎此人忽然之間無影無蹤的消失了。

當那人似哭非哭、似笑非笑之際，二人已是恐懼異常，此時突然寂靜無聲，在黑暗之中更是感到說不出的驚怖，相互依偎在一起，一動也不敢動。

過了良久，那人突然喝道：「甚麼公孫谷主，是公孫止麼？」語意之中，充滿着怒氣，但已聽得出是女子聲音。綠萼大着膽子應道：「我爹爹確是單名一個『止』字，老前輩可識得家父麼？」那人嘿嘿冷笑，道：「我識得他麼？嘿嘿，我識得他麼？」綠萼不敢接口，只有默不作聲。又過半晌，那聲音又喝道：「你叫甚麼名字？」綠萼道：「晚輩小名綠萼，紅綠之綠，花萼之萼。」那人哼了一聲，問道：「你是何年、何月、何日、何時生的？」

綠萼心想這怪人問我生辰八字幹麼，只怕要以此使妖法加害，在楊過耳邊低聲道：「我說得麼？」楊過尚未回答，那人冷笑道：「你今年十八歲，二月初三的生日，戌時生，對不對？」綠萼大吃一驚，叫道：「你……你……怎知道？」

突然之間，她心中忽生一股難以解說的異感，深知洞中怪人決不致加害自己，當下從楊過身畔搶過，迅速向前奔去，轉了兩個彎，眼前斗然亮光耀目，只見一個半身赤裸的禿頭婆婆盤膝坐在地下，滿臉怒容，凜然生威。

綠蕚「啊」的一聲驚呼，呆呆站着。楊過怕她有失，急忙跟了進去。

但見那老婆婆所坐之處是個天然生成的石窟，深不見盡頭，頂上有個圓徑丈許的大孔，日光從孔中透射進來，只是那大孔離地一百餘丈，這老婆婆多半不小心從孔中掉了進來，從此不能出去。這石窟深處地底，縱在窟中大聲呼叫，上面有人經過也未必聽見，但她從這般高處掉下來如何不死，確是奇了。見石窟中日光所及處生了不少大棗樹，難道她恰好掉在樹上，因而竟得活命？楊過見她僅以若干樹皮樹葉遮體，想是在這石窟中已是年深日久，衣服都已破爛淨盡。

那婆婆對楊過就如視而不見，上上下下的只是打量綠蕚，忽而凄然一笑，道：「姑娘，你長得好美啊。」綠蕚報以一笑，走上一步，萬福施禮，道：「老前輩，你好。」

那婆婆仰天大笑，聲音仍是哭不像哭、笑不像笑，說道：「老前輩？哈哈，我好，我好，哈哈，哈哈！」說到後來，臉上滿是怒容。綠蕚不知這句問安之言如何得罪了她，心下甚是惶恐，回頭望着楊過求援。

楊過心想這老婆婆在石窟中耽了這麼久，心智失常，勢所難免，便向綠蕚搖搖頭，微微一笑，示意不必與她當眞，左右打量地形，思忖如何攀援出去。頭頂石孔離地雖高，憑着自己輕功，要冒險出去也未必定然不能。

綠蕚卻全神注視那婆婆，但見她頭髮稀疏，幾已全禿，臉上滿面皺紋，然而雙目炯炯有神。那婆婆也是目不轉瞬的望着綠蕚，二人你看我，我看你，卻把楊過撇在一旁，不加理睬。那婆婆看了一會，忽道：「你左邊腰間有個硃砂印記，是不是？」

綠蕚又是大吃一驚，心想：「我身上這個紅記，連爹爹也未必知道，這個深藏地底的婆婆怎能如此明白？她又知道我的生辰八字，瞧來她必與我家有極密切的關連。」於是柔聲問道：「婆婆，你定然識得我爹爹，也識得我去世了的媽媽，是不是？」那婆婆一怔，說道：「你去世了的媽媽？哈哈，我自然識得。」突然語音聲厲，喝道：「你腰間有沒紅記？快解開給我看。若有半句虛言，叫你命喪當地。」

綠蕚回頭向楊過望了一眼，紅暈滿頰。楊過忙轉過頭去，背向着她。綠蕚解開長袍，拉起中衣，露出雪白晶瑩的腰身，果然有一顆拇指大的殷紅斑記，紅白相映，猶似雪中紅梅一般，甚是可愛。

那婆婆只瞧了一眼，已是全身顫動，淚水盈眶，忽地雙手張開，叫道：「我的親親寶貝兒啊，你媽想得你好苦。」綠蕚瞧着她的臉色，突然天性激動，搶上去撲在她身上，哭叫：「媽媽，媽媽！」

楊過聽得背後二人一個叫寶貝兒，一個叫媽，不由得大吃一驚，回過身來，只見兩人緊緊摟抱在一起，綠蕚的背心起伏不已，那婆婆臉上卻是涕淚縱橫，心想：「難道這婆婆竟是公孫姑娘的母親？」

只見那婆婆驀地裏雙眉豎起，臉現殺氣，就如公孫谷主出手之時一模一樣，楊過暗叫：「不好。」搶上一步，怕她加害綠蕚，卻見她伸手在綠蕚肩上輕輕一推，喝道：「站開些，我來問你。」綠蕚一怔，離開她身子，又叫了一聲：「媽！」

那婆婆厲聲道：「公孫止叫你來幹麼？要你花言巧語來騙我，是不是？」綠蕚搖頭，叫道：「媽，原來你還在世上，媽！」臉上的神色又是喜歡，又是難過，這顯是母女眞情，那裏能有半點作僞？那婆婆卻仍厲聲問道：「公孫止說我死了，是不是？」綠蕚道：「女兒苦了十多年，只道眞是個無母的孤兒，原來媽好端端的活着，我今天眞好歡喜啊。」那婆婆指着楊過道：「他是誰？你帶着他來幹麼？」

綠蕚道：「媽，你聽我說。」於是將楊過怎樣進入絕情谷、怎樣中了情花之毒、怎樣二人一齊摔入鱷潭的事，從頭至尾的說了，只是公孫谷主要娶小龍女之事，卻全然畧過不提，以防母親妬恨煩惱。

那婆婆遇到她說得含糊之處，一點點的提出細問。綠蕚除了小龍女之事以外，其餘毫不隱瞞。那婆婆越聽臉色越是平和，瞧向楊過的臉色也一眼比一眼親切。聽到綠蕚說及楊過如何殺鱷、如何相護等情，那婆婆連連點頭，說道：「很好，很好！小夥子，也不枉我女兒看中了你。」綠蕚紅暈滿臉，低下了頭。

楊過心想這其中的諸般關節，此時也不便細談，於是說道：「公孫伯母，咱們先得想個計策，如何出去？」

那婆婆突然臉色一沉，喝道：「甚麼公孫伯母，『公孫伯母』這四字，你從此再也休得出口。你莫瞧我手足無力，我要殺你可易如反掌。」突然波的一聲，口中飛出一物，錚的一響，打在楊過手中所握的那柄匕首刃上。

楊過只覺手臂劇震，五指竟然拿揑不住，噹的一聲，匕首落在地下。他大驚之下，急向後躍，只見匕首之旁是個棗核，在地下兀自滴溜溜的急轉。他驚疑不定，心想：「憑我手握匕首之力，便是金輪法王的金輪、達爾巴的金杵、公孫谷主的鋸齒金刀，也不能將之震落脫手，這婆婆口中吐出一個棗核，卻將我兵刃打落，雖說我未曾防備，但此人的武功可眞是深奧難測了。」

綠蕚見他臉上變色，忙道：「楊大哥，我媽決不會害你。」走過去拉着他的手，轉頭向母親道：「媽，你教他怎麼稱呼，也就是了。他可不知道啊。」

那婆婆嘿嘿一笑，說道：「好，老娘行不改姓，坐不改名，江湖上人稱『鐵掌蓮花裘千尺』的便是，你叫我甚麼？嘿嘿，還不跪下磕頭，稱一聲『岳母大人』嗎？」

綠蕚忙道：「媽，你不知道，楊大哥跟女兒清清白白，他……他對女兒全是一片好意，別無他念。」裘千尺怒道：「哼，淸淸白白？別無他念？你的衣服呢？幹麼你只穿貼身小衣，卻披着他的袍子？」突然提高嗓子，尖聲說道：「這姓楊的如想學那公孫止這般薄倖無恥，我要叫他死無葬身之地。姓楊的，你娶我女兒不娶？」

楊過見她說話瘋瘋癲癲，大是不可理喩，怎地見面沒說得幾句話，就迫自己娶她女兒？但若率言拒絕，不免當場令綠蕚十分難堪。何況這婆婆武功極高，脾氣又怪，自己稍有應對不善，只怕她立時會施殺手，眼下三人同陷石窟之內，總是先尋脫身之計要緊，於是微微一笑，說道：「老前輩可請放心，公孫姑娘捨身救我，楊過決非沒心肝的男子，此恩此德，終身不敢或忘。」這幾句話說得極是滑頭，雖非答應娶綠蕚為妻，但裘千尺聽來卻甚爲順耳。

她點點頭道：「這就好了。」

公孫綠蕚自然明白楊過的心意，向他望了一眼，目光中大有幽怨之色，垂首不言，過了半晌，向裘千尺道：「媽，你怎會在這裏？爹爹怎麼又說你已經過世，害得女兒傷心了十幾年？倘若女兒早知你在這兒，拚着性命不要，也早來尋你啦。」她見母親上身赤裸，如將楊過的袍子給她穿上，自己又是衣衫不週，當下撕落袍子的前後襟，給母親披在肩頭。

楊過心想小龍女所縫的這件袍子落得如此下場，心中一陣難過，觸動情花之毒，全身又感到一陣劇烈疼痛。裘千尺見了，臉上一動，右手顫抖着探入懷中，似欲取甚麼東西，但轉念一想，仍是空手伸了出來。

綠蕚從母親的神色與舉動之中瞧出了些端倪，求道：「媽，楊大哥身上這情花之毒，你能設法給治治麼？」裘千尺淡淡的道：「我陷在此處自身難保，別人不能救我，我又怎能相救旁人？」綠蕚急道：「媽，你救了楊大哥，他自會救你。便是你不救他，楊大哥也必定盡力助你。楊大哥，你說是不？」

楊過對這乖戾古怪的裘千尺實無好感，但想瞧在綠蕚面上，自當竭力相助，便道：「這個自然。老前輩在此日久，此處地形定然熟知，能賜示一二麼？」

裘千尺嘆了口長氣，說道：「此處雖然深陷地底，但要出去卻也不難。」向楊過望了一眼，說道：「你心中定然在想，既然出去不難，何以枯守在此？唉，我手足筋脈早斷，周身武功全失了啊。」楊過早便瞧出她手足的舉動有異，綠蕚卻大吃一驚，問道：「你從上面這洞裏掉下來跌傷的嗎？」裘千尺森然道：「不是！是給人害的。」綠蕚更是吃驚，顫聲道：

「媽，是誰害你的？咱們必當找他報仇。」

裘千尺嘿嘿冷笑，道：「報仇？你下得了這手麼？挑斷我手足筋脈的，便是公孫止。」

綠萼自從一知她是自己母親，心中即已隱隱約約的有此預感，但聽到她親口說了出來，終究還是全身劇烈一震，問道：「爲……爲甚麼？」

裘千尺向楊過冷然掃了一眼，道：「只因我殺了一個人，一個年輕美貌的女子。哼，只因我害死了公孫止心愛的女人。」說到這裏，牙齒咬得格格作響。綠萼心中害怕，與母親稍稍離開，卻向楊過靠近了些。一時之間，石窟中寂靜無聲。

裘千尺忽道：「你們餓了罷？這石窟中只有棗子裹腹充飢。」說着四肢着地，像野獸般向前爬去，行動甚是迅捷。綠萼與楊過看到這番情景，均感悽慘。裘千尺卻是十多年來爬得慣了，也不以爲意。綠萼正待搶上去相扶，已見她伏在一株大棗樹下。

也下知何年何月，風吹棗子，從頭頂洞孔中落下一顆，在這石窟的土中抽芽發莖，生長起來，開花結實，逐漸繁生，大大小小的竟生了五六十株。當年若不是有這麼一顆棗子落下，即或落下而不生長成樹，那麼楊過與公孫綠萼來到這石窟時將只見到一堆白骨。誰想得到這具骸骨本是一位武林異人？綠萼自更不會知道是自己的親生母親。

裘千尺在地下撿起一枚棗核，放入口中，仰起頭來吐一口氣，棗核向上激射數丈，打正一根樹幹，枝幹一陣搖動，棗子便如落雨般掉下數十枚來。

楊過暗暗點頭，心道：「原來她手足斷了筋脈，才逼得練成這一們口噴棗核的絕技，可見天無絕人之路，當眞不假。」想到此處，精神不禁爲之一振。

綠蕚檢起棗子，分給母親與楊過吃，自己也吃了幾枚。在這地底的石窟之中，她欵客奉母，舉止有序，儼然是個小主婦的模樣。

裘千尺遭遇人生絕頂的慘事，心中積蓄了十餘年的怨毒，別說她本來性子暴躁，便是一個溫柔和順之人，也會變得萬事不近人情，但母女究屬天性，眼見自己日思夜想的女兒出落得這般明艷端麗，動靜合度，憐愛的柔情漸佔上風，問道：「公孫止說了我甚麼壞話？」

綠蕚道：「爹爹從來不提媽的事，小時候我曾問他我像不像媽？又問他，媽是生甚麼病死的。爹爹忽地大發脾氣，狠狠的罵了我一頓，吩咐我從此不許再提。過了幾年我再問一次，他又是板起臉斥責。」裘千尺道：「那你心中怎麼想？」綠蕚眼中珠滾動，道：「我一直想，媽媽必定又是美貌，又是和善，爹爹跟你恩愛得不得了，因此你死了之後，旁人提到了你，他便要傷心難過，是以後來我也就不敢再問。」

裘千尺冷笑道：「現下你定是十分失望了，你媽媽既不美貌，又不和氣，卻是個兇狠惡毒的醜老太婆。早知如此，我想你還是沒見到我的好。」綠蕚伸出雙臂摟住她脖子，柔聲道：「媽，你和我心中所想的一模一樣。」轉頭向楊過道：「楊大哥，我媽很好看，是不是？她待我好，待你也好，是不是？」這兩句話問得語含至誠，在她心中，當眞以爲母親乃是天下最好的婦人。

楊過心想：「她年輕時或許美貌，現今還說甚麼好看？待你或許不錯，對我就未必安着甚麼好心。」但綠蕚既然這麼問，只得應道：「是啊，你說得對。」

但他話中語氣就遠不及綠蕚誠懇，裘千尺一聽便知，心道：「天可憐見，讓我和女兒相會，今日她心中雖滿是孺慕之情，但難保永是如此，我的一番含冤苦情，須得跟她說個明明白白。」於是說道：「蕚兒，你問我爲何身陷在此？爲甚麼公孫止說我已經死了，你好好坐着，我慢慢說給你聽罷。」

裘千尺緩緩的道：「公孫止的祖上在唐代爲官，後來爲避安史之亂，舉族遷居在這幽谷之中。他祖宗做的是武官，他學到家傳的武藝，固然也可算得是青出於藍，但眞正上乘的武功，卻是我傳的。」楊過和綠蕚同時「啊」了一聲，頗感出於意料之外。

裘千尺傲然道：「你們幼小，自然不明白其中的道理。哼，鐵掌幫幫主鐵掌水上飄裘千仞，便是我的親兄長。楊過，你把鐵掌幫的情由說些給蕚兒聽。」楊過一怔，道：「鐵掌幫？弟子孤陋寡聞，實不知鐵掌幫是甚麼。」

裘千尺破口罵道：「你這小子當面扯謊！鐵掌幫威名振於大江南北，與丐幫並稱天下兩大幫會，你怎能不知？」楊過道：「丐幫嘛，晚輩倒聽見過，這鐵掌幫……」裘千尺急了，罵道：「嘿嘿，還虧你學過武藝，連鐵掌幫也不知道……」綠蕚見母親氣得面紅耳赤，揷口勸道：「媽，楊大哥還不到二十歲，他從小在深山中跟師父練武，武林中的事情不大明白，也是有的。」裘千尺不去理她，自管呶呶不休。

二十年前，鐵掌幫在江湖上確是聲勢極盛，但二次華山論劍之時，幫主鐵掌水上飄裘千仞皈依佛門，拜一燈大師爲師，鐵掌幫即風流雲散。當鐵掌幫散伙之時，楊過剛剛出世，後來沒聽旁人提及，他自是不知。實則他母親穆念慈，便是在鐵掌幫總舵的鐵掌峯上失身於他父親楊康，受孕懷胎，世上才有他楊過。此時裘千尺說起，他竟瞠目不知所對。裘千尺在絕情谷中僻處已近三十年，江湖上的變動全沒聽聞，只道鐵掌幫稱雄數百年，現下定是更加興旺，聽楊過居然說連「鐵掌幫」三字也不知道，自是要暴跳如雷了。

楊過給她毫無來由的一頓亂罵，初時強自忍耐，後來聽她越罵越不成話，怒氣漸生，要待反唇相稽，刺她幾句，抬起頭來正要開口，只見綠蕚凝視着他，眼中柔情欵欵，臉上滿是歉然之色。楊過心中一軟，臉上作個無可奈何之狀，心下反而油然自得起來，暗想：「你媽媽越是罵得兇，你自是越加對我好。老太婆的嘮叨是耳邊風，美人的柔情卻是心上事。」心下一寬，腦子特別機靈，忽地想起：「完顏萍姑娘的武功與那公孫止似是一路，她又說學的是鐵掌功夫，料想與鐵掌幫必有干係。」閉目一想，於完顏萍與耶律齊對戰時所使的拳法刀法還記得七八成，至於與公孫止連鬥數場，還只是幾個時辰之前的事，於他的身形出手更是記得清晰，當即叫道：「啊喲，我記起啦。」裘千尺道：「甚麼？」

楊過道：「三年之前，我曾見一位武林奇人與十八名江湖好漢動手，他一人空手對敵十八人，結果對方九人重傷，九人給他打死了，這位武林奇人聽說便是鐵掌幫的。」裘千尺急問：「那人是怎麼一副模樣？」楊過信口開河：「那人頭是禿的，約莫六十來歲，紅光滿面，身材高大，穿件綠色袍子，自稱姓裘……」裘千尺突然喝道：「胡說！我兩位哥哥頭上不禿，身材矮小，從來不穿綠色衣衫。你見我身高頭禿，便道我哥哥也是禿頭麼？」

楊過心中暗叫：「糟糕！」臉上卻不動聲色，笑道：「你別心急，我又沒說那人是你哥哥，難道天下姓裘的都須是你哥哥？」裘千尺給他駁得無言可說，問道：「那你說他的武功是怎樣的？」

楊過站起身來，將完顏萍的拳法演了幾路，再混入公孫止的身法掌勢，到後來越打越順手，石窟中掌影飄飄，拳風虎虎，招式雖有點似是而非，較之完顏萍原來的掌法卻已高了不知多少。完顏萍拳法中疏漏不足之處，他身隨意走，盡都予以補足，舉手抬足，嚴密渾成，而每一掌劈出，更特意多加上幾分狠勁。

裘千尺看得大悅，叫道：「蕚兒，蕚兒，這正是我鐵掌幫的功夫，你仔細瞧着。」楊過一面打，裘千尺口講指劃，在旁解釋拳脚中諸般厲害之處。楊過暗暗好笑，心道：「再演下去，便要露出馬脚來了。」於是收勢說道：「打到此處，那位武林奇人已經大勝，沒再打下去了。」裘千尺十分歡喜，道：「許多招式你都記錯了，手法也不對，但使到這樣，也已經挺不容易。那武林奇人叫甚麼名字？他跟你說些甚麼？」楊過道：「這位奇人神龍見首不見尾，大勝之後，便即飄然遠去。我只聽那九個傷者躺在地下互相埋怨，說鐵掌幫的裘老爺子也冒犯得的？可不是自己找死麼？」

裘千尺喜道：「不錯，這姓裘的多半是我哥哥的弟子。」她天性好武，十餘年來手足舒展不得，此時見楊過演出她本門武功，自是見獵心喜，當即滔滔不絕的向二人大談鐵掌門的掌法與輕功。

楊過急欲出洞，將絕情丹送去給小龍女服食，雖聽她說的是上乘武功，識見精到，聞之大有裨益，但想到小龍女身挨苦楚，那裏還有心情研討武功？當即向綠蕚使個眼色。

綠蕚會意，問道：「媽，你怎麼將武功傳給爹爹的？」裘千尺怒道：「叫他公孫止！甚麼爹爹不爹爹？」綠蕚道：「是。媽，你說下去罷。」

裘千尺恨恨的道：「哼！」過了半晌，才道：「那是二十多年前的事了。我兩個哥哥鬧彆扭，爭吵起來……」綠蕚插口道：「我有兩位舅舅嗎？」裘千尺道：「你不知道麼？」聲音變得甚是嚴厲，大有怪責之意。綠蕚心想：「我怎麼會知道？」應道：「是啊，從來沒人跟我說過。」

裘千尺嘆了口長氣，道：「你……你果然是甚麼都不知道。可憐！可憐！」隔了片刻，才道：「你兩個舅舅是雙生兄弟，大舅舅裘千丈、二舅舅裘千仞。他二人身材相貌、說話聲音，全然一模一樣，但遭際和性格脾氣卻大不相同。二哥武功極高，大哥則平平而已。我的武功是二哥親手所傳，大哥卻和我親近得多。二哥是鐵掌幫幫主，他幫務既繁，自己練功又勤，很少和我見面，傳我武功之時，也是督責甚嚴，話也不多說半句。大哥卻是妹妹長、妹妹短的，和我手足之情很深。後來大哥和二哥說擰了吵嘴，我便幫着大哥點兒。」綠蕚問道：「媽，兩位舅舅為甚麼事鬧彆扭？」

裘千尺臉上忽然露出一絲笑容，道：「這件事說大不大，說小不小，只怪我二哥太過古板。要知道二哥做了幫主，『鐵掌水上飄裘千仞』這八個字在江湖上響亮得緊，大哥裘千丈的名頭說出去，卻很少人知道。大哥出外行走，為了方便，有時便借用二哥的名字。他二人容貌相同，又是親兄弟，借用一下名字有甚麼大不了？可是二哥看不開，常為這事嘮叨，說大哥招搖撞騙。大哥脾氣好，給二哥罵時總是笑嘻嘻的陪不是。有一次二哥實在罵得兇了，竟不給大哥留絲毫情面。我忍不住在旁插嘴，護着大哥，把這事攬到自己頭上，於是兄妹倆吵了一場大架。我一怒之下離了鐵掌峯，從此沒再回去。

「我獨個兒在江湖上東闖西蕩，有一次追殺一個賊人，無意中來到這絕情谷，也是前生的寃孽，與公孫止這……這惡賊……這惡賊遇上了，二人便成了親。我年紀比他大着幾歲，武功也強得多，成親後我不但把全身武藝傾囊以授，連他的飲食寒暖，那一樣不是照料得週週到到，不用他自己操半點兒心？他的家傳武功巧妙倒也巧妙，可是破綻太多，全靠我挖空心思的一一給他補足。有一次強敵來襲，若不是我捨命殺退，這絕情谷早就給人毀了。誰料得到這賊殺才狼心狗肺，恩將仇報，長了翅膀後也不想想自己的本領從何而來，不想想危難之際是誰救了他性命。」說着破口大罵，粗辭汚語，越罵越兇。

綠蕚聽得滿臉通紅，覺得母親在楊過之前如此詈罵丈夫，實是大爲失態，連叫：「媽，媽！」可那裏勸阻得住？楊過卻聽得十分有勁，他也是恨透了公孫止，聽她罵得痛快，正合心意，不免在旁湊上幾句，加油添醬，恰到好處，大增裘千尺的興頭，若不是碍着綠蕚的顏面，他也要一般的破口而罵了。

裘千尺直罵到辭窮才盡，罵人的言語之中更無新意，連舊意也已一再重複，這才不得不停，接下去說道：「那一年我肚子中有了你，一個懷孕的女人，脾氣自不免急着點兒，那知他面子上仍是一般的對我奉承，暗中卻和谷中一個賤丫頭勾搭上了。我生下你之後，他仍和那賤婢偷偷摸摸，我一點也不知情，還道我們有了個玉雪可愛的女兒，他對我更加好了些。我給這兩個狗男女這般瞞在鼓裏過了幾年，我才在無意之中，聽到這狗賊和那賤婢商量着要高飛遠走，離開絕情谷永不歸來。

「當時我隱身在一株大樹後面，聽得這賊殺才說如何忌憚我武功了得，必須走得越遠越好，又說我如何管得他緊，半點不得自由，他說只有和那賤婢在一起，才有做人的樂趣。我一直只道他全心全意的待我，那時一聽，氣得幾乎要暈了過去，眞想衝出去一掌一個，將這對無恥狗男女當場擊斃。然而他雖無情，我卻總顧念着這些年來的夫妻恩義，還想這殺胚本來為人極好，定是這賤婢花言巧語，用狐媚手段迷住了他，當下強忍怒氣，站在樹後細聽。「只聽他二人細細商量，說再過兩日，我要靜室練功，有七日七夜足不出戶，他們便可乘機離去，待得我發覺時已然事隔七日，便萬萬追趕不上了。當時我只聽得毛骨悚然，心想當眞天可憐見，教我事先知曉此事，否則他們一去七日，我再到何處找去？」說到這裏，牙齒咬得格格直響，恨恨不已。

綠蕚道：「那年輕婢女叫甚麼名字？她相貌很美麼？」

裘千尺道：「呸！美個屁！這小賤人就是肯聽話，公孫止說甚麼她答應甚麼，又是滿嘴的甜言蜜語，說這殺胚是當世最好的好人，本領最大的大英雄，就這麼着，讓這賊殺才迷上了。哼，這賤婢名叫柔兒。他十八代祖宗不積德的公孫止，他這三分三的臭本事，那一招那一式我不明白？這也算大英雄？他給我大哥做跟班也還不配，給我二哥去提便壺，我二哥也一腳踢得他遠遠地。」

楊過聽到這裏，不禁對公孫止微生憐憫之意，心想：「定是你處處管束，要他大事小事都聽你吩咐，你又瞧他不起，終於激得他生了反叛之心。」綠蕚只怕她又罵個沒完沒了，忙問：「媽，後來怎樣？」

裘千尺道：「嗯，當時這兩個狗男女約定了，第三日辰時再在這所在相會，一同逃走，在這兩天之中卻要加倍小心，不能露出絲毫痕迹，以防給我瞧出破綻。接着二人又說了許多混說。那賤婢痴痴迷迷的瞧着這賊殺才，倒似他比皇帝老子還尊貴，比神仙菩薩更加法力無邊。那賊殺才也就得意洋洋，不斷的自稱自讚，跟着又摟摟抱抱，親親摸摸，這些無恥醜態只差點兒沒把我當場氣死。第三日一早，我假裝在靜室中枯坐練功，公孫止到窗外來偷瞧了幾次，臉上這副神情啊，當眞是打從心底裏樂將上來。我等他一走開，立即施展輕功，趕到他們幽會之處。那無恥的小賤人早已等在那裏。我一言不發便將她抓起，拋入了情花叢中……」楊過與綠蕚不由得都「啊」的一聲叫了起來。

裘千尺向二人橫了一眼，繼續說道：「過了片刻，公孫止也即趕到，他見柔兒在情花叢中翻滾號叫，這份驚慌也不用提啦。我從樹叢後躍了出來，雙手扣住他脈門，將他也摔入了情花叢中。這谷中世代相傳，原有解救情花之毒的丹藥，叫做絕情丹。公孫止掙扎着起來，扶着那賤婢一齊奔到丹房，想用絕情丹救治。哈哈，你道他見到甚麼？」

綠蕚道：「媽……他見到甚麼？」楊過心道：「定是你將絕情丹毀了個乾淨，那還能有第二件事？」

裘千尺果然說道：「哈哈，他見到的是，丹房桌上放着一大碗砒霜水，幾百枚絕情丹浸在碗中。要服絕情丹，不免中砒霜之毒，不服罷，終於也是不免一死。配製絕情丹的藥方原是他祖傳秘訣，然而諸般珍奇藥材急切難得，而且調製一批丹藥，須連經春露秋霜，三年之後方得成功。當下他奔來靜室，向我雙膝跪下，求我饒他二人性命。他知我顧念夫妻之情，決不致將絕情丹全數毀去，定會留下若干。他連打自己耳光，賭咒發誓，說只要我饒了他二人性命，他立時將柔兒逐出谷去，永不再跟她見面，此後再也不敢復起貳心。

「我聽他哀求之時口口聲聲的帶着柔兒，心下十分氣惱，當即取出一枚絕情丹來放在桌上，說道：『絕情丹只留下一顆，只能救得一人性命。你自己知道，每人各服半顆，並無效驗。救她還是救自己，你自己拿主意罷。』他立即取過丹藥，趕回丹房。我隨後跟去。這時那賤婢已痛得死去活來，在地下打滾。公孫止道：『柔兒，你好好去罷。我跟你一塊死。』說着拔出長劍。柔兒見他如此情深義重，滿臉感激之情，掙扎着道：『好，好。我跟你在陰間做夫妻去。』公孫止當胸一劍，便將她刺死了。

「我在丹房窗外瞧着，暗暗吃驚，只怕他第二劍便往自己頸口抹去，但見他提起劍來，我正要出聲喝止，卻見他伸劍在柔兒的屍身上擦了幾下，拭去血迹，還入劍鞘，轉頭向窗外道：『尺姊姊，我甘心悔悟，親手將這賤婢殺了，你就饒了我罷。』說着舉手往口邊一送，將那枚絕情丹吞服了。這一下倒是大出我意料之外，但如此了結，足見他悔悟之誠，我也甚感滿意。當時他在房中設了酒宴，殷殷把盞，向我陪罪。我痛斥了他一頓，他不住口的自稱該死，發下了幾百個毒誓，說從此決不再犯。」

楊過心道：「這一下你可上了大當啦！」綠萼卻是淚水泫然欲滴。裘千尺怒道：「怎麼？你可憐這賤婢麼？」綠萼搖頭不語，她實是爲父親的無情狠辣而傷心。

裘千尺又道：「我喝了兩杯酒，微微冷笑，從懷中又取出一顆絕情丹來，放在桌上，笑道：『你適才下手未免也太快了些，我只不過試試你的心腸，只消你再向我求懇幾句，我便會將兩枚丹藥都給你，救了這美人兒的性命，豈不甚好？』」

綠萼忙問：「媽，倘使當時他眞的再求，你會不會把兩枚丹藥都給他？」

裘千尺沉吟半晌，道：「這個我也不知道了。當時我也曾想過，不如救了這賤婢，將她趕出谷去，那麼公孫止對我心存感激，說不定從此改邪歸正，再也不敢胡作非爲。但他爲了自己活命，忙不迭的將心上人殺了，須怪不得我啊。

「公孫止拿起那顆丹藥瞧了半天，舉杯笑道：『尺姊姊，過去的事又說它作甚？這丫頭還是殺了的好，一乾二淨。你乾了這杯。』他不住的只勸我喝酒，我了卻了一樁心事，胸懷歡暢，竟然喝得沉沉大醉。待得醒轉，已是身在這石窟之中，手足筋脈均已給他挑斷，這賊殺才也沒膽子再和我相見一面。哼，這當兒他只道我的骨頭也早已化了灰啦。」

她說完了這件事，目露兇光，神色甚是可怖。楊過與綠萼都轉開了頭，不敢與她目光相接。良久良久，三人都不說話。

綠萼環顧四周，見石窟中惟有碎石樹葉，滿地亂草，淒然道：「媽，你在這石窟中住了十多年，便只靠食棗子爲生麼？」裘千尺道：「是啊，難道這千刀萬剮的賊殺才每天還會給我送飯不成？」綠萼抱着她叫了聲：「媽！」

楊過道：「那公孫止可跟你說起過這石窟有無出路？」裘千尺冷笑道：「我跟他做了這麼多年夫妻，他從來沒說過莊子之下有這樣個石窟，有這樣個水潭，石窟要是另有出路，這奸賊也不會放我在這裏了。那些鱷魚多半是他後來養的，他終究怕我逃出去。」

楊過在石窟中環繞一周，果見除了進來的入口之外更無旁的通路，抬頭向頭頂透光的洞穴望去，見那洞離地少說也有一百來丈，洞下雖長着一株大棗樹，但不過四五丈高，就算二十株棗樹叠起，也到不了頂，凝思半晌，實是束手無策，道：「我上樹去瞧瞧。」當下躍上棗樹，攀到樹頂，只見高處石壁上凹凹凸凸，不似底下的滑溜，當下摒住呼吸，縱上石壁，一路向上攀援，越爬越高，心中暗喜，回頭向綠蕚叫道：「公孫姑娘，我若能出洞，便放繩子下來縋你們上去。」

約莫爬了六七十丈，仗着輕功卓絕，一路化險爲夷，但爬到離洞穴七八丈時，石壁不但光滑異常，再無可容手足之處，而且向內傾斜，除非是壁虎、蒼蠅，方能附壁不落。

楊過察看週遭形勢，頭頂洞穴徑長丈許，足可出入而有餘，心下已有計較，當即溜回石窟之底，說道：「能出去！但須搓一根長索。」於是取出匕首，割下棗樹樹皮，搓絞成索。公孫綠蕚大喜，在旁相助，兩人手脚雖快，卻也花了兩個多時辰，直到天色昏暗，才搓成一條極長的樹皮索子。

楊過抓住繩索，使勁拉了幾下，道：「斷不了。」又用匕首割下一條棗樹的枝幹，長約一丈五尺，將繩索一端縛在樹幹中間，於是又向上爬行，攀上石壁盡頭，雙足使出千斤墜功夫，牢牢踏在石壁之上，兩臂運勁，喝一聲：「上去！」將樹幹摔出洞穴。這一下勁力使得恰到好處，樹幹落下時正好橫架在洞穴口上。楊過拉着繩索，將樹幹拉到洞穴邊上，使得樹幹兩端架於洞外實地者較多，而中段凌空者只是數尺，再拉繩索試了兩下，知道樹幹橫架處甚是堅牢，吃得住自己身子重量，叫道：「我上去啦！」雙手抓着繩索，交互上升，低頭下望，只見裘千尺與綠蕚母女倆在暮色朦朧中已成爲兩個小小黑點。

手上加勁，上升得更快了，片刻間便已抓到架在洞口的樹幹，手臂一曲，呼的一聲，已然飛出洞穴，落在地下。

舒了一口長氣，站直身子，但見東方一輪明月剛從山後升起。在閉塞黑暗的鱷潭與石窟中關了大半天，此時重得自由，胸懷間說不出的舒暢，心想：「我和姑姑同在古墓，卻何以又絲毫不覺鬱悶？可見境隨心轉，想出去而不得，心裏才難過，要是本就不想出去，出去了反而不開心了。」於是將長索垂了下去。

裘千尺一見楊過出洞，便大罵女兒：「你這蠢貨，怎地讓他獨自上去了？他出洞之後，那裏還想得到咱們？」綠蕚道：「媽，你放心，楊大哥不是那樣的人。」裘千尺怒道：「普天下的男人都是一般，還能有甚麼好的？」突然轉過頭來，向女兒全身仔細打量，說道：「小傻瓜，你給他佔了便宜啦，是不是？」綠蕚滿臉通紅道：「媽，你說甚麼，我不懂。」裘千尺更是腦怒：「你不懂，為甚麼要臉紅？我跟你說啊，對付男人，一步也放鬆不得，半點也大意不得，難道你還沒看清楚你媽的遭遇？」正自嘮叨不休，綠蕚縱起身來，接住了楊過垂下的長索，給母親牢牢縛在腰間，笑道：「你瞧，楊大哥理不理咱們？」說着將繩索扯了幾扯，示意已經縛好。

裘千尺哼了一聲，道：「媽跟你說，上去之後，你須得牢牢釘住他，寸步不離。丈夫，丈夫，只是一丈，一丈之外，便不是丈夫了，知道麼？你爺爺給你媽取名為千尺，千尺便是百丈，嘿嘿，百丈之外，還有甚麼丈夫？」綠蕚又是好笑，又是傷感，心道：「媽眞是一廂情願，人家那有半點將我放在心上了。」眼眶一紅，轉過了頭。裘千尺還待說話，突覺腰間一緊，身子便緩緩向上升去。綠蕚仰望母親，雖知楊過立即又會垂下長索來救自己，但此時孤另另的在這地底石窟之中，不由得身子發顫，害怕異常。

楊過將裘千尺拉出洞穴，解下她腰間長索，二次垂入石窟。綠蕚將樹皮索子縛在腰間，這才放心，於是拉着繩索抖了幾下，但覺繩索拉緊，身子便即凌空上升。眼見足底的棗樹越來越小，頭頂的星星越來越明，再上去數丈便能出洞，猛聽得頭頂一人大聲呼叱，接着繩子一鬆，身子便急墮下去。從這百丈高處掉將下來，焉得不粉身碎骨？綠蕚大聲驚呼，險些暈去，但覺身子往下直跌，實做不得半點主。

楊過雙手交互收索，將綠蕚拉扯而上，眼見成功，猛聽得身後脚步聲響，竟然有人奔來襲擊，這一下當眞是吃驚非小，當下顧不得回身迎敵，雙手如飛般收索。但聽得一人大聲喝道：「在這裏鬼鬼祟祟，幹甚麼勾當？」接着風聲勁急，一條長大沉重的兵刃擊向背心。

楊過聽着兵刃風聲，知是矮子樊一翁攻到，危急中只得迴過左手，伸掌搭在鋼杖上向旁推開，化解了這一擊的來勢。黑暗之中，樊一翁沒見到楊過面目，但已知對方武功了得，收轉鋼杖，向他腰間橫掃過去，這一下出了全力，直欲將他攔腰打成兩截。這時楊過右手支持着綠蕚的身重，加之那條百餘丈的長索也是頗具份量，時刻稍久，本已覺得吃力，眼見杖到，忙又伸出左掌化解。不料樊一翁這一杖來勢極猛，楊過左掌與他杖身甫觸，登覺全身大震，右手拿揑不住，繩索脫手，綠蕚便向下急跌。

石窟中綠蕚驚呼，而在石窟之頂，裘千尺與楊過也是齊聲大叫。楊過顧不得擋架鋼杖，左手疾探，俯身抓住繩索。但綠蕚急墮之勢極大，百來斤的重量再加上急墮的衝勢，幾達千斤之力。楊過抓住繩索，微微一頓，隨即爲衝力所扯，竟是身不由主，頭下脚上的向洞窟中掉了下去。他武功雖強，至此也已絕無半分騰挪餘地。

裘千尺手足筋絡已斷，武功全失，在旁瞧着，只有空自焦急，眼見盤在洞穴邊的百餘丈的長索越抽越短，只要繩索一盡，楊過與綠蕚便是身遭慘禍了。長索垂盡，突被二人的身重拉得急了，飛將起來，揮向裘千尺身旁。裘千尺心念一動：「你這惡賊害人，也教你同歸於盡。」看準繩索伸手輕輕一撥，這一撥並無多大勁力，但方位恰到好處，繩子甩將過去，正好在樊一翁腰間轉了幾圈，登時緊緊纏住。

樊一翁只覺腰間一緊，急忙使出千斤墜功夫想定住身子。但楊過與綠蕚二人的身重併在一起，又加上這股下墮的衝力，還是帶得他一步步的走向洞穴之邊。樊一翁眼見只要再向前踏出一步，便是一個倒栽葱摔將下去，大驚之下，左手抓住繩索，右掌撑住了洞口岩石，這麼一借力，大喝一聲，竟將繩索拉得停住不動。

這時綠蕚離地已不過十數丈，實已到了千鈞一髮之境。須知最厲害的乃是這股下墮的衝勢，即是小小一顆石子，從如許高處落將下來，也是力道大得異常，待得樊一翁奮起神力將衝勢止住，他手上重量便只二百來斤，於他可說已殊不足道。他右手拉住繩索，左手便要伸到腰間去解開繩索，再將敵人摔下，突覺背心微微一痛，一件尖物正好指在他第六椎節之下的「靈台穴」上，一個婦人的聲音喝道：「快拉上來！靈台有損，百脈俱廢！」

樊一翁大吃一驚，這「靈台有損，百脈俱廢」八字，正是師父在傳授點穴功夫時所諄諄告誡的，當下不敢違抗，只得雙手交互用力，將楊過與綠蕚拉上。但他先前力抗下墮之勢，使勁過猛，此時但覺胸口塞悶、喉頭甜甜的似欲吐出血來，知道自身臟腑已受內傷，實是不宜使力，苦於要害制於敵手，只得拚命使勁。好容易將楊過拉上，心中只一寬，登時四肢酸軟，哇的一聲，狂噴鮮血，委頓在地。

他這一鬆手，繩子又向下溜滑。裘千尺叫道：「快救人！」楊過那用她囑咐？搶住繩子，終於將綠蕚吊上。綠蕚數次上昇下降，已自嚇得暈了過去。楊過回手先點了樊一翁的伏兔、巨骨兩穴，叫他手足不能動彈，這才拿揑綠蕚的人中，將她救醒。

綠蕚緩緩醒轉，睜開眼來，已不知身在何地，月光下但見楊過笑吟吟的望着自己，不自禁的縱體入懷，叫道：「楊大哥，咱們都死了麼？這是在陰世麼？」楊過笑道：「是啊，咱們都死了。」綠蕚聽他語氣不對，大有調笑的味兒，身子仰後，想瞧清楚他的臉色，卻見母親似笑非笑的望着自己，不由得大羞，叫道：「媽！」站了起來。

楊過見裘千尺雖無武功，卻能制住樊一翁而救了自己性命，心下甚是欽佩，問道：「你老人家用甚麼法子叫這矮子聽話？」裘千尺微微一笑，舉起手來，手中拿着一塊尖角石子。要知公孫止的點穴功夫是她所傳，樊一翁又學自公孫止，三人一脈相傳，口訣無異，她既將石尖對準樊一翁的靈台穴，又叫出「靈台有損，百脈俱廢」這令人驚心動魄的八個字來，樊一翁焉得不慌？其實憑着裘千尺此時手上勁力，以這麼小小一塊石子，焉能令人「百脈俱廢」？

楊過此時心中所念，只是小龍女的安危，見綠蕚與裘千尺已身離險地，樊一翁也已被制，說道：「兩位在此稍待，我送絕情丹去救人要緊。」裘千尺奇道：「甚麼絕情丹？你也有絕情丹？」楊過道：「是啊。你請瞧瞧，這是不是眞的丹藥。」說着從懷中取出小瓶，倒出那枚四四方方的丹藥。裘千尺接過手來，聞了聞氣味，說道：「不錯，這丹藥怎會落入你手？你旣身中情花之毒，自己怎麼又不服食？」楊過道：「此事說來話長，待我送了丹藥之後，再跟前輩詳談。」說着接過丹藥，拔步欲行。

綠蕚又是傷感，又是關懷，幽幽的道：「楊大哥，你務必避開我爹爹，別讓他見到。」裘千尺喝道：「又是爹爹！你若再叫他爹爹，以後就不用叫我媽了。」

楊過道：「我送丹藥去治姑姑身上之毒，公孫谷主決不會阻攔。」綠蕚道：「若是他又想毒計對付你呢？」楊過淡淡一笑，說道：「那也只好行一步算一步了。」

裘千尺問道：「你要去見公孫止，是不是？」楊過道：「是啊。」裘千尺道：「好，我和你同去，或可助你一臂之力。」

楊過初時一心只想着送解藥去救小龍女，並未計及其他，聽了裘千尺這句話，眼前突然現出一片光明：「這賊谷主的原配到了，他焉能與姑姑成親？」大喜之下，突然又想到：「絕情丹只有一枚，雖然救得姑姑，但我卻不免一死。」思念及此，不禁黯然。

綠蕚見他臉色忽喜忽憂，又想到父母會面，不知要鬧得如何天翻地覆，當眞是柔腸百轉，心亂如麻。裘千尺卻極是興奮，道：「蕚兒，快揹我去。」綠蕚道：「媽，你須得先洗個澡，換套衣衫。」她眞是怕見到父母相會的這個局面，只盼挨得一刻是一刻。

裘千尺大怒，叫道：「我衣衫爛盡，身上骯髒，是誰害的？難道……」忽地想起大哥裘千丈時常假扮二哥裘千仞，在江湖上裝模作樣，曾嚇倒無數英雄好漢，心想自己手足筋絡已斷，如何是公孫止的對手，便算與他見面，此仇也終難報，只有假扮二哥，先嚇這惡賊一個心膽俱裂，然後俟機下手，好在他從未見過二哥之面，又料定自己早已死在石窟之中，決無疑心，但轉念又想：「我與他多年夫妻，他怎能認我不出？」

楊過見她沉吟難決，已有幾分料到，道：「前輩怕公孫止認出你來，是不是？我倒有一件寶貝在此。」於是取出人皮面具，戴在臉上，登時面目全非。陰森森的極是怕人。

裘千尺大喜，接過面具，道：「蕚兒，咱們先到莊子後面的樹林中躲着，你去給我取一件葛衫來，還得一把大蒲扇，可別忘了。」綠蕚應了，俯身將母親揹起。

楊過遊目四顧，原來處身於一個絕峯之頂，四下裏林木茂密，遠望石莊，相距已有數里之遙。

裘千尺嘆道：「這山峯叫做厲鬼峯，谷中世代相傳，峯上有厲鬼作祟，是以誰也不敢上來，想不到我重出生天，竟是在這厲鬼峯上。」

楊過向樊一翁喝道：「你到這裏來幹甚麼？」樊一翁絲毫不懼，喝道：「快快將老子殺了，休得多言。」楊過道：「是公孫谷主派你來的麼？」樊一翁怒道：「不錯，師父命我到山前山後察看，以防有奸人混迹其間，果然不出他老人家所料，有人在此幹這鬼鬼祟祟的勾當。」一面說，一面打量裘千尺，心想這老太婆不知是誰，怎地公孫姑娘叫她媽媽。樊一翁年紀比公孫止大婦均大，他是帶藝投師，公孫止收他爲徒之時，裘千尺已然陷身石窟，因此他並不識得，但聽到他三人相商的言語，料知他們對師父定將大大不利。

裘千尺聽他言語之中對公孫止極是忠心，不禁大怒，對楊過道：「快斃了這矮鬼，以絕後患。」楊過回頭向樊一翁瞧去，見他凜然不懼，倒也敬重他是條好漢，有心饒他性命，但想此刻正需裘千尺出力相助，卻又不便拂逆其意，說道：「公孫姑娘，你先揹媽媽下去，我料理了這矮子即來。」

公孫綠萼素知大師兄爲人正派，不忍見他死於非命，說道：「楊大哥，我大師哥不是壞人……」裘千尺怒喝：「快走，快走！我每一句話你都不聽，要你這女兒何用？」綠萼不敢再說，負着母親覓路下峯。

楊過走到樊一翁身畔，低聲道：「樊兄，你手足上穴道被點，六個時辰後自行消解。我和你無寃無仇，不能害你。」說着展開輕功，追向綠萼而去。樊一翁本已閉目待死，萬想不到他竟會如此對待自己，一時怔住了無話可說，眼睜睜望着三人的背影被岩壁擋住，消失於黑暗之中。

楊過急欲與小龍女會面，嫌綠萼走得太慢，道：「裘老前輩，我來揹你一陣。」綠萼先覺母親與楊過神情言語之間頗爲扞格，本來有些擔心，聽他說願意揹負，心下甚喜，說道：「那要你辛苦啦。」裘千尺道：「我十月懷胎，養下這般如花似玉的一個女兒，一句話就給了你，難道揹我一下也不該？」楊過一怔，不便接口，將她抱過來負在背上，一提氣，如箭離弦般向峯下衝去。

裘千仞號稱鐵掌水上飄，輕身功夫可算得武林獨步，當年與周伯通纏鬥，萬里奔逐，從中原直到西域，連老頑童這等高強武功也追他不上，裘千尺的功夫是兄長親手所傳，筋絡未廢之時自也是一等一的輕功，這時伏在楊過背上，但覺他猶似脚不沾地，跑得又快又穩，不由得又是佩服，又是奇怪，心想：「這小子的輕功和我家數全然不同，但絕不在鐵掌門功夫之下，倒也不能小覷他了。」她本覺女兒嫁了此人大是委屈，只是女兒既然心許，那也無可奈何，此時卻漸漸覺得，這個未過門的女壻似乎也不致辱沒了女兒。

不到一頓飯工夫，楊過已負着裘千尺到了峯下，回頭看綠蕚時，她還在山腰之中，等了良久，她才奔到山脚，已是嬌喘細細，額頭見汗。

三人悄悄繞到莊後，綠蕚不敢進莊，向鄰家去借了自己的衣衫，以及母親所要的葛衫蒲扇，又借了件男子的長袍給楊過穿上。裘千尺戴上人皮面具，穿了葛衫，手持蒲扇，由楊過與綠蕚左右扶持，走向莊門。

進門之際，三人心中都是思潮起伏。裘千尺一離十餘年，此時舊地重來，更是感慨萬千。但見莊門口點起大紅燈籠，一眼望進去盡是彩綢喜帳，大廳中傳出鼓樂之聲。衆家丁見到裘千尺與楊過均感愕然，但見有綠蕚陪同在側，不敢多有言語。

三人直闖進廳，只見賀客滿堂，大都是絕情谷中水仙莊的四鄰。公孫止全身吉服，站在左首。右首的新娘鳳冠霞帔，面目雖不可見，但身材苗條，自是小龍女了。

天井中火光連閃，砰砰砰三聲，放了三個響銃。贊禮人喝道：「吉時已到，新人同拜天地！」

裘千尺哈哈大笑，只震得燭影搖紅，屋瓦齊動，朗聲說道：「新人同拜天地，舊人那便如何？」

她手足筋脈雖斷，內功卻絲毫未失，在石窟中心無旁騖，日夜勤修苦練，十四年的修練倒抵得旁人二十八年有餘，這兩句話喝將出來，各人耳中嗡嗡作響，眼前一暗，廳上紅燭竟自熄滅了十餘枝。

衆人吃了一驚，一齊回過頭來。公孫止聽了喝聲，本已大感驚詫，眼見楊過與女兒安然無恙，站在這蒙面客身側，更是愕然不安，喝道：「尊駕何人？」

裘千尺逼緊嗓子，冷笑道：「我和你誼屬至親，你假裝不認得我麼？」她說這兩句說之時氣運丹田，雖然聲音不響，但遠遠傳了出去。絕情谷四周皆山，過不多時，四下裏回聲嗚響，只聽得「不認得我麼？不認得我麼？」的聲音紛至沓來。

金輪法王、瀟湘子、尹西克等均在一旁觀禮，聽了裘千尺的話聲，知是個大有來頭的人物，無不羣相矚目。

公孫止見此人身披葛衫、手搖蒲扇，正與前妻所說妻舅裘千仞的打扮相似，內功又如此了得，但容貌詭異，倒似周伯通先前所假扮的瀟湘子，其中定是大有蹊蹺，心下暗自戒備，冷冷的道：「我與尊駕素不相識，說甚麼誼屬至親，豈不可笑？」

尹克西熟知武林掌故，見了裘千尺的葛衫蒲扇，心念一動，問道：「閣下莫非是鐵掌水上飄裘老前輩麼？」

裘千尺哈哈一笑，將蒲扇搖了幾搖，說道：「我只道世上識得老朽之人都死光了，原來還賸着一位。」

公孫止不動聲色，說道：「尊駕當眞是裘千仞？只怕是個冒名頂替的無恥之徒。」裘千尺吃了一驚，心道：「這賊殺才恁地機靈，怎知我不是？」想不透他從何處看出破綻，當下微微冷笑，卻不回答。

楊過不再理會他夫妻倆如何搗鬼，搶到小龍女身邊，右手握着絕情丹，左手揭去罩在臉上的紅巾，叫道：「姑姑，張開嘴來。」小龍女乍見楊過，心中怦的一跳，驚喜交集，顫聲道：「你……你果然好了。」她此時早知公孫止心腸歹毒，行止戾狠，所以答允與他成婚，全是為了要救楊過一命，見他突然到來，還道公孫止言而有信，已治好了他所中劇毒。楊過手一伸，將那絕情丹送入她口內，說道：「快吞下！」小龍女也不知是甚麼東西，依言吞入肚內，頃刻間便覺一股涼意直透丹田。

這時廳上亂成一團，公孫止見楊過又來搗亂，卻待制止，卻又忌憚這蒙面怪客，不知是否眞是妻舅鐵掌水上飄裘千仞，一時不敢發作。

楊過將小龍女頭上的鳳冠霞帔扯得粉碎，挽着她手臂退在一旁，說道：「姑姑，這賊谷主有苦頭吃了，咱們瞧熱鬧罷。」小龍女心中一片混亂，偎倚在楊過身上，不知說甚麼好。馬光佐見楊過突然到來，心中說不出的喜歡，上前問長問短，囉唆不清，那去理會楊過與小龍女實不喜旁人前來打擾。

尹克西素聞裘千仞二十年前威震大江南北，是個了不起的人物，又聽他一笑一喝，山谷鳴響，內功極是深厚，有心結納，於是上前一揖，笑道：「今日是公孫谷主大喜之期，裘老前輩也趕來喝一杯喜酒麼？」裘千尺指着公孫止道：「閣下可知他是我甚麼人？」尹克西道：「這倒不知，卻要請教。」裘千尺道：「你要他自己說。」

公孫止又問一句：「尊駕當眞是鐵掌水上飄？這倒奇了！」雙手一拍，向一名綠衫弟子道：「去書房將東邊架上的拜盒取來。」綠蕚六神無主，順手端過一張桌子，讓母親坐下。公孫止暗暗奇怪：「她與那姓楊的小子摔入鱷魚潭中，怎地居然不死？」

片刻之間，那弟子將拜盒呈上，公孫止打了開來，取出一信，冷冷的道：「數年之前，我曾接到裘千仞的一通書信，倘若尊駕眞是裘千仞。那麼這封信便是假了。」裘千尺吃了一驚，心想：「二哥和我反目以來，從來不通音問，怎地忽然有書信到來？卻不知信中說些甚麼？」大聲道：「我幾時寫過甚麼書信給你？當眞是胡說八道。」

公孫止聽了她說話的腔調，忽地記起一個人來，猛吃一驚，背心上登時出了一陣冷汗，但隨即心想：「不對，不對，她死在地底石窟之中，這時候早就爛得只賸一堆白骨。可是這人究竟是誰？」當下打開書信，朗聲誦讀：

「止弟尺妹均鑒：自大哥於鐵掌峯上命喪郭靖、黃蓉之手……」

裘千尺聽了這第一句話，不禁又悲又痛，喝道：「甚麼？誰說我大哥死了？」她生平與裘千丈兄妹之情最篤，忽聽到他的死訊，全身發顫，聲音也變了。她本來氣發丹田，話聲中難分男女，此時深情流露，「誰說我大哥死了」這句話中，顯出了女子聲氣。

公孫止聽出眼前之人竟是女子，又聽她說「我大哥」三字，內心深處驚恐更甚，但自更斷定此人絕非裘千仞，當下繼續讀信：

「……愚兄深愧數十年來，甚虧友于之道，以至手足失和，罪皆在愚兄也，中夜自思，惡行無窮，又豈僅獲罪於大哥賢妹而已？比者華山二次論劍，愚兄得蒙一燈大師點化，今已放下屠刀，皈依三寶矣。修持日淺，俗緣難斷，青燈古佛之旁，亦常憶及兄妹昔日之歡也。臨風懷想，維祝多福。衲子慈恩合十。」

公孫止一路誦讀，裘千尺只是暗暗飮泣，等到那信讀完，終於忍不住放聲大哭，叫道：「大哥、二哥，你們可知我身受的苦楚啊。」倏地揭下面具，叫道：「公孫止，你還認得我麼？」這一句厲聲斷喝，大廳上又有七八枝燭火熄滅，餘下的也是搖幌不定。

燭光黯淡之中，衆人眼前突地出現一張滿臉慘厲之色的老婦面容，無不大爲震驚，誰也不敢開口。廳上寂靜無聲，各人心中怦怦跳動。

突然之間，站在屋角侍候的一名老僕奔上前來，叫道：「主母，主母，你可沒死啊。」裘千尺點頭道：「張二叔，虧你還記得我。」那老僕極是忠心，見主母無恙，喜不自勝，連連磕頭，叫道：「主母，這才是眞正的大喜了。」廳上賀客之中，除了金輪法王等少數幾個外人，其餘都是谷中鄰里，凡是三四十歲以上的大半認得裘千尺，登時七嘴八舌，擁上前來問長問短。

公孫止大聲喝道：「都給我退開！」衆人愕然回首，只見他對裘千尺戟指喝道：「賤人，你怎地又回來了？居然還有面目來見我？」

綠萼一心盼望父親認錯，與母親重歸於好，那知聽他竟說出這等話來，激動之下，奔到父親跟前，跪在地下，叫道：「爹！媽沒死，沒死啊。你快陪罪，請她原恕了罷！」

公孫止冷笑道：「請她原恕？我有甚麼不對了？」綠萼道：「你將媽媽幽閉地底石窟之中，讓她死不死、活不活的苦渡十多年時光。爹，你怎對得住她？」公孫止冷然道：「是她先下手害我，你可知道？她將我推在情花叢中，叫我身受千針萬刺之苦，你可知道？她將解藥浸在砒霜液中，叫我服了也死，不服也死，你可知道？她還逼我手刃……手刃一個我心愛之人，你可知道？」綠蕚哭道：「女兒都知道，那是柔兒。」

公孫止已有十餘年沒聽人提起這名字，這時不禁臉色大變，抬頭向天，喃喃的道：「不錯，是柔兒，是柔兒！」手指裘千尺，惡狠狠的道：「就……就是這個狠心毒辣的賤人，逼得我殺了柔兒！」他臉色越來越是淒厲，輕輕的叫着：「柔兒……柔兒……」

楊過心想這對寃孽夫妻都不是好人，自己中毒已深，在這世上已活不了幾日，這幾天中只盼找個人迹不到的所在，與小龍女二人安安靜靜的渡過，那裏有心思去分辨公孫止夫婦的誰是誰非，輕輕拉了拉小龍女的衣袖，低聲道：「咱們去罷。」

小龍女道：「這女人眞的是他妻子？她眞的給她丈夫這麼關了十多年？」她實難相信世上有如此惡毒之人。楊過道：「他夫妻二人是互相報復。」小龍女偏着頭沉吟半晌，低聲道：「這個我就不懂啦。難道這女人也是和我一般，被逼和他成親？」在她想來，二人若非被逼成婚，定然你憐我愛，豈能如此相互殘害？楊過搖頭道：「世上好人少，惡人多，這些人的心思，原也教旁人難以猜測……」

忽聽公孫止大喝一聲：「滾開！」右脚一抬，綠蕚身子飛起，向外撞將出來，顯是給父親踢了一脚。

她身子去向正是對準了裘千尺的胸膛。裘千尺手足用不得力，只得低頭閃避，但綠蕚來勢太快，砰的一響，身子與母親肩頭相碰。裘千尺仰天一交，連人帶椅向後摔出，光禿禿的腦門撞在石柱之上，登時鮮血濺柱，爬不起身。綠蕚給父親踢了這一脚，也是俯伏在地，昏了過去。

蒙古兵大舉攻城，矢下如雨，石落似雹，紛紛向襄陽城中打去，接着架起雲梯，四面八方的爬向城頭。城中宋軍守禦嚴密，兵士合持大木，將雲梯推離城牆。

第二十回　俠之大者

楊過本欲置身於這場是非之外，眼見公孫止如此兇暴，忍不住怒氣勃發，正要上前與他理論，小龍女已搶上扶起裘千尺，在她腦後「玉枕穴」上推拿了幾下，抑住流血，然後撕下衣襟，給她包紮傷處，向着公孫止喝道：「公孫先生，她是你元配夫人，爲何你待她如此？你既有夫人，何以又想娶我？便算我嫁了你，你日後對我，豈不也如對她一般？」

這三句話問得痛快淋漓，公孫止張口結舌，無言以對。馬光佐忍不住大聲喝采。瀟湘子冷冷的道：「這位姑娘說得不錯。」

公孫止對小龍女實懷一片痴戀，雖給她問得語塞，只是神色尷尬，卻不動怒，低聲下氣的道：「柳妹，你怎能跟這惡潑婦相比？我是愛你唯恐不及，我對你若有絲毫壞心，管教我天誅地滅。」小龍女淡淡的道：「天下我只要他一個人愛我，你就是再喜歡我一百倍，我也半點不希罕。」說着過去拉住楊過的手。

楊過憤慨異常，心道：「姑姑這般待我，偏生我已活不了幾日，都是你這狗賊害的。」

指着公孫止喝道：「你說對我姑姑沒半點壞心眼，哼，你將我陷入死地，卻來騙她成婚，這是好心眼麼？她身中情花之毒，你明知無藥可救，卻不向她說破，這是好心眼麼？」小龍女吃了一驚，顫聲道：「當眞麼？」楊過道：「不要緊，你已服了解藥。」說着微微一笑，這微笑中又是淒涼，又是歡喜，心想：「我把藥讓給你服了，我是甘心情願的爲你而死。」

公孫止望望裘千尺，又望望小龍女和楊過，眼光在三人臉上掃了一轉，心中妒恨、情慾、憤怒、懊悔、失望、羞愧，諸般激情紛擾糾結。他平素雖極有涵養，此時卻似陷入半瘋之境，突然俯身，從紅毡之下取出陰陽雙刃，噹的一聲互擊，喝道：「好，好！今日咱們一齊同歸於盡！」衆人萬料不到他在新婚交拜的吉具之下竟藏有凶器，不禁都「噫」了一聲。

小龍女冷笑道：「過兒，這等惡人，原也不必跟他客氣。」嗆啷一響，也從新娘的大紅喜服之下取出一對劍來，正是那君子劍與淑女劍。她雖然不通世務，但對付心中恨惡之人，下手時卻半點也不留情，當時爲孫婆婆報仇，卽曾殺得重陽宮中全眞諸道心驚膽戰，廣寧子郝大通幾乎性命不保。此日公孫止害得她與楊過不能團圓，她早已有了以死相拚之念，是以喜服下暗藏雙劍，只待公孫止救治了楊過，立時俟機相刺，若是不勝，那便自刎以殉，決不將貞潔喪在絕情谷中。

衆賀客見一對新婚夫婦原來各藏刀劍，都是驚愕無已，只有金輪法王等少數有識之士，才早料到這場喜事必以兇殺爲結局，只是見裘千尺一擊卽倒，與她先前所顯示的深厚內功殊不相稱，不免大感詫異。

楊過從小龍女手中接過君子劍來，說道：「姑姑，咱們今日殺了這匹夫，給我報仇。」

小龍女一震淑女劍，奇道：「給你報仇？」楊過暗自難過，但想此事不能跟她說穿，只說：「這賊殺才害的人着實不少。」長劍抖處，逕刺公孫止左脅。他知此刻之鬥實是極爲凶險，小龍女身上情花之毒雖解，自己卻中毒極深，若是雙劍合壁而施展「玉女素心劍法」，一動眞情，立時劇痛難當，當下目不斜視的望着敵人，使開「全眞劍法」，一招一式，法度謹嚴無比。這一路劍法若是由馬鈺、丘處機等老道出手，自是端穩凝持，深具厚重古樸之致，在楊過使來，卻不免顯得少年老成，微見澀滯。

公孫止知他二人雙劍聯手的厲害，一上手卽使開陰陽倒亂刃法，右手黑劍，左手金刀，招數凌厲無前。楊過的全眞劍法乃當年王重陽所創，雖不如敵人兇悍，卻是變化精微，楊過謹守不攻，接了他三招。小龍女一聲呼叱，挺淑女劍攻擊公孫止後心。

公孫止恚恨難當，心想：「這花朵般的少女原是我新婚夫人，此時卻來與旁人聯劍攻我。」又想：「惡婆娘突然出現，揭破前事，我威信掃地，顏面無存，非但再難逼迫柳妹成婚，連這絕情谷的基業也已不保。」但他仗着武功精湛，今日雖遇棘手難題，還是要憑武力一逞，只要打敗楊過，便挾小龍女遠走高飛。他不知小龍女已服絕情丹解藥，還道她已不過三十六日之命，但這三十六日之中，也要叫她成爲自己妻室。心中越想越邪，手上的倒亂刃法卻越來越是猛惡。

小龍女使動玉女劍法，待要和楊過心意相通，發揚「素心劍法」威力，那知他目光始終不瞧過來，只是自顧自的揮劍拒戰。小龍女好生奇怪，問道：「過兒，你怎麼不瞧我？」她心中柔情漸動，劍光忽長。楊過聽了她的語聲，心中一震，登時胸口劇痛，劍招稍緩，嗤的一下，衣袖已被黑劍劃破，小龍女大驚，刷刷刷連攻三劍，阻住公孫止進擊。楊過道：「我不能瞧你，也不能聽你說話。」小龍女軟語溫柔：「爲甚麼？」楊過只怕再遇危險，粗聲答道：「你要我死，那就跟我說話好了！」他怒氣一生，疼痛登止，將公孫止黑劍的招數盡行接過。

小龍女好生歉然，道：「你別生氣，我不說啦。」突然心念一動：「啊，我劇毒已解，他可並未服藥！他得到解藥，自己不服，卻來給我解毒。」想到此處，又是感激，又是憐惜，當眞是深情無限，這一下勁隨心生，玉女素心劍法威力大盛，招數遞將出去，竟然將楊過全身要害盡行護住。本來她既守護楊過，楊過就該代她防禦敵招，但他不敢斜目旁睨，變得她全身一無守備，處處能受敵招。

公孫止目光何等敏銳，只數招之間，便已瞧出破綻，但他不欲傷害小龍女半分，一刀一劍均是向楊過猛烈砍刺。但見攻的如驚濤衝岸，守的卻也似堅岩屹立，再加上小龍女全力防護，數十招中公孫止竟是半點也奈何不得敵手。

這時綠萼已經醒轉，站在母親身旁觀鬥，眼見小龍女盡力守護楊過，全然不顧自身安危，不禁自問：「若是換作了我，當此生死之際，也能不顧自身而護他麼？」輕輕嘆了口氣，心道：「我定能如龍姑娘這般待他，只是他卻萬萬不肯如此待我。」

便在此時，裘千尺嘶聲叫道：「假刀非刀，假劍非劍！」楊過與小龍女聽了都是一怔，不明白她這兩句話的用意。裘千尺又叫：「刀即是刀，劍即是劍！」

楊過與公孫止鬥了兩次，一直在潛心思索陰陽倒亂刃法的秘奧所在，但見他揮動輕飄飄的黑劍硬砍硬斫，一柄沉厚重實的鋸齒金刀卻是靈動飛翔，走的全是單劍路子，招數出手與武學至理恰正相反；但若始終以刀作劍，以劍作刀，那也罷了，偏生倏忽之間劍法中又顯示刀法，而刀招中隱隱含着劍招的殺着，端的是變化無方，捉摸不定，此時忽聽得裘千尺叫了那十六個字，心道：「難道他刀上的劍招、劍上的刀招全是花假？」眼見黑劍橫肩砍來，明明是單刀的招數，心中便只當他是柄長劍，君子劍挺出，雙劍相交，錚的一聲，兩人各自後退了一步。才知這黑劍底子裏果然仍舊是劍，所使的刀招只是炫人耳目，但若對方武功稍差，應付失宜，刀招卻也能夠傷人。

楊過一試成功，心中大喜，當下凝神找尋對方刀劍中的破綻，心想他招數錯亂，雖然奇妙，但路子定然不純，拆了數招，忽聽裘千尺道：「攻他右腿，攻他右腿。」楊過見公孫止金刀幌動，下盤實是無隙可乘，但想裘千尺手足勁力雖失，胸中所藏武學卻絲毫未減，公孫止的武功既是她所傳授，定然知其虛實，當下依言出招，擊刺對方右腿。公孫止橫刀架開，右腿無隙可乘，但這麼一橫刀，左肩與左脅卻同時暴露。楊過不等裘千尺指點，長劍閃處，已將他腋底的衣衫劃破。公孫止咒罵了一聲，向後躍開，怒目向裘千尺喝道：「老乞婆，瞧我放不放過你？」說着又挺刀劍向楊過攻去。

楊過舉劍一擋，裘千尺又道：「踢他後心！」此時二人正面相對，要踢他後心決無可能，但楊過對裘千尺已頗具信心，知她話中必有深意，不管如何，逕往敵人後心搶去。公孫止迴刀後削。裘千尺叫道：「刺他眉心。」楊過心道：「我剛轉到他背後，你卻又要我刺他眉心。」勢在緊迫，不及多想，立時又轉到敵人身前，正欲挺劍刺他眉心，裘千尺又叫道：「削他屁股！」

綠蕚在旁瞧得兩手掌心中都是汗水，皺起了眉頭，心道：「媽這般亂喊亂叫，那不是在反助爹爹麼？」她口中不言，馬光佐卻已忍不住大聲說道：「楊兄弟，別上這老太婆的當，她要累死你。」

楊過前後轉了數次，已隱約體會到裘千尺的用意，聽她呼前便卽趨前，聽她喝後立時搶後，果然數轉之後，公孫止右脅下露出破綻。楊過長劍抖處，嗤的一聲，衣衫刺破，劍尖入肉寸餘，公孫止脅下登時鮮血迸流。

衆人「啊」的一聲，一齊站了起來。法王等均已明白，原來裘千尺適才並非指點楊過如何取勝，卻是敎他如何從不可勝之中，尋求可勝之機，並非指出公孫止招數中的破綻，而是要楊過在敵人絕無破綻的招數之中，引他露出破綻。她一連指點了幾次，楊過便卽領會了這上乘武學的精義，心中佩服無已，暗道：「敵人若是高手，招數中焉有破綻可尋？這位裘老前輩的指點，當眞令人一生受用不盡。」

但要迫得公孫止露出破綻，非但武功必須勝過，尙得熟知他所有招數，方能於十餘招之前，對他諸般後着應變料得淸淸楚楚，逐步引導他走上失誤之途，此節唯裘千尺所能，楊過卻是只明其理，無力自爲，當下聽着她的指點，劍光霍霍，向公孫止前後左右一陣急攻，二十餘招後，公孫止腿上又中一劍。

這一劍着肉雖然不深，但拉了一條長長的口子，幾有五六寸長。公孫止心想：「這男女二人併力守護，急切間傷不得這姓楊的小子，再鬥下去，有那老乞婆在旁指點，我須喪身在這小賊的劍下。」當年他為了自己活命，曾將心愛的情人刺死，此時事在危急，也已顧不得小龍女，當下黑劍幌動，刷的一刀，向小龍女肩頭急砍。

楊過一驚，挺劍代她守護，猛聽得裘千尺叫道：「刺他腰下。」楊過一怔，心想：「姑姑此時受攻，我如何能不救？但裘老前輩每次指點均有深意，想來這是一招圍魏救趙的妙着。」心念甫動，長劍已然圈轉，疾刺公孫止右腰。忽聽得小龍女「啊」的一聲叫，右臂受創，嗆啷一聲，淑女劍掉在地下。公孫止黑劍斜掠，擋開了楊過一招。

楊過大驚，急叫：「你快退開，我一個人對付他。」他這一動情關注，胸口又是一陣疼痛。小龍女受傷不輕，只得退下，撕衣襟裹傷。楊過奮力拚鬥，對裘千尺的指點失誤甚是惱怒，向她怒目橫了一眼。

裘千尺冷笑道：「你怪我甚麼？我只助你殺敵，誰來管你救人？哼哼，這姑娘的死活與我有甚相干？她死了倒好！」楊過怒道：「你兩夫妻眞是一對兒，誰都沒半點心肝！」裘千尺冷笑一聲，也不動怒，臉上神色自若，靜觀二人劇鬥。

楊過斜眼向小龍女一瞥，見她靠在椅上，撕衣襟包紮傷口，料想並無大碍，精神一振，劍招忽變，自全眞劍法變為玉女劍法。公孫止見他的劍法本來穩重端嚴，突然間輕靈跳脫，丰姿綽約，登時如換了一個人一般，心下微感奇異，暗想：「此人詭計多端，又在搗甚麼鬼了？」但接招之下，只覺對方劍法吞吐激揚，宛然名家風範，與小龍女適才所使正是一路，登時疑心盡去，當下金刀黑劍同時攻了上去。

十餘招後，楊過又漸落下風，給公孫止逼得不住倒退。裘千尺屢次出言指點，但楊過惱她有意損傷小龍女，對她呼叫宛似不聞，暗道：「誰要你來囉唆？」刷刷刷刷四劍，長聲吟道：「良馬既閒，麗服有暉，左攬繁弱，右接忘歸。」口中長吟，劍招配合了詩句，揮舞得瀟洒有致。公孫止一呆，道：「甚麼？」

楊過又吟道：「風馳電逝，躡景追飛。凌厲中原，顧盼生姿。」詩句是四字一句，劍招也是四招一組，吟到「風馳電逝，躡景追飛」時劍去奇速，於「凌厲中原，顧盼生姿」這句上卻是迅猛之餘，繼以飄逸。公孫止從沒見過這路劍法，聽他吟得好聽，攻勢登緩，凝神捉摸他詩中之意，心知他劍招與詩意相合，只要領會了詩義，便能破其劍法。

只聽他又吟道：「息徒蘭圃，秣馬華山。流磻平皋，垂綸長川。目送歸鴻，手揮五絃。」這幾句詩吟來淡然自得，劍法卻是大開大闔，峻潔雄秀，尤其最後兩句劍招極盡飄忽，似東卻西，趨上擊下，一招兩劍，難以分其虛實。

小龍女此時已裹好創口，見楊過的劍法使得好看，但從未聽他說起過，不禁問道：「過兒，這是甚麼劍法，誰教你的？」楊過笑道：「我自己琢磨的，姑姑你說好麼？前幾日我躺着養傷，床邊有一本詩集，我看到這首詩好，就記下了。朱子柳前輩在英雄宴上以書法化入武功，我想以詩句化入武功，也必能夠。」小龍女道：「很好啊……」

忽聽得金輪法王讚道：「楊兄弟，你這份聰明智慧，真叫老衲佩服得緊。下面幾句自然是『俯仰自得，游心太玄，嘉彼釣叟，得魚忘筌。』」

公孫止心念一動：「這和尚在指點我。」當下也不及細想這和尚是何用意，但想「俯仰自得」必是上一劍之後緊接下一劍，當即揮黑劍先守上盤，金刀卻從中盤疾砍而出。

金輪法王文武全才，雖然僻居西藏，卻於漢人的經史百家之學無所不窺，他聽了楊過所吟之詩，早知下句，便先行說了出來，想借公孫止之手將他除去。這一次公孫止果然搶到先着，楊過劍招未出，已被他盡數封住去路，鋸齒金刀卻從中路要害斫來。好在楊過聽到法王吟詩，也早防有此着，竟不再使自創的四言詩劍法，長劍橫守中盤，左手中指錚的一聲，在金刀背上一彈。

公孫止只感手臂一震，虎口微微發麻，心下吃驚：「這小子的古怪武功眞多。」楊過這一彈正是黃藥師所傳的彈指神通功夫，只是他功力未夠，未能克敵制勝，這一下若是讓黃藥師彈上了，公孫止的金刀非脫手不可。但只這麼一彈，楊過已於瞬息間從下風搶回上風，長劍飛舞，再使黃藥師所授「玉簫劍法」。這玉簫劍法與彈指功夫均以攻敵穴道為主，劍指相配，精微奧妙，饒是他功夫未純，一陣急攻，卻也使公孫止招架不易。

此時裘千尺又在旁呼喝：「他劍刺右腰，刀劈項頸！」「他劍削右肩，刀守左脅。」竟將公孫止每一路招數都先行喝了出來。如此一來，楊過自是有勝無敗，他不再長吟，法王便無法知他劍意。公孫止的陰陽雙刃雖係家傳武學，但經裘千尺去蕪存菁、創新補闕，大大的整頓過一番，他所使招數自是盡在裘千尺料中，不論如何騰挪變化，總是給她先行叫破。鬥到酣處，驀聽得裘千尺叫道：「他刀劍齊攻你上盤。」這句呼喝時刻拿揑得極是陰毒，恰好公孫止刀劍已出，難以中途改變，楊過卻有餘裕抵擋。楊過低頭疾趨，橫劍護背，左指已戳到了對方臍下一寸五分處的「氣海穴」。楊過一指得手，心中大喜，料想敵人必受重創，豈知公孫止飛出一腿，竟向他下顎踢到。

楊過一驚，向旁急竄數尺，才想起此人身上穴道極奇，先前用金鈴索打他穴道，明明打中，此人卻似一無所覺，微一沉吟間，公孫止刀劍又已攻上。但聽裘千尺叫道：「他刀劍交叉，右劍攻左，左刀砍右。」楊過不遑多想，當即竭力抵禦。

依二人功力而論，楊過早已不敵，全賴裘千尺搶先提示，點破了公孫止所有厲害招數。此時二人翻翻滾滾，已拆了七八百招，谷中諸子弟固然瞧得心驚膽戰，而瀟湘子等眾高手也是目眩神馳，猜不透這場激戰到底誰勝誰敗。刀光劍影之中，公孫止張口喘氣，楊過汗透重衣，二人進退趨避之際均已不如先前靈動。

公孫綠萼心想再鬥下去，二人必有一傷，她固不願楊過鬥敗，卻也不忍眼見父親身受損傷，低聲向裘千尺道：「媽，你叫他們別打啦，大家來評評理，說個誰是誰非。」

裘千尺「哼」了一聲，道：「斟兩碗茶過來。」綠萼心中煩亂，但依言斟了兩碗茶，搶到母親面前。裘千尺舉起雙手，取下了包在頭頂的那塊血布。她腦門撞柱流血，小龍女撕下了衣襟替她包紮，此時取下包布，頭頂又有鮮血流出。綠萼驚道：「媽！」裘千尺道：「死不了！」將血布拋在膝頭，雙手各接一隻茶碗，每手四指持碗，拇指卻浸入了茶水之中，滿指鮮血都混入茶內。她隨手輕幌，片刻間鮮血便不見痕迹，叫道：「都鬥得累了，喝一碗茶再打！」對綠萼道：「送茶去給他們解渴，一人一碗。」

綠萼知道母親對父親怨毒極深，料想她決無這般好心，竟要送茶給他解渴，此舉多半會對父親不利，但兩碗茶是自己所斟，其中絕無毒藥，又是一般無異，想來母親是體惜楊過，但父親倘若無茶，便決計不肯住手，楊過這碗茶仍是喝不到，眼見兩人確是累得狠了，當下走到廳心，朗聲說道：「請喝茶罷！」

公孫止與楊過早就口渴異常，聽得裘千尺的叫聲，一齊罷手躍開。綠蕚將茶盤先送到父親面前。公孫止心想此茶是裘千尺命她送來，其中必有古怪，多半是下了毒藥，將手一擺，向楊過道：「你先喝。」楊過坦然不懼，隨手拿起一碗，放到嘴邊，喝了一口。公孫止道：「好，這碗給我！」伸手接過他手中的茶碗。楊過笑道：「是你女兒斟的茶，難道還能有毒藥？」說着換過茶碗，一飲而盡。

公孫止向女兒臉上一看，見她臉色平和，心想：「蕚兒對這小子大有情意，茶中自然不會下毒，我已跟他掉了一碗，還怕怎地？」當下也是一口喝乾，錚的一下，刀劍並擊，說道：「不用歇氣啦，咱們再打，哼，若非這老賤人指點，你便有十條小命，也都已喪在我金刀黑劍之下。」

裘千尺將破布按上頭頂傷口，陰惻惻的道：「他閉穴之功已破，你儘可打他穴道。」

公孫止一呆，但覺舌根處隱隱有血腥之味，這一驚當眞是非同小可。原來他所練的家傳閉穴功夫有一項重大禁忌，決不能飲食半點葷腥，否則功夫立破，上代祖宗生怕無意之中沾到，是以祖訓嚴令谷中人人不食葷腥，旁人雖然不練這門上乘內功，卻也迫得陪着吃素。他向來防範周密，那想到裘千尺竟會行此毒計，將自己血液和入茶中？楊過喝一碗血茶自是絲毫無損，公孫止畢生苦練的閉穴功卻就此付於流水。

他狂怒之下回過頭來，只見裘千尺膝頭放着一碟欵待賀客的蜜棗，正吃得津津有味，緩緩的道：「我二十年前就已說過，你公孫家這門功夫難練易破，不練也罷。」

公孫止眼中如欲噴出火來，舉起刀劍，向她疾衝過去。綠萼一驚，搶到母親身前相護，突覺耳畔呼呼風響，似有暗器掠過。公孫止長聲大號，右眼中流下鮮血，轉身疾奔而出，手中卻兀自握着刀劍。一滴滴鮮血濺在地下，一道血綫直通向廳門。只聽得他慘聲呼號，愈去愈遠，終於在羣山之中漸漸隱沒。廳上衆人面面相覷，不知裘千尺用甚法子傷他。

只有楊過和綠萼方始明白，裘千尺所用的，仍是口噴棗核功夫。

當楊過與公孫止激鬥之際，她早已嘴嚼蜜棗，在口中含了七八顆棗核。眼見公孫止武功大進，自已縱然噴出棗核襲擊，他也必閃避得了，若是一擊不中，給他有了防範，以後便再難相傷，因此於他酣鬥之餘先用血茶破了他閉穴功夫；乘他怒氣勃發之際突發棗核。這是她十餘年潛心苦修的唯一武功，勁道之強，準頭之確，不輸於天下任何厲害暗器。若不是綠萼突然搶出，擋在面前，公孫止不但雙目齊瞎，而且眉心穴道中核，登時便送了性命。

綠萼心中不忍，呆了一呆，叫道：「爹爹，爹爹！」想要追出去察看。裘千尺厲聲道：「你要爹爹，便跟他去，永遠別再見我。」綠萼愕然停步，左右爲難，但想此事畢竟是父親不對，母親受苦之慘，遠勝於他，再者父親已然遠去，要追也追趕不上，當下從門口緩緩回來，垂首不語。

裘千尺凜然坐在椅上，東邊瞧瞧，西邊望望，冷笑道：「好啊，今日你們都是喝喜酒來着，這杯酒沒喝成，豈不掃興？」衆人給她冷冰冰的目光瞧得心頭發毛，只怕她口中突然噴出古怪暗器。谷中諸人只是一味驚懼，法王與尹克西等卻各暗自戒備。

小龍女與楊過見公孫止落得如此下場，也是大出意料之外，不由得都是深深嘆了一口長氣，各自伸出手來，相互緊緊握住，兩人心意相通，當卽並肩往廳外走去。剛到門口，裘千尺突然大聲喝道：「楊過，你到那裏去？」楊過回轉身來，長揖到地，說道：「裘老前輩、綠萼姑娘，咱們就此別過。」他自知命不久長，也不說甚麼「後會有期」之類的話了。

綠萼回了一禮，黯然無言。裘千尺怒容滿臉，喝道：「我將獨生女兒許配於你，怎地既不改口稱我岳母，又這麼匆匆忙忙的便走了？」楊過一愕，心道：「你雖將女兒許配於我，我可沒說要啊。」裘千尺道：「此間綵禮齊全，燈燭俱備，賀客也到了這許多，咱們武學之士也不必婆婆媽媽，你們二人今日便成了親罷。」

金輪法王等眼見楊過爲了小龍女與公孫止幾番拚死惡鬥，此時聽了裘千尺此言，知道必然又是一番風波。各人互相望了幾眼，有的微笑，有的輕輕搖頭。

楊過左手挽着小龍女的臂膀，右手倒按君子劍劍柄，說道：「裘老前輩一番美意，晚輩極是感激。但晚輩心有所屬，實非令愛良配。」說着慢慢倒退。他怕裘千尺狂怒之下，斗然口噴棗核，是以按劍以防。

裘千尺向小龍女怒目橫了一眼，冷冷的道：「嘿，這小狐狸精果然美得出奇，無怪老的着了迷，小的也爲她顚倒。」綠萼道：「媽，楊大哥與這位龍姑娘早有婚姻之約，這中間詳情，女兒慢慢再跟你說。」裘千尺啐了她一口，怒道：「呸？你當你媽是甚麼人？我說過的話，也能改口麼？姓楊的，別說我女兒容貌端麗，沒一點配你不上，她便是個醜八怪，今日我也非要你娶她爲妻不可。」

馬光佐聽她說得蠻橫，不由得哈哈大笑，大聲說道：「這谷中的夫妻當眞是一對活寶，老公逼人家閨女成親，老婆也硬逼人家小子娶女，別人不要，成不成？」裘千尺冷冷的道：「不成！」馬光佐裂開大口，哈哈大笑。突然波的一響，一枚棗核射向他眉心，當眞是來如電閃，無法閃避。馬光佐驚愕之下，頭一抬，拍的一聲，棗核已將他三顆門牙打落。馬光佐大怒，虎吼一聲，撲將過去。但聽波波兩響，他右腿「環跳」，左足「陽關」兩穴同時被棗核打中，雙足一軟，摔倒在地，爬不起來。

這三枚棗核實在去得太快，直有迅雷不及掩耳之勢。楊過當馬光佐大笑之際，已知裘千尺要下毒手，抽出長劍要過去相救，終是遲了一步，忙伸手將他扶起，解開了他穴道。馬光佐倒也極肯服輸，見這禿頭老太婆手不動，脚不抬，口一張便將自己打倒，心中好生佩服，吐出三枚門牙，滿嘴鮮血的說道：「老太婆，你本事比我大，老馬不敢得罪你啦。」

裘千尺毫不理他，瞪着楊過道：「你決意不肯娶我女兒，是不是？」

公孫綠蕚在大庭廣衆之間受此羞辱，再也抵受不住，拔出腰間匕首，刃尖指在自己胸口，大聲道：「媽，你再問一句，女兒當場死給你看。」裘千尺嘴一張，波的一響，一枚棗核射將過去，斜中匕首之柄。這一下勁力好大，那匕首橫飛而出，揷入木柱，深入數寸，燭光之下，劍柄兀自顫動。衆人「噫」的一聲，無不倒抽一口涼氣。

楊過心想留在這裏徒然多費唇舌，手指在劍刃上一彈，和着劍刃振起的嗡嗡之聲，朗聲吟道：「煢煢白兔，東走西顧。衣不如新，人不如故。」挽起一個劍花，携着小龍女的手轉身便走。

綠蕚聽着「衣不如新，人不如故」那兩句話，更是傷心欲絕，取過更換下來的楊過那件破衫，雙手捧着走到他面前，悄然道：「楊大哥，衣服也還是舊的好。」楊過道：「謝謝你。」伸手接過。他和小龍女都知她故意擋在身前，好教母親不能噴棗核相傷。小龍女臉含微笑，點頭示謝。綠蕚小嘴向外一努，示意二人快快出去。

裘千尺喃喃的唸了兩遍：「人不如故，人不如故。」忽地提高聲音，說道：「楊過，你不肯娶我女兒，連性命也不要了嗎？」

楊過悽然一笑，又倒退一步，跨出了大廳的門檻。小龍女心中一凜，說道：「慢着。」朗聲問道：「裘老前輩，你有丹藥能治情花之毒麼？」

綠蕚心中一直便在想着此事，父親手中只賸下一枚絕情丹，楊過已給小龍女服了，他自己身上的情花劇毒未解，惟一指望是母親或有救治之法，但母親必定以此要脅楊過，逼他娶己為妻，是以不敢出言相求，事在危急，再也顧不得女兒家的儀節顏面，轉身說道：「媽，若不是楊大哥援手，你尚困身石窟之中，大難未脫。楊大哥又沒絲毫得罪你之處。咱們有恩報恩，你設法解了他身上之毒罷。」

裘千尺嘿嘿冷笑，道：「有恩報恩？有仇報仇？世上恩仇之際便能這般分明？那公孫止對我是報了恩麼？」

綠蕚大聲道：「女兒最恨三心兩意、喜新厭舊的男子。這姓楊的若是捨卻舊人，想娶女兒，女兒便是死了，也決不嫁他。」

這幾句話裘千尺聽來倒是十分入耳，但一轉念間，立卽明白了女兒的用心，她是愛極了楊過，他若願意迎娶，她自是千肯萬肯，只是迫於眼前情勢，只盼自己先救他性命再說。

金輪法王與尹克西等瞧着這幕二度逼婚的好戲，你望我一眼，我望你一眼，都是臉露微笑。法王直至此時，才知楊過身中劇毒，心中暗自得意，但願他堅持到底，不肯為了保命而允娶公孫綠萼，就怕這小子詭計多端，假意答允，先騙了解藥到手，又再翻悔；但想有自己在此，這小子若要行奸使詐，自己便可點破，不讓裘千尺上當。

裘千尺的眼光從東到西，在各人臉上緩緩掃過，說道：「楊過，這裏諸人之中，有的盼你死，有的願你活。你自己願死還是願活，好好想一想罷。」

楊過伸手摟住小龍女的腰，朗聲道：「她若不能歸我，我若不能歸她，咱倆寧可一齊死了。」小龍女甜甜一笑，道：「正是！」她與楊過心意相通，二人愛到情濃之處，死生大事卻也看得淡了。

裘千尺卻難以明白她的心思，喝道：「我若不伸手相救，這小子便要一命嗚呼，你懂不懂？他只能再活三十六天，你知不知道？」

小龍女道：「你若肯相救，咱兩個兒能多聚幾年，自是極感大德。你不肯救，咱倆在一起便只三十六天，那也好啊！反正他死了，我也不活着。」說這幾句話時，美麗的臉龐上全然漠不在乎。

裘千尺望望她，又望望楊過，只見二人相互凝視，其情之痴，其意之誠，那是自己一生之中從未領略過、從未念及過的，原來世間男女之情竟有如斯者，不自禁想起自己與公孫止夫妻一場，竟落得這般收場，長嘆一聲，雙頰上流下淚來。

綠蕚縱身過去，撲在她的懷裏，哭道：「媽，你給他治了毒罷，我和你找舅舅去，舅舅很牽掛你，是不是？」裘千尺一流淚水，心中牽動柔情，但隨卽想起二哥裘千仞信中那句話來：「自大哥於鐵掌峯上命喪郭靖、黃蓉之手……」自己手足殘廢，二哥又已出家爲僧，說甚麼「放下屠刀，皈依三寶」，然則大哥之仇豈非永不能報？這小子武功不弱，他旣堅不肯娶我女兒，那麼命他替我報仇，也可了卻一樁大事。

她想到此處，便道：「解治情花劇毒的絕情丹，本來數量不少，可是除了三枚之外，都給我浸入砒霜，盡數毀了。這三枚丹藥，公孫止那奸賊自己服了一枚，另一枚我醉倒後給他取了去，後來落入你手，你已給這女子服了。世間就只賸下一枚。這枚絕情丹我貼身而藏已二十餘年。身在絕情谷中住而不備絕情丹，這條性命便算不得是自己的。眼下反正我已命不久長，我女兒今後也未必會再留在谷中……」說着緩緩伸手入懷，將世間唯此一枚的絕情丹用指甲切成兩半，取出半枚，托在掌心，說道：「丹藥這便給你，你不肯做我女壻，那也罷了，可是你須得答允爲我辦一件事。」

楊過與小龍女互視一眼，料想不到她竟會忽起好心。二人雖說將生死置之度外，但眼前旣有生路，自是喜出望外，齊聲道：「老前輩要辦甚麼事，我們自當盡力。」

裘千尺緩緩的道：「我是要你去取兩個人的首級，交在我手中。」

楊過與小龍女一聽，立時想到，她所要殺之人其中之一必是公孫止。楊過對這人自是絕無好感，此人已喪一目，閉穴內功又破，雖然其他武功未失，要追殺他諒亦不難，不過他是公孫綠蕚之父，這姑娘對自己一片痴情，殺她父親，未免大傷其心，一時不禁躊躇難答。小龍女心中也覺公孫止雖惡，對己總是有救命之恩，但瞧裘千尺的神色，若不辦到此事，她的丹藥無論如何不會給楊過的了。

裘千尺見二人臉上有爲難之意，冷然道：「我也不知這二人和你們有甚瓜葛牽連，但我是非殺這二人不可。」說着將半枚丹藥在手中輕輕一抛。楊過聽她語氣，所說的似乎並非公孫止，於是問道：「裘老前輩與何人有仇？要晚輩取何人的首級？」裘千尺道：「你沒聽到那惡賊讀信麼？害死我大哥的，叫做甚麼郭靖、黃蓉。」

楊過大喜，叫道：「那好極了。這二人正是晚輩的殺父仇人，裘老前輩便是無此囑咐，晚輩也要找這二人報仇。」裘千尺心中一凜，道：「此話當眞？」楊過指着金輪法王道：「這位大師與這二人也有過節。晚輩之事，曾跟他說過。」

裘千尺眼望法王。法王點了點頭，說道：「可是這位楊兄弟啊，那時卻明明助着郭靖、黃蓉，來跟老衲爲難。」小龍女與綠蕚惱恨這和尚時時從中挑撥作梗，一齊向他怒目橫視。金輪法王只作不見，微笑道：「楊兄弟，此事可有的罷？」楊過道：「是啊。待我報了父母之仇，還得向大師領教幾招。」法王雙手合十，說道：「妙極，妙極！」

裘千尺左手一擺，對楊過道：「我也不管你的話是眞是假，你將這枚藥拿去服了罷。」楊過走上前去，將丹藥接在手中，見只有半枚，便卽明白，笑道：「須得取那二人首級，來換另外半枚？」裘千尺點頭道：「你聰明得緊，一瞧便知，用不着旁人多說。」楊過心想：「先服了這半枚再說，總是勝於不服。」當下將半枚丹藥放入口中，嚥了一口唾液，吞入吐中。

裘千尺道：「這絕情丹世上只剩下了一枚，你服了半枚，還有半枚我藏在極密的所在。十八日後，你若携二人首級來此，我自然取出給你，否則你縱將我擒住，叫我身受千刀萬剮之苦，再將我投入石窟之中，我也決不會給你。我裘千尺說話斬釘截鐵，向無更移。各位貴客請便。楊大爺、龍姑娘，咱們十八日後再見。」說着閉上眼睛，不再理睬衆人。

小龍女問道：「爲甚麼限定十八日？」裘千尺閉着眼睛道：「他身上的情花之毒，原來是三十六日之後發作，現下服了半枚丹藥，毒勢聚在一處，發作反而快了一倍。十八日後再服半枚，立時解毒，否則……否則……嘿嘿！」說到此處，只是揮手命各人快去。

楊過與小龍女知道此人已無可理喩，當下與公孫綠蕚作別，快步出了水仙莊。楊過不耐煩再循來路乘舟出谷，與小龍女展開輕功，翻越高山而出。

楊過進谷雖只三日，但這三日中遍歷艱險，數度生死僅隔一綫，此時得與心上人離此險地，眞乃恍如隔世。此時天已黎明，二人並肩高岡，俯視幽谷，但見樹木森森，晨光照耀，滿眼青翠，心中歡悅無限，飄飄盪盪的宛似身在雲端。

楊過携着小龍女之手，走到一株大槐樹之下，說道：「姑姑……」小龍女偎依在他身邊，嫣然一笑，道：「我瞧你別再叫我姑姑了罷。」

楊過心中早已不將她當作師父看待，叫她「姑姑」，只是一向叫得慣了，聽她這麼說，心裏一甜，回首凝視着她漆黑的眼珠子，道：「那我叫你作甚麼？」小龍女道：「你愛叫甚麼，便叫甚麼，一切都由你。」楊過微一沉吟，道：「我一生之中最快活的時光，便是在古墓中跟你一起廝守之時，那時我叫你姑姑，便到死都叫你作姑姑罷。」小龍女笑道：「那時我打你屁股，你也很快活嗎？」

楊過伸出雙臂，將她摟在懷裏，只覺她身上氣息溫馨，混和着山谷間花木清氣，眞是教人心魂俱醉，難以自已，輕輕的道：「咱們如這般廝守一十八日，只怕已快活得要死了，別再去殺甚麼郭靖、黃蓉啦。與其奔波勞碌，廝殺拚命，咱們還是安安靜靜、快快活活的過十八天的好。」

小龍女微笑道：「你說怎麼，便怎麼好。以前我老是要你聽話，從今兒起，我只聽你的話。」她一向神色冷然，如今心胸中充滿愛念，眉梢眼角以至身體四肢，無不溫柔婉孌，只覺得全心全意的聽楊過話，那才是最快活不過之事。

楊過怔怔的望着她，緩緩的道：「你眼中爲甚麼有淚水？」小龍女拿着他的手，將臉頰貼在他手背上輕輕摩擦，柔聲道：「我……我不知道。」過了片刻，道：「定是我太喜歡你了。」

楊過道：「我知道你在爲一件事難過。」小龍女抬起頭來，突然淚如泉湧，撲在他的懷裏，抽抽噎噎的哭道：「過兒，你……你……咱們只有十八天，那怎麼夠啊？」楊過輕輕拍着她肩膀，輕輕的道：「是啊，我也說不夠。」小龍女道：「我要你永遠這麼待我，要一百年，一千年，一萬年。」

楊過捧起她的臉來，在她淡紅的嘴唇上輕輕吻了一下，毅然道：「好，說甚麼也得去殺了郭靖、黃蓉。」舌尖上嘗着她淚水的鹹味，胸中情意激動，全身眞欲爆裂一般。

忽聽得左首高處一人高聲笑道：「要卿卿我我，也不用這般迫不及待。」楊過轉頭來，只見十餘丈外的山岡之上，金輪法王、尹克西、瀟湘子、尼摩星、馬光佐五人並肩站立，說這話的正是金輪法王。料想自己與小龍女匆匆離谷，未理其餘諸人，法王等便隨後跟來，自己二人大難之後重會，除了對方之外，其餘一切全是視而不見，聽而不聞，二人在槐樹下情致纏綿，卻給法王等遙遙望到了。

楊過想起在絕情谷中法王數次與自己爲難，險些喪身於他言語之下，早知如此，他在荒山結棚養傷之際，就該一掌送了他的性命，自己助他療傷，枉他爲一派宗主，竟是如此的以怨報德。小龍女見他目中露出怒火，聲道：「別理他，這般人便是過一輩子，也沒咱們一時三刻的歡喜。」

只聽馬光佐叫道：「楊兄弟，龍姑娘，咱們一起走罷。在這荒山野嶺之間，無酒無肉，有甚麼好玩。」楊過只盼與小龍女安安靜靜的多過一刻好一刻，偏生有這些不識趣之人前來滋擾，但知馬光佐是一片好心，於是朗聲答道：「馬大哥請先行一步，小弟隨後便來。」馬光佐道：「好罷，那你們快些來。」

金輪法王哈哈大笑，說道：「那又何必要你費心？他們愛在這荒山野地躭上一十八天啊。」裘千尺說過十八天後毒發之言，大廳上人人聞知，馬光佐聽他竟如此說，不禁勃然大怒，一把抓住法王衣襟，罵道：「賊禿，你的心腸忒也歹毒！咱們與楊兄弟同來谷中，你不助他已是不該，一路上冷言冷語，是何道理？」法王微微冷笑，道：「你放不放手？」馬光佐怒道：「我不放，你怎樣？」

法王右手一拳，迎面打去。馬光佐道：「好啊，動粗麼？」提起蒲扇大的手掌抓他拳頭，那知法王這拳乃是虛招，左手倏地伸出，在他背上一托，剛勁柔勁同時使出，馬光佐一個龐大的身軀立時飛起，往山坡上摔將下來。好在山坡上全是長草，他又是皮粗肉厚，這一摔未受重傷，但已是額角青腫，哇哇大叫的爬將起來。

楊過望見二人動手，知道馬光佐定要吃虧，待要趕去相助，只奔出三步，馬光佐已結結實實的摔了一交。馬光佐雖是渾人，卻也有個獃主意，知道硬打定然鬥不過和尚，口中哼哼唧唧，叫道：「啊喲，啊喲，手臂給賊禿打斷啦。」

金輪法王應蒙古王子忽必烈之聘，受封為蒙古第一國師，瀟湘子與尼摩星一直氣忿不服，此時見他如此蠻橫，更是惱怒，兩人相互使個眼色。瀟湘子道：「大師武功果然了得，不愧了蒙古第一國師的封號。」法王道：「豈敢，豈敢……」他鑒貌辨色，知道尼瀟二人立時有出手之意，而楊過與小龍女在一旁更是躍躍欲動，尹克西心意如何，尚不得而知。他雖自恃武功高強，但若這五大高手聯手來攻，自己不僅決然抵擋不住，尚有性命之憂，嘴上敷衍對答，心中尋思脫身之計。

那知馬光佐哼哼唧唧，慢慢走到他背後，猛起一拳，砰的一聲，正中法王後腦。以法王武功，馬光佐偷襲本難得逞，但此時他全神貫注在楊過、瀟湘子等五人身上，對這渾人毫不在意，竟被他大力一拳，如中鐵錘，只錘得眼前金星亂冒。他驚怒之下，回肘撞去，馬光佐胸口中了肘鎚，大叫一聲，軟綿綿的往前倒下。法王雙腿略曲，馬光佐龐大的身軀正好跌在他肩頭，便卽往坡下奔去。

衆人大聲呼叫，楊過首先追了下去。法王肩頭雖然負了個將近三百斤的巨人。仍是奔行如飛。楊過、小龍女、尼摩星等都是一等一的輕功，但旣給他發足在先，數十丈內竟然追趕不上。楊過和小龍女足下加快，漸漸逼近。法王倏地站住，回過頭來，獰笑道：「好，你們是一齊上呢，還是單打獨鬥？」說着倒舉馬光佐，將他腦袋對準山坡邊的一塊岩石，作勢要撞將下去。

楊過繞到他身後，先行擋住去路，說道：「你若傷他性命，咱們自是一擁而上。」法王哈哈一笑，將馬光佐抛在地下，說道：「這般渾人，也値得跟他一般見識？」雙手伸入袍底，隨卽伸出，左手白光閃閃，右手黃氣澄澄，已各取銀輪銅輪在手，雙輪一碰，嗡嗡之聲從山谷間傳了出去，傲然道：「那一位先上？」

尹克西笑嘻嘻的道：「各位切磋武學，我做買賣的只在旁觀摩觀摩。」法王暗想：「此人兩不相助，倒少了一個勁敵。」瀟湘子心想還是讓旁人打頭陣，耗了他的力氣，自己再來乘其敗而取，於是說道：「尼兄，你武功強過小弟，請先上！」

尼摩星聽了瀟湘子之言，已知其意，但自負武學修爲獨步天竺，生平未逢敵手，心想縱然勝不得金輪法王，也不致落敗，當下順手抓起山坡上一塊巨岩，喝道：「好，我試試你兩個圓圈圈。」舉起巨岩，逕向法王當胸砸去。這塊巨岩瞧來少說也有三百來斤，衆人見他不用兵刃，舉起大石便打，無不吃了一驚。

金輪法王也沒料到這矮子天生神力，竟舉大石砸到，當下不敢硬碰，側身避開，右手銅輪向他背心橫掃過去。尼摩星抓着巨岩，回手擋架。銅輪巨岩相碰，火星四濺，鏜的一聲，只震得山谷鳴響。法王左臂微微發麻，心想：「這矮黑炭武功怪極，實是不可大意。但他力氣再大，舉了這塊巨岩，卻又支持得幾時？」於是雙輪飛舞，繞着尼摩星身子轉動。

楊過將馬光佐救起，與小龍女並肩觀鬥，見尼摩星神力過人，武功特異，兩人均感驚詫。見二人又鬥片時，尼摩星力道絲毫不衰，突然大喝一聲：「阿婆星！」托起岩石，向法王擲將過去。

他這一擲乃是天竺釋氏的一門厲害武功，叫作「釋迦擲象功」。佛經中有言：釋迦牟尼爲太子時，一日出城，大象碍路，太子手提象足，擲向高空，過三日後，象還墮地，撞地而成深溝，今名擲象溝。這自是寓言，形容佛法不可思議。後世天竺武學之士練成一門外功，能以巨力擲物，卽以此命名。此時尼摩星運此神功擲石，但見岩石在空中急速旋轉，挾着一股烈風，疾往法王撞去。

金輪法王武功雖強，對此龐然大物那敢硬接硬碰，急忙躍開。尼摩星身子突然飛起，追上大石，雙掌擊出，那大石轉個方向，又向法王追去。這次飛擲，是第一次的餘勢加上第二次擲力，因而比之第一次力道更強。

論到武功造詣，法王實在尼摩星之上，只是這釋迦擲象功他從所未見，一時竟攻了他個措手不及，眼見大石轉向飛到，只得又躍開閃避。尼摩星乘勝追擊，那巨岩給他一次次加力，去勢愈猛。法工尋思：「如此再打下去，須敗在這黑矮子手中，該當立時變計。幸好他獨自先行挑鬥，我下毒手儘快斃了他，僵屍鬼就不敢再上。楊龍二人身上有毒，那『玉女素心劍法』使不順手。」

猛聽得山後馬蹄聲響，勢若雷鳴，旌旗展動，衝出一彪人馬。法王與尼摩星惡鬥方酣，無暇旁視。楊過等但見人強馬壯，長刀硬弩，是一隊蒙古騎兵，來到十數丈之外，當先領兵官舉手示意，全隊勒馬不前。

旗影下一人駐馬觀鬥片刻，當即催馬上前，叫道：「罷手，罷手！」那人科頭黃袍，手持鐵弓，正是蒙古王子忽必烈。

尼摩星聽到叫聲，縱上去雙掌齊推，巨岩砰騰砰騰的滾下山坡，沿途帶動泥砂石塊，勢道極是威猛。

忽必烈翻身下馬，左手携住法王，右手携住尼摩星，笑道：「原來兩位在這兒切磋武功，眞令小王大開眼界。」他何嘗不知二人實係眞鬥，但爲顧全雙方面子，只想輕輕一言揭過，法王微微一笑，說道：「這位尼兄武學大有獨到之處，難得難得。」尼摩星怪眼一横，道：「我道蒙古第一國師如何了不起，原來……哼哼！」法王勃然大怒，心想：「難道我當眞鬥你不過？」正要開言，忽必烈笑道：「此處風物良佳，豈可無酒？左右，取酒！咱們來痛飲三碗！」蒙古人自來生長曠野，以天地爲居室，荒山飲食，與堂上無異，當即有侍衞取過烈酒乾脯，布列於地。

忽必烈向小龍女望了兩眼，心下暗驚：「人間竟有如此美麗的女子。」見她與楊過携手並肩，神情親密，問楊過道：「這位姑娘是誰？」楊過道：「這位龍姑娘，是小人的授業師父，也是小人的妻子。」他自經絕情谷中一番出生入死，更將羈縻普天下蒼生的禮法習俗絲毫不放在眼裏，心想偏偏要讓世人皆知，我楊過乃是娶師爲妻。

蒙古人於甚麼尊師重道、男女大防等禮法本來遠不如漢人講究，忽必烈聽了楊過的話也不以爲異，只是聽說這少女傳過他武藝，不由得多了一層敬意，笑道：「果然是郎才女貌，天生佳偶，妙極妙極。來，大家盡此一碗，爲兩位慶賀。」說着舉起酒碗，一飲而盡。法王微微一笑，也舉碗飲乾。餘人跟着喝酒，馬光佐更是連盡三碗。

小龍女對蒙古人本無喜憎，此時聽忽必烈稱讚自己與楊過乃是良配，不由得心花怒放，喝了半碗酒後，容色更增嬌艷，心想：「那些漢人都說我和過兒成不得親，這位蒙古王爺卻連說妙極，瞧來還是蒙古人見識高呢。」

忽必烈笑道：「各位三日不歸，小王正自記掛得緊，只因襄陽軍務緊急，未能相待，小王已在大營留下傳言，請各位卽赴襄陽軍前效力。今日在此巧遇，大暢予懷。」法王說道：「請問王爺，我軍攻打襄陽，可順利否？」忽必烈皺眉道：「襄陽守將呂文德本是庸才，小王所忌者，郭靖一人耳。」楊過心中一凜，問道：「郭靖確在襄陽？」

忽必烈道：「這郭靖說來還是小王的長輩，總角之時與先王曾有八拜之交，乃是我成吉思汗祖父手下第一愛將。此人智勇雙全，領軍遠征西域，迭出奇計，建立大功。先王曾對我言道：南朝主昏臣奸，將懦兵弱，人數雖衆，總難敵我蒙古精兵，但若遇上郭靖，卻須千萬小心。唉，父王果有先見，我軍屯兵襄陽城外，久攻不下，皆因這郭靖從中作梗之故。」

楊過站起身來，說道：「這姓郭的與小人有殺父大仇，小人請命去刺死了他。」

忽必烈喜道：「小王邀聘各位英雄好漢，正是爲此。但聽人言道，這郭靖武功算得中原漢人第一，又有不少異能之士相助。小王屢遣勇士行刺，均遭失手，或擒或死，無一得還。楊兄弟雖然武勇，卻是獨木難支，小王欲請衆位英雄一齊混入襄陽，併力下手。只消殺了此人，襄陽唾手可下。」

法王、瀟湘子等一齊站起，叉手說道：「願奉王爺差遣，以盡死力。」

忽必烈大喜，說道：「不論是那一位刺殺郭靖，同去的幾位俱有大功。但出手刺殺之人，小王當奏明大汗，封賞公侯世爵，授以大蒙古國第一勇士之號。」

瀟湘子、尼摩星等人對公侯世爵也不怎麼放在心上，但若得稱大蒙古國第一勇士，名揚天下，實乃平生之願。蒙古此時兵威四被，幅員之廣，曠古未有，西域疆土綿延數萬里，中國亦已三分而有其二，自帝國中心而至四境，快馬均須奔馳一年方至，若得稱爲第一勇士，普天下英雄豪傑自是無不欽仰。當下人人振奮，連金輪法王也是眼發異光。

楊過悽然一笑，緩緩搖了搖頭。小龍女深情無限的望着他，心中卻道：「要他甚麼公侯世爵，甚麼天下第一勇士？我只盼你好好的活着。」

衆人又飲數碗，站起身來。蒙古武士牽過馬匹，楊過、小龍女、金輪法王等一齊上馬，跟在忽必烈之後，疾趨南馳，往襄陽而來。

沿途但見十室九空，遍地屍骨，蒙古兵見到漢人，往往肆意虐殺，楊過瞧得惱怒，待要出手干預，卻又碍着忽必烈的顏面，尋思：「蒙古兵如此殘暴，將我漢人瞧得豬狗不如，待我刺殺郭靖、黃蓉之後，必當擊殺幾個蒙古最歹惡的軍漢，方消心中之氣。」

不數日抵達襄陽郊外。其時兩軍攻守交戰，已有月餘，滿山遍野都是斷槍折矛、凝血積骨，想見戰事之慘烈。

蒙古軍中得報四大王忽必烈親臨前敵，全軍元帥、大將迎出三十里外。隨從軍衞怒馬騰躍，鐵甲鏘鏘，軍容極壯。各將帥遙遙望見忽必烈的大纛，一齊翻身下馬，伏在道旁。

忽必烈馳到近處，勒馬四顧，隔了良久，哼了一聲，道：「襄陽城久攻不克，師老無功，豈不墮了我大蒙古的聲威？」衆帥齊聲答道：「小將該死，請四大王治罪。」忽必烈揚鞭一擊，坐騎向前疾奔而去。諸將帥久久不敢起身，人人戰慄。

楊過見忽必烈對待自己及金輪法王等甚是和易，但駕御諸將卻這等威嚴，心想：「蒙古軍兵強馬壯，紀律嚴明，大宋如何是其敵手？」不自禁的皺起了眉頭。

翌晨天甫黎明，蒙古軍大舉攻城，矢下如雨、石落似雹，紛紛向城中打去。接着衆軍駕起雲梯，四面八方的爬向城頭。城中守禦嚴密，每八名兵士合持一條大木，將雲梯推開城牆。攻拒良久，終於有數百名蒙古兵攻上了城頭。蒙古軍中呼聲震天，一個個百人隊蟻附攀援。猛聽得城中梆子聲急，女牆後閃出一隊弓手，羽箭勁急，迫得蒙古援軍無法上前，接着又搶出一隊宋兵，手舉火把，焚燒雲梯，梯上蒙古兵紛紛跌落。

城上城下大呼聲中，城頭閃出一隊勇壯漢子，長矛利刃，向爬上城牆的蒙古兵攻去。這隊漢子不穿宋軍服色，有的黑色短衣，有的青布長袍，攻殺之際也不成隊形，但身手矯捷，顯然身有武功。攻上城頭的蒙古兵將均是軍中勇士，自來所向無敵，但遇上這隊漢子，搏鬥數合，卽被一一殺敗，或橫屍城頭，或碎骨牆下。宋軍中一個中年漢子尤其威猛，此人身穿灰衣，赤手空拳，縱橫來去，一見宋軍有人受厄，立即縱身過去解圍，掌風到處，蒙古兵將無不披靡，直似虎入羊羣一般。

忽必烈親在城下督戰，見這漢子如此英勇，不由得呆了半晌，嘆道：「天下勇士，更有誰及得上此人？」楊過站在他身側，問道：「王爺可知他是誰？」忽必烈一驚，道：「豈難道便是郭靖？」楊過道：「正是！」

此時城頭上數百名蒙古兵已給殺得沒賸下幾個，只有最勇悍的三名百夫長手持矛盾，兀自在城垛子旁負隅而鬥。城下的萬夫長吹起角號，又率大隊攻城，想將城頭上三名百夫長接應下來。

郭靖縱聲長嘯，大踏步上前。一名百夫長挺矛刺去，郭靖抓住矛桿向前一送，跟着左足飛出，踢在另一名百夫長的盾牌之上。兩名百夫長雖勇，怎擋得住這一送一踢的神力？登時幾個觔斗翻下城頭，筋斷骨折而死。

第三名百夫長年紀已長，頭髮灰白，自知今日難以活命，揮動長刀，直上直下的亂砍，勢若瘋虎。郭靖左臂倏出，抓住他持刀的手腕，右掌正要劈落，忽地一怔。那百夫長也已認出郭靖面目，叫道：「金刀駙馬，是你！」原來他是郭靖當年西征時的舊部，黃蓉計取撒麻爾罕，此人即是最先飛降入城的勇士之一。

郭靖憶及舊情，叫道：「嗯，你是鄂爾多？」那百夫長見郭靖記得自己名字，不禁熱淚盈眶，叫道：「正是，正是小人。」郭靖道：「好，念在昔日情份，今日饒你一命。下次再給我擒住，休怪無情。」轉頭向左右道：「取過繩子，縋他下去！」兩名健卒取過一條長索，縛在鄂爾多的腰間，將他縋到城下。

鄂爾多是蒙古軍中赫赫有名的勇士，突被城頭宋軍用繩索縋下，城下蒙古兵將都好生奇怪，不知是何變故，一齊後退數十丈，城頭也停了放箭，兩軍一時罷鬥。鄂爾多到了城下，對着郭靖拜伏在地，朗聲叫道：「金刀駙馬既然在此，小人萬死不敢再犯虎駕。」

郭靖站在城頭，神威凜然，喝道：「蒙古主帥聽者：大宋與蒙古昔年同心結盟，合力滅金，你蒙古何以來犯我疆界，害我百姓？大宋百姓人數多你蒙古數十倍，若不急速退兵，我大宋義兵四集，管教你這十多萬蒙古軍死無葬身之地。」他這幾句話說的是蒙古語，中氣充沛，一字一句送向城下。城牆既高，兩軍相距又遠，但這幾句話數萬蒙古兵將卻俱都聽得清清楚楚，不由得相顧失色。

一名萬夫長引着鄂爾多來到忽必烈跟前，稟報原由。鄂爾多述說當年跟隨郭靖西征，金刀駙馬如何用兵如神，如何克敵制勝，說得有聲有色。忽必烈臉色一沉，喝道：「拿下去砍了！」鄂爾多大叫：「冤枉！」那萬夫長道：「四大王明見，這鄂爾多頗有戰功……」忽必烈手一揮，四名衛士早將鄂爾多拉下，斬下首級，呈了上來。諸將無不震恐。

忽必烈向萬夫長道：「鄂爾多以陣亡之例撫恤，另賞他妻子黃金十斤，奴隸三十名，牲口三百頭。」萬夫長大惑不解，應道：「是，是。」忽必烈道：「我既殺此人，卻又賞他家屬，你們不明白這中間的道理，是也不是？」諸將一齊躬身道：「請四大王賜示。」忽必烈朗聲道：「這百夫長向郭靖跪拜，誇說郭靖厲害，動搖軍心，是否當斬？但他奮勇先登，力戰至最後一人，豈非當賞？」諸將盡皆拜伏。

但這麼一來，蒙古兵軍心已沮。忽必烈知道今日卽使再拚力攻城，也是徒遭損折，決然討不了好去，眼見城下蒙古軍積屍數千，盡是身經百戰的精銳之士，心中大是不忿，然見襄陽城牆堅固，守備嚴密，實是無隙可乘，不禁嘆了口氣，當卽傳令退軍四十里。

左右兩名衞士互視一眼，齊道：「小人爲四大王分憂，也折一折南蠻的銳氣。」翻身上馬，馳到城下，拉動鐵弓，兩枝狼牙鵰翎急向郭靖射去。

這二人騎術旣精，箭法又準，正是馬奔如風，箭去似電。城上城下剛發得一聲喊，飛箭已及郭靖胸口小腹。眼見他無法閃避，卻見郭靖雙手向內一攏，兩手各已抓着一枝羽箭，舉手一揚，向下擲出。兩名蒙古衞士尙未迴馬轉身，突然箭到，透胸而過，兩人倒撞下馬。城頭宋軍喝采如雷，擂起戰鼓助威。

忽必烈悶悶不樂，領軍北退。大軍行出數里，楊過道：「王爺不須煩惱，小人這便進城去取郭靖性命。」忽必烈搖頭道：「那郭靖智勇兼全，果然名不虛傳，今日一見，更覺此事棘手之極。」楊過道：「小人在郭靖家中住過數年，又曾爲他出力，他對我決無防範之心。常言道明槍易躲，暗箭難防。」忽必烈道：「適才攻城之時，你站在我身旁，只怕他在城頭已然瞧見。」楊過道：「小人已防到此着，攻城之時，與龍姑娘均以大帽遮眉、皮裘圍頸，他決計認不出來。」忽必烈道：「旣是如此，盼你立此大功，封賞之約，決不食言。」

楊過隨口道謝一聲，正要轉身與小龍女一齊辭出，卻見金輪法王、瀟湘子、尹克西諸人臉上均有異色，心念一動：「這些人均怕我此去刺死郭靖，得了蒙古第一勇士的封號，定要從中阻撓，使我難竟大功。」向忽必烈道：「王爺，小人有一事告稟。小人去刺郭靖，乃是爲報私仇，兼之要以他的首級去換救命丹藥，如能托王爺之福，大事得成，那蒙古第一勇士的封號卻萬萬不敢領受。」忽必烈問道：「這卻爲何？」楊過道：「小人武功遠不及在座諸位，如何敢稱第一勇士？王爺須得應允此事，小人方敢動身。」

忽必烈見他言辭誠懇，確是本意，又見了旁人神情，已猜到他的心意，說道：「既是如此，人各有志，我也不便勉強。」法王等聽忽必烈如此說，果然均有欣慰之色。

楊過圈轉馬頭，與小龍女並騎向襄陽馳去，在途中摔去了大帽皮裘，回復漢人打扮，到得城下時天已向晚，只見城門緊閉，城頭一隊隊兵卒手執火把，來去巡邏。楊過大聲叫道：「我姓楊名過，特來拜見郭靖郭大爺。」城上守將聽得呼聲，見他只有一名女子相從，當即向郭靖稟報。

過不片時，兩個青年走上城頭，向下一望，一人叫道：「原來是楊大哥，只你們兩位嗎？」楊過見是武氏兄弟，心想：「郭靖害我父親，不知武氏兄弟的父親曾否在旁相助？」說道：「武大哥，武二哥，郭伯伯在不在城內？」武修文道：「請進來罷。」命兵卒打開城門，放下吊橋，讓楊過與小龍女入城。

二武引着二人來到一座大屋之前。郭靖滿臉堆歡，搶出門來，向小龍女一揖爲禮，拉着楊過的手笑道：「過兒，你們來得正好。韃子攻城正急，兩位一到，我平添臂助，眞乃滿城百姓之福。」小龍女是楊過之師，郭靖對她以平輩之禮相敬，客客氣氣的讓着進屋，對楊過卻是十分親熱。

楊過左手被他握着，想起此人乃殺父大仇，居然這般假惺惺作態，恨不得拔出劍來立時刺死了他，只是忌憚他的武功，不敢貿然動手，臉上強露笑容，說道：「郭伯伯安好。」他滿腔憤恨，終於沒跪下磕頭。郭靖豁達大度，於此細節也沒留心。

到得廳上，楊過要入內拜見黃蓉。郭靖笑道：「你郭伯母卽將臨盆，這幾天身子不適，日後再見罷。」楊過暗喜：「黃蓉智計過人，我只擔心被她看出破綻，此人抱恙，眞是天助我成功。」

說話之間，中軍進來稟道：「呂大帥請郭大爺赴宴，慶賀今日大勝韃子。」郭靖道：「你回稟大帥，多謝賜宴。我有遠客光臨，不能奉陪了。」中軍見楊過年紀甚輕，並無特異之處，不知郭靖何以對他如此看重，爲了陪伴這個少年，竟推卻元帥的慶功宴，不由得滿心奇怪，回去稟知呂文德。

郭靖在內堂自設家常酒宴，爲小龍女與楊過接風，由朱子柳、魯有脚、武氏兄弟、郭芙諸人相陪。朱子柳向楊過連聲稱謝，說虧得他從霍都取得解藥，治了他身上之毒。楊過淡淡一笑，謙遜幾句。

郭芙見了他卻神情淡漠，叫了聲：「楊大哥。」郭靖責道：「芙兒，先日你爲金輪法王所擒，若不是楊大哥捨命相救，你自己失陷不用說，連你媽媽也要身遭大難，怎不好好謝過了楊大哥？」郭芙站起身來，說道：「多謝楊大哥日前相救。」楊過道：「大家自己人，何必言謝？」郭芙一言不發的坐下。酒席之間，只見她雙眉微蹙，似有滿腹心事，武氏兄弟也一直避開他的目光。魯有脚與朱子柳卻興高采烈，滔滔不絕的縱談日間大勝韃子之事。

席散時已是初更，郭靖命女兒陪小龍女入內安寢，自己拉楊過同榻而眠。小龍女入內時向楊過望了一眼，囑他務須小心，神色之間，深情欵欵，關念無限。楊過只怕露出心事，將頭轉過，竟是不敢與她正面相視。

郭靖携着楊過的手同到自己臥室，讚他力敵金輪法王，在酒樓上與亂石陣中救了黃蓉、郭芙和武氏兄弟，隨後問他別來的經歷。楊過生怕言多有失，於遇見程英、陸無雙、傻姑、黃藥師等情由一概不提，只道：「姪兒受傷後在一個荒谷中養傷，後來遇到師父，便同來相尋郭伯伯。」

郭靖一面解衣就寢，一面說道：「過兒，眼前強虜壓境，大宋天下當眞是危如累卵。襄陽是大宋半壁江山的屏障，此城若失，只怕我大宋千萬百姓便盡爲蒙古人的奴隸了。我親眼見過蒙古人殘殺異族的慘狀，眞是令人血爲之沸。」楊過聽到這裏，想起途中蒙古兵將施虐行暴諸般可怖可恨的情景，也不禁咬得牙關格格作聲，滿腔憤怒。

郭靖又道：「我輩練功學武，所爲何事？行俠仗義、濟人困厄固然乃是本份，但這只是俠之小者。江湖上所以尊稱我一聲『郭大俠』，實因敬我爲國爲民、奮不顧身的助守襄陽。然我才力有限，不能爲民解困，實在愧當『大俠』兩字。你聰明智慧過我十倍，將來成就定然遠勝於我，這是不消說的。只盼你心頭牢牢記着『爲國爲民，俠之大者』這八個字，日後名揚天下，成爲受萬民敬仰的眞正大俠。」

這一番話誠摯懇切，楊過只聽得聳然動容，見郭靖神色莊嚴，雖知他是自己殺父之仇，卻也不禁肅然起敬，答道：「郭伯伯，你死之後，我定會記得你今晚這一番話。」

郭靖那想得到他今夜要行刺自己，伸手撫了撫他頭，說道：「是啊，鞠躬盡瘁，死而後已。國家若亡，你郭伯伯是性命難保了。聽說忽必烈善於用兵，今日退軍，自必再來，這數日中定有一場大廝殺。咱們轟轟烈烈的大幹一場。時候不早，咱們睡罷。」

楊過應道：「是。」當即解衣就寢，將從絕情谷中帶出來的那柄匕首藏在貼肉之處，心想：「我待你睡熟之後，在被窩中給你一刀，你武功便再強百倍，又豈能躲避？」

郭靖日間惡戰，大耗心力，着枕即便熟睡。楊過卻是滿腹心事，那裏睡得着？他臥在裏床，但聽得郭靖鼻息調勻，一呼一吸，相隔極久，暗自佩服他內功深厚。過了良久，耳聽得四下裏一片沉靜，只有遠遠傳來守軍的刁斗之聲，於是輕輕坐起，從衣內摸出匕首，心想：「我將他刺死之後，再去刺殺黃蓉，諒她一個待產孕婦，濟得甚事？大事一成，即可與姑姑同赴絕情谷取那半枚丹藥了。此後我和她隱居古墓，享盡人間清福，管他這天下是大宋的還是蒙古的？」

想到此處，極是得意，忽聽得隔鄰一個孩子大聲啼哭起來，接着有母親撫慰之聲，孩子漸漸止啼入睡。楊過心頭一震，猛地記起日前在大路上所見，一名蒙古武士用長矛挑破嬰兒肚皮，高舉半空為戲，那嬰兒尚未死絕，兀自慘叫，心想：「我此刻刺殺郭靖，原是舉手之事。但他一死，襄陽難守，這城中成千成萬嬰兒，豈非盡被蒙古兵卒殘殺為樂？我為了報一己之仇，卻害了無數百姓性命，豈非大大不該？」

轉念又想：「我如不殺他，裘千尺如何肯將那半枚絕情丹給我？我若死了，姑姑也決不能活。」他對小龍女相愛之忱，世間無事可及，不由得把心橫了：「罷了，罷了，管他甚麼襄陽城的百姓，甚麼大宋的江山，我受苦之時，除了姑姑之外，有誰眞心憐我？世人從不愛我，我又何必去愛世人？」當下擧起匕首，勁力透於右臂，將匕首尖對準了郭靖胸口。

室中燭火早滅，但楊過暗中視物，亦能隱約可見，匕首將要刺落之際，向郭靖臉上瞧去，但見他臉色慈和，意定神閒，睡得極是酣暢，自己少年時郭靖的種種愛護之情，猛地裏湧上心來：桃花島上他如何親切相待，如何千里迢迢的送自己赴終南山學藝，如何要將獨生女兒許配於己，不由得心想：「郭伯伯一生正直，光明磊落，實是個忠厚長者，以他爲人，實不能害我父親。莫非傻姑神智不清，胡說八道？我這一刀刺了下去，若是錯殺了好人，那可是萬死莫贖了。且慢，這事須得探問一下清楚再說。」

於是慢慢收回匕首，將自遇到郭靖夫婦以來的往事，一件件在心頭琢磨尋思。他記起黃蓉對自己時時神色不善，有好幾次他夫婦正在談論甚麼，一見到自己便即轉過話題，他夫婦有件要緊事情瞞過了自己，那是決計無疑的，又想：「郭伯母收我爲徒，何以只教我讀書，不肯傳我半點武藝？郭伯伯待我這麼好，難道不是因爲他害了我父親，心中自咎難安，待我好一些，就算補過？可是他如眞的害死我父，又怎能對我毫不提防，與我共榻而眠，任由我一刀刺死了他？」眼望帳頂，思湧如潮，煩躁難安。

郭靖雖在睡夢之中，仍察覺他呼吸急促有異，當即睜眼醒轉，問道：「過兒，怎麼了？睡不着麼？」楊過微微一顫，道：「沒甚麼？」郭靖笑道：「你若是不慣和人同榻，我便在桌上睡。」楊過忙道：「不，不要緊。」郭靖道：「好，那就快睡罷。學武之人，最須講究收攝心神。」楊過應道：「是。」

隔了半刻，楊過終於忍耐不住，說道：「郭伯伯，那一年你送我到重陽宮學藝，在終南山脚下牛頭寺中，我曾問過你一句話。」郭靖道：「怎麼？」楊過道：「那時你大怒拍碑，以致惹起全眞教衆老道的誤會，你可還記得我問的那句話麼？」郭靖回想片刻，說道：「是了，那日你問我，你爹爹是怎樣去世的。」楊過緊緊瞪視着他，道：「不，我是問你，到底誰害死了我爹爹。」郭靖道：「你怎知你爹爹是給人害死的？」楊過嘶啞着嗓子道：「難道我爹爹是好好死的麼？」

郭靖默然不語，過了半晌，長長嘆了一口氣，說道：「他死得不幸，可沒誰害死他，是他自己害死自己的。」

楊過坐起身，心情激動異常，道：「你騙我！世上怎能有自己害死自己之事？便算我爹爹自殺而死，也有迫死他之人。」

郭靖心中難過，流下淚來，緩緩的道：「過兒，你祖父和我父是異性骨肉，你父和我也曾義結金蘭。你父若是寃死，我豈能不給他報仇？」

楊過身子發戰，衝口想說：「是你自己害死他的，你怎能給他報仇？」但知這句話一出口，郭靖定然提防，再要行刺便大大不易，當下點了點頭，默然不語。

郭靖道：「你爹爹之事曲折原委甚多，非一言可盡。當年你問起之時，年紀尚幼，未能明白內中情由，因是我沒跟你說。現下你已經長成，是非黑白辨得清清楚楚，待打退韃子，我從頭說給你聽罷。」說罷又着枕安睡。

楊過素知他說一是一，從無虛語，聽了這番話，卻又半信半疑起來，心中暗罵：「楊過，楊過，你平素行事一往無前，果敢勇決，何以今日卻猥猥崽崽？難道是內心害怕他武功厲害麼？今夜遷延游移，失了良機，明日若教黃蓉瞧出破綻，只怕連姑姑都死無葬身之地了。」一想起小龍女，精神又爲之一振，伸手撫摸懷內匕首，刀鋒貼肉，都熨得熱了。

國立中央圖書館出版品預行編目資料:

神鵰俠侶／金庸著 --二版-- 臺北市:遠流, 民79

四冊, 21公分--(金庸作品集;9-12)

ISBN 957-32-0415-0(一套:平裝)

857.9